U0043803

週四謀殺俱樂部

The Thursday Murder Club

理察・歐斯曼 著　鄭煥昇——譯
Richard Osman

滿懷愛意地獻給我的母親，「碩果僅存的布蘭妲」，愛妳。

殺人不難。但人殺完要藏屍體，那才是最容易露出破綻的功夫所在。

但我倒是走運，誤打誤撞地與適合的地點不期而遇，甚至應該說是完美的地點。

我至今還是會時不時來這走走，確認一切滴水不漏，這兒從未令我失望，應該永遠都不會令我失望。

有時候我會點支菸來抽，抽菸對身體不好我知道，但我也就剩這一點壞習慣了。

第一部

認識新朋友，嘗試新事物

第一章

喬伊絲

好，我們從伊莉莎白開始說起吧？看她能帶我們通往何處，好嗎？

我自然知道她是誰，這裡沒有人不認識伊莉莎白。她在拉金[1]苑有一間三房公寓——好像是在角落而且有露臺的那間吧？另外我還跟史提芬當過一次益智搶答的隊友，這位史提芬在種種命運的安排之下，現在是伊莉莎白的第三任丈夫。

我當時人正吃著午餐，而那天肯定是個星期一，因為我享用的餐點是牧羊人派。伊莉莎白說她明白我正在吃飯，但如果不會太不方便的話，她還是想請教我一個跟刀傷有關的問題。

我對她說了幾句沒問題，別客氣，請便，或諸如此類的話。於是她打開了一個馬尼拉紙的檔案夾，我看到了一些打著字的紙張，還有看來像是老照片的邊緣。接著她就單刀直入地進入了正題。

伊莉莎白要我想像，有個女孩被刺了一刀。我追問是哪一種刀，伊莉莎白表示那多半只是把常見於廚房的普通刀具。然後她要我想像這個女孩在胸骨正下方被連捅了三四刀。一進一出，一進一出，下手非常凶殘，但動脈一條都沒被切斷。我不得不肯定伊莉莎白的一點是她始終很沉著地在訴說這一切，畢竟現在是許多人的用餐時間，而她是很在意人際界線的。

於是我便在那兒動起了腦筋，思考關於刀傷的點點滴滴，而伊莉莎白想知道的是，如果被刺的女孩失血過多而亡，以時間來講需要過多久？

喔對了，我發現我好像應該提一下自己當過幾年護理師，不然你應該會從頭到尾聽得一頭霧水。我的這點過去，伊莉莎白必然早就有所耳聞，畢竟她無所不知。總之，她就是因為這樣才跑來問我。我會愈寫愈上手的，我保證。

我記得自己用輕拍的方式，在回答伊莉莎白前擦拭了嘴巴，就像你偶爾會在電視上看到的那樣。這會讓你看起來變得聰明一點，你下次可以自己試試看。我問了聲女孩的體重是多少。

伊莉莎白在她的檔案夾中找到了這項資訊，並把手指當成游標，邊滑邊念出了女孩的體重是四十六公斤。但這個數字讓我們聽傻了，因為我們兩個都不清楚四十六公斤的重量該如何換算。我在腦子裡想著這大概是二十三英石[2]吧，因為我認為公斤與英石的比例應該是二比一。可是想著想著，我覺得自己好像把這跟公分與英寸的換算給弄擰了。

為了讓我明白了那女孩肯定不是二十三石重，伊莉莎白秀出了檔案夾裡的一張屍體照片。她先用檔案夾點了點我，然後才將注意力轉回到室內，並且說了一聲，「誰幫忙問一下伯納四十六公斤是多重好嗎？」

伯納習慣性地一個人坐在庭院邊上，使用著其中的一張小桌，編號是第八桌。雖然你不知道也無妨，但我打算跟你說些關於伯納的小事。我在古柏切斯初來乍到時，伯納就對我非

---

1 此社區中的建築物均以英國文學家命名。Philip Larkin，1922-1985，著名英國詩人。

2 一英石等於十四磅，也就是大約六點三五公斤，二十三石約當一百四十六公斤。

常好。他送了我一截剪下來的鐵線蓮，還跟我解釋了這裡的資源回收時刻表。他們在這兒準備了四種不同顏色的回收箱。四種！所幸在伯納的指點下，我知道了綠色放的是玻璃，藍色是丟包括紙板在內的紙類。不過紅色跟黑色嘛，我到現在還是完全霧煞煞。我每天晃來晃去看過各式各樣的東西被丟進去，包括某天某人手裡的一台傳真機。

伯納退休前是個教授，而且還是某種理科的教授。曾經因為工作而周遊世界的他早在還沒什麼人聽說杜拜是什麼地方的時候，就已經去那兒見識過了。畢竟是當過大學老師的人，他來吃個午餐也是領帶加西裝，只不過他手中的讀物是《每日快報》。隔壁桌來自魯斯金[3]園的瑪麗跟他搭上了話，然後問了他四十六公斤用英制算是多重。

伯納點了點頭，向伊莉莎白處喊了一聲：「七英石又三英磅多一點點。」一點都不拖泥帶水。伯納這個人就是這樣。

伊莉莎白謝過了伯納，並說聽起來感覺蠻對的，伯納則又回頭去玩他的填字遊戲了。我後來去查了一下英寸與公分的換算，至少這兩種單位我算是矇對了。

伊莉莎白回到了她的問題上。*被廚房刀具刺傷的女孩有多久可活？*我推測如果沒有獲得救助的話，她大概會在四十五分鐘後香消玉殞。

「我了解了，喬伊絲。」她一邊答應又一邊丟出了另一個問題。要是這女孩有人救助呢？救助她的不是正牌的醫生，而是某個懂得在緊急時包紮傷口的人，比方說有軍隊或相關背景的人呢？

我以前值班時也還真見過不少被刀刺出來的傷口。我的工作並不都是處理扭傷的腳踝。所以我說*這樣的話，她應該根本就不會死才對*。雖然她得吃點苦頭，但傷口不難包紮。

伊莉莎白開始點頭如搗蒜，然後說她就是這樣跟伊博辛說的，只不過當時我還不認識伊博辛是誰。如我所說，這是兩個月前的事情。

這一切在伊莉莎白眼裡都非常不對勁，而她認為凶手是女孩的男朋友。我知道這年頭還是很多這種事情，你會在報紙上讀到這樣的社會新聞。

在我搬進來之前，我可能會覺得這整段對話非常的不尋常，但等你跟這裡的大家都混熟了之後，你就會覺得這樣再正常不過了。上禮拜我才結識了發明薄荷巧克力脆片冰淇淋的男人，至少他是這麼自稱的，而這是實話還是鬼扯我也無從確認。

我還挺開心能稍微幫上伊莉莎白一點小忙，並心想我開口要點回報應該不算過分。我問了聲屍體的照片能不能讓我看看。你知道，職業病。

伊莉莎白燦笑了一下，就像這兒的人聽到你想看他們孫子或孫女畢業照時的那種燦笑。她從檔案夾中抽出了一張A４大小的影本，正面朝下放到了我的面前，然後說這是給我的，反正所有的照片都有影本。

我說她太客氣了，她要我別放在心上，但也又問說可不可以再問我一個最後問題。

「當然。」我說。

於是她問了一句，「妳星期四騰得出時間來嗎？」

不管你信或不信，那是我第一次聽說星期四的事。

---

3 John Ruskin，1819-1900，英國維多利亞時代藝術評論大家。

第二章

唐娜・德・費雷塔斯警官真想有把佩槍。她的志願是追著連續殺人犯來到廢棄的倉庫，然後頂著肩膀上剛受的槍傷，咬著牙完成任務。工作之餘，她或許會培養出對威士忌的品味，甚至跟搭檔搞搞婚外情。

但回到現實中，二十六歲的她得在十一點四十五分就坐下來，跟四位剛認識的老人家共進午餐，唐娜知道她得學著接受萬丈高樓平地起。此外，她也得承認，過去的這個小時還挺有趣的。

像「居家安全小撇步」這類型的演講，唐娜已經講了不少次，一如往常，台下作為固定班底的老人家們在大腿上鋪著暖暖的毛毯，享用著免費的餅乾，外加後面有些長輩睡得東倒西歪。唐娜給的都是千篇一律的建議：不論在任何情況下都一定要在窗戶上裝鎖、要求對方出示證件，不可透露個資給打電話來亂槍打鳥的陌生人。比起這些陳腔濫調，她最大的功能是在這個世風日下的時代裡扮演一個令人安心的存在。唐娜明白這一點，還有就是出來演講代表她可以走出警局、放下文書工作，所以她自願當代表。相較於她習慣的職場，費爾黑文警局實在是個太過令人昏昏欲睡的地方。

今天，她來到的是古柏切斯老人社區。以第一印象而言，這地方感覺再無害也不過了——豪華講究、無憂無慮、寧靜安詳，更別說她還在開車進來的路上瞥見一家可以在回程路上去吃個午餐的可愛小酒館，所以要用摔角技把連續殺人犯鎖喉一事，這下子恐怕得緩上一緩。

「安全，」唐娜開門見山地說，但其實她內心想著的是自己要不要去刺個刺青，下腰部上面有一隻海豚會太浮誇嗎？會太老套嗎？會痛嗎？可能會吧，但她要是怕痛，還算是哪門子警察？「我們提到**安全**二字，指的究竟是什麼意思？嗯，我想這個字在不同狀況下會有不同的意思，一切還是要看……」

前排有隻手像火箭發射一樣舉向了天際。這種事可不尋常，但既然來了就不能怕人問。一名年過八旬、衣著打扮無可挑剔的老太太有話想說，而她並沒有等唐娜回應，就逕自開了口。

「親愛的，我在想大家都很希望妳今天跑這一趟，不是來叫我們把窗戶鎖好。」她看了看四周，其他許多老人家竊竊私語表示支持。

第二排一名用助行器圍出個人空間的老先生也揭竿而起。「也不要再提證件的事情了，我們都知道要查看證件了。你真的是天然氣委員會[4]的人嗎？還是你想來偷東西？我們都會了，我發誓。」

現場正式失控。

「現在已經沒有天然氣委員會了好嗎。現在是森特理克了。」一名身穿三件式西裝的先

4 Gas Board。天然氣委員會是英國在一九四八年起供應瓦斯給各地區家庭的國營企業，一九七三年更名為英國天然氣公司（British Gas），一九八六年在柴契爾夫人首相任內民營化，一九九七年年又輾轉成為民營能源集團森特理克（Centrica）的子公司。

生說。

後排一個老先生趁機站了起來，他穿著夾腳拖、短褲和西漢姆足球聯隊的T恤，一根手指頭不知道在指東還是指西。「那還不是得感謝柴契爾那娘們。不然瓦斯公司以前可是我們大家的。」

「喔，給我坐下，朗恩。」打扮入時的貴婦說道。「我替朗恩道個歉。」她緩緩揮著手對唐娜說著。台下繼續七嘴八舌。

「而且誰會連假證件都不知道怎麼偽造，就出來犯罪了啊？」

「我有白內障。你就算晃一下借書證我也會讓你進來。」

「現在根本沒有人在抄錶了啦，親愛的，現在什麼都在網路上。」

「你是說在雲端吧，親愛的。」

「小偷我也歡迎啊，有客人來挺好。」

短短的冷場只出現了一下下，然後只聞各種響笛此起彼落地交織成不成調的交響曲，主要是有一些人在打開助聽器，也有一部分人在關掉助聽器。前排的貴婦趁機重新拿回了主導權。

「所以……喔對了，我是伊莉莎白……今天就莫再提窗戶鎖，不要講證件，更不用提醒我們別在電話裡把提款卡密碼告訴奈及利亞人了。現在還是叫奈及利亞沒變吧。」

唐娜．德．費雷塔斯重整旗鼓了一下。她意會到自己腦子裡想的已經不再是酒館的午餐或是腰上的刺青，她已經開始在回想自己以前在南倫敦那段美好時光中接受的鎮暴訓練。

「嗯，那這樣的話，我們要談些什麼好呢？」唐娜問了一聲。「我得至少撐個四十五分鐘，不然我就換不到補休了。」

「警察體系裡的體制性性別歧視？」伊莉莎白提議說。

「我想聽聽馬克・達根[5]是怎麼在國家的許可下被違法的警察槍殺，還有……」

「朗恩你給我坐下！」

於是這一個鐘頭便輕鬆愉快地度過了，老聽眾們親切地對唐娜道謝，給她看孫子孫女的照片，還邀她留下來吃午餐。

所以她現在在一間「現代風高檔餐廳」裡（菜單上是這樣形容的），對著沙拉挑三揀四，有點食不下嚥。十一點四十五分的午餐對她來說，是稍微早了一點，但她實在推不掉這場飯局。她注意到自己的四位東道主不僅津津有味地吃著全套的午餐，而且還開了一瓶紅酒。

「妳剛剛講的東西太精采了，唐娜。」穿著品味一流的伊莉莎白說道。「我們都聽得欲罷不能呢。」在唐娜看來，伊莉莎白就像是那種板著臉讓你整個學期都擔驚受怕的老師，期末卻給你的成績打了A，還哭著送你離開。也許是因為她穿的呢料外套吧。

「妳講得超讚，唐娜，」朗恩說。「我可以叫妳唐娜嗎，親愛的？」

「你可以叫我唐娜，但或許不要叫我親愛的。」唐娜說。

---

5 Mark Duggan。二〇一一年八月四日，二十九歲的黑人英國男性馬克・達根在倫敦遭到準備逮捕他的大都會警察開槍擊中胸部而死，警方的說法是馬克・達根在密謀進行攻擊行動且身上藏有槍械。此案後續在英國引發了抗議與各種嚴重的暴動。

「妳說的對，達令。」朗恩還蠻受教的。「記住了。是說妳那個烏克蘭人跟停車繳費單與鏈鋸的故事，真的可以拿去當成晚宴後餘興節目的段子，這裡頭肯定有商機。我認識一些人脈，要我給你電話嗎？」

今天的沙拉怎麼好吃成這樣，唐娜心想，而她平常根本不怎麼喜歡吃沙拉。

「我要是去當海洛英的走私客，肯定會非常落漆，我在想。」說這話的是稍早提到森特里克早已取代天然氣委員會的伊博辛。「那就是一門物流的學問，是吧？還有也要過磅，過磅的流程我一定會很享受，因為那要非常精準。另外他們還有機器可以幫他們數錢，外加各式各樣提供現代人方便的設備。話說妳有抓到過海洛英的毒販嗎，德．費雷塔斯警員？」

「沒有耶。」唐娜據實以告。「但希望未來會。」

「但我說他們有數鈔機是對的吧？」伊博辛問道。

「是的，他們是有。」唐娜回答。

「太好了。」伊博辛心滿意足地把紅酒一飲而盡。

「我們很容易無聊。」伊莉莎白補了一句，然後也乾掉了一杯。「只求上帝把我們從窗鎖中拯救出來，德．費雷塔斯女警員。」

「現在都只叫警員了。」唐娜說。

「原來如此。」伊莉莎白說。「要是我堅持說女警員呢？妳要逮捕我嗎？」

「是不會，但我對妳的評價會降低，畢竟這於妳只是舉手之勞，但於我而言卻是一種尊重。」

「真要命，我說不過妳，好吧。」伊莉莎白說道。

「謝謝妳。」唐娜說。

「猜猜我幾歲？」伊博辛發出了挑戰書。

唐娜猶豫了一會兒。伊博辛的西裝很不錯，皮膚也很好。聞起來很香。手帕很別緻地摺疊在他的胸前口袋。髮量有點稀薄但不是沒有。不見啤酒肚，也沒有雙下巴。但在這些表象之下？嗯。唐娜看了眼伊博辛的雙手。看手永遠最準。

「八十嗎？」她試著猜了一下。

她看著原本順風滿帆的伊博辛一下子洩了氣。「對啦，妳真能猜，但我看起來比八十年輕，我的外表年齡大概七十四吧。這可是大家都同意的。我的養生之道是皮拉提斯。」

「那妳又有什麼故事呢，喬伊絲？」唐娜把話鋒轉向了團體裡的第四個成員，一名頂著頭白髮，開心地在席間察言觀色的嬌小女性，身穿薰衣草色襯衫和粉紫色羊毛衫。她嘴巴緊閉，但閃亮的眼神十分銳利，像隻安靜的鳥兒，總觀察著陽光下發亮的東西。

「我嗎？」喬伊絲說。「我什麼故事都沒有啊。我最早是個護士，後來跑去當媽，然後又變回護士。我這人乏善可陳，抱歉喔。」

伊莉莎白悶哼了一聲。「別給喬伊絲騙了。德．費雷塔斯警員。她可是『有求必應』的那種人。」

「我只是做事喜歡有條理而已。」喬伊絲說。「過時的玩意了。我說要去跳尊巴，就真的會去跳尊巴。我個性就是如此。我女兒是避險基金的經理人，妳知道那是什麼玩意兒嗎？」

「嗯，我沒什麼概念。」唐娜承認。

「我也不懂。」喬伊絲遇見了知音。

「尊巴時間在皮拉提斯前面。」伊博辛說。「但我不喜歡兩樣都做。會把你的主要肌群搞得暈頭轉向。」

整頓午飯吃下來，唐娜一直有個問題如鯁在喉。「所以，有個問題不知道你們介不介意我問問。我知道你們都住在古柏切斯，但你們四個朋友是怎麼會抱成團的呢？」

「朋友？」伊莉莎白似乎感到一絲莞爾。「喔，我們不是朋友啊，親愛的。」

朗恩呵呵笑了兩聲。「天啊，親愛的，妳想多了，我們不是朋友。你要再來點酒嗎，莉茲？」

伊莉莎白點了點頭，朗恩便很紳士地幫她倒起了酒來。這是他們的第二瓶了，而現在不過十二點十五分。

伊博辛也附和著說。「我不覺得我們的關係能套上『朋友』二字。我們不會沒事湊在一起，畢竟我們各有各的興趣，非常不一樣。朗恩還算討人喜歡，大概吧，但他鬧起來也是很難搞。」

朗恩點了點頭，「我是很難搞沒錯。」

「而伊莉莎白的態度也不是很好親近。」

伊莉莎白對這評語沒有異議。她點著頭說：「我不得不說這是實話。我一向不是那種很快就跟人打成一片的朋友，你要慢慢習慣才會覺得我還不錯。我從學生時代就是這樣。」

「我喜歡喬伊絲，應該吧。我在想我們是不是都喜歡喬伊絲。」伊博辛說。

朗恩跟伊莉莎白再次點起頭來表示認同。

「謝謝你們，我相信。」喬伊絲一邊說，一邊在盤子四處追殺著豌豆。「你們不覺得應該要有人去發明一下扁的豌豆嗎？」

唐娜試著想釐清滿腹疑惑。

「不是朋友，那你們這一團是什麼呢？」

唐娜看著喬伊絲抬頭望向其他三人，這真是個怎麼看怎麼怪的組合。「嗯，」喬伊絲說。「第一，我們的確是朋友，當然，只不過比較慢熟。第二，給妳的邀請函上要是沒有載明，那是我的疏忽，德．費雷塔斯警員。在此正式向妳介紹，我們是**週四謀殺俱樂部**。」

伊莉莎白已經被滿肚子紅酒弄到眼神迷茫，朗恩用手在脖子上的「西漢姆」字樣刺青上抓癢，伊博辛在擦他亮到不能再亮的袖扣。

餐廳裡的人潮在他們四周開始愈聚愈多，而唐娜就跟之前的許多訪客一樣，也覺得古柏切斯會是個住起來還不錯的地方。要是下午放個假、配上一杯葡萄酒，那該有多好。

「另外我也有每天游泳的習慣，」伊博辛來了個回馬槍，「游泳有天然的拉皮效果。」

這到底是個什麼樣的地方？

第二章

要是你哪天心血來潮走上A21公路，離開了費爾黑文，朝著肯特郡的威爾德地帶核心而去，最終你會經過一個舊歸舊但還堪用的公共電話亭，就位在一處向左的急轉彎。繼續往前開大約一百碼，你會看到一支路標上寫著「白教堂、亞伯茲小屋與蘭茲山丘」，這時請你右轉。此後穿過蘭茲山丘，越過「藍色火龍」酒吧，再途經外頭放著一顆巨蛋的農家小店，你就會抵達跨在羅伯茲米爾湖上的一座小石橋。技術上來講，羅伯茲米爾其實是條河，但千萬不要一聽到河就以為它會有多寬廣，免得看到本尊後大失所望。

渡橋之後右轉單行道，你會想說自己是不是走錯路了，但這麼走其實會比官方介紹手冊告訴你的走法快，而且如果你欣賞參差的灌木，那這一段的風景還更有可觀之處。最終這條路會慢慢變寬，然後從高大的樹木縫隙間往外瞧去，你便會慢慢開始看到左手邊的丘陵地開始有了人或動物的活動跡象。再往前，你會看到一座嬌小的木造公車站，而這同樣不是裝飾品，而是仍在使用中的設施，只不過每天往返只有各一班車。就在來到公車站之前，你會看到左手邊有古柏切斯的入口標誌。

古柏切斯的興建工程開始於大約十年前，原本持有土地的天主教會把這塊地賣出來的時候。包括朗恩在內的第一批住戶於三年後進駐。當時的古柏切斯被標榜為「英國第一所豪宅級的退休聖地」，但是在伊博辛實際去調查過之後，他發現古柏切斯其實是第七所。此地目前有大約三百名居民，年滿六十五歲者方可入住，維特羅斯超市[6]的補貨廂型車每次行經這裡的專用牛柵型路障，都會因為裝滿了紅酒與慢性病處方藥而哐啷作響。

老修道院是古柏切斯裡最具存在感的地標，以此為中心輻射出三處現代化的住宅開發區。百年來，這座修道院始終是一座沉靜的建築，神職人員來回穿梭，空間中有著一應一答的祈禱聲所帶來的安靜與凝定。如果你踏在幽暗的走廊上，你會發現有些修女恬然享受寧靜，有些對日新月異的外界滿懷著畏懼，有些選擇躲藏在這裡，有些在嘗試證明一個早為世人所遺忘的模糊理論，還有些人因為能服事一個高於自身的宗旨而心存喜悅。你會在這裡看到宿舍裡排列著一張張的單人床，會看到長條形的矮餐桌，會看到一處安靜到你發誓可以聽到上帝呼吸聲的小教堂。簡單講，這就是聖堂修女會，她們永遠不會放棄你，永遠會讓你有得吃、有得穿，讓你感受到被需要、被重視。為此你需要回報的事情只有一件，那就是一生的虔誠與奉獻。而由於世上永遠有人需要被需要跟被重視，所以志願加入的姊妹也從來沒有少過。然後有那麼一天，你會爬上那段短短的山坡，穿過樹木構成的綠色隧道，來到終點處的永息花園。那兒的鐵門與矮石牆居高臨下，俯瞰著修道院與更遠處高威爾德區（威爾德分為三部分中的核心區域，另外兩部分為周圍的低威爾德與北部及西部的綠砂脊）無邊的美景。屆時你的軀體會躺上另一張床，旁邊有塊簡簡單單的墓碑，而在你身旁陪伴著妳的，會是之前一代又一代的瑪格麗特修女與瑪麗修女。若你有過夢想，那如今它們將可以在蓊綠的丘陵上徜徉；若你有過祕而不宣的心事，那如今它們將成為永世不受侵擾的祕密，周遭圍著修道

6 Waitrose。英國以中產階級為主要客群的高階連鎖超市。

院的四面牆。

好吧，嚴格說起來是三面牆，不是四面，修道院面西的那堵牆垣已經完全變成了透明的玻璃，主要是為了容納養老院的游泳池園區。從那兒可以望見果嶺，然後再下面是訪客的停車場。臨時停車證的配給十分嚴格，以至於停車委員會儼然成了古柏切斯內部的單一最大勢力。

游泳池的旁邊有一處佔地不大的「關節炎治療池」，一眼望去活像個按摩浴缸，但這也不奇怪，因為它真的就只是個按摩浴缸。任何人若是接受伊恩．文瑟姆或其任何一個團隊成員的導覽，那他們的下一站便會是這裡的三溫暖。伊恩每次都會推開一條門縫，然後裝腔作勢地說，「我的天啊，裡頭好像藏了個三溫暖耶！」伊恩就是這樣的人。

接著他們會一起搭乘向上的電梯，去到各有不同設定的一間間「娛樂室」，這當中包括擺了各種器材的健身房，還有練舞室，居民們可以在曾經放滿單人床的空間裡開心跳尊巴。再來有間「拼圖室」，供比較靜態的交流活動使用。接著是圖書室，還有給委員會交頭接耳地討論大事、或是供大夥兒用平面電視欣賞足球比賽的交誼廳，做什麼都不嫌擁擠。重新回到一樓，修道院原本的低矮長桌如今搖身一變，成為了「現代風的高檔餐廳」。

在養老村的正中央，附屬於修道院其中一側的小教堂迄今保持著完整的原貌。淺奶油色的灰泥外牆使其相對於修道院雄渾陰暗的哥德式風格，散發著一派地中海氣息。話說這個小教堂能夠完整倖存下來，是聖堂修女會近十年前賣地的時候，少數其執行代表堅持不肯讓步的其中一個條款。古柏切斯的居民都很愛用這間小教堂。這裡是魂魄的流連之所，修女們彷彿仍然在此摩肩擦踵，而她們的低語也於此滲進了古老的石牆。這個地方會讓你覺得自己與某種不那麼急躁、不那麼粗魯的存在融為一體。不過，伊恩．文瑟姆仍在尋找著合約中的漏洞，他就希望能透過小教堂的重新開發來讓這兒的公寓多出個八棟。

修道院最早成立的初衷，其實是為了附屬於院旁另一側、如今在古柏切斯成了護理之家的柳樹園。一八四一年由聖堂修女們所建立的柳樹園，原是一間慈善性質的志願醫院，照顧過許多走投無路的殘病老弱。然後到了上個世紀的後半葉，柳樹園曾經轉型為安養院，直到一九八〇年代的新法導致安養院也關門大吉。此後修道院就單純成了教眾在禮拜前的等候室，而等最後一名修女在二〇〇五年凋零之後，天主教會一秒也沒有多想就為了換錢而把修道院賣了出去，簡直把這裡當成破銅爛鐵。

古柏切斯整個開發區坐落在面積廣達十二英畝的林地與美麗的開闊坡地上，當中涵蓋兩座小小的湖泊，其中一座是天然湖泊，另一座則是由伊恩．文瑟姆的工頭東尼．庫蘭帶人弄出來的人工湖泊。也以古柏切斯為家的大群雁鴨似乎青睞後者許多。林地變得稀落的丘頂如今仍有人在牧養綿羊，而湖畔的草原上則棲息著從兩頭變成二十頭的一群駱馬。伊恩．文瑟姆買那兩頭駱馬，是希望把牠們放在養老村的銷售照片上能使人眼睛一亮，沒想到這些畜牲繁殖起來會如此一發不可收拾。

以上，就是對「**這到底是個什麼樣的地方**」的簡要回答。

第四章

喬伊絲

我第一次寫日記是好多年前的事，現在回想起來，我覺得你不會對它有任何興趣。除非你對一九七〇年代的海華茲希斯情有獨鍾，但我看恐怕不然。不過我也不是對海華茲希斯或一九七〇年代有什麼意見，當時這兩者都讓我挺開心的。

但前兩天，遇到伊莉莎白之後，我第一次參加了「週四謀殺俱樂部」的聚會，我覺得這回事也許夠有意思，值得寫下來。就像那個幫福爾摩斯和華生寫了日記的傢伙？不管大家在檯面上怎麼說，沒有人不愛謀殺案，所以我就姑且一試寫寫看了。

我已經知道出席的會有伊莉莎白、住在渥茲渥斯[7]苑且家中有環繞式陽台的伊博辛．阿里夫，還有朗恩．李奇。對，就是那位朗恩．李奇。這點也令人興致勃勃，儘管我現在對他多了點認識，他的光環就沒那麼刺眼了。

若是從前，現場還會有一位潘妮．葛雷，但她老人家已經去柳樹園，也就是村中的安養院報到了，所以我想我算是第二代的潘妮吧，正巧補上了俱樂部開的缺。

我帶了瓶挺不賴的紅酒當伴手禮（要八點九九英鎊），記得當時還有點緊張，而我到的時候，另外三人已在拼圖室就定位了，正忙著把照片一一在桌上排列好。

週四謀殺俱樂部是伊莉莎白跟潘妮一起創立的。潘妮當年是肯特郡警局裡一名資深的警探，她會把長年未破的懸案資料帶來。當然理論上她不應該這麼做，但誰又會知道呢？人活過了一個年紀，基本上還真的可以隨心所欲，想幹嘛就幹嘛。會罵你的除了你的醫生，也就只剩下你的孩子了。

我其實不應該洩漏伊莉莎白以前是幹哪一行的，雖說她自己偶爾也會對此滔滔不絕就是了。這麼說吧，什麼凶殺啊、查案啊、有的沒有的，都不是她會覺得陌生的工作。

她們倆會一行行地把檔案瀏覽過，哪怕是一張照片或一份證人的筆錄，她們都不會省略，因為她們要找的就是之前被看走眼的細節。伊莉莎白與潘妮最受不了的，就是想著有罪的人在法網之外過得逍遙自在。誰知道呢？搞不好那些人會坐在自家花園裡拿著數獨在玩，得意自己殺人不用償命。

此外，我覺得潘妮跟伊莉莎白是真的全心享受這種破案遊戲。幾杯葡萄酒配上一宗謎團，在朋友輕鬆的交流中討論著血淋淋的懸案，說多好玩就有多好玩。

她們約定每週四例會（所以叫週四謀殺俱樂部），至於挑中星期四，是因為藝術史跟法文會話社的活動之間，週四的拼圖室會有兩小時空出來。至於她們預約的名義，從過去到現在都是「能劇討論會」，而這也非常有效地讓拼圖室在兩小時內成為專屬於她們、沒有人會來打擾的空間。

出於五花八門、千奇百怪的原因，她們各有對象可以討人情，由此經年累月，她們叫了五湖四海的嘉賓來作陪，並與他們在輕鬆友善的氣氛中天南地北地聊。跡證鑑識人員、會計

7 William Wordsworth，1770-1850，與雪萊、拜倫齊名的浪漫主義英國詩人。

師、法官、樹醫，另外還有專門培育種馬跟專門吹製玻璃的業界人士，全都當過拼圖室的座上賓。只要被認定對她們的某一方面調查有所助益，任何人都可能以顧問之姿見到伊莉莎白與潘妮。

伊博辛在不久後加入了她們。他原本是潘妮的橋牌咖，還曾經在有的沒有的事情上幫過她們一兩回。他是名精神科醫師，至於應該說是前精神科醫師還是現役的精神科醫師，我還真不確定。跟他還不熟的時候，你根本看不出來他是這樣的背景，但慢慢跟他熟了之後，你就會稍微有種恍然大悟的感覺。我自己是絕對不會去看什麼精神科，因為我可不想在人面前掏心掏肺，以風險而言我覺得CP值不高。我女兒喬安娜就有一位固定的治療師，只是看到她住的豪宅，你一定會覺得，她這樣還會心情不好是在開玩笑嗎。總之不管還當不當精神科醫師，伊博辛確定是沒再打橋牌了，這一點我是覺得還蠻可惜的。

朗恩是自己找上門來的，但這並不令人意外。「能劇討論會」的幌子他壓根不買帳，由此他就在某個星期四走進了拼圖室，他想看看裡頭究竟在搞什麼飛機。這種凡事存疑的態度深獲伊莉莎白的肯定，於是她便大方邀請朗恩翻閱了一九八二年的一份檔案，一名童軍團長被燒死在A27號公路旁林地。她很快就留意到朗恩的最大優點，那便是不論別人跟他說什麼，他都不會照單全收。伊莉莎白說，她現在都是抱著警察在說謊的預設立場，來閱讀警方的檔案，效果好得出奇。

話說這個地方會得名拼圖室，是因為中大型的拼圖得要拿來這裡拼，更精確地說是放在拼圖室正中央一張坡度平緩的斜桌上拼。我第一回走進到這裡，看到的是一幅兩千張的惠斯塔布港[8]風景，上頭的天空還留著一處投信口形狀的長方形缺口。惠斯塔布港我去過一回，也就是一日遊，而我實在看不出那地方在紅什麼。基本上你去那兒就只能吃吃生蠔，其他談不上有什麼值得你消費的地方。

總之，伊博辛用一片有厚度的壓克力板蓋在了拼圖上頭，好讓他、伊莉莎白與朗恩有地方可以陳列出那女孩的驗屍照片——伊莉莎白覺得是死在男朋友手中的那個可憐女孩。那個男朋友對於被迫退伍很不高興，但這種人總是會找理由，對吧？我們都有各自的辛酸故事，但我們可沒有全都跑去大開殺戒。

伊莉莎白叫我順道把門帶上，然後過來看看幾張照片。

伊博辛自我介紹了一下，跟我握了手，然後表示餅乾不用客氣。他囉嗦了兩句說餅乾有兩層，而他們都習慣先把上層吃完再吃下層，對此我表示他多慮了，因為在這一點上，我跟他們是同一國的。

朗恩替我倒了酒，放在了餅乾旁邊。他以頭代手指了指酒瓶上的商標，並開了口介紹說這是支白酒。最後他在臉頰上給了我輕輕的一吻。

話說你可能覺得親一下臉頰沒什麼大不了，但面對年過八旬的男人可由不得你如此天真。到了這個年紀，還會吻在你臉頰上的男人只有女婿，或是相當於女婿的男性。所以我當場就認定朗恩是個銀髮界的玩咖。

我會發現大名鼎鼎的工會領袖朗恩·李奇住在這個養老村裡，是因為他跟潘妮的先生約

---

8 Whitstable。英國英格蘭東南部肯特郡北海岸的一座海濱城鎮。

翰救治了一隻受傷的狐狸，並為恢復健康後的牠取了個名字叫史卡吉爾[9]。我剛搬來的時候，正巧他們將這件軼事登在了在村中的通信刊物上。由於約翰確實是獸醫出身，而朗恩呢，嗯，就是朗恩，所以我判斷狐狸是被約翰獨力給救回來，牠唯一能感謝朗恩的只有新名字的部分。

說起那份內部的刊物，名叫《切入正題》，和古柏切斯的「切」玩了個雙關。

我們一夥人圍在了驗屍照片的四周，看著那個可憐的女孩，她的傷口即便在當年也不應該嚴重到害她沒命。事發之後，那男友就在要去接受偵訊的路上逃出潘妮的偵防車，自此銷聲匿跡。他也給潘妮惹了不少麻煩。該說不意外嗎？會打女人的傢伙就是死性不改。

但是即便這位男友嫌疑犯沒有逃之夭夭，我也不覺得我們能把他給怎麼樣。這些年下來，週四謀殺俱樂部也自得其樂地解開了不少案子的謎底，但他們始終做不到的，是讓壞人被逮捕歸案。那畢竟在他們的能力範圍以外，是吧？

所以你可以說，潘妮和伊莉莎白並沒有能如願以償，那些殺人凶手依舊在天涯海角，逍遙自在地收聽著BBC的天氣預報。他們成功逃脫了法律的手，得到了自由，為此我只能很遺憾地說天底下沒有百分百的法網恢恢疏而不漏。人活得愈久，就愈得學著去接受這樣的現實。

或者你也可以覺得我想太多，想法沒半點建設性。

上個星期四，是第一次我們四個人的組合：伊莉莎白、伊博辛、朗恩，還有第一次來的我。但現場毫無違和感，或許我的存在真的又讓拼圖完整了起來。

關於俱樂部的事情我就先說到這裡，因為村子裡等下有一場大會議，而我得負責排好所有的椅子。我志願當開會時的椅子股長，是因為一來這讓我感覺自己還能派上用場，再來就是現場的點心我還能第一個品嘗。

這次的大會，是要針對古柏切斯的新開發案進行說明，伊恩．文瑟姆這位大老闆要親自來跟我們談談。我試著儘量誠實，所以我希望你不會介意我這麼說：我不喜歡他。要是沒人阻止，他這種人不知道幹得出多少壞事。

這次的事情已經讓居民間吵得沸沸揚揚，大家在意的點是廠商打算砍掉樹林，翻挖墓地，而且還有傳言說風力發電的機具會進駐到村裡。朗恩是很期待去鬧個場，而我則很期待看他會怎麼出招。

從今開始，我保證每天都會寫點東西。我心裡暗暗祈求會有些事發生。

9 Scargill。與英國上世紀八〇年代知名的左翼工會大將亞瑟．史卡吉爾（Arthur Scargill）同名。史卡吉爾為激進派的英國老牌左翼工會人士，創立過社會主義勞工黨，曾帶領一九八四—八五的英國煤礦工人罷工。

第五章

維特羅斯超市的坦布里奇韋爾斯門市裡有一間咖啡廳。伊恩．文瑟姆把他的Range Rover休旅車停在了店外的身障停車格，他好手好腳，佔用那個車位只因為那裡離門口最近。

走進店內後，他注意到坐在窗邊的波格丹。伊恩拖著欠波格丹的四千英鎊不還，是因為他希望波格丹能在那之前就被驅逐出境，只是迄今他還沒有這樣的好運氣。他對那個慈眉善目的波蘭人揮了揮手，然後朝著櫃臺的方向走去。他用雙眼掃視著黑板上的菜單，目標是來杯咖啡。

「你們這兒賣的都是公平貿易咖啡嗎？」

「嗯，全部都是。」櫃臺後的妙齡女子邊說邊露出驕傲的笑容。

「嘖。」伊恩覺得這回答很刺耳，因為他並不想多付十五便士[10]來幫助某個他永遠不會去的國家裡某個他永遠不會認識的人。「給我來杯茶。加杏仁奶。」

今天最讓伊恩惶惶不安的事情，並不是波格丹。那四千英鎊的債如果實在不能再拖，那就還了吧。伊恩今天最擔心的，是他會死在東尼．庫蘭的手上。

伊恩端著點好的茶，去到了桌邊，一路上注意著有沒有六十歲以上的人在店內。超過六十歲而且有錢來高級的維特羅斯超市消費？就當他們還能活十年就夠本了，他心想。他有點懊惱自己沒帶幾本手冊來招攬生意。

該面對東尼的時候，伊恩自然會去面對，但此刻他得先處理好波格丹。好消息是波格丹並不想要他的命。伊恩坐了下來。

「不就兩千鎊的事情嗎，還勞您波格丹大駕？」伊恩問了聲。

波格丹正喝著他偷渡到店內的兩公升裝Lilt汽水[11]。「是四千鎊，文瑟姆先生，蓋游泳池很辛苦的，不曉得你知不知道？」

「你要認真做那才算辛苦，波格丹。」伊恩說。「水泥灌漿都褪色了。你看，我要的是珊瑚白。」

伊恩掏出了手機，滑出了一張照片，正是他的新游泳池。他將照片硬推到了波格丹的眼前。

「少來了，那是濾鏡，把效果給我拿掉。」波格丹在螢幕上按了一下，照片也二話不說亮度大增。「喏，珊瑚白。來這套。」

伊恩認輸地點了點頭，不試白不試，只是偶爾時候到了，該付的錢就是要付。

伊恩從口袋裡掏出一個信封。「好吧，波格丹，我們做人還是要照規矩。這兒是三千鎊。可以了吧？」

波格丹的表情有點無奈。「好吧，三千就三千。」

伊恩遞過了錢。「裡頭其實是兩千八百鎊，但我們的交情少說也值兩百鎊吧。現在，我有事要問你。」

---

10 新制的一英鎊等於一百便士，十五便士等於零點一五英鎊。

11 可口可樂公司生產，只在聯合王國、愛爾蘭、直布羅陀跟塞席爾群島販售的汽水。

「當然好，」波格丹說，把錢塞進口袋。

「波格丹，你這小子挺聰明吧？」

波格丹聳肩。「這個嘛，我的波蘭語說得很溜。」

「我每次請你做事，你都有把事情辦成，而且辦得非常漂亮，又不花大錢，」伊恩說。

「謝謝，」波格丹說。

「所以我在想，你要不要幹票大的？」

「當然，」波格丹說。

「是真的很大一票喔？」伊恩說。

「當然，」波格丹說。「大小都一樣。只要有更多差事就行。」

「好孩子，」伊恩說，喝光了最後一點茶。「我正要去把東尼·庫蘭給炒了。我需要有人取代他的位置。你意下如何？」

波格丹低低吹了一聲口哨。

「做不來嗎？」

波格丹搖頭。「不，那倒不會。我做得來。我只是覺得你要是炒掉東尼，他搞不好會宰了你。」

伊恩點頭。「我知道。但這點留給我擔心吧。明天，這份工作就歸你了。」

「如果你還活著的話，當然好，」波格丹說。

時間差不多了。伊恩跟波格丹握握手，終於可以想想該如何跟東尼·庫蘭攤牌。

古柏切斯那兒有一場社區的公聽會，他必須要到場讓老人家們暢所欲言。他得禮數周到地點頭哈腰，得體地打上領帶，必恭必敬地用姓氏稱呼長輩。這種演技，絕對會哄得人服服貼貼。他邀了東尼一起去，所以可以在事後直接把他給炒魷魚，在附近有證人的公開場合。

他估計有十趴的機率，東尼會當場要了他的命。但這也意味著有九成的機會他可以平安無事，同時考慮到這麼做於他是一門可以賺錢的生意，伊恩於是覺得這九生一死的機率非常可以。畢竟風險與報酬總是結伴而行。

這時外頭傳出嗶嗶聲，伊恩看到一個乘著電動代步車的女人用手杖指著他的Range Rover，一副怒不可遏的樣子。

凡事總該有個先來後到吧，伊恩心想。有些人真搞不懂在想些什麼？

伊恩邊開車邊聽著一本勵志的有聲書——《你死還是我亡——戰場上的教訓如何搬到會議室裡活用》。這本書出自退役於以色列特種部隊的作者之手，而推薦給他的則是在坦布里奇韋爾斯的Virgin Active健身房裡，他的個人教練。伊恩不確定那位教練本身是不是以色列人，但看起來是有幾分像樣。

正午的太陽雖強，還是射不進伊恩違法把隔熱紙貼得超黑的Range Rover車窗，他又在想著東尼．庫蘭。他們多年來其實合作無間，伊恩與東尼可以說孟不離焦、焦不離孟。伊恩會購入破破爛爛、看來有氣無力的老房子，而東尼則會將其大卸八塊之後拆成一間一間，然後再安上殘障坡道跟扶手。這對搭檔就這樣一間間房子，複製著相同的手法。養老院的生意蒸蒸日上，讓他賺到了不知幾桶金。他手上扣住了一些，賣掉了一些，又新買了一些。

伊恩從休旅車的冰箱裡拿出了冰沙來消暑。這冰箱並非Range Rover的標配，而是法弗舍姆的一名黑手在給置物箱鍍金的時候，順便幫伊恩裝上去的。

這杯冰沙是伊恩固定喝的配方：一小籃覆盆子、一把菠菜、冰島優格（或是冰島的沒了可以用芬蘭優格代替）、螺旋藻、小麥草、西印度櫻桃粉、綠球藻、昆布、巴西莓萃取物、可可豆、鋅、甜菜根精華、奇亞籽、芒果陳皮與薑。這伊恩流的冰沙，被他取名叫做「簡單就好」。

他看了一下手錶，古柏切斯大概再十分鐘就到。他的如意算盤是把會開完再跟東尼一刀兩斷。今天早上他上谷歌搜尋過一則關鍵字是防刺背心，但這項商品沒有當日到貨的選項。他也不想當冤大頭跑去用Amazon Prime買。

反正他相信自己應該不會有事的。而且好消息是波格丹已經答應要接手了。這就叫無縫接軌。當然重點是波格丹比較便宜。

伊恩很早之前就想清楚了一件事情，那就是他要是真的想賺到大錢，讓養老院事業朝高端發展的策略勢在必行。對做老人生意的他而言，最糟糕的狀況就是讓住戶死在院裡。人死了會有相關的行政開支，而且找新房客需要時間，時間會產生空檔，空檔就會造成住房率下降。還有最糟糕的是你得跟家屬打交道。考量到這一點，我們就必須知道，一般而言住戶愈富裕，他們的命就愈硬，愈有機會長命百歲。同時住戶愈有錢，他們的家屬就愈少會來探視，因為這些家屬往往會住在倫敦，或紐約，甚至是聖地牙哥。所以伊恩開始鎖定金字塔的上層作為目標客群，他的公司也為了轉型而從深秋日落安養院改名為從一個家到另一個家：獨立樂活居，專心用數量較少但坪數較大的單位做富人的生意。東尼．庫蘭眼睛都沒眨一下。他覺得自己學習東西很快，不論是什麼乾濕分離的浴室、電子門禁卡，還是社區公用的烤肉爐，絕沒有新玩意兒難得倒他。這麼說來，跟他這樣的人才分道揚鑣還真是有點可惜，但事已至此說這也已太遲。

伊恩開車經過了右手邊的木造公車站，然後轉進了古柏切斯的入口。跟平常很多時候一樣，他跟在一輛廂型物流車的後頭通過了牛柵路障，然後就這樣被廂型車一路卡到了長長的行車道盡頭。他一路上邊看著風景邊搖頭，哪來這麼多駱馬，活到老學到老這話還真沒說錯。

伊恩停好了車子，然後小心翼翼地把停車證放好在正確而且一眼就能看到的位置，擋風玻璃的左手邊，停車證號跟有效期限都明顯得很。這些年來跟伊恩產生過摩擦的「主管機關」可說五花八門，但只有兩個單位真正惹毛過他——一個是俄羅斯進口稅調查局，另一個就是古柏切斯的停車委員會。但把這口怨氣給吞下去是值得的。因為不論他之前賺了多少桶金，古柏切斯都是完全不同的另外一個境地，你可以將之想成是大小聯盟的差距。這一點伊恩跟東尼都心知肚明。這裡可是搖錢樹，但當然，這也就是今天的問題之所在。

古柏切斯，十二英畝的絕美鄉間，可以合法興建多達四百棟退休公寓。那兒除了一棟空置的修道院以外，就只有不知道是誰放養在山丘上的羊了。幾年前，他有個老朋友從一名神父手中買斷了那兒的土地後，才發現自己出於某種誤會而急需現金來打引渡官司。伊恩拿出了這筆錢，然後也隨即意會到這裡非常值得他押上身家拚一把。但押上身家的除了他，還有東尼。東尼也決定拿錢跟這塊地一拚，所以現在才會有這種不論他在古柏切斯蓋了什麼東西，東尼．庫蘭都擁有二十五趴持份的情形。伊恩當初是覺得自己沒有選擇，才答應了東尼開出的條件，畢竟東尼對他一向忠心耿耿，而且東尼還挑明了說要是他不答應，自己就要把他的兩隻手都折斷。東尼把人手臂折斷的場面，伊恩不是沒有見識過，不然你以為他們一開始為什麼會合作。

不過合久必分，他們不會再合作太久了。東尼肯定也知道吧？說真的，豪華公寓誰都能蓋——只要打起赤膊、聽個廣播、挖挖地基或是對某個砌磚工大吼大叫。簡簡單單。但可不是每個人都有本事**監督**別人蓋豪華公寓。新的開發計畫正要開始，此時不讓東尼認清自己真正的價值，更待何時？

伊恩覺得膽子大了起來，這次不是你死就是我亡。

伊恩下了車，一不留神在刺眼的陽光下眨了眨眼睛，接著嘴裡湧出了甜菜根精華的餘韻，而那正是他沒辦法把「簡單就好」商品化的其中一大原因。當然他大可以為了迎合市場而把甜菜根拿掉，但這成分真的對保養胰臟非常有效。

戴上名為太陽眼鏡的武裝，辦正事的時候到了。「我亡」可不在他今天的計畫之內。

第六章

一如他平日的習慣，朗恩．李奇對這件事絲毫不買單，熟練地將手指戳在自己那一份租約頂端。他知道自己的氣勢看起來不錯，那是當然，但他感覺得到他的手指在抖，租約也在抖。他拿起租約在空中晃了晃，藏住他發抖的動作。可是，他的聲音也不復往日的力道了。「這邊我完全引用你的原話，文瑟姆先生，沒有半點加油添醋，『古柏切斯控股投資公司保留在與現有住戶進行商討之後，於現址尋求其他開發可能性的權利。』」

朗恩壯碩的體型，顯示他從前一定是力大無窮。但他現在外強中乾，就像在郊外生鏽的卡車。他寬闊的大臉隨時準備好在下一秒擺出盛怒難當或不敢置信的神情，或者如果需要其他表情，他也可以配合，只要能派上用場就好。

「沒錯啊，商討就是這麼回事。」伊恩．文瑟姆口氣像在哄小孩似的。「今天開的就是諮詢商討會議啊。你們身為住戶，歡迎儘量商討，接下來的二十分鐘是屬於你們的。」

文瑟姆在住戶交誼廳前一張桁架結構的木桌邊坐下。他的皮膚曬成古銅色，神態輕鬆，太陽眼鏡推到了做成八十年代型錄模特兒髮型的頭髮上。他穿著一件昂貴的馬球衫，手錶大得像鬧鐘。從他的樣子看起來，身上的味道八成也不難聞，但你應該不會想離他那麼近。

他左右兩邊分別貼著一個大概比他小上十五歲的女人，和一個身穿無袖背心而露出肉上刺青的男性。那女人是開發案的建築師，刺青哥則是東尼．庫蘭。朗恩在附近看過他，也聽聞過他的事蹟。朗恩仍繼續指著文瑟姆，而一旁的伊博辛正一字不漏地做著會議記錄。

「你這套老掉牙的鬼話，文瑟姆，我才不上當。這才不是什麼諮商，這叫偷襲。」

喬伊絲決定不再袖手旁觀。「你跟他把話說清楚，朗恩。」

朗恩正有此意。

「謝了，喬伊絲。你口口聲聲要蓋這座『林園』，但你打算做的事情卻是把樹砍得一乾二淨。你用電腦做出來的那些小巧美照，一切都照你的意思修得那麼美好。陽光普照，有，毛茸茸的蓬鬆雲朵，有，在池塘裡游泳的小鴨，有。反正電腦在手什麼都弄得出來，空頭支票隨便你說。小伙子，我們要看到立體模型，而且比例尺不能太小。樹的模型跟示意的小人都不准偷工減料。」

話聲一落，現場的掌聲如漣漪般擴散。想看實體模型這點顯然說進了很多人的心坎裡，但伊恩．文瑟姆說這年頭模型已經不時興。朗恩繼續展開了追擊。

「而且你選了——刻意地選了——個女的建築師，好讓我不方便大呼小叫。」

「但朗恩你現在好像還是在大呼小叫。」伊莉莎白忍不住吐槽。

「妳可別血口噴人說我在大呼小叫，伊莉莎白，」朗恩大呼小叫地說。「我老歸老，但自己在大呼小叫我不會不知道。你看看他穿得活像是東尼．布萊爾[12]。反正都學得這麼像了，文瑟姆，你幹嘛不順便去轟炸一下伊拉克？」

這句真經典，朗恩心想，同時伊博辛正盡責地把一字一句都記錄下來。

在他還常登上報紙的年代，他的綽號是「紅朗恩」，不過那個時代大家可能都只是深紅與淺紅的差別，所以被叫「紅什麼」的大有人在[13]。報上只要出現朗恩的照片，你幾乎可以確定旁邊會跟著一則標題寫著「雙方的會談在昨天深夜破局」。身為無役不與、什麼大風大浪沒見過的工運老兵，他經歷了罷工糾察線、企業黑名單、派出所的拘留室、激烈口角、靜坐抗議、非由工會發動的所謂「野貓罷工」，還有勞工集體出走的聯合罷工。這樣的朗恩曾在得用火盆烤手的寒冷現場陪著利蘭汽車廠[14]的夥伴，也曾在第一線親眼見證碼頭工人的潰敗。當時他加入了瓦平舊碼頭區的糾察線，但最終還是只能眼睜睜看著要把集團總部遷來此處炒房的媒體大亨大獲全勝，而那人便是大名鼎鼎，把印刷工人打得潰不成軍的魯伯・梅鐸[15]。朗恩曾經率領著肯特郡的礦工走上A1公路，曾在煤礦業抗爭失敗的最後一搏中落網於奧格里夫[16]。事實上，若非如朗恩一般心志堅強，正常人可能都會懷疑自己一定是掃把星，才會吃那麼多敗仗。但朗恩相信那就是尋求以下剋上者的宿命，而他就是非常鍾情於此。若是出於某種原因，他發現自己成了佔上風者，那他就會使盡吃奶的力氣去扭轉處境，以便讓所有人相信他依舊是被壓迫的。不過有一點你得給朗恩肯定，那就是他對弱者的關懷並非空談，他是有實際作為的。他總是默默地給需要往上爬的人搭把手，不論你是在聖誕節需要一點錢，還是需要一套西裝或律師陪你上法院，他都不會吝惜給你支援。不管是任何人出於任何理由需要朗恩幫忙站出來，都會在他刺青的臂彎中得到保護。

---

12 Tony Blair，英國政壇人物，一九九四年到二〇〇七年為工黨黨魁，一九九七年至二〇〇七年出任英國首相。

13 英國的保守黨使用藍色，紅色則是工黨的代表色。

14 British Leyland。一九七五年被國有化，如今已不復存在的英國車廠。

15 Rupert Murdoch。出生於澳洲的媒體大亨。

16 Orgreave。英國南約克郡地名。

嚴格說起來，他的刺青圖案已經有些黯淡，但朗恩心中的那把火並沒有減弱。

「是說你可以把這份土地租約塞到哪裡[17]，文瑟姆你不會不知道吧？」

「願聞其詳。」伊恩．文瑟姆裝起傻來。

朗恩於是開始說起了大衛．卡麥隆[18]跟歐盟的公投，應該是想要拿這來做個比喻，但說著說著有點像風箏斷了線，話題不知道飄到了哪裡去。伊博辛把手輕放於他的手肘，他點了點頭，像個任務已盡的戰士，坐回了椅子上。你可以聽到他膝蓋彎曲時發出的聲音有如槍響。

他很開心。而且他發現自己發抖的症狀停止了，暫時停止。再度披掛上陣的感覺真是無與倫比。

第七章

就在馬修・麥基神父鑽進了交誼廳後方的同時，一個身穿西漢姆足球聯隊T恤的彪形大漢正在大吼大叫著跟東尼・布萊爾有關的不知道什麼事情。出席的住戶一如他所希望，非常踴躍，為此他深感欣慰，因為他知道要有夠多的居民願意站出來，大家才能有效地對「林園」表示抗議。他從貝克斯希爾[19]前來時所乘坐的列車裡並未提供自助餐，所以他也欣見現場有免費招待的餅乾。

他趁沒人注意時抓起一把餅乾，找了張藍色的塑膠椅子坐在後排，然後開始融入現場的氣氛。刺青男似乎已講到有如強弩之末，而他一坐下來，就立刻有其他人的一隻隻手舉了起來。如果他真的是白跑了這一趟，那是再好不過，但小心駛得萬年船，他寧可來了浪費時間，也不要因為沒來而後悔。麥基神父意識到自己很緊張。他調整了一下頸圈，一隻手耙過雪白的頭髮，然後伸手進口袋拿了一塊奶油手指餅乾。要是沒有人問起墓園的事情，或許他也應該主動發難。他有任務在身，得勇敢一點。

待在這裡真是說不出的怪。他顫抖了起來，或許只是因為天氣冷？

17 這是說的一半的粗話，整句的意思是把這合約塞到你的屁眼裡。
18 David Cameron。二〇一〇到二〇一六年間為英國首相。
19 Bexhill-on-Sea。濱海貝克斯希爾是英格蘭東南方東薩塞克斯郡的一個海濱城市，常簡稱為貝克斯希爾。

第八章

公聽會結束後，朗恩與喬伊絲坐在滾球果嶺的邊上，冰涼的啤酒在陽光下閃閃發光。朗恩正在交談的對象是獨臂的丹尼斯·艾德蒙，一名來自魯斯金苑的退休珠寶商。

丹尼斯原本對於朗恩而言是素昧平生，兩人實在沒有說過半句話，但丹尼斯卻不住讚揚著朗恩在諮商會議上那發人深省的發言。「獲益良多，朗恩，我獲益良多，很多地方值得我反覆咀嚼。」

朗恩謝過了丹尼斯的美言，然後開始等待，他知道對方一定會有下一步動作，他的預期從來不曾落空。

「所以這一定是您的公子囉？」丹尼斯邊說邊把注意力轉向也同樣輕握著一罐啤酒的傑森·李奇。「好一位鬥士！」

傑森微笑著點著頭，禮數說多周到就有多周到。丹尼斯伸出了友誼之手。「在下丹尼斯。我有幸是你父親的朋友。」

傑森握了握他的手。「我是傑森，很高興認識你。」

丹尼斯瞪著眼停頓了一拍，似乎在等待著傑森開啟話題，最後才硬是熱絡地點了點頭，「嗯，我也很高興認識你，希望很快可以再見面，是吧？」

傑森再次禮貌性地點了點頭，然後丹尼斯就飄走了，走前甚至忘了要假意跟朗恩說聲掰掰。父子倆這才重拾起與喬伊絲的對話，剛才那種打擾已經是他們很習慣的日常。

「那個節目叫做《知名家譜巡禮》。」傑森說。「他們會先調查過家族史，然後帶我去各個景點走上一遭，順便跟我簡報一下，沒錯，家族史，像是你的曾姥姥曾經淪落風塵，這一類的事情。」

「我沒看過。」朗恩說。「那是哪一台的，BBC嗎？」

「是獨立電視網。那真的很好看耶，朗恩。」喬伊絲加入了附和。「我不久前看了一下，傑森你有看過那集嗎，主角是個男演員那集？就是《霍爾比市》[20]裡演醫生的那個，不過我也在《神探白羅》裡看過他就是了。」

「沒有耶，喬伊絲。」傑森回答。

「那集超有趣的。他的祖父竟然殺害了自己的戀人，而且還是個同性戀的戀人。他驚訝得臉都歪了。我覺得你應該去上上那節目，傑森。」喬伊絲興奮到拍起了手。

傑森點了點頭。「他們也會想跟你聊聊的，爸。在鏡頭前聊聊。他們問過你是不是會怯場，我說他們該擔心的是你嘴巴閉不閉得上。」

朗恩被這話逗笑了出來。「但你真的要去上那個找名人去冰宮裡跳舞的實境秀嗎？」

「應該吧，我是覺得應該會蠻好玩的。」

「嗯嗯，那倒是。」喬伊絲把啤酒喝到一滴不剩，然後又伸手拿了一罐。

「你現在是變通告咖了是吧，你這孩子。」朗恩說。「喬伊絲說她看你也上了英國版的《廚神當道》。」

---

20 Holby City，BBC One頻道上的醫療劇。

傑森皮皮地聳了聳肩膀。「您教訓的是，我會回去打拳擊。」

朗恩把手中的啤酒一飲而盡，然後用瓶子示意他的左手邊有些動靜。

「BMW旁邊，先別盯著看。那是文瑟姆，也就是我之前跟你說過的那個人，阿傑。我這本事完全輾壓他，喬伊絲妳說是吧？」

「他根本看不到你的車尾燈，朗恩。」喬伊絲順著毛摸。

傑森向後伸了個懶腰，然後讓眼神若無其事地向左一飄。喬伊絲連人帶椅轉了個小角度，以便讓視野更好。

「嗯嗯，動作真低調呢，喬伊絲，」朗恩說。「文瑟姆旁邊那個是庫蘭，阿傑，他是建商來著。你有在鎮上跟他打過照面嗎？」

「也就一兩次吧。」傑森說。

朗恩又多瞄了一眼。在他看來，這兩個男人的對話並不是閒聊等級，而是有一定的張力，主要是他們話說得很快但聲音壓得很低，手勢在壓抑之中也看得出有攻有守。

「你們不覺得他們在吵不知道什麼東西嗎？」朗恩徵詢起另外兩人的意見。

傑森喝了一小口啤酒，然後再次掃視了停車場一遍，看著那兩個男人。

「沒錯，庫蘭感覺不太爽，老爹。還好我不是文瑟姆。」

「他們就像出來約會的情侶在假裝兩人沒有吵架。」喬伊絲說。「Pizza Express裡常看到。」

「說得太好了，喬伊絲，妳真是觀察入微。」傑森在同意聲中把頭轉向了親爹，然後乾掉了手中的啤酒。

「下午要跟我來場斯諾克[21]嗎？」朗恩試著揪兒子打打撞球。「還是你要閃人了？」

「我是很想啦，但我有事得去辦一辦。」

「有我幫得上忙的地方嗎？」

傑森搖了搖頭。「很無聊的事情，不會花太多時間。」他起身伸展了一下。「你今天沒有接到哪個記者打來的電話吧？」

「我應該要接到誰的電話嗎？」朗恩狐疑地問了一句。「怎麼了嗎？」

「吶，記者有多煩，你又不是不知道。總之你沒有接到電話、信，或是別的任何訊息囉？」

「我是有收到一份步入式浴缸的型錄啦。」朗恩說。「你要說說自己為什麼這麼問嗎？」

「你懂的，爸。那些記者永遠在我屁股後面不離不棄。」

「真是刺激的人生啊。」喬伊絲說。

「先告辭了，兩位。」傑森說。「不要喝醉酒把這裡給砸了喔。」

傑森走後，喬伊絲朝太陽的方向昂起了臉龐，並順勢把雙眼閉上。「嗯，人生如此夫復何求啊，是吧，朗恩？我以前怎麼都沒發現啤酒這麼好喝。還好我沒有七十歲就死翹翹，否則啤酒的好我就永遠不會知道了。」

「那我們就為這敬一杯吧，喬伊絲。」朗恩乾掉了酒。「合著妳覺得傑森是怎麼了？」

「多半跟女人有關吧。」喬伊絲說。「我們也年輕過啊。」

---

21 英式撞球。

朗恩點了點頭。「大概吧，是囉。」

語畢，他看著兒子的背影消失在遠處。他是很擔心。但傑森這孩子，不管在不在拳擊場裡，沒有一天讓朗恩不擔心的。

第九章

諮議公聽會進行得很順利。伊恩．文瑟姆對「林園」的前景已不再擔心，這案子算是敲定了。會議上那個不知道在大聲嚷嚷什麼的傢伙？那類人伊恩也不是沒見過，就讓他說個夠。另外交誼廳後面還坐著個神父，他又是為何而來？伊恩猜跟墓園有關，但伊恩一切都是開大門走大路，該有的許可他都有。想找他麻煩的人就放馬過來吧。

還有炒掉東尼．庫蘭這回事？嗯，他是不太開心，但也沒殺人。伊恩得分。

沒了後顧之憂，伊恩．文瑟姆便提前開始做起了美夢。等林園順利動工後，開發就會輪到另外的最後一期——「丘頂」。他從古柏切斯開上了山丘，此刻正坐在凱倫．普雷菲爾的鄉野廚房當中。凱倫的父親戈登是緊鄰古柏切斯的鄰居，山頂那片農地的地主。雖說他無意賣地，但這不礙事，文瑟姆自然有他的辦法。

「恐怕情況還是一樣，伊恩，」凱倫．普雷菲爾說。「我爸還是不肯賣，我逼不了他。」

「我懂妳的意思，」伊恩說。「要更多錢就是了。」

「不，我想——」凱倫說。「我想你早就曉得了——我想他只是不喜歡你。」

戈登．普雷菲爾瞅了伊恩．文瑟姆一眼，然後就往樓上走去而沒了人影。伊恩可以聽到他跺著地，咚咚咚地在上頭走來走去，很顯然是用腳在表達他天知道想表達什麼的心意。但誰鳥他啊？伊恩難免會遇到有人跟他不對盤，但他從來不會去研究自己哪一點讓人不喜歡，這些年來他已經學會了跟這些人井水不犯河水地存在。畢竟很顯然，有問題的是他們而不是自己，戈登．普雷菲爾也不過就是長長的人龍裡，又一個不懂他的人。

「但聽我說，交給我吧，」凱倫說。「我會想個辦法，對大家都好的辦法。」

凱倫．普雷菲爾就懂。他正對這個女兒說明著要是能說服爸爸，她能預期拿到怎樣的一筆錢。凱倫有個已經結了婚、跟丈夫一起在布萊頓經營有機葡萄乾生意的姊妹，但他嘗試那一邊的結果算是鎩羽而歸，所以回過頭來，押寶凱倫．普雷菲爾感覺還是比較有機會。凱倫獨居在這塊農地上的一間小木屋裡，在資訊業工作，這點你看她的外表就不難知曉。她畫著若有似無、極其低調的淡妝，但伊恩覺得她這麼做只是白忙一場。

伊恩好奇凱倫是從何時開始放棄人生、穿運動鞋和又長又鬆的毛衣。既然她是做資訊業的，她總可以搜尋看看「肉毒桿菌」吧。她一定有五十歲了，是的話兩人年紀就一樣大。但女人的五十歲和男人的五十歲，可不是同一個概念。

伊恩是眾多交友軟體上的會員，而他嚴格設定了配對的年齡上限是二十五歲。他覺得這些交友APP幫了他大忙，因為這年頭不靠網路，他實在很難認識完全符合他要求的女人，這包括她們必須了解他的時間非常寶貴，他的工作非常辛苦，而要他給出承諾是一種很過分的請求。經驗告訴他，這道理對二十五歲以上的女人來說非常難懂。他一直很納悶這些女人是怎麼了？他想像起什麼樣的男人會想要約凱倫．普雷菲爾，而他發現自己的腦袋一片空白。想找人聊天的人嗎？跟女人根本聊不了多久，不是嗎？當然，她不久就要發財了，只等伊恩買下這塊地。這對她會非常加分。

「丘頂」也將徹底改變伊恩的人生。丘頂的加入會讓古柏切斯的規模翻倍，伊恩能賺得的獲利也會加倍。如果那代表他得先跟這五十歲的女人調情兩個星期，那他也認了。

說起約會，伊恩有一項他屢試不爽的絕招。他會拿出私人游泳池、跟他有次接受《肯特今夜》節目訪問時的照片，來讓小女生驚呼連連。他已經把游泳池的照片秀給凱倫看過，因為該試的還是得試一下，但她只是禮貌性地微笑加點頭。難怪她會到單身現在。

雖然不能讓凱倫對她刮目相看，但他還是可以跟凱倫公事公辦。她知道這裡的上漲空間有利可圖，也知道賣地有哪些障礙需要排除，因此他們最終握上了手，談成了一項行動計畫。不過他一邊握著凱倫的手，一邊心想這位大姐平常是不是應該偶爾用護手霜保養一下，五十歲耶，天啊！這數字對任何人而言都太過殘忍。

伊恩腦中閃過一個念頭：他只跟一個二十五歲以上的女人真正相處過，那人是他的老婆。

噢好吧，該走了，還有事要辦呢。

第十章

東尼．庫蘭下定了決心。他在炙熱的車道上把愛車 BMW X7 停好。後院的梧桐樹下埋了一把手槍。還是埋在山毛櫸下？反正是其中一棵啦。這問題他可以泡杯茶好好想想，而說起武器，他還可以順便回想一下家中的鏟子丟到了哪裡。

東尼．庫蘭決定把伊恩．文瑟姆給殺了，這點已經無庸置疑。伊恩對此應該也心裡有數吧？你暗地裡再怎麼亂來也該有個底線，否則再怎麼冷靜跟理性的人也有理智斷線的一天。

東尼用口哨吹起了某首廣告歌，進了自己的家門。

他大約一年半前搬進這裡，用的是第一筆真正從古柏切斯那兒賺到的錢。這一直是他夢想中的房子，一棟自己辛苦揮汗，該按規矩來按規矩來，該稍微偷吃步時偷吃步，而且不埋沒自身才華而賺到的房子。這是一棟用磚塊、玻璃與溫潤的胡桃木築成，獻予他迄今成就的紀念碑。

東尼自己給自己開門進了屋子，第一件事就是把保全關掉。這是新的系統，他試到第三次才終於把四位數的密碼輸入成功。東尼一向不拿自身的安全開玩笑。有很多個年頭裡，東尼的營建公司不過是他毒品生意的幌子，方便他解釋販毒收入跟把髒錢洗乾淨而已。但即便如此，這公司還是慢慢地愈來愈有規模，愈來愈不能放著不管，也愈來愈為他賺到了錢。要是你跟年輕時的東尼說他有一天能住進這棟房，他會覺得那不是很正常的事嗎？但如果你跟他說他會用清清白白賺到的錢把這房子買下來，他一定當場就綜藝摔給你看。

他太太黛比還沒有回來，但這在此刻正合他意。這點可以專心的時間，正適合讓他把事情想個明白。

東尼一回想起他剛剛是怎跟文瑟姆翻臉，氣就不打一處來。

伊恩一句話就要把他從「林園」的案子中切割出去？這樣會不會太兒戲了一點？陪他去牽車的路上講講就當是對他有交代了？刻意選在外頭是怕東尼忍不住一拳揮過來是吧。話說要是從前的自己，他還真的很想當場給這皮癢的傢伙好看。不過今天他們只是稍微意見不合，安靜又文明得很，不可能有人注意到他們，而這絕對有利於東尼接下來的計畫，因為之後不管文瑟姆怎麼死，都不會有目擊者說他們看到東尼·庫蘭跟文瑟姆在外頭雞貓子喊叫，吵得不可開交。

東尼坐上了一張吧檯凳，然後將之拖到他廣闊廚房裡的中島邊上，滑開了一個抽屜。他需要一張寫成白紙黑字的計畫。

東尼不相信運氣這回事，他只相信一分收穫前要有一分耕耘。豫則立不豫則廢，是東尼一個老英文老師曾經告訴過他的道理，而他也一直謹記在心。但就在老師說了這句話的隔年，他就為了跟區區一顆足球有關的爭執，放火燒了老師的車。不過他知道什麼叫不以人廢言，也還是肯定老師的教誨：準備好成功，否則就準備好失敗。

事實證明，抽屜裡半張紙都沒有，所以他臨時決定把計畫記在腦子裡。

反正今天晚上他也不急於採取任何行動，就讓地球繼續多轉個幾圈，讓花園裡的鳥兒繼續再練練嗓門。更重要的是，也讓自以為是贏家的文瑟姆繼續這樣以為。然後他再出奇不意地出擊。怎麼會有人想跟東尼·庫蘭過不去呢？難道有人以為他們能在東尼·庫蘭手上討到便宜嗎？

東尼晚了一秒才聽見那聲音，他轉過身眼睜睜看著扳手朝自己揮來，很大的一支扳手，超老派的東西。這種揮法讓人想躲也沒法躲，但就在那段僅有的思考時間裡，東尼・庫蘭得出了結論。你也不可能把他們通通打敗，東尼。也合理啦，他想，也合理啦。

這一擊敲上了東尼左邊的太陽穴，而他也隨即倒落在大理石地板上。花園裡的鳥兒只在一瞬間閉上了嗓門，然後就又繼續在高高的懸鈴木（或者是山毛櫸？）樹梢歡唱。

凶手留了張照片在流理臺上，而東尼・庫蘭的鮮血則開始在他的胡桃木中島四周流成一條紅色的護城河。

第十一章

古柏切斯的大家一向都很早起。隨著狐狸結束了一夜的獵物搜尋，鳥兒開始啁啾早點名，燒水的茶壺哨音四起，檯燈開始在附窗簾的窗戶後面點亮。晨間做生意的店家開始咿咿唉唉有了動靜。

這裡沒有人會抓著吐司去趕早班火車上班，也不會有人裝好便當陪孩子走去上學，但這並不代表這裡一片死寂，相反地這裡能做的事情可多了。許多年前，這裡的每個人早起是因為能做的事情那麼多，但一天僅有二十四小時；現在這裡的每個人早起，是因為能做的事情那麼多，但下半輩子不知道還剩多少時日。

伊博辛都是六點醒，但游泳池出於居民健康與安全的考量要到七點才開放。雖然沒有得到回應，但他抗議過這項規定。他認為在沒有救生員的泳池裡溺死，其風險遠低於因為欠缺運動而死於心血管疾病或呼吸道與循環系統問題。他甚至自行撰寫了一套演算法來證明，對居民而言，讓游泳池二十四小時開放會比只開放白天安全百分三十一點七。休閒娛樂設施委員會對此無動於衷，但伊博辛也知道被各種規定綁死死的他們能做的不多，所以他也沒有跟他們結仇。那套演算法被他細心地歸了檔，以便未來需要的時候可以再拿出來。只要有心，永遠不用怕無事可忙。

「我有一份任務給你，伊博辛，」伊莉莎白啜飲了一口薄荷茶。「嗯，其實是給你和朗恩，但我要給你帶頭。」

「很明智的決定，」伊博辛點頭道。「我不禁要說。」

伊莉莎白前一晚打過電話給他，跟他說了東尼．庫蘭遇害的消息。這事兒她是從朗恩那邊聽來，朗恩是從傑森那兒聽來，而傑森又是從一個不可考的消息來源處聽得東尼．庫蘭被太太發現陳屍在廚房，頭部遭受重擊。

伊博辛喜歡一大早翻閱他的舊案筆記，但也偶爾會穿插看些新案資料。他至今還是有一些案主，而他們但凡有需求，就會腳勤一點跑來古柏切斯，往帆船掛畫下方的破椅子上一坐，而這掛畫和椅子兩樣道具都是四處跟著他將近有四十年的老戰友。像昨天，伊博辛就讀的是關於一名老案主的筆記，那是一個出身密德蘭地區戈達爾明市的銀行經理，會收容流浪狗的他在某年的聖誕節了結了自己的性命。但今天早上他無緣複習這份筆記，因為天剛亮，伊莉莎白就堵到了他的眼前。早上的慣例被打破，讓他一瞬間有點難以適應。

「你需要做的，就只是跟一位資深員警撒個謊，」伊莉莎白說。「這件事我信得過你嗎？」

「妳有哪時信不過我呢，伊莉莎白？」伊博辛說。「我哪時讓妳失望過？」

「嗯，從來沒有，伊博辛」伊莉莎白同意道。「所以我才喜歡有你在身邊。而且你還泡得一手好茶。」

伊博辛知道自己有一雙可靠的手，多年來拯救過許多生命與靈魂。他幹起老本行真的不是蓋的，不然也不會到現在還有某些人會大老遠開車越過老電話亭、途經農場商店、在橋前右轉，只為了跟一個退休許久，且年屆八旬的心理醫師見上一面。

但勝敗乃兵家常事，世上哪有人能百戰百勝呢！事實上他最常複習的就是那些他力有未逮的失敗案件。像剛剛說的那位銀行經理就曾在破椅子上哭了又哭，但他的心最終還是回天乏術。

可是他明白凡事都有輕重緩急，就像今天早上這樣。今天早上，週四謀殺俱樂部要出隊來辦案，而且是要辦發生在現實生活裡、與他們切身相關的案子，不是什麼發黃的扉頁上用暈開的打字墨漬印的八百年前的懸案——案子是真的、屍體是真的，還有在不知名的某處，凶手也是真的。

今天早上，有人需要伊博辛。他就是為了這種時刻而活。

第十二章

唐娜·德·費雷塔斯用托盤端著茶，進到了案情室。被殺害的是一個叫東尼什麼來著的在地建商，而看這專案小組的陣仗，案子的來龍去脈難免引人遐想。唐娜好奇了起來。她想著要是自己端茶可以端得久一點，或許對案情能有所發現。

正對著小組說話的是探長克里斯·哈德森。他人一向挺和氣，還幫她推開過雙開門，重點是，他這麼做的時候沒有表現得像是希望有人頒獎給他。

「案發現場的住家範圍內有錄影監視器，而且數量還不少。去蒐集一下拍到的東西。東尼·庫蘭離開古柏切斯是下午兩點，死亡時間是三點三十二分，要搜查的時段不長。」

唐娜把托盤放到了某辦公桌上，然後藉故蹲下了身綁起鞋帶，而聽到探長提到古柏切斯這個地名，讓她耳朵豎了起來。

「A214公路沿途也有監視器，庫蘭家南邊約四百公尺處有一個，另外北邊半英里處也有一個，這些畫面我們也需要。案發起訖時間你們應該清楚。」克里斯交代到此頓了一下，眼神飄向了蹲在地下的唐娜·德·費雷塔斯。

「妳的腳沒事吧，警員？」他問了聲。

唐娜抖擻了一下精神。「是的，長官，我只是鞋帶鬆了而已。端茶時最怕的就是踩到自己的鞋帶。」

「說得好。」克里斯說。「那就謝謝妳的茶，妳去忙吧。」

「謝謝你，長官。」唐娜說完便朝門前進，準備自己出去。

她意會到，克里斯身為一名警探，多半已經注意到她穿的是免綁帶的鞋款。但大人大量如他，應該不會責怪年輕警員後進抱有一絲健康的好奇心吧？

她門開到一半，正要消失在門外，克里斯．哈德森已經繼續開始講述。

「在監視器影像到手之前，凶手留在受害者遺體旁的照片是我們最大的線索。一起來看看吧。」

唐娜不由自主地轉過身，看到了投影在牆壁上的一張老照片，裡面有三個男人在酒館裡開懷暢飲。他們面前的桌子鋪滿了鈔票，而雖然只有一瞬間，但唐娜還是在電光石火中認出了其中的一個男人。

要是能成為凶殺組的一員，人生該有多美好。她將再也不用一家一家小學去謄抄用隱形墨水寫在腳踏車上的序號，也不用再好聲好氣地提醒地方上的商家說讓垃圾桶滿出來其實已經犯法了……

「警員？」克里斯的狐疑倏地打斷了唐娜的思緒。唐娜將目光焦點從照片上撤離，然後望向了克里斯。探長堅定但客氣地示意這兒沒她的事了。唐娜對克里斯笑了笑並點了個頭。

「抱歉了長官，我剛剛恍神了。」

她開了門走了出去，也走回到無趣的現實中，但在門板徹底闔上之前，她還是堅持用力聽完了房裡傳來的最後一個字。

「所以有三個人，都是熟面孔了。我們要一個個來嗎？」

門縫終於砰地一聲再也透不出光來，只留唐娜在門外一聲哀歎。

第十三章

喬伊絲

希望你別介意我這則日記是一早寫的，但東尼．庫蘭死了。

東尼．庫蘭是這地方的建商。也許我壁爐上的磚頭還是他砌的？誰知道呢？我想可能不是吧。他應該會請其他人來代勞，對不對？還有那些粉刷塗牆之類的事。我猜他應該只負責監督。但我保證這屋子裡哪個地方一定有他的指紋。真令人毛骨悚然。

伊莉莎白昨晚打電話跟我說了這消息。我平日絕不會用上氣不接下氣來形容伊莉莎白，但老實說她當時差不多就是那樣。

東尼．庫蘭是被鈍器打死的，是一人或多人作案尚且不明。我告訴她，我、朗恩和傑森看到庫蘭在和伊恩．文瑟姆吵架。她跟我說她知道了，所以她跟我說話之前，一定已經和朗恩談過，但她還是客氣地聽完我的描述。我問她有沒有做筆記，她說她會記在腦裡。

總之，伊莉莎白似乎有某種計畫。她說她今天早上要去找伊博辛。

我問她有沒有什麼我幫得上忙的地方，她說有。所以我問她，我該怎麼幫忙，她說如果我耐心等等，很快就會知道了。

所以，我想我就坐等指示吧？我晚點要搭小巴士去費爾黑文，但我會把手機開著，以備不時之需。我也變成那種手機永遠不關機的人了。

第十四章

「所以是誰殺了東尼．庫蘭？我們又要如何逮住他？」伊莉莎白問。「或是她？我知道這樣講比較政治正確，但別開玩笑了，凶手多半是個男的吧。哪有女人會拿鈍器敲死人？頂多可能只有俄國女人吧。」

在交代過伊博辛今天要做完成什麼任務之後，伊莉莎白就直接過來進行了這場討論。她坐的是她平日的椅子。

「他一臉就是那種不缺仇家的人。穿著無袖背心、住著豪宅，身上的刺青比朗恩還多，諸如此類的。警方一定已經在著手列出嫌疑人清單，而我們肯定要設法將之弄到手。但在那之前，我們何不先鎖定伊恩．文瑟姆？伊恩．文瑟姆是殺了東尼．庫蘭的嫌犯？你們還記得伊恩．文瑟姆吧？聞著有古龍水味道的那個。文瑟姆跟東尼．庫蘭小小吵了一架，但那當然逃不過朗恩的銳利眼光，他可是過目不忘，是吧？喬伊絲不知道用 Pizza Express 比喻了什麼東西，但我知道她想表達的意思。」

這些日子以來，伊莉莎白盡可能在言談中多提到喬伊絲，反正也沒什麼好藏的，是吧？

「那我們來做一些合理的推測。文瑟姆不爽庫蘭，也可能是庫蘭不爽文瑟姆？但誰不爽誰其實沒差。重點是他們有事要談，但見面又約在戶外，這一點實在很耐人尋味。」

伊莉莎白拚了命保持著低調，看了一下手錶。

「所以，假設公聽會一結束，文瑟姆就有壞消息要說，但又擔心庫蘭的反應會對他不利，所以他才判斷要在跟對方約在眾目睽睽的大庭廣眾下。他寄望自己能設法安撫到他。朗恩認為這兩人談到最後，文瑟姆安撫的效果『並不成功』。這是我用我的話轉述朗恩的看法。」

床邊有一枝上端附著海綿的棒子，伊莉莎白拿這海棉棒去沾了罐子裡的水，為潘妮潤濕了乾涸的嘴唇。

「所以在這種狀況下，文瑟姆的反應會是如何呢？面對庫蘭即將從這天下午開始對自己懷恨在心，他是不是選擇改採了備用的B計畫呢？他是不是化被動為主動，跑去東尼・庫蘭的家裡？然後嚷嚷著讓我進去，有事我們慢慢談，我剛剛說的話可能太衝動了。而等庫蘭一開門，他就當頭砰的給他一下，就這麼簡單。妳不覺得這可能就是真相嗎？他先下手為強殺死了東尼。」

伊莉莎白四處找尋起她的包包，然後把手放到了椅子的兩邊扶手上，準備起身出發。

「但原因是什麼呢？我知道妳一定會這麼問。我要去調查看他們的財務往來，以錢追案。日內瓦有人欠我人情，所以我們應該今天晚上就能拿到文瑟姆的財務紀錄。不論結果如何，這聽起來都讓人覺得超級好玩，我說的沒錯吧？就像要去冒險似的。而且我們應該會有幾招是警察使不出來的。我相信有人能幫他們出點力，警方應該也不會不感激，而那便是我今天白天的任務了。」

伊莉莎白離開了椅子的懷抱，走到了床邊。

「真正的凶殺案來了，潘妮，我保證妳不會錯過任何精彩的細節。」

她在了自己最好朋友的額頭上親了一下，然後轉頭看向了床的另外一邊，露出了淺淺的微笑。

「你還好嗎，約翰？」

約翰・葛雷放下了手裡的書，抬起了頭。

「嗯，妳知道的。」

「我還真的知道。果然我什麼事都瞞你不過，約翰。」

護士們說潘妮什麼都聽不到，但誰說得準呢？只要伊莉莎白也在房裡，約翰就一句話都不跟潘妮說。他每天早上七點會來到柳樹園，每天晚上九點離開，然後回到他跟潘妮曾經廝守過的公寓，一屋子都是節慶的廉價飾品、老照片、還有他跟潘妮分享了半世紀的點點滴滴。伊莉莎白知道他會在自己不在場時跟潘妮聊天，因為每次她乖乖地在敲完門之後走進房間，都會注意到約翰握過而留在潘妮手上的白色印記。他的手回到了書本上，但頁數好像始終沒有變化。

伊莉莎白決定讓他們小倆口獨處一下。

第十五章

喬伊絲

每個星期三，我會搭社區的小巴去費爾黑文稍微補點貨。星期一的小巴會反向開到半小時車程外的坦布里奇韋爾斯，但我比較青睞費爾黑文的年輕氣息。我想看看大家夥這年頭都怎麼穿衣，也想聽聽海鷗的聲音。司機的名字是卡爾利托，很多人都想當然耳地當他是西班牙人，但我跟他閒聊過幾次後得知他是葡萄牙人，但大方的他其實並不介意就是了。

幾個月前，我發現有家純素咖啡廳就開在海濱，而我早就期待能好好來塊杏仁風味的布朗尼搭配薄荷茶。此刻的我並非純素食主義者，未來也無意往那個方向靠過去，但這並不妨礙我覺得吃素是件該鼓勵的事情。我在某處讀到過說，人類要是繼續這麼吃肉下去，二〇五〇年就會有大飢荒降臨。雖無不敬之意，但我已年近八旬，所以飢不飢荒跟我沒半毛錢關係，但我總還是希冀後人能夠避開那樣的命運。我女兒喬安娜是個還不到純素等級的素食者，我改天會帶她去那兒吃吃看。我們會不經意地推門進去，彷彿我選上一家純素咖啡廳是件毫無違和感的事情。

平日的搭車群眾都已經上了車，當中包括彼得與卡蘿這兩位來自魯斯金苑的常客。這對待人和氣的夫妻搭小巴下山，為的是去與他們住在海邊的女兒相聚。據我所知他們並沒有孫子，但這名女兒似乎白天也待在家中，由此這當中顯然有故事可說。尼可拉斯爵士來搭車只是為了透透氣、散散心，畢竟他現在被剝奪了自個兒開車趴趴走的權利。車上那個股溝深不見底的女人是娜歐米，至於另一個來自布朗寧[22]苑的女人叫啥我從來沒好好記住過（疑似是叫伊蓮吧），時至今日也不好意思問了，可以確定的是她人很客氣。

伯納坐在車後面他的老位子上，而我總是有一種想過去坐在他旁邊的心情。他只要情緒對了，就會變成一個開心果般的存在，但我知道他去費爾黑文是為了憑弔他去世的太太，所以我就不吵他了。費爾黑文是伯納跟他夫人結緣的地點，也是他們在搬進古柏切斯之前的舊居。他告訴過我說，自從太太死後，他就會去她工作過的阿德爾菲飯店，然後在那兒望著海乾掉好幾杯紅酒。老實說就是因為他跟我提了這事，我才第一次知道社區裡有接駁小巴這種東西，所以凡事都是有好有壞。他們去年把阿德爾菲飯店改建成了一間 Travelodge 旗下的連鎖商旅，所以如今伯納只能轉移陣地到碼頭邊看海。所幸碼頭上並沒有想像中淒涼，主要因為他們最近將那兒重新翻修過，充滿設計感的格局還甚至贏了幾個獎座。

沒準我哪天真的會到車後頭，在他旁邊坐下，我在等什麼呢？

我滿心期待著茶跟布朗尼，但也想追尋一點祥和與平靜。整個古柏切斯都還在為了東尼．庫蘭的橫死而八卦個不停。我們這兒固然對死亡並不陌生，但也沒幾個人會被活活敲死，你說是吧？

至少我是這樣想的，如果發生了新狀況，我會再報告。

---

22 Robert Browning，1812-1889，英國詩人，他跟妻子伊莉莎白．巴雷特．布朗恩寧是知名的詩人夫妻檔。

第十六章

小巴的車門最後一次滑了開來，踏進車內的是伊莉莎白。她坐在喬伊絲旁邊的座位。

「早安，喬伊絲，」她微笑著說。

「哇，這倒新鮮，」喬伊絲說。「在這見到妳真好！」

「如果妳途中不想說話的話，我帶了本書，」伊莉莎白說。

「喔，別這樣，我們聊聊吧，」喬伊絲說。

卡爾利托一貫小心地發動小巴開進車道。

「太棒了，」伊莉莎白說。「我其實沒帶書啦。」

伊莉莎白和喬伊絲聊了起來。她們很小心地不要談到關於東尼．庫蘭命案的話題。在古柏切斯生活，你第一件要知道的事情，就是並非每一個居民耳朵都重聽。為求安全，伊莉莎白一直在跟喬伊絲說她上一回去費爾黑文的經歷，那已經是一九六〇年代的事情，而且跟被沖刷到海灘上的一件設備有關。伊莉莎白拒絕透露太多細節，但告訴喬伊絲說那件事幾乎可以確定有被寫入官方紀錄，她有興趣的話應該不難在某處查到。這趟旅途非常愉快，太陽高懸空中，天際一片蔚藍，空氣中洋溢著謀殺案的氣息。

一如往常，卡爾利托把車停在了萊曼文具店外。大家都知道要在三個小時後回來集合。卡爾利托開了兩年的車，從來沒遇過有人遲到，唯一的例外是馬爾坎．維克斯，他沒有回來是因為選購燈泡時死在了勞勃．迪亞斯連鎖五金行裡。

伊莉莎白跟喬伊絲讓其他人先下車，那是一段由輪椅斜板、拐杖、助行器所共同構成的越野挑戰賽。伯納在經過兩位女士時向她們微微脫帽致了個意，而喬伊絲則看著他拖著雙腳，夾著腋下的《每日快訊》朝海邊走去。

在從小巴上下到外頭的過程中，伊莉莎白用一口極為標準的葡萄牙文，感謝卡爾利托這麼仔細開車，而喬伊絲第一次想起了要問問伊莉莎白打算來費爾黑文幹嘛。

「跟妳一樣啊，親愛的，那我們走吧。」伊莉莎白開始背對著海岸向前走去，而最終選擇跟上的喬伊絲一方面懷抱著對冒險的憧憬，一方面也還希望有時間能去享用一下她難以忘情的茶跟布朗尼。

走了一小段距離，她們來到了在西方路上，費爾黑文警局那寬闊大氣的石階。隨著自動門在伊莉莎白的面前開啟，她轉身望向了喬伊絲。

「妳今早自己說過，喬伊絲。妳說我們沒有案件的檔案、沒有目擊者的筆錄，也沒有現場的跡證報告，而想要破案，我們就要在這些方面有所突破。我知道我這句話是多說的，喬伊絲，但等一下不管發生什麼，都請好好配合我。」

喬伊絲點了點頭，當然，悉聽尊便。兩人於是走進了派出所。

進到室內，這兩名女士按鈴通過了一道安全門，來到了一處公共的迎賓區。這是喬伊絲第一次深入警察局的內部，但獨立電視網的紀錄片她從沒有錯過任何一部，所以對於沒有人在地上扭打，沒有人被拖到小房間，也沒有任何一種在片子裡被剪掉的限制級畫面，她還是不免覺得有點不夠刺激，也有點失落。現實中的警察局只看得到一個年輕警佐在一邊顧著接待桌，一邊假裝自己沒有在電腦上玩接龍。

「兩位女士要辦理什麼業務嗎？」

伊莉莎白開始哭了起來。喬伊絲則在一旁讓自己看來不要太驚嚇。

「我的包包被偷了。在荷柏瑞[23]外面。」伊莉莎白哭得傷心欲絕。

所以她今天才不帶包包出門啊，在小巴上一直想不通的喬伊絲恍然大悟。喬伊絲把演技爆棚的朋友擁入懷中，還配合地說了一句，「嚇死我們了。」

「那我先去請一名警員來幫您們做筆錄，然後再看看我們可以怎麼處理。」接待桌的警佐按了按左手邊牆上的蜂鳴器，然後短短不到幾秒鐘，就有一名年輕的警員從他身後的另一道安全門後出現。

「馬克，這名女士剛在皇后大道上被偷了包包，可以麻煩你幫忙錄一下口供嗎？我去幫大家泡杯茶。」

「沒問題，兩位女士，請跟我來，好嗎？」

但伊莉莎白八風吹不動地哪兒也不肯去。她不住地搖頭，展示著臉頰上的淚跡。

「我想要女性警員來幫我處理。」

「我相信馬克會好好幫您服務的。」接待桌的巡佐說。

「人家不要啦。」伊莉莎白哭著說。

直覺讓喬伊絲知道要幫朋友一把，就是現在了。

「我朋友是修女來著，警佐。」

「修女？」警佐愣了一下。

「沒錯，修女。」喬伊絲說。「我想我不用跟你解釋這代表什麼吧？」

接待的警佐感覺這討論下去會是一筆千絲萬縷的爛帳，於是他決定就不要為難自己了。

「那還請您等我一下下，女士，我去給您找一位女警。」

他跟著馬克回到安全門後方，伊莉莎白與喬伊絲於是有了一段獨處的時間。伊莉莎白立刻關起了臉上的水龍頭，望向了喬伊絲。

「修女？不錯嘛，虧妳想得到。」

「我只是想到什麼說什麼。」喬伊絲說。

「如果實在不行了，我原本打算要說有人摸了我一把。」伊莉莎白說。「妳知道他們這年頭對這種事情有多敏感。但修女這一招妙極了。」

「為什麼妳會要求女警呢？」喬伊絲心中有一票問題在塞車，但這個問題排在第一位。

「還有妳沒有懶到直接用縮寫WPC稱呼女警員，給妳個讚。」

「我只是想說小巴反正要來費爾黑文，那我們沒理由不來拜訪一下德．費雷塔斯警員。」喬伊絲緩緩點了點頭。在伊莉莎白的世界中，這麼想再合理不過了。「但要是她今天沒當班，或是當班的不只她一個女性警員呢？」

「我要是沒先做好功課，會這樣冒冒失失地帶妳過來嗎，喬伊絲？」

「妳要如何確認她今天……」

安全門在此時打了開來，唐娜．德．費雷塔斯踏了進來。「那麼，兩位女士，有什麼我

23 Holland & Barratt，有機保養品專賣店。

能……」眼前的面孔讓唐娜的說話速度慢了下來，她把視線從伊莉莎白掃向喬伊絲，又從喬伊絲轉回到伊莉莎白，「……為您效勞的地方？」

第十七章

克里斯・哈德森探長手中那疊關於東尼・庫蘭的檔案重得要命，如果你讓它像自由落體一樣掉在桌面上，耳中會傳來一聲非常療癒的撞擊聲。他剛剛正是這麼做了。

克里斯灌了一口健怡可樂。他時不時會擔心自己對這種東西上癮。有一回他瞄到一則報紙頭條的標題上赫然印著健怡可樂一詞，結果他焦慮到決定不去看內文究竟在寫些什麼。

他打開了檔案。東尼・庫蘭跟肯特郡警局打交道的紀錄，多半來自於克里斯來到費爾黑文之前的時代。除了二十出頭時被控傷害以外，這傢伙林林總總的前科還包括與毒品相關的輕罪、危險駕駛、危險犬類飼養、非法持有槍械、跟車輛稅牌有關的小違規，還有就是隨地便溺。

然後才是重頭戲。克里斯打開了在加油站隨手買的某個雜牌三明治，看起了這些年來東尼・庫蘭累積的一份份偵訊筆錄。二〇〇〇年有一件槍擊案發生在黑橋酒館，當時死了一個年輕毒販。一名目擊者指認東尼・庫蘭是開了致命一槍的槍手，於是費爾黑文的刑事組通知了庫蘭到案進行問訊。

當時的東尼・庫蘭可是樣樣都來。四處問問，誰不曉得東尼經營著費爾黑文的毒品生意，而那只是冰山一角而已。他做黑的可說是大發利市。

克里斯讀著筆錄上重複到令人洩氣的一連串「無可奉告」。他手下一名警探還調出了本案的額外資料，克里斯讀到那名目擊者——一名在地的計程車司機——在案發後不久就人間蒸發而沒了人影，至於他是單純被嚇走還是遭遇了什麼不測，實在不好說。至於東尼．庫蘭這個地頭蛇建商，自然是得以無罪開脫。

所以這到底怎麼算？一條人命，還是兩條？除了在黑橋酒館被射殺的毒販，或許還要加上不巧成了目擊證人的可憐司機？

但自從二〇〇〇年起算，東尼的紀錄就變得一片空白，如果不算二〇〇九年一張很快就被繳掉的超速罰單。

他看著凶手留在屍體旁的照片。三個人，已死的東尼．庫蘭跟他當毒販時雇的打手巴比．譚納勾肩搭背。譚納現在下落不明，但他們一定很快就會追蹤到他。第三個人的下落就完全談不上神祕——前拳擊明星傑森．里奇。克里斯不禁好奇報社會花多少錢買這張照片。他聽過有些警察幹這種事，據他所知都是層次低到不能再低的那種人。他看著照片裡的笑臉、鈔票和啤酒。這大概是二〇〇〇年左右拍的，就是黑橋酒館那個年輕人中槍的時候。二〇〇〇年的事現在想起來已經像陳年歷史了，感覺真怪。

克里斯一面研究照片，一面剝開一條巧克力棒。他再兩個月就要做年度體檢，每週一他都說服自己，當週一定要開始減肥，減掉那拖累著他的一英石，那害他抽筋的一英石，讓他不能買新衣服的一英石，破壞他約會的一英石。他這樣子誰會想要？他和全世界之間就隔著這一英石。如果他老實承認的話，其實是應該是兩英石。

星期一的克里斯往往很精實。他這天不搭電梯、自己從家裡帶便當，還會在床上做仰臥起坐。但到了星期二——或者順利一點的時候，是星期三——現實世界的壓力便再度襲來，樓梯變得令人望而生畏，克里斯對這個計畫失去了信心。他知道這個計畫指的其實就是他自己，而這也讓他在墮落的路上愈陷愈深。於是糕點跟薯片重出江湖，午餐去加油站附設的商店解決、下班去喝個兩杯、回家路上順道去買外賣，外賣回家路上順便把巧克力買一買。這是一個爆吃、麻痺、紓解，然後自責的輪迴。

但總是會有下個星期一，他的救贖會在某個星期一出現。那一英石贅肉會消失，其他多餘的體重也會跟著不見。他會不費吹灰之力地完成體檢，他內心一直知道自己是個運動健將，他會活出他的這一面。他還要用簡訊傳個大拇指表符給他在網路上認識的新女友。

他解決掉巧克力棒，又開始找洋芋片吃。

克里斯·哈德森推測，黑橋酒館槍擊事件給東尼·庫蘭一個當頭棒喝，因為這樣解釋起來顯得非常合理。他開始跟在地一名叫伊恩·文瑟姆的開發商搭上線，差不多就在這個時間點。或許他覺得洗白後的人生會比較簡單？而且雖然合法的生意得花點時間習慣，但這當中的錢還是非常好賺。他應該知道自己不可能永遠那麼走運。

克里斯打開了他的洋芋片，看了手錶一眼。他有一個約會要赴，而現在差不多好出發了。有人目擊東尼·庫蘭在死前跟人發生過口角，而目擊者堅持要跟他當面談，所幸那地方不會太遠，就是庫蘭之前建的退休養老社區。

克里斯又看了一次照片。三個稱兄道弟、水乳交融的好麻吉，東尼·庫蘭和巴比·譚納肩搭著肩，還有一旁那個手裡握著酒瓶、鼻樑斷歸斷但帥氣依稀，頂多或許從人生巔峰摔下來了兩年的傑森·李奇。

三個朋友，喝著啤酒，站在一張堆滿鈔票的桌子前。為什麼要把這樣一張照片留在屍體邊呢？這是來自巴比·譚納還是傑森·李奇的警告？或者是**給**他們的警告？下一個就是你？

倒更可能是假線索或聲東擊西吧。畢竟誰會那麼笨。

克里斯得跟傑森．李奇談談。然後希望老天保佑，他的隊員可以找到那個行蹤不明的巴比．譚納。

其實行蹤不明的人不只一個，克里斯一面想，一面將最後一點洋芋片倒進嘴巴。

畢竟話說到底，拍那張照片的人究竟是誰？

第十八章

唐娜示意要兩名訪客入座。她們所處之地是B偵訊室，一個箱型而無窗的房間，同時地板上鎖著一張木質的桌子。喬伊絲用觀光客似的眼光，興奮地看著偵訊室內的上上下下。伊莉莎白則冷靜得像是回到家一樣。唐娜盯著厚重的房門，等待著門被帶上的瞬間。確定門已關上的那聲「喀」一響起，唐娜立刻將頭轉向伊莉莎白的方向。

「妳什麼時候皈依成了修女的啊，伊莉莎白？」

伊莉莎白很快點了個頭，舉起了一根肯定的指頭來表示這問題問得好。「唐娜，跟所有現代女性一樣，我也可以千變萬化，因應不同狀況所需。我們都得學著當隻變色龍，妳說是吧？」她從大衣內裡的口袋中掏出了本子跟筆，往桌子上一擺。「但修女的創意得歸功喬伊絲就是了。」

喬伊絲的眼睛還在到處轉。「這跟電視上看到的一模一樣耶，德．費雷塔斯警員，真是太神奇了。在這裡工作一定很好玩吧？」

唐娜並沒有跟著喬伊絲一起嘆為觀止。「所以，伊莉莎白，妳被偷了包包？」

「喔不，我的包包好好的。」伊莉莎白說，「想偷我的包包，下輩子吧。我的包包被偷成何體統。」

「那我能請問兩位來這有何貴幹嗎？我還有工作等著去做。」

伊莉莎白點了點頭。「很合理，我是該回答妳這個問題。嗯，我來這是因為我有事要跟妳交流交流。至於喬伊絲，妳是來血拚的吧？我發現我好像沒問過妳耶，有嗎？」

「我想去那家叫『任何有脈搏的東西』的純素咖啡廳，妳聽過嗎？」

唐娜看著她的手錶，然把身體向後前傾。「嗯，我人已經來啦，妳想交流什麼就說吧。我給妳兩分鐘，然後我就要回去抓壞人了。」

伊莉莎白輕輕鼓了掌。「非常好，首先我想說的是，開心跟我們重逢就講，不用憋著內傷，我知道的，因為我們也很開心能再見到妳。能先把這點共識講開，接下來的過程會比較好玩。」

唐娜並沒有回答。喬伊絲靠向桌上的那台卡帶錄音機。「作為錄音存證，德．費雷塔斯警員拒絕回答我剛剛的問題，但臉上有微微忍笑的痕跡。」

「再來，跟第一點有關的是，」伊莉莎白接著說，「不論我們佔用了妳的時間，讓妳現在不能抽身去做的是什麼事，我都很確定那不會是抓壞人，而是某件無聊透頂的事情。」

「無可奉告。」唐娜擺出了撲克臉。

「妳是哪裡人，唐娜？我可以叫妳唐娜嗎？」

「可以，我來自南倫敦。」

「妳是從大都會警察局調過來的嗎？」

唐娜點了頭。伊莉莎白在筆記上做了紀錄。

「妳在做筆記嗎？」唐娜問。

這次換成伊莉莎白點頭。「妳為什麼想調離倫敦？選擇費爾黑文又是為何？」

「那說來話長，我們改日再講。妳在我離開之前還有一個問題的額度。這雖然好玩，但我還在上班。」

「沒問題。」伊莉莎白答道。她闔上了筆記本，調整了一下眼鏡。「那麼，我其實有一段敘述要發表，但我保證我說完的時候會接著一個問題。」

唐娜伸出了向上攤開的手掌，意思是請伊莉莎白繼續往下講。

「這是我看到的狀況，哪裡說得不對相信妳會打斷我。妳二字頭奔三中，妳給人的印象是聰明且直覺準確，而且很多人會覺得妳人很好，但萬一真打起架來也不會輸。出於我們之後會細究的理由，但八九不離十是因為一段幾乎注定沒有未來的感情，妳選擇離開了倫敦，但其實我判斷那裡才有最適合妳的生活與工作。來到費爾黑文，妳發現這裡的犯罪都很小兒科，所謂的罪犯則都是些小毛賊。但妳還是雷厲風行，殺雞用牛刀地在大力整頓街上的治安。可能有個毒蟲偷了輛腳踏車，唐娜，也許有人開車加了油卻沒給錢，也許有人在酒館裡為了個女孩子動手。我的天啊，這不叫無聊什麼叫無聊。出於某些不太重要的理由，我曾經在前南斯拉夫的酒吧裡打過三個月工，當時我腦中就曾不停地吶喊著『我需要興奮、我需要刺激、我需要來點不同凡響的事情。』這話妳聽起來會覺得似曾相識嗎？妳單身，妳住在租來的公寓裡，妳不覺得在這裡交朋友是件容易的事情，妳在所裡的同事幾乎都多少是妳的長輩。我確定馬克有約過妳出去，但他肯定應付不了一個出身南倫敦的女孩，所以妳只得說不。你們倆都還在覺得尷尬。那小子可憐哪。自尊心不容許妳馬上就爬回大都會警局，所以妳暫時得被困在這裡了。妳的身分依舊是那個新來的女孩，所以升遷這回事感覺還在相當遙遠的未來，更別說妳在這裡也不是人見人愛，因為內心深處大家都知道妳是犯了什麼錯才被貶到這裡來，而妳對這裡也非常不滿。妳甚至沒辦法辭職不幹。只因為轉錯一個彎就要把在警局熬了這麼久的年資給一竿子打翻？好像妳心裡也過不了那關。所以妳穿上制服，乖乖地來上班，該值班就值班，咬著牙在等待自己身邊出現一件非比尋常的事。就像，或許有個明明不是修女的女人跑上門來說自己的包包被偷了，但其實她根本沒把包包帶出來。」

伊莉莎白對唐娜挑了個眉，等著看對方要怎麼回嘴，但唐娜看來一點也不熱衷於這段分析，冰冷的外表依舊堅定。「我還在等妳的問題。」

伊莉莎白點了點頭，把筆記本再次翻開。「我的問題是，妳要不要跟我們一起調查東尼·庫蘭的命案？」

靜默之間，唐娜將雙手手指搭成了一個平台，然後下巴往上一擺。她在開口前沒忘了先好好端詳一下伊莉莎白。

「我們已經有一個小組在調查東尼·庫蘭的命案了，伊莉莎白。一支各種條件都屬於菁英的凶殺調查團隊。我不久前才去給他們端過茶。他們不需要一個像本姑娘這樣，每次被叫去影印東西就要噴一下的警員幫忙。妳有沒有想過一種可能：妳根本不瞭解警察都在幹些什麼？」

伊莉莎白開始把這記在本子裡，然後邊寫邊說了起來。「嗯，我確實不能排除這種可能性。警局一定是一台運作非常複雜的機器吧。但我想也肯定非常有趣刺激？」

「算是吧。」唐娜附議。

「聽說他是被敲死的，」伊莉莎白說。「凶器是一根大扳手。妳能證實這一點嗎？」

「無可奉告，伊莉莎白，」唐娜說。

伊莉莎白停下了搖動的筆桿，重新抬起了頭來。「妳不會想參與調查嗎，唐娜？」

唐娜開始用手指在桌面上敲起鼓點。「好吧，假設我願意參與凶殺案的調查……」

「當然，沒問題，妳想怎麼假設就怎麼假設。以假設為起點，我們再看看後面會怎麼發展。」

「妳不知道刑事組的運作吧，伊莉莎白？我沒辦法跑去自告奮勇說我想參與某個案子。」

伊莉莎白笑了。「喔，我的天啊，這妳不用擔心。唐娜，這個交給我們搞定就行了。」

「這妳可以搞定？」

「應該是沒問題，嗯。」

「怎麼搞定？」唐娜依舊感到不可置信。

「嗯，路是人走出來的嘛，不是嗎？重點是妳會有興趣嗎？如果我們可以幫妳把入門的障礙擺平。」

唐娜回望了一眼那道關得死緊的厚重的門。「妳們多久可以把事情搞定，伊莉莎白？」

伊莉莎白看著手錶，若有似無地聳了聳肩。「抓一個小時？」

「而妳保證今天的事不會洩漏出去？」

伊莉莎白比了個噓的手勢。

「那我願意。嗯，拜託。我想去抓殺人凶手。」

伊莉莎白露出了微笑，然後把筆記本放回了口袋裡。「嗯，如此甚好。我就想說我的判斷應該沒錯。」

「妳想得到什麼？」唐娜問了聲。

「什麼也不想。頂多是圖著讓新朋友欠我一個人情吧，然後我們可能會偶爾因好奇心使然，探聽一下調查的進度。」

「妳知道我有守密義務，不能把一丁點機密洩漏給妳吧？這不是我能答應的事情。」

「不會讓妳做違背專業良心的事情，我發誓。」伊莉莎白在胸前劃了個十字。「我可是有信仰的。」

「那妳說一個小時內可以搞定？」

伊莉莎白又看了看手錶。「我會說就一個小時左右吧。看車塞不塞。」

唐娜點了點頭，彷彿覺得這話說得挺有道理似的。「倒是關於妳剛剛那篇即席演講，伊莉莎白，我不知道妳是想讓我刮目相看，或是在喬伊絲面前露一手，但我必須說那不都是一些送分題嗎？」

伊莉莎白倒也沒否認這一點。「送分，也許吧，但妳的意思是我考了個滿分囉，親愛的。」

「幾乎滿分，伊莉莎白，但別以為妳是瑪波小姐。」

喬伊絲突然大聲了起來。「喔，對了，馬克那個年輕人是gay，伊莉莎白，妳沒看出來有點瞎耶。」

唐娜笑著站起身來。「看來妳很幸運，身邊有一名可用之兵，修女。」伊莉莎白聞此一言也露出了難掩的笑意，而這讓唐娜覺得有點可愛。

「對了，我會需要妳的手機號碼，唐娜。」伊莉莎白說。「我可不想每次想見妳就得編出一個不存在的罪犯。」

唐娜將一張名片滑過了桌面。

「希望這是私人號碼，不是公務電話，」伊莉莎白說。「保留一點隱私總是比較好。」

唐娜看了伊莉莎白一眼，搖頭嘆息。她在名片上寫了另一個號碼。

「太好了。」伊莉莎白說。「我相信只要我們聯手，想找出殺害東尼・庫蘭的真凶肯定不愁。這個案子不可能是匹夫之智所無法破解。或說是匹婦之智啦。」

唐娜站了起來，問了最後一個問題。「我是不是該問問妳們要怎麼把我弄進專案小組裡？還是說我不知道比較好？」

伊莉莎白又查看了一下手錶。「妳現在還是先別煩惱這些。朗恩跟伊博辛應該已經處理到一半了。」

喬伊絲在一旁等著伊莉莎白也站起來，就又一次前傾著身體靠向卡帶錄音機的收音範圍。「訪談結束。下午十二點四十七分。」

第十九章

克里斯．哈德森探長把他的福特Focus彎上了通往古柏切斯的那條又長又寬敞的連通車道。看著車流非常順暢，他盼望今天跑這一趟不用花太久。

看著四周的環境，克里斯第一個問題是這地方要這麼多駱馬有什麼目的。訪客停車場裡已經沒有空位，所以他緩緩將車子靠邊停妥，踏進了車外屬於肯特郡的陽光。

克里斯不是沒去過養老院，但這裡完全不是他預期中的景象。這裡是一整個村子，一個完整的社區。他晃過了一場正在激戰中的滾球比賽，場地兩端都有紅酒在行動冷箱裡冷藏。其中一名參賽者是個年紀不是普通大的老奶奶，重點是她還拿著根菸斗在抽。他沿著一條蜿蜒的路徑穿過了一處無懈可擊的英式花園，夾在一棟棟三層樓的公寓中間。庭院裡與陽台上都有人在一邊八卦一邊享受陽光。三五好友在長椅上坐著，蜜蜂嗡嗡嗡地繞行著樹叢，徐徐清風在跟杯中的冰塊合奏。這一切看在克里斯的眼中，令他十分惱火，因為他是個喜歡吹風下雨的傢伙，穿大衣喜歡翻起立領。如果克里斯有得選擇，他會在夏天冬眠，也就是夏眠。他上一次穿短褲，要追溯到一九八七年。

克里斯穿越了居民專用的停車場，又經過了一個像從故事書裡剪下貼上的紅色信箱，而這一切都讓他火氣愈來愈大，所幸他此時終於找到了渥茲渥斯苑。

他找著了第十一號公寓：伊博辛．阿里夫先生，按下了電鈴。

大門開了，他穿過鋪著厚地毯的走廊，爬上同樣鋪著厚地毯的樓梯，在一扇厚實的木門上敲了敲，然後進到了伊博辛．阿里夫的房子裡，面對著屋主本人和朗恩．李奇。

朗恩．李奇。這可不就是當年叱吒風雲的本尊嗎？克里斯在剛剛聽到介紹時稍稍嚇了一跳，所以這就是「紅朗恩」安享晚年的地方嗎？所有慣老闆的眼中釘，為利蘭車廠出頭的那隻野獸，現在就是在長滿忍冬花、停滿奧迪汽車的古柏切斯養老嗎？坦白說，克里斯根本認不出他。朗恩．李奇身上穿著上下不成套的睡衣、拉鏈沒拉的田徑外套，腳上套著拖鞋。他張著嘴，眼神空洞地看著四周。他的樣子真是淒慘，慘得讓克里斯不禁覺得難為情，好像擅闖了他人的隱私場合。

伊博辛正在對克里斯．哈德森探長解釋現在的狀況。

「要老人家對著警察說話，壓力本來就有，這就是我建議您來這裡進行訪談的原因。您可萬萬不要覺得自己做錯了什麼。」

克里斯客氣地點了點頭，因為他受過這樣的訓練。「我可以向您保證李奇先生並沒有惹上什麼麻煩，我只是有幾個問題得請教他。」

伊博辛把頭轉回朗恩的方向。

「朗恩，探長先生只是想了解一下你那天看到的爭吵過程。記得嗎？我們聊過的啊？」

伊博辛又把頭甩回克里斯．哈德森。「他記性不好，忘東忘西的，年紀一大把了畢竟。探長您知道的，歲月不饒人啊。」

伊博辛拍了拍朗恩的手，緩緩跟他說起了話。

「我覺得你可以放心說話。我們看過警察先生的證件了。我打了上面的電話，還上網搜尋了一下。記得嗎？」

「我只是，我只是不覺得自己辦得到。」朗恩用低調到不能再低調的口氣說。「我真的不想惹上麻煩。」

「不會有什麼麻煩的，李奇先生。」克里斯・哈德森說。「我保證。只是說您可能可以提供我們一些重要的訊息。」眼前的紅朗恩已經不是當年的紅朗恩了，他現在只是過往的一道陰影罷了，由此克里斯知道他必須要步步為營來處理這件事情。最好先別提他兒子傑森，蹭一頓在酒館裡的名人午餐也愈來愈沒有可能性。「阿里夫先生說得沒錯，你別想太多，有什麼話都可以跟我說。」

朗恩看著克里斯，然後又看了一眼伊博辛來求取安心。伊博辛捏了捏朋友的手臂，然後朗恩又看回了克里斯，朝他挨近過去。

「我覺得把事情跟那個小姐講，我會比較開心。」

克里斯剛端起伊博辛泡給他的薄荷茶，喝了一小口而已。「小姐？」他看著朗恩又看著伊博辛，一臉狐疑。伊博辛見狀便順水推舟地也問了一句。

「對啊，什麼小姐啊，朗恩？」

「就那個小姐啊。老伊（念出伊博辛的全名太吃力了），那個來跟我們演講的警員小姐啊。」

「喔，是了！」伊博辛說。「德・費雷塔斯警員！她經常來跟我們上課說，探長。跟我們說門鎖怎麼鎖的那個。您知道她嗎？」

「當然。她是我們團隊的一員。」克里斯開始瘋狂地在腦子裡回想那個鞋帶鬆掉了的年輕警員是不是就叫唐娜・德・費雷塔斯。他蠻確定就是如此。她從大都會警局調來，但沒人知道原因。「我們工作上有很緊密的聯繫。」

「所以她是專案小組的一員囉？真是太好了。」伊博辛笑得燦爛。「我們這裡都是德・費雷塔斯警員的鐵粉。」

「這個嗎，技術上她沒有參與這次的調查，阿里夫先生。」克里斯說。「她另有要務在身，抓壞人……什麼的。」

朗恩跟伊博辛技術性地默不作聲，只是滿懷期待地往克里斯身上瞪。

「但我覺得你們的建議給了我很棒的靈感。我突然覺得專案小組應該要把她加進來。」克里斯邊說邊盤算著這事兒要去跟誰關說，所裡肯定有誰欠他的人情沒清才是？

「她是一位優秀的警察。」伊博辛說。「讓人很驕傲的那種。」

伊博辛再次一臉嚴肅，看向了朗恩。

「所以如果這位帥哥探長跟我們的好朋友德・費雷塔斯警員來一起問你話，你會開心嗎？朗恩。」

朗恩啜飲了他的第一口茶。

「那當然求之不得，老伊。太完美了。我會先去跟傑森說說。」

「傑森？」克里斯邊問邊豎起了耳朵。

「你喜歡拳擊嗎？孩子。」朗恩問。

克里斯點起頭來。「喜歡得不得了。李奇先生。」

「我兒子是個拳擊手，叫傑森來著。」

「我知道他，先生。」克里斯說。「您一定很以他為榮吧。」

「我有個不情之請，是他當時跟我在一起，所以他似乎也應該跟我們一塊兒聊聊。他也目擊了當時的情況。」

克里斯點了頭。這下子有趣了。我今天還真沒白跑一趟。「嗯，我想我應該可以再來一趟跟你們父子倆請教，沒有問題。」

「到時候你會把德・費雷塔斯警員帶來吧？好期待。」伊博辛說。

「當然。」克里斯說。「為了真相，多叫個人過來算什麼。」

第二十章

喬伊絲

所以說，看樣子我們是真的在調查謀殺案了。更棒的是，我現在也是進過警察局偵訊室的人了。這本日記真是招好運啊。

看到伊莉莎白使出渾身解數真是有趣。她真是令人刮目相看，那麼地沉著。如果我們是在三十年前認識，不知道我們會不會處得來？可能不會，畢竟我們是不同世界的人。但這個地方就是會讓不同世界的人聚到一起。

我希望我在調查中幫得上伊莉莎白的忙，幫她抓到殺死東尼．庫蘭的兇手。也許我真的能以我特有的方式派上用場。

我覺得，如果說我有什麼特殊技能的話，那就是別人常常會忽視我。該說是「忽視」嗎？或者應該說「低估」？

古柏切斯多的是偉人與善人，在生涯中做出各種貢獻的人。這點真的很有意思。有人參與過英法海底隧道的設計，有人發現過新的疾病、以自己的名字為之命名，有人當過派駐巴拉圭還是烏拉圭的大使。諸如此類。

而我呢？喬伊絲．米德寇弗？真好奇他們是怎麼看待我的。肯定是人畜無害，不得不承認也長舌得很。但我相信他們內心深處知道，我跟他們不是同一類人。我只是個護士，不是醫生，雖然沒人當著我的面強調這一點。他們知道我在這裡住的公寓是喬安娜出錢買的。喬安娜跟他們是同一類人，我則不然。

但是，如果餐飲委員會起了爭端、湖邊的抽水幫浦出了問題，或者像最近剛發生的，某個住戶的愛犬把鄰居寵物狗的肚子搞大了，大家吵成一片，那麼要找誰來幫忙？找喬伊絲．米德寇弗就對了。

我很樂意旁聽大家雄辯滔滔、針鋒相對、氣沖沖地互嗆要上法院見，也很樂意等待他們冷靜下來。然後我會站出來提議也許有解決的辦法，大家可以各退一步達成妥協，反正狗就是狗嘛。這裡沒人會覺得我有威脅性，沒有人把我當成假想敵，我只是喬伊絲，溫和又多話的喬伊絲，什麼閒事都愛管。

我能讓所有人冷靜下來。文靜又講理的喬伊絲。再也沒有人大吼大叫，問題迎刃而解，而且通常都是往對我有利的方向發展。這點似乎從來沒有人注意到。

所以，我樂於被人忽視，一直以來都是如此。我也認為這一點在調查中會有幫助。大家都會注意著伊莉莎白，我則可以自行其是。

順道一提，「米德寇弗」這個姓來自我過世的丈夫傑瑞。我一直挺喜歡這個姓。我選擇嫁給傑瑞，有許多原因，他的姓氏只是其中之一。我當護士時有個朋友嫁進一個姓「包史戴」的人家。芭芭拉．包史戴。換作是我恐怕會找個理由退婚。

真是刺激的一天！我想我再看一下舊版的《重案真凶》影集，就要上床睡覺了。

不管伊莉莎白接下來需要我做什麼，我都準備好了。

第二十一章

又是個美好的早晨。

波格丹．楊科夫斯基坐在伊恩．文瑟姆家庭院的鞦韆椅上，想著事情的前因後果。東尼．庫蘭已經遇害。有人闖進他家把他給殺了。問題是這是誰幹的？有嫌疑的人選很多，而波格丹在腦海中掃過了些人選，思忖著他們各自有什麼理由要把東尼．庫蘭送上西天。

東尼的死似乎在認識他的人之間投下了顆震撼彈，但波格丹覺得這沒什麼好大驚小怪。哪天不死人？什麼理由不能死人？他爸爸就是在波蘭大城克拉科夫附近，意外從一座水壩上掉下去摔死的，那時他還是個小孩。當然也不能排除他是自己往下跳，或是被人推下去的可能，但那重要嗎？死了就是死了，殊途同歸就是這麼回事。

伊恩的花園並不合波格丹的胃口。延伸到甚遠處一排樹木的英式草坪看來整整齊齊，顯露出明暗相間的條紋花樣，靠近樹的左手邊則有個池塘。伊恩．文瑟姆說那是個湖，但波格丹知道湖應該是什麼樣子。總之，這個「湖」有著朝遠處慢慢收窄的形狀，而遠端還有條橋畫龍點睛地橫越其上。這種地方一定會讓小朋友瘋狂，但波格丹從來沒有在這個花園看過任何一個小孩。

伊恩買過一家子的雁鴨養在這裡，但全被狐狸幹掉了，然後狐狸又被波格丹在酒館裡認識的一個傢伙給通通幹掉了。這之後伊恩就沒有再買新的鴨子了，因為買了也是白買，不是嗎？狐狸是殺不完的。野生的雁鴨會偶爾跑來串門子，波格丹心想這簡直是找死。

游泳池在波格丹的正右手邊。你只要從庭院走幾步路就可以一躍入水。事實上為泳池貼磁磚的，正是波格丹；把湖上的小橋漆成鴨蛋藍的，也是波格丹；把他此刻端坐當中的庭院給舖設出來的，還是波格丹。

伊恩已經開口要他擔任「林園」的監工。從東尼的手中接下這份工作，很多人可能會覺得觸霉頭，甚至感覺自尋災禍。但波格丹完全做得到平常心，工作起來也會盡最大的努力。雖說不用跟錢過不去，但真正讓波格丹感興趣的不是這案子不錯的酬勞，而是要把這東西蓋出來所蘊含的挑戰性。而且他喜歡待在這個村子，喜歡這裡的人。

關乎林園所有的計畫書，波格丹都已經過目跟研究過了。乍看之下你會覺得這案子規劃得很複雜，但一旦看出了當中的蹊蹺與模式之後，你就會覺得它其實就是個簡簡單單的玩意兒。波格丹幫伊恩．文瑟姆做那些小差事做得挺得心應手，他喜歡那樣的一種氛圍，但他也明白現在狀況不一樣了，他得往上爬。

波格丹十九歲就死了母親。他母親曾在丈夫去世時繼承了一筆來歷不明、但當時也沒人有空去計較細節的錢，而這筆錢也成為了他在克拉科夫的技術大學裡念工程的學費。他人在學校讀書的時候，他母親在家中風倒地。如果事發時他人在家裡，那他這個做兒子的就可以救活母親。但事實是他不在家裡，而發病的母親也就在危急之時無人搭理。

波格丹回家埋葬了母親，然後隔天就出發前往英國，將近二十年後則在這兒看著這蠢不啦嘰的草坪。

就在他想著自己或許應該閉上眼睏一下的時候，前門門鈴的低沉聲響從房子的另一頭傳來。這棟又大又安靜的宅邸，又有一位稀客大駕光臨。伊恩滑開了書房面對庭院的隔門。

「波格丹，去應門。」

「好咧。」波格丹站起身來。他通過他親手設計的暖房，一手完成隔音工程的音樂室，進入了他曾經全身只穿一條內褲，頂著一年當中最熱的天氣完成了磨砂工序的走廊。

不管叫他做什麼，他都使命必達。

麥基神父正後悔著稍早請計程車司機放他在行車道的終點下車，因為從那裡的鐵門到房子前門，還得走好一大段路。他搧起了權充扇子的文件，然後很快地用手機的相機檢查過神父服脖子上的「項圈」沒歪，接著便按下了電鈴。屋裡傳出的聲響讓他安下了心，因為即便是約好的事情，你也總是要到了現場才能確定。能在這裡見面讓他很開心，這讓事情在各個方面上都比較容易。

他聽見傳自木質地面上的腳步聲，然後門後出現了一個魁武的光頭男。對方身上繃著一件白襯衫，其中一隻手臂上有十字架的刺青，另一邊的臂膀上則刺著三行人名。

「神父。」男人說。好消息，是個天主教徒。而且聽口音應該是波蘭人呢。

「吉恩—多布瑞。」麥基神父來了句波蘭文的你好。

男人報以他鄉遇故知的微笑。「吉恩—多布瑞，吉恩—多布瑞。」

「我是跟文瑟姆先生約好了的馬修．麥基。」

男人抓起了他的手握了握。「我叫波格丹。快請進吧，神父。」

「相信我，我們了解你依法沒有義務要幫忙我們。」馬修．麥基神父說。「我們自然是不同意郡議會的判定，但我們也只能接受。」

計劃委員會[24]的麥可．葛瑞芬把該做的事情做得很好，伊恩心想。墓園你想怎麼挖就怎麼挖，他說，當自己家。麥可．葛瑞芬沉迷於線上博弈，而伊恩希望他這樣的熱情可以長長久久。

「但我也認為你有道義上的責任，要讓永息花園保持原址與原貌。」麥基神父繼續說道。「然後我希望跟你面對面，男子漢對男子漢的好好談一談，看看我們能不能把結論弄成一個各退一步的妥協版。」

文瑟姆豎著耳朵聽著，但老實說，他真正在想的是自己真的是天才來著。他正是自己認識的人裡面，最聰明的一個，不然他怎麼會心想事成到這種程度。他幾乎要感覺老天爺還真是不公平、不厚道，因為這並不是他能比人超前一步的問題，而是他能想到別人想不到的路，這才是他與其他笨蛋的差距。

凱倫．普雷菲爾真的沒花他什麼力氣。就算說服不了戈登．普雷菲爾直接賣地，他也知道走凱倫這條路一定可行。爸爸跟女兒就是這麼回事情，而她肯定能嗅到這當中的暴利，是吧？就算是一大片山地，老人家能為了這跟七位數英鎊過不去多久？辦法一定有，所以伊恩完全不愁。

真正棘手的是這位麥基神父，伊恩不會不懂。神父可不是五十出頭歲的失婚男子，損失一點錢也不會少一塊肉，你說對吧？對他們你得拿出一點假意的尊重，又或許對這種人你還真的該敬他們三分。畢竟萬一他們是對的怎麼辦？我們心胸要保持開放嘛。而這又是腦子好用就應該多用的一個明證。

所以說伊恩才叫波格丹一起來。他知道這類人喜歡大家湊在一起，而這麼想也沒有錯啦，誰不喜歡跟同一類的人湊在一起呢？此時他意會到自己應該要講兩句話。

「我們只是要把遺骨遷到別的地方而已，神父。」伊恩說。「而且我們一定會非常小心，不會對先人有一絲不敬的。」

伊恩知道這在某種程度上只是幹話一句。就法論法，他有義務要對外招標，而他稍早也是這麼做的，只不過在投標的三組人當中，一組是肯特大學法醫人類學系，這些人肯定能做到非常小心跟非常尊敬；第二組人是開在萊伊的一家專業墓園業者，他們最近剛把三十座墳墓遷離了「寵樂居」寵物用品專賣店預定的展店新址，並在投標資料中附上了公司同仁身著黑色連身工作服，一派莊重在徒手挖掘墓地的照片；至於最後一家，則是伊恩自己兩個月前才開的公司。這家公司內部除了一個來自布萊頓、他在打高爾夫球時認識的禮儀師以外，就是跟伊恩同村，提供挖土機出租的蘇．班伯利了。這最後一點優勢實在太殺了，所以讓伊恩的公司拿到了案子。伊恩上網用關鍵字查過了「挖墳」的撇步，又不是什麼高深複雜的科學工程。

「有些墳墓已有超過一百五十年的歷史了，文瑟姆先生。」麥基神父說。

「叫我伊恩。」伊恩說。

嚴格說來，伊恩並不需要開這場會，但他總覺得開一下比較心安。很多居民會在符合自身利益的時候突然產生堅定的信仰，而他可不想讓麥基神父抓到一點話柄來興風作浪，畢竟

---

24 Planning Committee。英國郡議會裡負責土地開發的決策單位。

什麼事情只要牽扯到屍體，人就會很多毛病。所以不妨就讓他暢所欲言，給他他要的保證，讓他心滿意足地回去，還是要捐點錢給某個公益團體？欸，這是個可以放進口袋名單的好主意。

「你雇來經手墓地遷移的業者，」麥基看著檔案，「『天使移動中——移花接墓專家』，他們知道自己要面對的是什麼樣的狀況吧？到時候不會有太多完整的棺材喔，伊恩，有的只會是一大堆骨頭。而且那也不會是完整的骷髏，而會是沉到土裡頭散落而半腐爛的碎骨。要求是每一處墳頭的每一根骨頭的每一塊碎片都要找到，然後登記在冊。簡單講就是一塊都不能少，而且態度要不苟言笑。這些固然是做人的基本道理，但也別忘了法律上也有相關的硬性規定。」

伊恩點了點頭，但其實心裡在想的是挖土機可以油漆成黑色嗎？這要問蘇才會知道。

「我今天過來，」麥基神父還沒完，「是希望你能三思，希望你能讓這些修女的遺骨留在原地安息。這是男子漢對男子漢的請求。我不知道這會造成你多大的成本，那是你要處理的問題，但你必須了解身為一個有信仰的人，這是我必須處理的問題。所以總而言之，我不希望你搬動這些女性的遺骨。」

「馬修，我很感謝你過來跟我們溝通。」伊恩說。「而我也能理解你所提到的天使、受苦的靈魂等等——我的理解沒錯吧？但你自己也說我們將看到的只會是一堆，沒錯，除了骨頭還是骨頭。你可以選擇迷信，或者你可以說那是你的宗教自由，這我尊重，但我的選擇是不隨著你起舞。對我來說要處理的就是骨頭，歡迎你到時候來看個夠，你爽就好我沒話說，但話說到底我就是要搬遷墓園，法律准許我搬遷墓園，而我也絕對會搬遷墓園。如果這代表我是個混帳東西、或不是個東西的話，我也認了。骨頭不會介意自己埋在什麼地方。」

「要是沒辦法說服你不要繼續執迷不悟，那我便會盡全力讓你難做事，請你要有這樣的覺悟。」麥基神父說。

「想讓我難做事喔，那你要乖乖排隊咧，神父。」伊恩說。「我現在有英國皇家防止虐待動物協會拿獾的問題要對我興師問罪，有肯特郡森林**什麼鬼**的拿保護林地的問題跟我滔滔不絕。你這邊是修女的問題。另外我還得遵守歐盟對於熱排放的規範、對光污染的規範、對於預測設備的規範，還有上百件有的沒有的規範，合著我們投票脫歐是在脫心酸的就是了。我有居民在抱怨社區的長椅不夠好，有民間的英格蘭遺產委員會追著我跑，說我用的磚頭不夠永續，然後全英格蘭最便宜的水泥師傅好死不死，剛因為被控加值稅詐欺而進了監獄。想當我的頭號問題你還不夠格，神父，去多練練再回來吧。」

伊恩終於換了口氣。

「還有東尼翹辮子了，所以現在大家都不好過。」波格丹在胸前畫了個十字架說。

「嗯，那倒是。東尼死了，還真給我添了麻煩。」伊恩附和了起來。

麥基神父看向打破了沉默的波格丹。

「那你是怎麼想的呢，孩子？關於把永息花園遷走的事情？你不覺得我們是在打擾靈魂的安歇嗎？你不覺得死後我們得為了此事懺悔嗎？」

「神父，我相信上帝照看一切，也審判一切。」波格丹說。「但我也覺得骨頭就是骨頭。」

第二十二章

喬伊絲正在剪頭髮。

安東尼固定每週三跟週五會過來開行動沙龍，他的時段搶手到不行。喬伊絲預約了最早的時段，因為愈早去能聽到的故事愈精彩。

伊莉莎白也知道這一點，所以她正坐在敞開的門邊，一面等一面聽。她大可以直接走進去，但邊等邊聽是個她擺脫不掉的老習慣。她看了看錶，如果喬伊絲五分鐘後還沒有好，她就要來刷一下存在感了。

「改天我一定要豁出去把妳染一波，喬伊絲，」安東尼說，「讓妳閃著一頭粉紅走出這裡。」

喬伊絲呵呵地笑著。

「妳看起來簡直跟妮姬．米娜[25]沒兩樣，喬伊絲，妳知道妮姬．米娜是誰吧？」

「嗯，不知道，但我覺得她的名字很好聽。」喬伊絲說。

「這個被殺掉的傢伙風評怎樣？」安東尼問道。「他叫庫蘭是吧？我在這附近見過他。」

「嗯，這當然是很令人難過的事啦。」喬伊絲說。

「有人拿槍打死了他，我聽說。」安東尼表示。「不知他是怎麼惹到人了？」

「我想他是被鈍器敲死的，安東尼。」喬伊絲說。

「被敲死的？話說妳的頭髮真的美得沒話說，喬伊絲，妳一定要答應我在遺囑裡把頭髮留給我。我聽說他們在海濱拿槍射死了他。三個騎摩托車的傢伙。」
「非也。他顯然只是在廚房裡被敲死。」喬伊絲說。「沒有摩托車。」
「到底誰會幹出這種事啊？」安東尼說。「去人家家廚房把人敲死。」
真的，到底是誰，喬伊絲心想。
「我猜他一定有個很漂亮的廚房。」安東尼說。「真可惜，我一直對他有那麼一點點意思。怎麼說呢？你看得出他不是個好東西，但還是覺得他，我可以。」
「嗯，看來我們在這一點上有些共識。」喬伊絲說。
「我希望不管是誰幹的，都能被抓起來。」
「一定會的。」喬伊絲說，然後嘗了一小口茶。
伊莉莎白覺得這真是夠了，她站起來，走了進去。安東尼轉過身來看到了她。
「喔喔喔她這就來啦，我們的達絲提・史普林菲爾。」
「早安，安東尼。你恐怕得放喬伊絲先走了，我有事找她。」
喬伊絲雙手一拍。

---

25 Nicki Minaj。美國饒舌歌手，以驚人的外表與發言著稱。

第二十三章

喬伊絲

早上在吃穆茲利綜合果麥[26]的時候，我壓根沒想到在前方等著我的是怎樣的一天。之前是假扮修女的渾事，這次又來了這個。

如果你以為吃穆茲利果麥是我每天早上的例行公事，那可就大錯特錯了，但今天早上我確實是吃了這玩意兒，而且我還蠻感謝自己，因為事實證明我需要這寶貝帶給我的能量。此刻時間已經過了晚上十點，我才剛把自己的東西放下，所幸我剛剛在回家的火車上起碼瞇了一會兒。

我早上原本在讓安東尼剪頭髮，快要剪完、八卦得正起勁時，伊莉莎白就來了，手裡拿著一個托特包跟一個保溫瓶，兩樣都不像是她會拿的東西。她告訴我說她叫了台計程車，已經在開來的路上，然後要我做好一整天要在外頭跑的準備。自從搬進古柏切斯以來，我已經學會了凡事不要趕，所以處變不驚的我眼皮都沒眨一下。我問了她今天要去哪裡，主要是想知道對天氣有個底，而她回答說倫敦。這個答案讓我愣了一下，但也讓熱水瓶的存在變得非常合理。我完全知道倫敦瘋起來可以是怎樣的一個天氣，所以未雨綢繆地披上了品質一流的大衣——事後證明還好我沒有懶得添衣服，感謝上帝！

我們依舊很忠誠地跟羅伯茲橋公司叫了他們家的計程車，雖然他們曾經把朗恩的孫女兒送到了錯誤的車站，但他們真的也有慢慢在進步啦，這點還是要肯定人家。這天的司機哈梅德是索馬利亞人，而索馬利亞這地名念起來很好聽。但我萬萬想不到的是，伊莉莎白去過索馬利亞，於是他們就像老鄉一樣聊了起來。哈梅德有六個孩子，老大在奇斯爾赫斯特當全科醫生，不知道這地名你熟不熟？我去那兒逛過一回「車靴拍賣」，也就是英國版的跳蚤市場，而這也讓我可以偶爾插兩句話。

一路上，伊莉莎白都在等著我問我們要去哪，但我抵死不退讓。她是那種控制狂，當然我的意思不是我不喜歡當控制狂的她，因為我是喜歡的，但偶爾把個性耍一耍，也不失為讓她把你當回事的好辦法。我覺得她的強硬習氣有沾染到我的身上，但這對我是好事一樁。曾經我並不覺得自己是個任人宰割、軟趴趴的傢伙，但隨著我跟伊莉莎白認識跟相處愈久，我就愈覺得自己可能錯了。我要有伊莉莎白一半堅強，說不定去過索馬利亞的人裡就也會有我，誰知道呢？我想我的意思你應該能懂。

我們在羅伯茲布里奇上了火車（九點五十一分那班每站都停的慢車），然後她在坦布里奇韋爾斯先露了口風，告訴了我此行的目的。我們要是去找喬安娜唷。

喬安娜！我的小女兒！這個嘛，你可以想像我內心一下子湧出了多少問題。所以繞了個半天，伊莉莎白還是把我拉回了她希望我扮演的那個角色。

我們為什麼要去看喬安娜？嗯，事情是這樣的。

伊莉莎白用她讓所有事情聽來都是那麼合理的獨特口氣，解釋說我們在案情許多方面的

26 Muesli。由穀物、乾果、堅果等加牛奶製成的一種早餐食品，最早是由瑞士一名醫師為其病人所開發的菜單。

掌握上都與警方並駕齊驅，而這是一件對大家都好的事情。不過話說回來，要是我們能在某些地方知道的比警察更多一些，總歸是不會吃虧，畢竟說不準什麼時候，我們就必須要跟警方來場交易。交易的籌碼搞不好能管上大用，因為很遺憾地按照伊莉莎白所說，太過小心翼翼的唐娜不見得會對我們全盤托出。但這也不能完全怪她啦，畢竟我們算哪根蔥？

我們情報上最大的缺口，按照伊莉莎白的意思，應屬伊恩．文瑟姆旗下各家公司的財務紀錄。那當中會不會剛好有文瑟姆跟東尼．庫蘭的接點呢？會不會赫然有著他們互看不順眼的理由呢？會不會有讓人萌生殺意的動機呢？這些都是我們要查清楚的重點。

而為了回答這些問題，伊莉莎白自然已經不擇手段去把伊恩．文瑟姆名下各事業體的詳細財務資料都弄到手了，至於所謂不擇手段，當然都是些沒辦法明著來的手段。所以才會有這個被她擱在身旁空位上的托特包，資料全都放在裡面的一個藍色的大檔案夾。我剛剛一直沒空提，但其實我們搭的是頭等艙。為此我一直巴望著會有人來查個票，但怎麼等都等不到。

伊莉莎白從頭到尾掃了一遍手中的書面資料，但根本丈二金剛摸不著頭腦。她需要找個人幫她瞧瞧，手把手告訴她哪邊是頭哪邊是腳。她想知道的是資料裡有沒有什麼地方看起來莫名其妙？有沒有哪裡值得我們有空時去確認事情有無蹊蹺？伊莉莎白確信這當中就藏著線索，問題是藏在哪？

我想當然耳地問了聲這資料是哪位仁兄幫忙找的，為什麼不順便請他指點迷津就好了呢？伊莉莎白的回答是很不巧，這位仁兄只欠她一個人情，而不是兩個。她還說考量到我認為的政治正確，她很驚訝我直接說了仁**兄**，而沒有說**姊**。這點她說得倒是一針見血，我剛剛跳過女性的說法是不夠周全，但即便如此，我推測對方是個男性的看法並沒有改變。

火車來到奧平頓[27]附近的時候輪到我忍不住，問起為什麼選喬安娜？關於這點，伊莉莎白給出了她的理由。我們需要一個對現代企業會計瞭若指掌，同時又懂得如何計算一家公司的價值的專家，而喬安娜很顯然就是符合這兩點的人才。文瑟姆遇到困難了嗎？他欠誰錢了嗎？他們還有其他的開發案在準備進行嗎？他們有人投資嗎？我們需要一個可以徹底放心，完全信任的人，而伊莉莎白在這一點上對喬安娜的判斷可謂正中紅心。喬安娜自然也有她的小缺點，但可以確定的是她保守起祕密的口風非常緊，緊到你可以真正安心。最後我們需要的是一個我們可以輕鬆見到，而且對方又欠我們人情要還的人。我追問起喬安娜欠我們什麼人情，伊莉莎白答說她犯了全天下的小孩都會犯的那個錯：沒有勤勞一點來看看老媽。話說她用這一點來指控喬安娜倒是罪證確鑿。

所以整理一下，伊莉莎白說他們需要的人得「專業、可靠、好找」三合一。

總之，她已經給喬安娜發過了電郵，而且不接受喬安娜說不。她讓喬安娜先假裝沒這回事，好給我一個驚喜，於是我們現在就在去程的路上了。

這一切寫在這裡，感覺似乎沒什麼毛病，但伊莉莎白的厲害之處就在於她光靠張嘴就能讓人忘記懷疑。好吧，其實我一開始還是有點半信半疑，我覺得只要她想，要找到比喬安娜更合適的人選絕非難事。所以如果你問我真相，我會說伊莉莎白只是單純地想要會一會喬安娜。

---

27 Orpington。曾經是肯特郡一部分的倫敦郊區。

不過若果真如此，我倒是無所謂。反正我是能見到喬安娜一面，而且還得到在伊莉莎白面前曬一下女兒的機會，而且我還不用親自動手去蹚安排事情的各種渾水。通常事情由我來辦，最後的下場都是由我把事情搞砸，然後喬安娜氣炸。

另外，今天我不會跟喬安娜聊到她的工作、她的新男朋友，或是她在普特尼而我還沒去過的新家（她有寄過照片給我看，還說起了聖誕節要我過去的提議）。我會跟她聊凶殺案。遇到有人跟你聊人命關天的刑案，妳還想要像青少年那樣裝酷就儘管試試看，親愛的。我只能學現代人的講法跟喬安娜說一聲，祝你好運。

我在火車上沒想上廁所，那真的是老天保佑。我們最終以誤點十四分鐘的成績抵達了查令十字站，原因是被伊莉莎白老實念了一番的「本服務因調度問題必須減速」。我上一回來倫敦是跟姊妹淘來看音樂劇《紐澤西男孩》巡演，但那距今也有一段時間了。我們以前會一年盡可能來個三四次，就我們四個人。我們會看個午場，然後趕在下班尖峰時間之前搭上離開倫敦的火車。在瑪莎百貨，他們有出一種罐裝的琴湯尼雞尾酒，不知道你喝過沒有？我們會補好貨，然後帶在回家的火車上喝，邊喝邊笑彷彿老年版的傻妹。姊妹淘已不會再有合體的一天，理由是兩人癌症跟一人中風。我們壓根沒想到《紐澤西男孩》會是我們與彼此的訣別。但凡一件事情的第一次，人都會記得，但鮮少有人會在當下就認知到某件事是你的最後一次。總之，我有點後悔自己沒留下那本值得紀念的節目冊。

你可能已經猜到我們叫了輛倫敦特有的黑色計程車（不然呢，也沒別的顏色，是吧？），請司機載我們到梅菲爾。車行至寇松街時，伊莉莎白指出了一處她曾經工作過的辦公樓，但那裡已經出於效益的考量而在一九八〇年代關閉了。

喬安娜的辦公室我去過，那是她公司剛搬家的時候，但後來他們有重新裝潢過就是。桌球桌跟飲料供應我剛剛有提，但其實他們還添了個以聲控取代按鈕的智慧電梯。我個人不是很中意這種科技，但這並無損於其代表的時尚與流行。

我知道我有時候會說喬安娜那裡不好這裡不行，但說正格的，能見到她是很開心的事情。因為有外人在場，所以她給我的擁抱還十分正式。伊莉莎白隨即便告退去用洗手間（我已經在查令十字站上過了，所以不用誤會我的膀胱超有力）。而一確信自己已經脫離伊莉莎白的聽力半徑，我便看到了整個人紅光滿面的喬安娜。

「媽！凶殺案？」她說，或用稍微不同的字句表達了差不多的意思。一瞬間她穿越了時空，變成了我記憶深處那個超興奮的小孩。

「他是被敲死的，**喬喬**，很特殊的選擇。」我回答說。我這句話在此是原文照登，而我想她第一時間的反應竟不是皺著臉要我別叫她喬喬，其心情如何已經盡在不言中。

（順帶一提，我能感覺到，也看得出她消瘦了許多，所以這個新男朋友恐怕不適合她。我差一點就要得意忘形，打蛇隨棍上地對她的感情生活發表意見，但最終我多想了十秒，還是告訴自己喬伊絲，妳最好不要得寸進尺。）

我們人在會議室中，裡頭擺著一張用飛機機翼做成的桌子。我很識相地沒有在喬安娜的面前對這一點大驚小怪，但那看起來真的非常特別。我咬著牙坐在那邊，鎮靜地擺出一副自己每天都在機翼桌邊走來走去的酷臉。

伊莉莎白把所有的檔案都用電郵傳了過來，而喬安娜則將之全數轉給了為她工作的柯尼利爾斯。柯尼利爾斯是個美國人——如果你好奇他名字怎麼這麼怪的話，這應該能回答你的問題。

他問伊莉莎白從哪裡得到這麼些文件，伊莉莎白答說是英國政府的公司登記局；柯尼利爾斯說這不是「誰可以從公司登記局那裡隨便拿到的資料」。對此她回答說這個嘛，她只是個八十二歲的老太太，這麼複雜的事情她不懂。

我扯太多了。長話短說就是文瑟姆的各家公司都有很好的體質。說起經商，他不是用矇的，他完全知道自己在做什麼。不過柯尼利爾斯還是發現了很耐人尋味的兩點。我們會等警察上門時跟他們分享這些資訊。他們把所有發現都加進了伊莉莎白的藍色大檔案夾裡。

喬安娜很搞笑、很聰明、很有反應，就連我原本擔心她失去了的那些特質都還好端端的在她身上，一樣也沒少。難道她只有在我身邊才會表現不出這些面向？

我之前已經跟伊莉莎白聊過喬安娜，包括我覺得我們不如該有的親密，不像其他母女。伊莉莎白有一種會讓你想掏心掏肺的本領，所以她一直知道我在母女關係上有一點介意，有一點傷心。我之前一直沒往這方面想，但或許這整趟行程根本不是為了我？但認真說，能跟柯利尼爾斯一樣告訴我們這些事情的人還多得很？所以或許是我想多了？我頭真的很痛。

離開的時候，喬安娜說她下周末非得南下來跟我們八卦個盡興才行。我表示那再好不過了，還說我們可以去費爾黑文小旅行，對此她也甚表同意。我問了聲她的新男友要不要一起下來，她微笑著說她這趟不帶男人。真不愧是我的女兒。

我們原本可以再叫一輛黑色計程車回火車站，但伊莉莎白想要散個步，所以我們也就這麼辦了。我不知道梅菲爾你熟不熟。那兒沒有你能真正在裡頭消費的店家，但逛起來還是很舒服。我們找了家連鎖的咖世家[28]喝了咖啡，店就開在一棟美麗的建築裡，伊莉莎白說那兒原本是一家酒館，而且還是家她曾跟很多同事來喝酒的店。我們在那兒待了一會兒，討論了一下我們得到的訊息。

如果事情的發展都能按照昨天這樣來，那這整個凶殺案的調查將會比好玩更好玩。這一天很漫長，至於當中發生的一切有沒有讓我們離逮住凶手更近一步，就由你自己判斷了。

我認為喬安娜今天看到了我的另一面。又或者是我透過她的眼睛，看到了我自己的另一面。總之，這都是件很令人開心的事情。另外，下次我會跟妳說說柯利尼爾斯，他是我們都喜歡的傢伙。

村內幾乎都暗下來了。人生在世，你得學著去數算那些好日子。你得把那些好日子塞進口袋，去哪兒都帶在身上。所以我要把今天放進口袋裡，然後上床。

回到查令十字站之後，我在瑪莎百貨快閃了一下，買足了罐裝的琴湯尼，而它們也成了我跟伊莉莎白在搭火車返家途中的飲料。

28 Costa。英國的咖啡連鎖品牌。

第二十四章

伊莉莎白翻開了日記本，嘗試回答今天的問題。

葛雯・塔爾伯她媳婦的新車牌號碼是多少？

她肯定這問題問得好。要是問車的廠牌？太簡單；問車色？可以瞎猜，而且猜對了也不能證明什麼。但要是能答得出車牌，就代表人的記憶力真的沒壞。

一如她曾經在不一樣的人生、不一樣的國家與不一樣世紀裡，頻繁做過的那樣，伊莉莎白闔上了眼睛，開始在腦海中把焦距拉近。她立刻就既像看到了那個答案，又像是聽到了那個答案。這是怎麼回事？答案是兩者皆然，因為大腦會把它看到的答案念給伊莉莎白。

JL17 BCH

她用手指描起了頁面上的正確解答。她記得一字不差。伊莉莎白闔上了日記。她等一下會把今天的問題寫上去，至於內容，她已經想到了一件很適合的事情。

其實即便剛剛的問題是車的品牌跟顏色，她也是記得的。那台車是藍色的Lexus，葛雯・塔爾伯的媳婦兒因為做訂做遊艇的保險生意，賺了不少錢。至於這位兒媳婦叫什麼名字，可就是個謎了。伊莉莎白跟她只有過一面之緣，印象還不夠深，但她有自信那只是聽力的問題，而不是她的記憶力有什麼毛病。

記憶力退化在古柏切斯是有如虎姑婆一般的存在。老人家健忘、放空、名字搞錯，全都是這頭妖魔的傑作。

我進來這兒是為了什麼？孫兒們會呵呵看著你的笑話，兒子跟女兒則會一邊開玩笑，一邊像老鷹似地瞪著你的動靜。這兒的居民自己會不寒而慄地在夜裡猛然驚醒。什麼東西不好拿，要拿走我的清明神智？讓他們拿走條腿吧，還是拿走半邊肺，實在沒東西拿了再讓我腦子昏聵。讓我在那之前，在被叫做「可憐的蘿絲瑪莉」或「可憐的法蘭克」之前，在最後一次瞥見陽光並知道那叫做陽光之前，不要被奪走身而為人的智慧。讓我在那之前最後一次出門旅行，最後一次享受遊戲，最後一次與謀殺俱樂部的隊友相聚，最後一次在自己的家裡醒來——最後一次知道自己是誰。

你會搞混女兒跟孫女的名字，九成九是因為馬鈴薯讓你分了心，但誰知道呢？這就像走鋼索一樣，沒有百分百的把握。

於是乎伊莉莎白養成了一個習慣，每天打開日記本，翻到兩週後的那天，然後給自己出一道題目，然後再把兩個禮拜前的題目答一答。這是她自設的預警系統，是她給自己請來觀察震波圖形的無形地震學家。如果大地震免不了要來，那這些專家會頭一個通知伊莉莎白。

她走進了客廳。兩個禮拜前的一張車牌，是相當嚴酷的考驗，而她很滿意於自己的表現。沙發上的史提芬專注到失神。這天早上在她出發前往倫敦之前，他們聊到了史提芬的女兒艾蜜莉。史提芬有點擔心她，主要是覺得她太瘦了。伊莉莎白對此不表同意，但這並不影響史提芬希望艾蜜莉可以多來拜訪，好讓他們可以看看她是否一切都好。伊莉莎白覺得丈夫這麼說沒毛病，便表示她會拿這事兒跟艾蜜莉說說。

只不過，艾蜜莉其實不是史提芬的女兒，因為史提芬根本沒有小孩。艾蜜莉是史提芬的第一任妻子，而且已經過世快二十五年了。

史提芬是中東藝術品的權威，只談英國學術界的話，他甚至堪稱權威中的權威。他在上世紀六〇年代與七〇年代旅居過德黑蘭與貝魯特，並在相隔多年之後重回舊地，為流亡西倫敦、曾盛極一時的中東世家追蹤遭人掠奪的藝術藏品。伊莉莎白也曾在一九七〇年代待過貝魯特一段短短的時間，但這兩人的生命真正產生交集，其實是晚至二〇〇四年的事情。當時伊莉莎白把一隻手套遺落在齊平諾頓市一家書店的外頭，被史提芬撿到，兩人才會在半年後閃婚。

伊莉莎白按開了電熱水壺。史提芬仍保持著天天寫作的習慣，而且有時候一寫就是好幾個鐘頭。他說自己在倫敦有一個要趕著起床去見的學術書經紀人。他把自己寫的東西都牢牢地鎖了起來，但當然他的鎖只防君子而防不了伊莉莎白，所以她時不時都會把史提芬的「作品」拿出來看看——那有時候只是一抄再抄的報紙文章，但更多時候則是以艾蜜莉為靈感或寫給艾蜜莉看的故事劇情，唯一相同的是史提芬那秀逸美麗的筆跡。

史蒂芬早沒了倫敦方面的火車要趕，沒了要跟經紀人共進的午餐，沒了要看的展覽，也早不再需要為了查一點小東西而跑一趟大英博物館。史提芬站在懸崖邊，甚至伊莉莎白若是肯面對現實一點，他早已掉進了萬丈深淵，但她選擇做損害控管，她盡自身所能讓他吃該吃的藥，說白了就是鎮靜劑。而就在妻子與他自身的雙重藥物作用下，史提芬從來不曾在半夜醒來。

此時熱水壺滾了。伊莉莎白泡了兩杯茶。德．費雷塔斯警員跟她的探長等等會來串門子。一切看似都非常順遂，但她還是有一些事情要先想好。在今天跟喬伊絲出了趟任務後，她手中已經有可以跟警方分享的情報，但以此為籌碼，她也希望換得警方所掌握的案情。但他們真的得好好地打擊一下唐娜跟探長的心防，而對此她已經有了些構想。

史提芬是不下廚的，所以伊莉莎白知道這地方不會因為她離開一下而付之一炬。再者他也不出門購物、不上館子、不去泳池，所以也不會出什麼意外。偶爾她會在回家時發現地上一灘瞎了眼才會看不見、不好說是什麼的淹水，有時候她得緊急進入洗衣婦的模式。但這些小事都無所謂。

伊莉莎白打算就這樣把史提芬藏在自己身旁，能藏多久藏多久。時間來到某個點上，他要嘛會摔一大跤或是咳出血來，然後身為明眼人的醫生就會知道事情的來龍去脈，但伊莉莎白不會想要力挽狂瀾——那天該來的時候就讓它來，史蒂芬該走的時候就讓他走。

伊莉莎白把替馬西泮這種安眠藥磨成粉，摻入了史提芬的茶裡，然後才加了牛奶。注重喝茶禮儀的母親要是還在，肯定會對這個流程有她的堅持。到底是該先放替馬西泮再放奶，還是先奶再替馬西泮？這念頭把她自己逗笑了，若是以前的史提芬也一定會覺得好笑。伊博辛會喜歡這笑話嗎？喬伊絲呢？她想其他人應該都笑不出來吧。

他們偶爾還是會下下西洋棋。伊莉莎白曾經在波蘭與德國邊界附近的某處避難屋待了一個月，每天就是當保姆照顧俄羅斯西洋棋大師與後來的叛逃者——尤里．齊托維奇。她還記得尤里喜極而泣，只是因為發現她不但會下棋，而且程度還不錯。伊莉莎白的棋藝始終不曾生疏，但對上史提芬卻每盤皆輸，而且除了棋局，就連她的心也被史蒂芬的風流倜儻給一起贏去。不過她也意會到兩人下棋的次數愈來愈少。也許他們已經下完了這輩子最後一盤棋？也許史提芬已經抓住了他最後的一支國王？拜託不要。

伊莉莎白把茶端給了史提芬，還往額頭上附贈了幾個吻。史提芬謝過了伊莉莎白。

伊莉莎白回到她的日記上，然後把頁面翻到距今兩個禮拜的地方，寫下今天的問題，一個她今天從喬安娜與柯尼利爾斯處得知的訊息。

東尼．庫蘭的死，讓伊恩．文瑟姆賺進多少錢？

她拉開距離把答案「一千兩百二十五萬英鎊」寫在了頁底，闔上了日記。

第二十五章

唐娜．德．費雷塔斯警員一早就得到了消息，要她去刑事組報到。伊莉莎白的手腳還真是快。

她被指派到了東尼．庫蘭一案的調查工作中，成為了克里斯．哈德森的「影子」。所謂影子，是肯特警局新推的計畫，有點像是要擴大同仁對工作的參與，也有點像是要由資深的母雞帶小雞長大，再不然就是為了梅德斯通的人事部來電時，那傢伙跟她說的不知道什麼東東。總之，那意味著她如今可以在克里斯．哈德森探長吃冰淇淋的同時，坐在長椅上瞭望英吉利海峽。

克里斯．哈德森把東尼．庫蘭案的檔案交給了她，好讓她趕緊進入狀況。唐娜一開始看得津津有味，因為那感覺比較像是正規警察該做的工作，她關於南倫敦的美好回憶，一下子通通都回來了：謀財害命、毒品，用帥到不行的語氣說出「無可奉告」的樣板回應。資料讀著讀著，她開始確信自己會撞見某個意想不到的微妙線索，然後懸而未決了幾十年的案件就會迎刃而解。這一幕她已經以主角之姿，在腦海中排演過無數遍。「長官，我深入調查了一下，結果發現一九九七年的五月二十九日銀行放假，所以東尼．庫蘭的不在場證明不就不成立了，長官您說對嗎？」克里斯．哈德森會一副半信半疑的模樣，最好是一個菜鳥可以把這案子給破了，然後她會挑起眉毛說「我拿他的親筆字去跑了筆跡鑑定，結果您知道嗎？」克里斯會裝得一副意興闌珊的模樣，但她會知道長官的注意力已經被她鉤起。「弄了半天，東尼．庫蘭一直都是左撇子呢。」克里斯會吹氣鼓起雙頰，然後不得不承認這小妮子確實有兩下。

當然這一切都是幻想。唐娜只是單純讀著克里斯已經讀過的東西，一段某人為非作歹但沒被法律制裁，最後自己也被黑吃黑而嗚呼哀哉的罪犯履歷。沒有還在冒煙的槍，也沒有事情兜不攏或可以抽絲剝繭的地方，但她還是樂在其中。

克里斯．哈德森對她的好，她能感覺到不是裝出來的，而那種對人有份尊敬的態度，更只可能是因為他真的是一名好警察。要是將來固定成為克里斯的下屬，她肯定得先幫他把衣服搭配處理一下，不過那是後話。就算他是「便衣警察」，也不用**便衣**成這樣吧。那種鞋子他究竟是去哪裡買的啊？這種服裝風格是有專屬的購物型錄嗎？

「想出門一趟見見伊恩．文瑟姆嗎？」克里斯這會兒說。「跟他聊聊他和東尼．庫蘭起的爭執？」

伊莉莎白又說對了。她事先給唐娜打過電話，大略交代了朗恩、喬伊絲和傑森看到的那場爭執。他們還是得親自去訪查一下，但至少這是個好的開始。

「好呀，拜託了，」唐娜說。「但在刑事組裡頭講『拜託』是不是很不酷啊？」

克里斯聳肩。「德．費雷塔斯警員，酷不酷這種問題，實在不適合問我。」

「我們可以快轉到你直呼我名字的階段嗎，」唐娜說。

克里斯看看她，然後點頭。「好吧，我會努力，但不保證結果如何。」

「針對文瑟姆，我們要調查什麼？」唐娜問。「動機嗎？」

「正是。他不會輕易和盤托出，但如果我們仔細看、仔細聽，就能找出一點端倪。到時候讓我負責問問題。」

「當然好，」唐娜說。

克里斯吃完了他的甜筒。「除非妳真的很想問問題。」

「了解，」唐娜點著頭說。「我可能會想問個一題吧，先警告你。」

「行，」克里斯點點頭站起身。「那走吧？」

第二十六章

喬伊絲

「不入虎穴，焉得虎子。」話是這麼說的吧？所以我邀請了伯納來吃午飯。

我煮了羊肉燉飯，羊肉是維特羅斯買的，但米是德商利多[29]的貨。這是我一貫的組合。你其實真的不會去注意到小地方的變化。這年頭你愈來愈容易在外頭看到利多的廂型車，大家似乎也慢慢接受了。

反正話說到底，伯納也不是那種會計較這種差別的老饕。我知道他天天在餐廳裡吃飯。他都拿什麼當早餐我不清楚，但誰又真的知道別人早餐吃些什麼呢？我通常是泡茶加吐司配地方廣播電台。我知道有人吃水果，是吧？我不知道這想法是從哪兒冒出來的，但反正我沒辦法。

我跟伯納吃這頓飯不算是約會，至少我是不這麼覺得啦，但以防萬一，我還是請伊莉莎白對朗恩與伊博辛保密，我可不想讓他倆卯起來拿我尋開心。若那真是場約會——但當然實際上不是——我會說的是：這個人未免也太喜歡聊自己的亡妻了吧？我倒是不介意，而且我也懂他的心情，但就是配合起來頗辛苦就是了。總之，這不是我該抱怨的事情，我知道。

我之所以感到內疚，或許是因為我不太常提到傑瑞。但我想那只能代表我處理心事的方式與別人不同。我把傑瑞塞在專屬於自己的一個小球裡。我在想我要是把他放出來亂跑，他的回憶會讓我亂了方寸，而且我也擔心他會就此隨風飄散。我知道這想法很傻。要是還在，傑瑞一定會喜歡古柏切斯的。沒能讓他享受到我覺得很過意不去。

總之，我想說的就是這些。我開始覺得刺刺的淚珠在蠢蠢欲動，但現在哭時間不對，地點也不對。現在是我該寫東西的時候。

伯納之前娶的是印度裔的妻子，這在早年應該是很稀奇的，更別說他們在一起了四十七個年頭。他們是一起搬進這裡的，但她後來中風，半年不到就進了柳樹園。算算日子她過世也有一年半了，當時我還沒來，但聽伯納的描述，我覺得我跟她應該會很合得來。

他們有一個女兒叫做索菲，不是蘇菲喔，是索菲。索菲跟伴侶住在溫哥華，每年會過來個兩趟。我在想要是喬安娜也搬到溫哥華會怎麼樣，我是絕對不敢說她不會這麼做。

不過別誤會，我們自然還聊了其他的話題。我們討論了東尼·庫蘭。我告訴伯納說東尼，庫蘭被人殺了，我好興奮啊，而此時他百思不得其解的神情讓我想起了一件事情，那就是我說話的時候不能把每個人都當成伊莉莎白、伊博辛跟朗恩。但伯納當我是殺人狂的時候，那狐疑的眼神讓他看來還挺帥氣的。就把這當作是你我之間的小祕密吧。

他稍微講到了他的工作，只不過我真的是有聽沒有懂。如果你知道化學工程師究竟是什麼東西，那你已經高我一等。當然啦，我不會連什麼是工程師都不懂，也不會不知道啥是化學，但把工程師跟化學放在一起，我就連不起來了。我也講了一下我的工作，還有就是跟病人有關的一些趣聞。他挺捧場地笑了，而當我說到一個小醫生的小雞雞被卡在胡佛牌吸塵

---

29 Lidl。平價超市名。

器的吸嘴裡，我注意到他的眼眸裡有光采閃爍了一下，而那也讓我找到了樂觀的理由。那感覺不錯，只是我暫時不會過度解讀，而重點是我察覺到，關於伯納，我需要了解的東西還很多，我們之間還有一道必須跨越的鴻溝。孤獨與寂寞的差別我懂，而伯納是屬於後面一種——寂寞有得救。

迷途羔羊總能吸引我。傑瑞就是一個，我一眼就能看出來。說起笑話永遠有那麼有限，動起腦筋永遠冰雪聰明，但也永遠在外流浪而需要一個家。而我也給了他一個家，並從他那兒得到了多出不知多少倍的報答。喔，喬伊絲啊，這地方原本該能多麼適合那個可愛的他，適合到無以復加。

我滔滔不絕的樣子就跟伯納一樣，是吧？快閉嘴吧，喬伊絲。我任由幾滴傻氣但不失禮的眼淚落下。人要是不允許自己偶爾哭一下，最後就會隨時都哭得沒完沒了。

伊莉莎白邀了唐娜待會跟她的探長上司一起來找我們，她打算把喬安娜和柯尼利爾斯找到的資料交出去，看看會換到什麼情報。

因為今天不是星期四，伊莉莎白問我能否在我家客廳跟他們會面。我告訴她空間太小，她則說這樣正符合她的盤算。讓那位探長侷促不安，他可能就會不慎透露一些資訊，這就是她的計畫。她說這是以前工作時學的把戲，雖然從前那些工具她現在都沒辦法用了。她給了明確的指示：「在哈德森探長給出有用的資訊以前，誰都不准走出這扇門。」

為此伊莉莎白請我烤些東西。我主要打算做檸檬糖霜蛋糕，但也會同時準備好咖啡口味的胡桃蛋糕，畢竟客人喜歡什麼妳永遠不知道。我選用杏仁麵粉，因為看「任何有脈搏的東西」那家店裡使它使得很神，而我早就想找個機會試試自己用不用得成。我看得出來伊博辛躍躍欲試地想加入麩質不耐症的行列，而不含麩質的杏仁麵粉應該能讓他懸崖勒馬，打消這個念頭。

我在想是否該睡個午覺？現在是三點十五分，我的午睡期限通常是三點，超過的話就會害我晚上失眠。但這幾天這麼忙碌，也許我破個例也無妨？

在道晚安之前，我想補一句：咖啡口味的胡桃蛋糕是伯納的最愛，但請千萬不要因此就過度解讀。

第二十七章

唐娜從福特Focus的車窗望出去。到底大家為什麼這麼喜歡樹？這裡的樹好多啊，連綿的樹幹、樹枝、樹葉、樹幹、樹枝、樹葉，不就這樣嗎？她不禁神遊。

克里斯給她看了屍體旁邊放的照片。這一定只是煙霧彈吧？一定是。如果你是傑森．李奇、或巴比．譚納、或拍這張照的不知名人士，這樣做根本是在給自己找麻煩。若是以上其中一個人把照片放在屍體旁邊，那可真是蠢死了。可能謀殺東尼．庫蘭的潛在嫌疑犯有上百人，他們何必幫警察把範圍縮小到三個人身上呢？

所以，肯定是別的人弄到了那張照片？是怎麼弄到的？

也許東尼．庫蘭本來就有一張拷貝？那樣的話就合理了。也許伊恩．文瑟姆某天看到了照片，或是東尼拿出來跟他炫耀？然後伊恩就把照片偷偷收著，以備未來不時之需？用來擾亂警方的辦案方向？從唐娜讀到的資料判斷，他似乎就是會做這種事的人。

他們路過一個村子，終於有除了樹木以外的風景，但水泥建築物的數量對唐娜來說還是差強人意。也許她會慢慢喜歡上這地方？也許這裡的生活會比南倫敦更充實？

「妳在想什麼啊？」克里斯問。他的眼神往左飄，尋找著正確的路標。

「我在想巴漢大路上的亞特蘭大炸雞店。還有我們應該把那張照片給伊恩．文瑟姆看看，」唐娜說。「問他之前是否有看過。」

「然後在他宣稱沒看過的時候，直直望進他的雙眼嗎？」克里斯說。他打燈左轉，開上一條狹窄的鄉間小路。「好個計畫。」

「我還在想，你的襯衫為什麼從來不燙平？」唐娜說。

「這就是收了『影子』學徒的感覺嗎？」克里斯說。「嗯，我以前會燙一下前襟的地方，因為其他部分都會被外套蓋住。然後我又想，反正有打領帶嘛，那何必麻煩？會有人注意到嗎？」

「當然會，」唐娜說。「我就注意到了。」

「這個嘛，妳是個警察，唐娜，」克里斯說。「哪天我交了女朋友，就會開始燙襯衫。」

「你要是不燙襯衫，就交不到女朋友，」唐娜說。

「這不就是雞生蛋、蛋生雞嗎，」克里斯說著開向一條長長的車道。「總之，我總是覺得襯衫穿上身之後差不多也就自動變平了。」

「是嗎？」唐娜說。此時，他們的車在伊恩．文瑟姆的房子前面停了下來。

第二十八章

「如果你真的聚精會神，可以憋氣三分鐘，」伊恩．文瑟姆說。「重點在於控制你的橫隔膜。人體需要的氧氣並沒有人家說的那麼多。看看山羊，牠們就是最好的證據。」

「真有道理，文瑟姆先生，」克里斯說。「但我們可不可以把話題回到照片上？」

伊恩．文瑟姆又看了一次照片，然後又一次搖頭。「不，我很肯定，我沒看過。我當然認得出東尼，願上帝保佑他，還有這位就是那個拳擊手吧？」

「傑森．李奇，」克里斯說。

「我的拳擊教練說我有當職業選手的資質呢，」伊恩說。「體能上和精神上都有。這種能力可是教不來的。」

克里斯再度點頭。唐娜環顧伊恩．文瑟姆家的客廳。這裡算得上是她所見過最豪華的房間，擺著一架金色琴鍵的紅木鋼琴，琴椅是黑檀木和斑馬皮做的。

「文瑟姆先生，我想和東尼該不會剛吵過一次架吧？」克里斯說。「就在他死前？」

「吵架？」

「嗯哼，」克里斯說。

「我跟東尼？」伊恩問。

「嗯哼，」克里斯重複道。

「我們從不吵架的，」伊恩說。「吵架對身心靈很不好。從科學的角度看，那樣會讓血液變稀，血液變稀，能量就變少，能量變少會導致一連串負面效應。」

唐娜每個字都聽了進去，但她的眼神繼續在掃視整個客廳。壁爐上方掛著一幅裱金框的油畫，畫中是手拿長劍的伊恩。油畫前方放著一隻老鷹標本，翅膀展開。

「這個嘛，我們同意，」克里斯說。「但如果我告訴你，有三個證人看到你們兩位在他死前不久吵過架呢？」

唐娜看著伊恩緩緩向前傾身，將手肘支在大腿上，下巴靠著交疊的雙手。他的一舉一動都顯示他假裝在思考。

「嗯，聽我說，」伊恩說。他的手肘從大腿上放下來，雙手張開。「我們是吵了架沒錯，有時候就是免不了，對吧？得釋放一下壓力。我想這樣就可以解釋他們看到的狀況。」

「ＯＫ，好，是可以解釋，」克里斯表示同意。「但我可以問問你們吵架的原因是什麼嗎？」

「當然可以，」伊恩說。「這是個合理的問題，我很高興你問了，因為到頭來，東尼死了。」

「東尼是被人殺死的，確切來說，時間就在吵完那一架之後不久，」唐娜說。她看著一個鑲有祖母綠的骷髏擺飾，一直保持安靜讓她覺得無聊了，想找點話說。

伊恩向她點了點頭。「完全沒錯，是的，正是如此。妳真是前途無量。這個嘛，聽我說，你們對自動灑水系統有多少了解？」

「跟一般人的了解差不多，」克里斯說。

「我想要在所有的新公寓裡都安裝這種系統，但東尼不想花這個錢。對我來說，顧客安全至上——我跟你說，我就是這樣，這就是我做生意的原則。這個『至上』可不是隨便說說。所以我就這樣告訴東尼，他這個人比較偏自由市場競爭那一派，跟我風格不同，然後我們就——不能說是吵架，該說是『起了口角』。」

「所以就是這樣？」克里斯說。

「就是這樣，」伊恩說。「就為了灑水器。如果你要說我有罪，我唯一的罪就是追求最高品質的工程安全。」

克里斯點頭，然後轉向唐娜。「我想我們的提問就到此為止，文瑟姆先生。除非我這位同事還有話要說？」

唐娜想問文瑟姆為什麼針對吵架的事說謊，但那樣可能有點過頭了。她該問什麼？克里斯會想要她問什麼？

「一個問題就好，伊恩，」唐娜說。她不想稱他為文瑟姆先生。「你當天離開古柏切斯之後，去了什麼地方？你回家來了嗎？也許你去拜訪了東尼．庫蘭？繼續討論灑水器的事？」

「我沒有，」伊恩說，看起來相當篤定。「我開車上山，跟戈登．普雷菲爾和凱倫見了面。他們是山上那塊地的地主。我確定他們可以替我作證，至少凱倫會。」

克里斯看著她，點點頭。她的問題不錯。

「對了，妳長得很漂亮，」伊恩對唐娜說。「以警察的標準而言。」

「要是哪天我來逮捕你，你就知道我到底多漂亮，」唐娜說完，遲了一刻才想起翻白眼是個很不符合職業身分的舉動。

「這個嘛，說漂亮也許有點太過，」伊恩說。「但在這一帶絕對吃得開。」

「謝謝你撥出時間，文瑟姆先生，」克里斯說著站了起來。「如果還有別的事，我們再聯絡。如果你哪天想跟我說**我**很漂亮，我的電話號碼你也有。」

唐娜起身的同時，再環顧了客廳最後一眼。她注意到的最後一樣東西是伊恩．文瑟姆的水族箱，缸底放著文瑟姆家的擬真微縮模型。唐娜和克里斯走出門時，一隻小丑魚正從模型屋樓上的窗戶游出來。

唐娜的手機在她和克里斯走向車子時響起。

是伊莉莎白傳的簡訊。這在唐娜看來並不對勁。伊莉莎白這個人想傳遞訊息的時候，用的應該會是摩斯密碼或複雜的旗語吧？

唐娜暗自微笑，點開了簡訊。「長官，是週四謀殺俱樂部，問我們能否去一趟古柏切斯？他們有些情報。」

「週四謀殺俱樂部？」克里斯問。

「他們是這樣自稱的。有四個人，組了個小圈圈。」

克里斯點頭。「我見過伊博辛跟那個可憐的老朗恩．李奇。他們是小圈圈的成員嗎？」

唐娜點頭。他不知道他說朗恩．李奇「可憐」是什麼意思，但背後肯定是伊莉莎白在穿針引線。「我們要去見見他們嗎？伊莉莎白說傑森．李奇也會到場。」

「伊莉莎白？」克里斯說。

「她是他們的……」唐娜想了想。「我不知道你會怎麼稱呼這種人，總之就是馬龍．白蘭度在《教父》裡扮演的那種角色。」

「上一回來古柏切斯，有人把我這台福特 Focus 上了固定夾，」克里斯說。「請人打開時，還被一個身穿螢光外套、手拿可調式扳手的退休人士收了筆一百五十鎊的罰款。妳回覆伊莉莎白說，我們決定去拜訪的時候就會去，時間不是她說了算。我們才是警察。」

「我不確定伊莉莎白會不會這麼好打發，」唐娜說。

「這個嘛，她最好接受，唐娜，」克里斯說。「我警察幹了快三十年，我可不會被幾位老人呼來喚去。」

「好吧，」唐娜說。「我會告訴她。」

第二十九章

結果，克里斯錯了，唐娜是對的。

克里斯．哈德森發現自己被很不舒服地卡在沙發的中間，一邊是他之前見過的伊博辛，另一邊則是集嬌小、開心與白髮於一體的喬伊絲。這很顯然是張二點五人座的沙發，所以當他被帶過來時，克里斯想當然地認為他只會跟另外一個人分享這裡，但他沒想到兩件事情：一件是年過八十的人竟還能保有如此的優雅與敏捷，另一件是伊博辛跟喬伊絲會用這樣的優雅與敏捷分別滑進他的左右兩邊——於是就有了現在的局面。早知如此，他就不會傻傻地被帶過來，而會堅持要去坐現在分別在朗恩．李奇與伊莉莎白屁股下面的其中一張扶手椅。朗恩比上次見面時還要容光煥發，至於伊莉莎白則依舊令人敬畏，果然不好打發。

更可惜的是他沒有搶到那張超符合人體工學的ＩＫＥＡ躺椅，所以如今只能眼睜睜看著唐娜九成九的身子蜷曲在椅子裡，腳塞在身下，完全就是把這裡當自己家。

他動得了嗎？眼下是還空著一張硬背的椅子，但喬伊絲跟伊博辛肯定會覺得我在嫌棄他們而不爽吧？我的不舒服他們好像長了眼睛卻看不到，但我又說什麼也不想讓人覺得自己不懂作客之道。他之所以被安排在現在的位子，是承蒙了人家的好意，而且也是因為他將是今天會面的重心。這些他都理解，也都感激。經年累月的經驗會讓任何一位優秀的警官都深諳座位安排的心理，所以他明白老人家有多努力要讓他感覺自己是ＶＩＰ。萬一他們發現這馬屁拍到了馬腿上，那感受恐怕說多差就有多差。

克里斯被左右包夾得非常之緊，而且還剛剛接下了放在碟子上的一杯茶，他簡直是整個人被定住了，什麼動作都做不了。但卡歸卡，他還是決定要很專業地表現出最好的一面。不過看看唐娜，她手邊竟然還有一個可以放茶的茶几。真是太不像話了。相形之下他的姿勢簡直就是超級尷尬，減一分不會太少，增一分就會立刻爆炸的尷尬。但他還是提醒自己要專業，一定要守住專業。

「那我們是不是就開始吧？」克里斯說。他試著讓重心往前一點，但卻渾然未覺於伊博辛的手肘像防滑裝置一樣穩穩靠在他的屁股邊上，於是他不得不重新向後倒回來。同時間他的杯子滿到無法單手握住，茶水又燙到絕不能灑出。說他心裡不悶是騙人的，但四個老人家溫暖而專注的眼神讓他不容許自己流露出一絲不耐煩。

「各位曉得，我本人與德．費雷塔斯警員，也就是在那邊的躺椅上很爽的那位，正在聯手調查東尼．庫蘭被殺一案。我相信東尼．庫蘭是什麼人，在座的各位應該多少都有耳聞，他在地方上是個營建商跟地產開發商。而各位應該也知道庫蘭先生已經很不幸在上週過世了，而關乎這件事，我們有一些特定的疑點有待釐清。」

克里斯看著他的聽眾。他們就像一張張白紙似的在點著頭，把他吐出的話一一加以吸收。這讓他很慶幸自己剛剛選擇了稍微有點正式的談吐。**關乎**是個很不錯的臨場判斷。他試著想啜飲一小口茶，但能燙到人脫皮的茶水還沒變溫，而用嘴吹又會讓茶水起浪然後倒灌出來。而且吹的動作會讓泡茶的無名氏知道自己水溫沒拿捏好，要是讓人家因此自責可就太失禮了。

喬伊絲卻一不做二不休，給克里斯帶來了更多的噩耗。「我們真是老眼昏花，生疏了待客之道，探長。我們光顧著上茶，竟然把蛋糕給忘了。」她於是生出了一片片已經切好的檸檬糖霜蛋糕，開始在眾人之間玩起了甜點版的「支援前線」遊戲。

騰不出手來拒絕的克里斯只能靠著三寸不爛之舌說：「我不用了，我早餐吃超飽的。」但誰理他。

「你先試一片再說。我做的。」喬伊絲說。那聲音聽來是如此自豪，克里斯也只能無奈接招。

「好吧。」他說，於是喬伊絲便把一片蛋糕平衡在他的碟子上。

「所以你們現在應該有嫌犯了吧？」伊莉莎白說。

「伊博辛說我做得比瑪莎百貨賣的還好吃。」喬伊絲說。

「他肯定會鎖定不只一個嫌犯。」伊博辛說。「我認識的哈德森探長可是做事滴水不漏。」

「有覺得哪裡不一樣嗎？我用的是杏仁麵粉。」喬伊絲說。

「是這樣嗎？你們有嫌犯了嗎？」朗恩問了克里斯。

「這個嘛，我這邊不好……」

「縮小範圍來談，我猜你們有跡證調查吧？」朗恩．李奇說。「我會跟傑森一起看《CSI犯罪現場》。他一定會愛死這些東西。你們掌握了什麼？指紋？DNA？」

克里斯印象中的朗恩糊里糊塗，什麼時候變得這麼犀利。「嗯，實不相瞞，我今天來就是為了這個。我知道您、喬伊絲那天跟您的公子在外頭喝酒，我在想能不能把他也請過來呢？要是能跟他也當面談談就太好了。」

「他剛傳了訊息過來。」朗恩說。「十分鐘後到。」

「我想他肯定會很樂於知道現在是什麼情形。」伊莉莎白說。

「肯定的。」朗恩也幫起腔來。

「嗯，我還是得重申，我的立場實在不宜……」克里斯說。

「馬莎百貨的檸檬糖霜蛋糕太甜了，探長，我覺得啦。」伊博辛插了進來說。「其實也不是我一個人這麼想，不信你可以去看網路上的論壇。」

克里斯的處境比剛剛更加危如累卵，主要是那片蛋糕相對於從杯底到碟子邊緣的寬度，有點太大了，他得費盡九牛二虎之力來維持一種恐怖平衡。不過話說回來，身經百戰的他畢竟偵訊過無數的殺人凶手、精神變態、詐騙集團，還有男女老幼形形色色的騙子，所以這一點難關還不至於讓他崩潰棄戰。

「我們真的只是想跟李奇先生還有他公子聊聊，還有喬伊絲，我想妳也目擊了……」

「《路易斯探長》是我的最愛。」喬伊絲打斷了他。「獨立電視網的ＩＴＶ３頻道。我把集數都存在我的 Sky Plus 裡了。我想整個村子裡會操作 Sky Plus 的，也就我一個了。」

「我喜歡雷博思探長的原著小說。」伊博辛搭加入了話題。「你知道那個系列嗎？雷博思探長是蘇格蘭人，而且經常在那裡遇到很慘的事情。」

「派翠西亞．海史密斯是我的菜。」伊莉莎白說。

「但這些都超越不了《除暴安良》[30]的經典地位就是了。還有我把馬克．畢林漢的犯罪小說全部看完了。」朗恩．李奇邊說邊再一次顯露出克里斯一點也不熟悉的自信。

聊著聊著伊莉莎白又開了第二瓶酒，倒滿了不知何時出現在她朋友們手裡的酒杯。

克里斯現在連喝一小口茶的想法都已經斷念，因為把茶端到嘴邊會對蛋糕的平衡造成極大的威脅，至於把茶杯端離碟面則會讓蛋糕倒在碟子中間，到時他的茶杯就會無家可歸。他開始有汗流浹背的感覺，而他上次有這種感覺是在訊問一位出身「地獄天使」幫派、體重二十五英石（約一五八公斤）的殺手的時候。那個彪形大漢在脖子上刺了字，上頭寫的是我專殺條子。

所幸，伊莉莎白跳出來替他解圍。「你在沙發上好像有點窘喔，探長。」

「你知道，我們通常是在拼圖室聚會，」喬伊絲說。「但今天不是週四，所以拼圖室被編織社的人佔用了。」

「編織社是個新成立的團體，探長，」伊博辛說。「是由對『打毛線聊是非社』不滿的成員所組織的。顯然是因為他們太常聊是非，太少打毛線。」

「交誼廳也借不到，」朗恩說。「滾球社在開紀律聽證會。」

「是關於柯林．克萊門斯，還有他為醫用大麻辯護的理由，」喬伊絲說。

「我看我們還是幫你喬一下，讓你可以坐正，」伊莉莎白說。「然後你跟我們說說這案子的來龍去脈好嗎？」

「喔，對啊。」喬伊絲。「你要說慢一點，因為這些東西我們平常沒什麼接觸，但你願意說給我們聽就太好了。」然後擺檸檬糖霜蛋糕的地方，也有咖啡口味的胡桃蛋糕。」

克里斯遠遠望著唐娜的方向，而她只是聳了聳肩膀，不置可否地兩手一攤。

---

30 The Sweeney。一九七〇年代的英國警匪電視連續劇，主角是倫敦大都會警察局旗下，專門處理武裝搶劫和暴力犯罪的「飛行小隊」（Flying Squad）。

第三十章

馬修．麥基神父置身有如綠色隧道的林蔭之中，緩緩步上了山丘。

他原本希望東尼．庫蘭一死，開發案也可以一起無疾而終，畢竟人死了就一了百了，替他再做任何事情都沒有必要。他把這想法當面傳遞給了文瑟姆，但結果卻讓他失望了。「林園的開發案會繼續照計畫進行，墓園也還是要滾蛋。」

光看外表，麥基無從判斷文瑟姆是比他想得更有料，還是比他想得更草包。在告辭之前，他曾想建議文瑟姆跟他一起為東尼．庫蘭禱告，但當時兩人之間的虛情假意跟勾心鬥角已經進行太久，這麼清純的建議他著實說不出口。他需要另闢蹊徑想個不同的計畫。

隨著路徑向左彎去，然後重新回到直線，永息花園進入了他的視野，目標就遠遠地在通道的上方。從這裡，麥基神父已經可以看見墓園那寬到足以行車通過，嵌在紅磚牆內的鐵門。這門看來有些年歲，磚牆倒是頗為新鮮。鐵門前的圓環從前是為了供靈車往來，現在則是方便維護的車輛在完事後迴轉。

他來到鐵門前，把門推開，裡頭有一條中央通道會連到最遠端十字架上的耶穌像。他靜靜地穿過靈魂之海，走向了耶穌。而在雕像的後方，乃至於花園的後方，則長著高聳的櫸樹，然後再往山上走便會接到開放的農地。麥基神父在耶穌腳邊的基座前，畫了個十字在自個兒胸前。但這年頭他已經不跪了，在關節炎的面前，天主的信仰也不再是第一優先。

馬修．麥基轉頭回望過墓園，陽光讓他瞇起了眼。通道的兩側都是墓碑，整齊乾淨、井然有序、左右對稱，向前延伸到鐵門處。離耶穌愈近者，墳墓年代愈是古老，新加入的成員則依序排起隊伍。大約兩百具遺體長眠在山上的此地，而這地點是如此美麗、如此祥和、如此地無可挑剔，麥基覺得這裡簡直可以讓人相信神的存在。

天字第一號的墳上頭註明著一八七四年，墓的主人是一位瑪格麗特．柏娜戴特修女，而這最終也成為了麥基慢慢踏上歸途的起點。

老的墳墓在裝飾上比較講究，也比較花俏。他愈是往前走去，死亡的日期也不停向前跳動。維多利亞時代的人兒開始乖乖地排起隊來，他們在世時看不順眼的大抵是帕默斯頓首相[31]跟南非的波耳人。接著是坐在修道院裡第一次聽說萊特兄弟的女人。再來是一邊禱告自家兄弟可以從歐洲平安歸來，一邊慈愛地接納盲人與傷兵如潮水般湧進大門的那些修女。然後是當醫生的女人、有投票權的女人、當司機的女人，見證過兩次大戰卻依然沒有失去信仰的女人。此時墓碑上的銘文愈來愈清晰。然後是電視、搖滾樂、超級市場、高速公路，還有人類登陸月球的時代。麥基神父在大約一九七〇年代的墓碑附近踏出了中央走道，此時的墓碑已出落得清爽而簡潔。他沿著行列前進，閱讀著碑上的姓名。這世界歷經了天翻地覆的改變，但墓碑排成的陣列永遠是那麼整齊，不變的姓名也永遠刻在那裡。他來到了花園側邊的牆壁，高及他的腰際且遠比正面的牆壁有年紀。他讓從一八七四年以來就沒有變過的風景映

31 亨利．約翰．坦普爾．帕默斯頓（Henry John Temple Lord Palmerston，1784-1865），兩度任英國首相（1855-1858，1859-1865），為美國獨立後大英第二帝國最著名的帝國主義者，奉行內部保守、對外擴張政策。兩次發動侵略中國的鴉片戰爭並鎮壓太平天國革命；鎮壓印度民族起義；美國南北戰爭時支持南方奴隸主集團。

入眼簾，樹木、原野、鳥類、某種不曾被打破過的局面。他繞回了中央走道，順手從經過的碑石上撥落了一片落葉。

麥基神父繼續走著，直到腳邊矗立著距今最近的墓碑。瑪莉．拜恩修女，二〇〇五年七月十四日卒。死後若有知，瑪莉．拜恩修女會有多少事情可以跟瑪格麗特．柏娜戴德修女分享啊，但她們相距也不過就一百碼而已。一百碼代表的光陰中涵蓋了多少的滄海桑田，但起碼在此處，許許多多的事情卻又絲毫未變。

在瑪莉．拜恩修女的後面還有空間可以容納許多新墳，但需要的人已經不存在了。瑪莉修女是代代相傳的最後一人，而這也意味著此處安息著柳樹園橫跨三世紀以來所有的主內姊妹，她們依舊被圍在四周那同樣的幾堵牆內，上空依舊是百年來那同一片藍天，墓碑上依舊年復一年承接著落葉。

有什麼是他能做的？

出了墓園的鐵門，麥基神父轉身回望了最後一眼。他接著便開始步行下山，重新來到了通往古柏切斯的林蔭大道。

一個穿西裝打領帶的男人坐在路邊的長椅上，享受著跟麥基神父一樣的景色，那片一如往昔，未曾改變的景色。見證過戰爭與死亡，汽車的發明與飛機的登場，再到Wi-Fi無線上網跟今早登在報上那些不知道什麼亂七八糟的東西，這片景色真的由不得你小覷。

「神父。」那人對他打了個招呼，身側放著一份摺好的《每日快訊》。馬修．麥基點頭向對方回了個禮，然後繼續往下走著，各種想法也不斷延續。

第三十一章

克里斯有了自個兒的椅子，有了專屬的茶几，他突然感覺受到了君臨天下的禮遇。他有時候會忘了警察身分給予一般民眾的觀感。他面前的這群人以一種近乎敬畏的態度望著他。偶而得到這樣的尊重真是不錯，他很樂意跟他們分享自己的聰慧見解。

「那整間房子都拉線佈滿了監視錄影機，而且規格都蠻先進的，但我們還是一無所獲。幾乎每一台都有毛病，只能說監視器的妥善率真的很低。」

伊莉莎白饒富興味地點著頭。「你有原本鎖定要在監視畫面看到的人嗎？某個嫌犯？」伊莉莎白問。

「嗯，聽著，那不是我能在這裡跟各位分享的事情。」克里斯說。

「所以你是有鎖定嫌犯的，只是不好說？太好了。咖啡口味的胡桃蛋糕，你還喜歡嗎？」喬伊絲說。

克里斯拿起了一小片到嘴邊，咬了一口。跟檸檬糖霜口味一樣把瑪莎（百貨）打趴在地上。喬伊絲，妳也太神了吧。

「真好吃，嗯，對了，我並沒有說我們鎖定了嫌犯，但我們有些重要的關係人在追，而這在辦案過程裡是很正常的事情。」

「重要關係人。」喬伊絲說。「喔，我好喜歡這說法。」

「你用了複數，所以關係人不只一位？」伊莉莎白問。「伊恩·文瑟姆在名單上嗎？我想你又不好說了是吧？」

「妳說得沒錯，他是不能說。」唐娜接下了話，因為她實在是看不下去了。「妳們就放過他吧，我看他也怪可憐的，伊莉莎白。」

克里斯笑了笑。「我還不用人保護啦。唐娜。」

伊博辛轉頭看向唐娜。「哈德森探長是一名優秀的警探，德．費雷塔斯警員。妳能跟到這麼優秀的上司真是三生有幸啊。」

「喔，他是還蠻專業的。」唐娜表示同意。

伊莉莎白鼓起了掌。「這個嘛，我同意，唐娜。我感覺這場會議都是我們一直需索無度，自己什麼貢獻都沒拿出來。克里斯真的是很貼心。我可以叫你克里斯嗎？」

「嗯，我大概是分享得比自己原本希望的多了一些，但大家聽得開心我也開心。」

「那是。你是真的分享了不少，所以我覺得我們欠你一個回禮。我在想你遲早會跟文瑟姆聊聊，而在你跟他對話之前，我想你可能會想先看一眼這個。」伊莉莎白把一本亮藍色的活頁夾遞給了克里斯。「這是伊恩．文瑟姆的一些財務資料。裡頭有關於這個地方的一些細節，還有他與東尼．庫蘭往來的細節。也可能全部都是垃圾，但這我就交由你去判斷了。」

此時喬伊絲的對講機響了起來，她於是去應門，而克里斯則掂量起了活頁本有多沉。

「嗯，我們自然可以瞧瞧裡面有什麼……」

「別緊張，看資料就交給我了。」唐娜說。她給了伊莉莎白一個確認的眼神。

門一旋而開，喬伊絲偕傑森．李奇本尊走了進來。瞧瞧那刺青、那鼻子、那手臂。

「李奇先生，」克里斯說，「久仰了。」

第三十二章

克里斯問傑森他介不介意到外頭拍張照片，自然光拍起來總是比較好看，唐娜負責掌鏡，兩人此時已經滿臉笑意地勾肩搭背，靠在海豚造型的裝飾噴泉邊上了。可憐的克里斯，他們真是把他整得團團轉。唐娜不知道克里斯是否知道，他現在已經成了這個團體的一員。

不過，這場會面的成效不錯。他們稍早跟朗恩、傑森和喬伊絲聊到了三人都目擊了些什麼。那是一場口角，這點可以確定。他們沒人能對於這場架是為了什麼而吵多說些什麼，但他們都感覺這件事不能等閒視之，而就在朗恩與傑森面對眾人的「圍剿」之際，克里斯與唐娜趁機在一旁靜靜聆聽。

朗恩是個非常驕傲的父親，這點無庸置疑。為親生兒子感到自豪，當然也是人之常情，但站在警方立場他們得對此有所提防。以免屍體旁那張照片其實不只是煙霧彈。

唐娜叫克里斯往左邊靠一點。

「真的太感謝你了。你一定經常被人要求合照吧。」克里斯邊說邊往左靠了一點。

「這就是**那個什麼來著**的代價囉，是吧？」傑森也表示同意。

唐娜針對傑森．李奇做過一番研究。老實說需要額外研究的也不多，因為她爸就是個拳擊迷。

傑森成名可以從一九八〇年代晚期說起，現在看起來他的名氣是會一直持續下去了。在一系列極具代表性且讓全英國如癡如醉的對戰中，他有時候是壞蛋有時候是英雄。奈吉・班恩、克里斯・爾班克、傑森・李奇、麥可・華森、史蒂芬・柯林斯。這些人共同領銜主演的是一齣名為拳擊的肥皂劇。傑森有時候是尤英家族中的大哥，J・R・尤英般的存在，有時候是又像是老么巴比的化身[32]。

英國大眾對傑森・李奇有一份愛。他們愛的是那個鬥士、那個硬漢，那個早在刺青成為職業運動員必需品之前就兩隻手臂滿滿刺青的傢伙。他洋溢著魅力，生來具有傳統意義上的英俊，並在戰鬥的摧殘下不斷累積出與傳統定義相左的另一種英俊。然後，當然他還有個出名的火爆老爸「紅朗恩」，也值得記上一筆。談話性節目也愛死了傑森。他曾經在節目上一個不小心，在示範他如何擊倒史蒂芬・柯林斯的時候，一拳打暈了主持人泰瑞・沃根。唐娜讀到資料說那段影片至今還能給他帶來穩定的版稅進帳。

班恩對上李奇的世紀第三戰，是他拳擊生涯的高峰，那之後他的身體反應便一天天變慢，反射速度也一天天變鈍。如果是對上與他一起變老的同世代對手，這樣的身體退化還不至於造成太大的麻煩，只可惜這些老對手們都一個個退休了。許多年後他才意會到自己賺到的錢比許多這些老戰友都少很多，而問題就出在他的經紀人身上。直到今天，他都還有很多錢被卡在愛沙尼亞。總之隨著光陰荏苒，對手一天天愈來愈幼齒、出賽獎金愈來愈寒酸、訓練愈來愈難熬，直到一九九八年那一晚在大西洋城對上一個連傑森自己都不記得了叫什麼的委內瑞拉拳手，他人生第一次倒在了拳擊場的帆布表面上。

他漫無目的的飄蕩了幾年的時間。這幾年究竟發生了什麼，唐娜完全無法在報紙的資料裡讀出個苗頭；這幾年傑森為了賺錢，在跟以往非常不一樣的地方找到了搞頭。他跟東尼・庫蘭及巴比・譚納合照，也是在那幾年間。唐娜和克里斯感興趣的，正是那幾年。

所幸飄浪歲月並沒有一直持續下去。隨著新世紀露出第一道曙光，社會上開始隨時需要一個有點嚇人、但也有點魅力的男人。這樣的需求來自男性雜誌，來自偽考克尼[33]電影導演，來自實境秀的製作單位，也來自博弈業者的廣告部門。就這樣，傑森開始賺進在拳手時期想像不到的收入。他在生存實境秀《我是名人，救我出去》裡以第三名作收，跟長壽肥皂劇《倫敦東區人》裡的艾莉絲・華茲出雙入對，還開始演起了電影。他在約翰・屈伏塔主演的電影裡軋上一角，扮演一個過氣拳手，也在另外一部戲裡與史嘉蕾・喬韓森有對手戲，而他演的還是一名過氣拳手，儼然就是個過氣拳手專業戶。

不過，吃過苦頭的他很快就察覺到這生涯的第二春正在走上他拳擊本業的老路。你能掛頭牌的日子就是那麼多，過了就沒了。也確實慢慢地，電影這條路斷了，廣告邀約也愈來愈少，你會看到他對什麼通告都來者不拒。

但其實這都無所謂了，因為傑森・李奇的名人地位已經不可動搖了，而他對此也非常惜福。看在唐娜眼裡，他在海豚造型噴泉前的笑容，是十足真心誠意。

唐娜放下伊莉莎白給的那個巨大藍色檔案夾，舉起了要用來拍照的手機。「說起司，或

32 J・R・尤英與鮑比・尤英分別是美國電視連續劇《達拉斯》（Dallas，一譯《家族風雲》）中德州石油大亨暨養牛家族裡的長子與么子，兩人之間有著又愛又恨的鬥爭與情感糾葛。

33 考克尼（cockney）一詞意指英國倫敦的工人階級，也指倫敦東區以及當地民眾使用的考克尼方言。考克尼方言的特色之一是英文單字中的t與k不唸出聲。

兩個大男人說起來不會尷尬的任何字眼。」

傑森首先發難，「我躲我閃，」然後克里斯也加入了他大喊，「我活到最後！」兩個男人直覺地一起用空出來的那隻手對空氣振臂一揮，唐娜則抓緊時間拍下了照片。

「那是他的加油口號。」克里斯這麼對唐娜解釋。「我躲我閃，我活到最後！」

唐娜把手機放回了口袋。「人在死前不是都一直活到最後，這根本幹話嘛。」她有一絲衝動想要多嗆一句，說魯道夫．曼多薩曾經在東岸比賽的第三回合中把傑森擊倒，所以嚴格說來他並沒有「活到最後」，但何必自找麻煩去惹怒兩個中年男子？

「費爾黑文的大家一定會愛死這張照片，謝了，老兄。」

「不麻煩。希望我這把老骨頭還能派上點用場。」

克里斯永遠不會把這張照片秀給他的任何一位同事看。他手邊已經有一張傑森．李奇更引人入勝的照片了。

「您客氣了。」克里斯說。「是說傑森，你是怎麼想的呢？關於東尼．庫蘭？你多少對他有一點認識吧，都是費爾黑文這一帶出身？」

「就一點。我知道他這個人，但不是真的很熟。他樹敵很多。」

克里斯點了頭，然後偷瞄了一眼唐娜。唐娜站了出來把手伸向傑森。

「真的很感謝你的配合，李奇先生。」她說。

傑森握了握唐娜的手。「我的榮幸。照片妳可以傳一份給我嗎？看起來照得不錯。」傑森抄了份自己的電話號碼給唐娜。「那我就進去陪我爸了。」

「等等，」唐娜接下了傑森的號碼說，「你跟東尼．庫蘭，應該不像你說的那麼不熟吧？」

「東尼．庫蘭？吶。我在酒館裡見過他，跟他有一些共同的朋友，聽說過一些八卦。」

「你去黑橋酒館喝過酒嗎，傑森？」克里斯問。

傑森遲疑了零點零幾秒，就像一記重拳剛好從他的耳邊掠過，但下一次恐怕就不會這麼好運了。

「警局附近那家？一兩次吧。好幾年前的事了。」

「要我猜應該是二十幾年？」唐娜說。

「也許吧，」傑森點頭。「但誰還會記得啊？」

「你當時跟東尼．庫蘭真的沒有瓜葛嗎？」克里斯問。

傑森聳了聳肩。「我要是想起什麼會跟你們說。我得去陪爸了，很高興認識兩位。」

「我最近看到一張照片，傑森，」克里斯說。「一群朋友在黑橋酒館裡。巴比．譚納、東尼．庫蘭。那張把你拍得不錯。非常親和。」

「有一堆怪人要求跟我合照過，老兄，」傑森說。「我無意冒犯。」

「你應該認得那張照片。桌上放滿了錢。你該不會剛好有一張拷貝吧？」克里斯說。

傑森微笑道，「看都沒看過。」

「你也不知道照片是誰拍的？」唐娜問。

「不知。一張我沒看過的照片，我怎知道是誰拍的？」

「而我們追蹤不到巴比．譚納的去向，傑森，」克里斯說。「我想你也不知道他最近在哪吧？」

傑森．李奇在電光石火間含了一下嘴唇，搖搖頭，然後轉身背對他們揮揮手，進到屋內去找他爹了。克里斯與唐娜看著自動門在他身後滑行關上。克里斯看了眼手錶，然後示意要朝車子前進。他走了起來，唐娜也跟了上去，嘴上掛著藏不住的笑意。

「剛剛那段對話，是我聽過您說話最像考克尼腔的一次了，長官。」

「我認罪。」克里斯也懶得否認，而他這會兒終於甩掉那口裝腔作勢，在認罪的英文guilty裡把t給發出音來了。「為什麼傑森會要剛剛拍的照片呢？那是哪招？為了必要時可以勒索我嗎？」

「沒那麼複雜啦，長官。」唐娜說。「他是為了要拿到我的電話號碼，老套啦。」

「即便如此。」克里斯說。

「你放心。」唐娜說。「他既拿不到照片，也要不到我的電話。」

「那傢伙挺帥的，」克里斯說。

「他差不多都四十六歲了吧，」唐娜說。「我敬謝不敏。」

克里斯說。「可不是嘛！但不得不說，他看起來沒有太焦慮。但他說不認識東尼．庫蘭，肯定是謊話。」

「可能的原因很多，」唐娜說。

「很多，」克里斯贊同。

聽到身後傳來腳步聲，兩人轉身看到的是伊莉莎白跟喬伊絲在追趕著他們，其中喬伊絲懷裡揣著特百惠[34]的塑膠食物收納盒。

「我忘記給你這個了。」喬伊絲邊說邊把特百惠盒子遞給了他。「檸檬糖霜蛋糕就剩下這些了。咖啡胡桃蛋糕很不幸已經有別人預約了。」

克里斯收下了蛋糕。「讓您費心了，喬伊絲，我會給這些蛋糕一個好的歸宿。」

「還有唐娜。」伊莉莎白對著藍色的活頁夾說。「睡前閱讀要是讓妳頭痛的話，隨時打電話給我。」

「謝謝，伊莉莎白，我會努力，」唐娜說。

「喏，你也有我的電話會更方便。」伊莉莎白遞出了一張名片給克里斯。「我們未來幾週應該會有很多東西可以聊。謝謝你專程過來，我們真的很喜歡有訪客。」

唐娜笑了，因為她看到克里斯向伊莉莎白跟喬伊絲鞠了一個挺像回事的躬。

「我們真的獲益良多。」喬伊絲也笑了。「還有你最好讓唐娜開車，哈德森探長。蛋糕裡的伏特加爆炸多。」

34 Tupperware。世界知名的家用塑膠食品容器品牌。

第三十三章

跟警察會面結束後，伊莉莎白直接前往柳樹園。她確保潘妮每星期都有人來幫她洗個頭，做做造型。髮型師安東尼會在正常的預約都處理好之後來到柳樹園，而且每次都堅持不收錢。

哪天如果安東尼遇到什麼麻煩事，或是有忙需要人幫，他就會發現伊莉莎白有多感謝他的善良義舉。

「我聽說是黑手黨，」安東尼邊說邊溫柔地把沾了肥皂的海綿刷過潘妮的頭髮。「東尼・庫蘭欠他們錢，所以他們才砍了他的手指，要了他的小命。」

「這理論倒還挺有趣的。」伊莉莎白說。她一隻手托在潘妮的脖子下，好讓她的頭別垂下。「那黑手黨又是如何闖進他家的呢？」

「用槍射進去的？我猜啦。」安東尼說。

「那現場怎麼沒留下彈孔？」伊莉莎白問。潘妮的洗髮精聞著有玫瑰跟茉莉香，那是伊莉莎白在園內附設的店裡買的。他們一度停售這款商品，但伊莉莎白去拜訪了一下之後，店家就回心轉意了。

「這個嘛，黑手黨就是有這種通天的本事。伊莉莎白。」安東尼說。

「而且還沒有觸發任何警鈴？」約翰說。

「你沒看過《四海好傢伙》嗎，約翰？」安東尼說。

「如果你說的是電影，我還真的沒有。」約翰說。

「我說嘛。」安東尼說。他這會兒正在幫潘妮梳頭。「下禮拜得幫妳打薄，潘妮達令，方便妳去迪斯可。」

「沒有彈孔，安東尼。」伊莉莎白說。「沒有警鈴響，沒有東西破，沒有跡象顯示打鬥。你覺得這代表什麼？」

「三合會？」安東尼把燙髮的電捲棒插上電。「哪天我一定會以為妳才是有插了電呢，潘妮，這麼電力十足。」

「潘妮一定會第一個告訴你，」伊莉莎白說，「這代表凶手是東尼．庫蘭開門放進來的，他一定認識凶手。」

「喔，這我喜歡。」安東尼說。「他跟凶手認識。果然如此。伊莉莎白，妳殺過人嗎？」

伊莉莎白聳肩。

「我只能用想像的，」安東尼邊說邊穿上外套。「好囉潘妮。我都想親妳了，但約翰還在場呢。瞧瞧他那二頭肌。」

伊莉莎白站起來擁抱他。「謝謝你，親愛的。」

「她超美，」安東尼說。「算我自誇啦。下週見囉，伊莉莎白。掰掰，潘妮；掰掰，約翰帥哥。」

「感激不盡，安東尼。」

安東尼一走，伊莉莎白又坐回潘妮旁邊，「不過這兒還有一件事，親愛的。他們後來把小傑森帶出去拍照了。我知道他常被人要求合照，但我總覺得剛剛的狀況不太對勁。我覺得很可疑。為什麼拍照要去外面呢？喬伊絲家有那種大型景窗，你知道的，渥茲渥斯苑的那種，那拍起來也很上相啊。」

又扯到喬伊絲，這是愈講愈順口了還是怎樣。

「妳真覺得他們在跟傑森打聽什麼事情嗎？我們在樓梯間跟上樓的他擦肩而過，而他看起來還是跟平常一樣瀟灑啊，所以誰知道呢？我以後在傑森身邊得謹慎一點了。妳能想像我開始到處問東問西，朗恩會怎麼說嗎？不過當然我確實是要開始問東問西啦，不然呢？」

伊莉莎白喝了點水，感覺心滿意足，然後又為了感覺心滿意足而萌生出罪惡感。最後一階段則是由罪惡感生出的脆弱感。她繼續跟潘妮說話。不過她說話的對象究竟是潘妮，還是她自己？

「或許凶手根本不是文瑟姆？或許我只是被檔案裡的東西蒙蔽了判斷力？我是說，庫蘭被殺的時候他人在哪裡？我們查清楚了嗎？我想我們接著要追的就是這一點了。」

「伊莉莎白，對不起打個岔。」約翰說。「但妳有看過一個節目叫做《逃離到鄉間》嗎？」

約翰突然不當啞巴，伊莉莎白一時間得適應一下。「嗯，沒有耶，應該沒有。約翰。」

約翰稍顯坐立難安，一副就是心裡壓著事情的模樣。「我是說，那節目挺好看的。我知道裡面多半也是亂講一通，但即便如此還是好看。節目裡會有一對夫妻，然後這對夫妻會想要找一處新居。」

「鄉下的新居嗎？」

「沒錯，鄉下的新居。然後會有一個男的，或偶爾是女生，會出來給他們介紹房子。我看的時候會關靜音，因為潘妮不愛看這類東西。妳可以從夫妻的眼裡看出哪一個人是真心想搬，哪一個人只是在配合另一半。什麼叫委曲求全，妳不會不懂吧？」

「約翰，」伊莉莎白往前盯著約翰的眼睛看，「我認識的你從來不會為了開口而開口，你究竟想表達什麼？」

「嗯，我想我要表達的也就這樣而已了吧。」約翰說。「我在看《逃離到鄉間》的那天，正好是庫蘭被殺的那天，而節目正好演到最後他們要決定買房或不買房的關鍵點。他們永遠都是拖拖拉拉的不決定，不過那也是這節目麼有趣的部分原因。節目完畢我站起身，想晃去販賣機投一瓶葡萄適[35]，結果我往窗外一望，我是說前頭的那扇窗，正巧看到文瑟姆把車開走。」

「Range Rover？」

「嗯。車子從山上的車道下來。而我就想著要把這事跟妳提一下，話說《逃離到鄉村》是緊接在《醫生們》後面播出，然後準時在三點結束。」

「原來如此。」

「而我在想若是妳知道文瑟姆離開古柏切斯的時間，然後妳又知道庫蘭被殺的確切時間的話，也許能有所突破？我是說對查案應該會有幫助？」

「你說下午三點？」

「嗯，剛好三點。」

「謝了約翰。那這樣我得傳封簡訊。」伊莉莎白掏出了手機。

35 Lucozade，運動飲料。

「這裡用手機不太好吧，伊莉莎白。」約翰說。

伊莉莎白聳肩耍了個可愛的無賴。「嗯，大家都那麼乖，那麼聽話，你不覺得人生會很無趣嗎，約翰？」

「妳說的也對，伊莉莎白。」約翰一下就被說服，然後重新埋首書中。

第三十四章

唐娜正要出門的時候電話響了，是伊莉莎白傳了簡訊過來。伊莉莎白傳簡訊那肯定沒好事，但她也不否認自己喜歡看到那名字跳出來。

「東尼・庫蘭是幾點的時候被殺？」

嗯，還真是直截了當、全無廢話。唐娜笑著打出了回覆。

「妳是不是應該要先問候我一下，隨便聊點八卦，然後再開口要人幫忙？更別說妳結尾都沒有親一下來軟化我X[36]。」

唐娜看到對話框顯示伊莉莎白正在撰寫回應。她這麼不急不徐是怎樣？在長篇大論嗎？是要提醒唐娜她現在在調查謀殺案、而不是像馬克一樣在哈爾福茲[37]的停車場裡量胎紋深淺，應該要歸功她嗎？或許她正在用拉丁文回覆？想到這裡，訊息突然叮的一聲來了。

「妳好嗎，唐娜？瑪莉・藍諾斯剛多添了一個曾外孫女，但她擔心自己的孫女在搞外遇，因為那個孫女婿下巴戽斗得很誇張，別無分號。所以東尼・庫蘭是何時被殺的？X。」

唐娜在挑選著深淺不同的口紅。她希望自己看起來不要太露骨，但又不能太不露骨。最終她的回答如下：

---

36 O代表抱抱，X就是親親。

37 Halfords，英國的停車業者。

「這我不能透露。基於專業。」

回覆訊息馬上傳來。

「LOL[38]！」

LOL？伊莉莎白從哪學來這麼說話？這下好玩了。

「WTF[39]？」

這顯然讓伊莉莎白愣了一下，所以唐娜有了空檔可以在下一聲「叮」之前照照鏡子，看看自己興味盎然的表情、笑出來的表情，還有她默默誘惑人的表情。

「好吧我承認我不知道什麼是WTF。我上禮拜才從喬伊絲那兒學到LOL。我會假設這不是在指華沙運輸機構（Warsaw Transit Facility），因為那早在一九八一年就因為被俄國人盯上而關門大吉了。」

唐娜回送了兩隻大眼睛跟俄羅斯國旗的表情符號，然後開始用起了牙線，雖然專家好像說牙線其實沒有用了。又一聲叮。

「那是中華人民共和國的國旗，唐娜。死亡時間跟我說說吧。妳知道我們不會告訴任何人，而且搞不好我們可以因此找出什麼有用的線索。」

唐娜笑了。說一下真的無傷大雅，不是嗎？

「三點三十二分。他的FitBit運動手環在他倒下的那一刻故障。」

又叮了一聲。

「嗯，我也不知道什麼是運動手環，但還是謝謝妳X。」

第三十五章

喬伊絲

警方今天來了一趟，一開始我真為哈德森探長難過，但最後他應該玩得挺開心。總之，伊莉莎白把檔案交給了他跟唐娜，所以就等著看他們如何利用吧。喬安娜的名字完全沒出現在檔案裡，伊莉莎白跟我保證這樣有利於主張「合理推諉」，以免我們做的事有哪部分犯了法。我想應該是有犯法的吧。

我請伊莉莎白重複一次「合理推諉」這詞好讓我寫下來。她問我為什麼要寫，我說我在寫日記，她聽了就翻翻白眼。不過她接著就問日記裡有沒有寫到她，我說當然有，她又問我寫的時候是否用了她的真名。我說當然啊，不過之後我想了想：有誰真的了解伊莉莎白呢？也許她的真名其實叫做賈桂琳？我們都習慣相信別人自稱的名字為真，沒想過要質疑。

但我想了又想。你一定覺得我對謀殺案太著迷了，我開始寫日記以來就沒寫過別的，只寫這個。所以，也許我該跟你說說其他的事。我們來談點跟謀殺案無關的話題吧？我要說什麼好呢？

---

38 Laughing Out Loud（爆笑）。
39 What The Fuck（搞什麼鬼）。

警察離開之後，我在吸地，伊莉莎白說我該買台戴森吸塵器。但我說不用了，那不適合我這年紀的人。可是也許我該試試看的？

吸完地，我們喝了杯酒。那瓶酒不是軟木塞封口，但這年頭幾乎也沒人會那麼講究了對吧？酒還是一樣好喝。

伊莉莎白告辭時，我請她代我問候史提芬，她說好。然後我說他們改天可以一起來吃晚餐，她說那樣一定很棒。但那一瞬間好像有什麼感覺不太對。她如果準備好了就會告訴我吧。

還有什麼跟謀殺無關的事？

瑪麗．藍諾斯的孫女剛生了小孩，取名叫瑞佛，有一些人聽了不以為然，但我挺喜歡。村裡的女店員要離婚了。店裡開始賣巧克力消化餅。住山上的凱倫．普雷菲爾要用電腦給我們上一課「古柏切斯早餐大師班」。上一期村民通訊誤植成她要來介紹平板電腦，引起了一些誤會，所以這週登了更正啟事。

除了謀殺案之外的一切都安詳平靜。

總之，我看天色晚了，我們就道聲晚安吧。我寫日記的同時，伊莉莎白傳了封簡訊：我們明天要出門旅行囉。我不知道要去哪，也不知道為什麼要去，但我還是好期待啊。

第三十六章

唐娜不敢相信才九點四十五分，自己就已經上床睡覺了。她之所以去約會，老實說只是因為時候差不多了。一個叫做葛里格的男人帶她去了齊齊義大利餐館[40]，然後在那兒像小鳥一樣啄著沙拉，跟她聊了九十分鐘自己的高蛋白奶昔瘦身法。

某個點上，唐娜嘗試問了他有沒有最喜歡的作家。這個問題對唐娜來講，可以得分的答案包括哈蘭·科本、寇特·馮內果，或任何一個女性作家。葛里格很聰明地回答說他「不相信書本」，還說「人這一生只能從經驗裡學到東西，所以我們要對新事物保持開放的心胸」。當她打蛇隨棍上地提出一個哲學上的兩難：人要如何既「保持開放的心胸」，但又「不相信書本」的時候，他回答：「我覺得妳這問題已經證明了我要說的東西，黛安娜」，然後用一種充滿智慧的姿態，非常不豪邁地喝起水來。

在無聊到想哭的邊緣，唐娜想起的是*卡爾今晚人在哪裡*？唐娜最近開始瀏覽前男友和他現任女友的IG。那個現任女友竟然姓豐田。她已經看他們IG看得成癮，如果哪天卡爾和豐田小姐分手，她一定會有點懷念這個習慣。他們分手是遲早的事，因為卡爾是個白癡，他女友的眉毛那麼漂亮，絕對不會在他身邊耽誤太久。

唐娜還愛卡爾嗎？不愛。老實說，她真的有愛過他嗎？現在她花時間好好想想，可能沒

40 Zizzi's。義大利風的連鎖餐館，遍布英國和愛爾蘭。

有。他的拒絕仍然讓她覺得備感受辱嗎？對，這點毫無改變，在她心底堅若磐石。她上週在費爾黑文逮捕了個扒手，他掙扎的時候，她用警棍敲他膝蓋後面，打得他倒地。她知道自己打得過於用力。有時候你就是會想打打什麼東西。

設法離卡爾越遠越好，這個選擇是錯的嗎？衝動之下調職到費爾黑文？當然是錯的，蠢死了。唐娜一向固執，行事迅速又果決。當你做的是對的事，這樣當然很好；如果你做的事錯了，那這項特質就成了累贅。跑得快當然好，但如果是往錯誤的方向跑就糟了。跟週四謀殺俱樂部搭上線，是她很久以來遇到的第一件好事——東尼．庫蘭被殺是第二件。

唐娜在葛里格吃完他那超級食物的沙拉之後，跟他合照了一張，然後把照片發在了ＩＧ上，下了一個標說「這就是妳跟健身教練約會的下場」，然後還加上一個不夠所以放了兩個的眨眼表情符號。人類唯一會嫉妒的東西便是出眾的外表，而卡爾不會知道的是，唐娜大半個晚上都在研究著餐桌，漫無目標地納悶著如果有絕對必要，她能如何把葛里格殺掉。她最終得出的結論是把氰化物注入由麵團炸成球的食物當中。雖然她後來才想到自己根本不可能讓葛里格把碳水化合物給吃下肚。

說起葛里格，她聽到了沖馬桶的聲音。她把衣服重新套上，然後等他從浴室回來，她在他臉頰上輕輕啄了一下。她無論如何不可能留在他的房間裡過夜，畢竟他是一個二十八歲的男人，臥室裡一張海報是達賴喇嘛、另一張是法拉利。此刻還不到十點，她在想自己如果傳訊息給克里斯．哈德森，問他想不想出來喝個小酒，會不會太白目。他們可以聊一聊伊莉莎白給的檔案，包括當中她已經能理解的部分。另外她也終於剛看完了Netflix上的美劇《毒梟》，要是能跟人交流一下心得就太好了。葛里格沒看過《毒梟》，事實上他根本不看電視，出於一個長到唐娜一下子就失去興趣聽完的理由。

也許她應該直接回家，打一通電話給伊莉莎白才是？把她讀過的檔案內容跟伊莉莎白隔空促膝長談？十點會太晚嗎？天曉得這些傢伙會多早睡？他們可是十一點半就在吃午餐的。

所以，要嘛是克里斯，她的上司，要嘛是伊莉莎白，她的……嗯……伊莉莎白究竟是她的什麼來著？「朋友」一詞率先出現在唐娜的腦海，但不會吧，總覺得哪裡怪怪的。

第三十七章

「一點也不晚，德·費雷塔斯警員。」差點在烏漆墨黑中把話筒給掉在地上的伊莉莎白一邊說著，一邊瞎子摸象似地要把床頭燈打開。「我剛剛在看《摩斯探長》。」

伊莉莎白七手八腳撥開了電燈，首先看到的是史蒂芬胸腔不慍不火的起伏。他那顆忠實的心仍繼續跳著。

「倒是妳怎麼這麼晚還不睡，唐娜？」

唐娜瞄了一眼手錶。「這個嘛。現在是十點一刻，我偶爾是會摸到這麼晚。我想說的是，伊莉莎白，妳給的檔案有點大，有點複雜，但我想我已經抓到點頭緒了。」

「太好了。」伊莉莎白回答。「我就是希望這寶貝能夠長夠複雜，這樣妳才會不得不給我打電話。」

「原來如此。」唐娜說。

「這樣我才能繼續參與其中，是吧，同時這也能提醒妳我們老歸老，還是管點用的。我不會希望妳覺得我們在雞婆什麼，唐娜，但同時間我確實又想要雞婆一下。」

唐娜笑了。「要不妳暢所欲言，我洗耳恭聽？」

「嗯，首先值得注意的是，檔案裡有些文件得花上幾星期的時間去追。妳會需要搜索令跟各式各樣的許可。甚至有些東西被文瑟姆設為絕對禁地，任何人都不准靠近。所以不是我要自吹自擂或老王賣瓜，他這些把戲還攔不住我。」

「請不吝告訴我妳是怎麼拿到這些資料的。」

「朗恩在一個垃圾桶裡找到這些東西，神了吧？只能說我們真的都很走運吧。現在，妳想在睡前讓我告訴妳頭條新聞嗎？妳想知道伊恩·文瑟姆為什麼有可能殺死東尼·庫蘭嗎？」

唐娜在床上往後一倒，想起了媽媽以前是怎麼給她念床邊故事。她很清楚這樣的類比不倫不類，但真實的感受就擺在那邊。「嗯嗯。」她開了綠燈。

「話說，文瑟姆的生意很賺錢，事業經營得很順利。但這當中就有第一個引起我們側目的頭條。我們發現東尼·庫蘭是在古柏切斯持股兩成五的合夥人。」

「是喔。」唐娜說。

「但問題是，我們還發現庫蘭在文瑟姆為林園案成立的新公司裡，已經不是合夥人了。」

「新的開發案？好喔，然後？」

「妳手邊的檔案夾裡有一個附件，應該是4c吧，我想。『林園』原本的規劃是要跟古柏切斯一模一樣，文瑟姆拿百分之七十五，庫蘭賺百分之二十五，直到文瑟姆改變了心意，把庫蘭踢出去。現在，妳知道下一個問題該問什麼嗎？」

「文瑟姆是何時改變心意的？」

「正是。文瑟姆簽下文件把庫蘭從林園案切割出去，是公聽會的前一天，而那當然也就是他們神祕地吵了一架的那天，更是有人殺死了東尼·庫蘭的前一天。」

「所以庫蘭分不到林園的一杯羹，」唐娜說，「那能讓他損失多少？」

「起碼幾百萬。」伊莉莎白說。「檔案裡有很驚人的精算。庫蘭在慘遭文瑟姆一刀兩斷之前，恐怕曾期望要靠這個案子發大財。而他正是在被殺害的前一天被伊恩·文瑟姆攤牌。」

「這確實會讓他有理由去威脅文瑟姆？妳是這麼想的嗎？」唐娜問。「所以庫蘭威脅了文瑟姆，文瑟姆害了怕然後殺了他？算是先下手為強？」

「沒錯。而且開發案一旦來到名為『丘頂』的下一階段，兩人的矛盾可能會更白熱化。至少喬安娜是這麼說的。」

「丘頂？」唐娜問道。

「全案真正的金雞母所在。買下山丘頂端的農地，讓整個開發案的面積一口氣翻倍。」

「那這個丘頂案何時會成真？」唐娜問。

「嗯，妳問到重點了，這正是讓文瑟姆卡關的地方。他根本還沒把土地拿到手。」伊莉莎白說。「土地目前還在農戶戈登．普雷菲爾的手中。」

「伊莉莎白，我開始有點亂了。」唐娜話說得老實。

「現在不用管什麼丘頂，也不用管戈登．普雷菲爾，妳就當這些都是過場的臨演或道具，重點是，檔案夾的資料告訴我們兩件事情。第一，文瑟姆黑吃黑了東尼．庫蘭，就在後者喪命的同一天。」

「同意。」

「第二點，聽清楚了，東尼．庫蘭在原始開發案裡的股份，會在他死後按規定歸回到控股股東的手中。」

「妳是說東尼．庫蘭的股份會被伊恩．文瑟姆回收？」

「就是這樣。」伊莉莎白確認了唐娜的說法。「如果妳需要一個具體的數字好方便說給克里斯．哈德森聽，那我可以告訴妳：東尼．庫蘭的死，對伊恩．文瑟姆有一千兩百二十五萬英鎊的價值。」

唐娜壓低聲音吹了個口哨。

「在我聽來是很足夠的動機了，」伊莉莎白繼續說。「我希望這有幫助？」

「很有幫助，伊莉莎白。我會告訴克里斯。」

「是嗎，告訴克里斯？」伊莉莎白說。

「我該放妳回去睡覺了，伊莉莎白，抱歉這麼晚打給妳。我很感謝妳做的一切。妳用『我們的專家』來指代『喬伊絲的女兒』真是太可愛了，好貼心。我保證會好好用你們的資料去調查。」

「謝謝，唐娜。關於妳說的事我無可奉告。下次妳過來，我要介紹妳見見我的朋友潘妮。」

「謝謝，伊莉莎白，我很期待，我可不可以問一下，妳為什麼想知道東尼·庫蘭的死亡時間？」

「只是因為我的一點好奇心。我覺得潘妮會很喜歡妳的。晚安喔，親愛的。」

第三十八章

早晨的太陽正在爬上肯特郡的天空。

「伊博辛，你開車再繼續這樣時速二十九英里，這整個演習就沒有意義了。」伊莉莎白用手指在手套箱上打起鼓來。

「我要是急轉彎撞死，這整個練習才會沒有意義呢。」伊博辛眼睛死盯著馬路，繼續在駕駛座上穩如泰山。

「有誰想來點迷你切達小餅乾？」喬伊絲手握著鋁箔包的零食說。

伊博辛不是不受誘惑，但他還是寧可全程把手放在方向盤上。十點二分位置[41]。

朗恩是他們當中唯一有車的人，但車由誰來開大家還是唇槍舌劍了一番。喬伊絲已經三十年沒有駕照了，所以直接出局。朗恩象徵性地掙扎了一下，但伊博辛知道他已經失去了對右轉的信心[42]，所以被投票淘汰會暗暗竊喜。伊莉莎白精神抖擻地奮戰了一番，連她還持有一張完全有效的坦克駕照這一點都搬了出來，話說說起《官方機密法》是該遵守還是不該遵守，這女漢子有時還真的是能屈能伸啊。不過總之到了最後，這些主張都無法與真正重要的一項優勢匹敵：會用衛星導航的只有伊博辛。

這是伊莉莎白的主意，伊博辛很樂於承認。透過某種管道，他們知道伊恩．文瑟姆在下午三點離開了古柏切斯，也知道東尼．庫蘭在三點三十一分被殺。伊博辛得跟其他人解釋什麼是FitBit運動手環，而他們此刻在朗恩的大發[43]裡，是要實際測量一下移動需要的時間。伊博辛知道想得知旅程時間，在衛星導航裡按一按就可以，但他也曉得這一點只有他知道，而他很想開車兜兜風。畢竟也真的好久沒開車了。

於是乎伊博辛負責開車，喬伊絲與朗恩則開心地在後座共享他們的迷你切達餅乾，伊莉莎白停止了手指鼓，改用手機給某人敲起了簡訊。所有人都在出發前去上過了廁所，那是伊博辛的命令。

伊恩·文瑟姆有辦法從古柏切斯出發，在已知的時間內趕到東尼·庫蘭家去殺人嗎？如果沒辦法，那就代表他們找錯對象了。究竟是對是錯，他們很快就會發現了。

41 手握方向盤的標準位置，一說是十點跟兩點方向。
42 英國是右駕靠左，所以右轉比左轉難。
43 Daihatsu，日本車廠。

第三十九章

「好咧，各位。你們給我看你們的，我就給你們看我的。」

又是一天的大清早，克里斯．哈德森的專案小組集合了起來，並各自展現出蓬頭垢面的階段性發展。克里斯帶來了在加油站買的 Krispy Kreme 甜甜圈，大家的早餐就這樣草草解決。克里斯把他從週四謀殺俱樂部那裡獲得的發現，還有唐娜跟他分享的檔案閱讀心得，都再掃過了一遍。其中會有後者，是因昨天晚上十一點她跑來按了他家的門鈴，兩人就這樣討論了一遍又一遍，最後還配著一瓶紅酒，把《毒梟》的第一集給看完了。換句話說，唐娜是個不速之客，而克里斯心想難道這年頭倫敦的警員都是走這種風格。你不得不佩服她，這小妮子很懂得怎麼讓人眼睛一亮。

「伊恩．文瑟姆，東尼．庫蘭的合夥人，在凶案發生不到兩個小時前對庫蘭攤牌。庫蘭被從一個在羅伯茲布里奇附近，叫做古柏切斯的開發案中被掃地出門。被這樣一刀兩斷代表庫蘭將少賺很多錢，而他的死又會讓文瑟姆多賺很多錢。這兩人被目擊在庫蘭返家前不久吵了一架。他對文瑟姆語帶威脅了嗎？文瑟姆因此動了殺機，先下手為強地派了殺手過去嗎？還是他親自跑了一趟？這讓文瑟姆成了重要關係人，所以我今天得去會會他，看他有什麼話可說。」

「這些情報是從哪裡得來的？」一個名叫凱特、不知道姓什麼的警探問。

「線人說的。」克里斯說。「交通監視器裡有沒有蛛絲馬跡，泰瑞？文瑟姆的車牌查到了沒？」

唐娜的手機響起，她低頭讀了個訊息。

「祝妳今早的彙報順利，親愛的，伊莉莎白X。」

唐娜搖了搖頭。

「有車牌了，但其他結果還沒有，我們還在查。」泰瑞．哈里特警探說。「目前沒有發現可疑之處。車流量很大，非常有趣的工作。」

「當然有趣，不然你以為你何德何能讓我買甜甜圈來勞軍。」克里斯說。「繼續努力。那巴比．譚納追得怎麼樣了？」

「他們已經跟阿姆斯特丹警方聯繫過了。」安迪．李警探說。「巴比跑路之後原本在替一些利物浦佬工作，但過程似乎出了什麼差錯，因為我們目前掌握的情資是沒人知道他的下落。我們找不到他的任何紀錄、任何銀行帳目、什麼都沒有。我們還在繼續打聽，看他是不是已經用假名返英，但事隔這麼久，當時江湖上的老人現在已經所剩不多。」

「如果能找他聊聊、排除他的嫌疑就好了。來來來，誰來點好消息行不行？」

一名菜鳥警佐舉起了手。從布萊頓調來的她正在甜甜圈的包圍下啃著胡蘿蔔條。

「是的，葛蘭特警佐。」克里斯不很有把握地念了一下這個陌生的名字。

「是葛蘭傑警佐。」葛蘭傑警佐糾正說。

差一點就中了，克里斯心想。隊上的人實在太多。

「我查了東尼．庫蘭的電話通聯記錄。他在案發當天早上接了三通電話，號碼都一樣，然後他也三通都沒接。那是個無法追蹤的手機號碼，可能是拋棄式手機。」

克里斯點了點頭。「好，做得很好。葛蘭傑警佐，把妳手邊有的全部線索都寄給我，去跟電信公司洽詢看看，說不定他們幫得上忙。我知道恐怕很難，但時間久了就有機會。」

「沒問題，長官。」葛蘭傑警佐邊答應邊把胡蘿蔔條升級為胡蘿蔔棒。

唐娜的電話響起第二遍。

「週四謀殺俱樂部正在小旅行途中，有什麼事想跟我們分享的嗎？」

「好的大家，去忙吧。泰瑞，監視器給我看個仔細，有眉目立刻通知我。凱特，我讓妳跟葛蘭傑警佐一組，妳們去深入研究一下電話通聯。巴比．譚納不要鬆手，死活都給我繼續追，我就不信他沒人看過他一眼。其他誰覺得自己太閒的，來敲我的門，我多的是無聊的工作。不管怎樣，我們一定要逮住文瑟姆。」

唐娜的手機響了最後一遍。

「附註：我有線人看到克里斯今早在買甜甜圈。你們走運了，還有喬伊絲託我說聲哈囉XX。」

第四十章

伯納．卡托做完了《每日快訊》上的填字遊戲，把筆放回了外套口袋裡。今早山上景色非常美，美到讓人感覺這是上帝對已蒙祂寵召而看不到這一幕的人，開了一個殘酷的玩笑。他早上看到喬伊絲跟朋友開車不知道要去哪裡。他們看起來是如此地開心，但話說回來，有喬伊絲在的地方沒人不開心。

伯納知道自己在內心已經走遠了。他知道自己已經是拉不回的風箏了，就算喬伊絲出手也一樣。伯納知道自己已經沒救了，也不值得救。

要是能身在那輛有喬伊絲的車裡，他怎樣都願意。他真希望自己能從車裡看著外頭的風景，耳邊有喬伊絲一邊叨叨絮語，一邊貼心地幫他扯掉西裝袖扣上的脫落線頭。

但他沒有那個命，現實中的他只能留在原地，日復一日在山丘上等著即將來臨的命運。

第四十一章

伊博辛想要把那台大發直接開上東尼．庫蘭家的鐵門前，以便把測量行車時間的誤差降到最低。但伊莉莎白跟他說實務上不會有人蠢到這麼幹，於是他們如今把車停進了距離東尼．庫蘭住處大約三百公尺路邊的一個停車灣。這裡也行吧，他想。

伊博辛把筆記本攤開在引擎蓋上，然後把一些計算過程秀給了喬伊絲跟伊莉莎白看。朗恩呢，朗恩跑去林子裡尿尿了。

「所以我們這趟路花了三十七分鐘，平均時速是二十七點五英里。剛剛沒有塞車，因為我在路線的規劃上非常成功。那是一種第六感。其他人開我保證會塞。」

「我會推薦他們頒個騎士精神獎給你。」伊莉莎白說。「我們回去第一件事就弄這個。現在你可以先說說這三十七分鐘對文瑟姆代表什麼嗎？」

「妳想要詳答，還是簡答？」伊博辛問。

「簡答就好，伊博辛。」伊莉莎白脫口而出。

伊博辛頓了一下，因為伊莉莎白好像沒聽出他的暗示。「可我準備了一個很棒的詳答耶，伊莉莎白。」

語畢他讓沉默在空氣中醞釀效果，直到喬伊絲接下了棒子說：「既然如此，那我們大家就一起洗耳恭聽吧，好嗎？」

「沒問題，喬伊絲。」伊博辛開心地拍了下手，翻了頁筆記本。「首先，文瑟姆有三條路線可以走。第一條就是我們剛剛的來時路，但我覺得這可能性不高。我不覺得他對路網的見地有我一般高。第二條路，走A21公路，看起來是地圖上最顯眼的一種走法，也是最直線的走法，但這而有我們的好朋友——臨時性工程——幫了忙。我昨天在肯特郡議會跟一個很有趣的人聊了天，他說這次的工程跟光纖的埋設有關。妳需要我就何謂光纖的部分先稍加以說明嗎，喬伊絲？」

「光纖我還好，除非伊莉莎白想聽。」喬伊絲說。

伊博辛點了點頭。「那就下次吧。那麼第三條路，車子可以走倫敦路往南經過巴特爾修道院[44]，橫切到對面，然後再往南走B2159號公路。好，我知道妳們現在在想啥。妳們會想這樣是繞遠路，是吧？」

「我確實在琢磨著一個想法，但那跟繞不繞遠路沒有關係。」伊莉莎白說。伊博辛確信自己察覺到了同伴的不耐煩，但他真的已經盡量長話短說了。

「所以我們測了車速——大家還記得是多少嗎？」

「我忘了，伊博辛，不好意思喔。」喬伊絲說。

「是每小時二十七點五英里，喬伊絲。」伊博辛用他註冊商標的好脾氣說。

「沒錯沒錯。」喬伊絲點著頭。

「然後我們幫伊恩．文瑟姆的均速加個三英里好了，你們都知道我考慮事情很周到的。」

44 Battle Abbey。位於東薩塞克斯郡的巴特爾修道院是班乃迪克修道院的遺跡，為在黑斯廷戰役古戰場上建成的紀念建物。

伊博辛看了一眼伊莉莎白跟喬伊絲，心滿意足於兩人明快的點頭認可。「然後我再擅自整合了三條可能的道路，把答案除以他的均速，然後再減去誤差範圍。話說我計算出誤差範圍的辦法相當的優雅。看看我的筆記本，你們就能體會那當中的數學運算之美。我們把A路徑的均速取來，然後我們……」

伊博辛突然停了下來，是因為林中傳來了干擾的聲音。聲音的主人是朗恩，從林中再度現身的他正設法把拉鍊拉上，看起來無事一身輕，臉上寫滿了好心情。

「輕鬆暢快！」朗恩說。

「朗恩！」伊莉莎白像在跟她在這世上最老的老朋友打招呼。「我們正準備要讓伊博辛帶領我們領略數學的樂趣，但我想你對數學應該沒什麼耐性吧？」

「我才不要算數學，伊博辛老兄。」朗恩說。「文瑟姆到底趕不趕得過來？」

「這個嘛，我可以給你看……」

朗恩揮起了手來。「伊博辛，我都七十五歲了，老兄。他到底過不過得來？」

第四十二章

伊恩．文瑟姆人在跑步機上，聽著李察．布蘭森的有聲書《管他的，來吧——人生與商場上的必修課程》。

伊恩並不同意布蘭森的政治立場，一點也不，但你必須佩服這傢伙。佩服他的成就。有朝一日伊恩會寫一本書。他還差的就是一個押韻的書名，正所謂萬事俱備只欠東風。

跑著跑著，伊恩想起了墓園，想起了麥基神父。他不希望這當中出任何差錯。要是能回到從前就好了，從前他可以派東尼．庫蘭去跟神父談談心，但如今東尼已經不在了。但伊恩不會沉溺在過往的回憶中，因為李察．布蘭森就不會。布蘭森會繼續往前走，所以伊恩也不打算在原地停留。

挖土機預計下周就會開工。先把墓園搞定，那是最困難的一塊，就像吃飯要先幹掉青菜，這就叫先苦後甘。只要墓園搞定，其它的事情都是雲淡風清。

挖土機已在待命，施工許可已經不成問題。波格丹也已經找好了兩名司機。

事實上，伊恩想，很認真地想，他還在等什麼呢？布蘭森會怎麼做呢？他在實境秀《龍穴之創業投資》裡最喜歡的人物會怎麼做呢？

他們會勇往直前，會管他的，會說做就做吧。

伊恩關掉了有聲書，然後，一邊繼續著履帶上的步伐，一邊給波格丹打起了電話。

第四十三章

喬伊絲

所以說，伊恩·文瑟姆有可能殺掉東尼·庫蘭嗎？這就是今天的頭號難題。

嗯，據伊博辛說（在研究細節這方面我很信任他），伊恩·文瑟姆得把時間抓得很剛好，但仍是有可能辦到的。如果他在三點整離開古柏切斯，他會在三點二十九分抵達東尼·庫蘭家（很大間，有點俗氣，但還是不錯），他有兩分鐘下車、進屋、拿鈍器打死東尼·庫蘭。

於是，朗恩說如果文瑟姆殺了東尼·庫蘭，他下手一定很快，伊莉莎白說這是最好的殺人方式，別浪費時間兜兜轉轉。

我問伊博辛他對時間估算是否確定，他說當然確定，他還試著跟我示範計算方式，但被解手回來的朗恩打斷。我說真可惜，他打起了點精神，說他也許可以晚點再示範。我告訴他我很樂意。撒點善意的小謊又不會傷害任何人。

所以，我們今天玩得很開心，看起來伊恩·文瑟姆真的有可能殺掉東尼·庫蘭。他有動機，也有下手的機會。我想，既然死者是被敲死的，凶器應該是某種又大又重的東西，這應該也難不倒他。路易斯探長一定會找到鐵證將他定罪。

如果他們逮捕了文瑟姆，我們的樂子是不是就沒了？且看明天會發生什麼事吧。

第四十四章

伊恩·文瑟姆早早上了床。他把鬧鐘設在五點。明天是他的大日子。他戴上了當作眼罩用的護目鏡，還有他主動抗噪的耳機，心滿意足地沉沉睡去。

朗恩閉上了眼睛。他喜歡像前幾天那樣，有警察來拜訪，也喜歡在公聽會上破口大罵。事實上，他有點想念鎂光燈。他想念自己講話能有人聽。讓他上上BBC的《問題時間》吧，他們怕是沒這個膽。他會分享一兩件內幕，拍拍桌，罵罵保守黨，掀一下屋頂，做回一下從前的自己。又或者他會這麼做嗎？大概不會。他已經離開太久了。也許他們會看穿自己，也許他的把戲已經過氣？確實比起以前他少了股勁，對時事的掌握已經沒有以前銳利。要是他們問起敘利亞怎麼辦？等等那應該是敘利亞吧？還是利比亞？要是丁波比[45]盯住他的眼睛說：「李奇先生，跟我們說說你看到了什麼」，他該怎麼辦？但那這麼問他的是那個警察，是吧？而《問題時間》的主持人也換成費歐娜·布魯斯了吧？他喜歡費歐娜·布魯斯。但究竟是誰殺了東尼·庫蘭？就是文瑟姆，那個東尼·布萊爾的粉絲。除非他漏考慮了什麼。他有嗎？

45 David Dimbleby。《問題時間》的前任主持人。

在步道另一端，伊博辛正在認真研讀各國國名，好讓他的左腦保持活絡，至於右腦，他這個主人則任由它去思考誰殺了東尼．庫蘭。這些「重要關係人」都是些什麼人？伊博辛需要資料，需要餵資料給機器去跑。他最後在想到丹麥與吉布地共和國之間的某個國家時睡著了。

在她位於拉金苑、自帶露臺的那間三房公寓裡，伊莉莎白一整個睡不著。這段日子她已經習慣失眠了。*多看看身邊*。那只能有一個意思。而那唯一的意思也只能代表著麻煩。

黑暗裡，她的手臂環繞著她吃了鎮靜劑的史提芬。他能感覺得到自己嗎？潘妮聽得到她說話嗎？他們是不是都已經等於離開了？還是只要她選擇相信一天，她的愛人與好友就會繼續存在一天？伊莉莎白依偎得更緊了一些，也把她認定的真實在懷中又抱緊了一些。

伯納．卡托人在線上。他的女兒索菲去年聖誕節送了他一台iPad。他其實開口要的是一雙拖鞋，但索菲覺得禮物送拖鞋實在太沒誠意，所以他只好自己趁特賣去費爾黑文買了幾雙。他原本不太知道iPad怎麼用，但喬伊絲要他像樣一點。最後也是喬伊絲把iPad從抽屜中拿了出來，手把手地教會了他。他旁邊擺了一大杯威士忌，還有最後一片喬伊絲的咖啡胡桃蛋糕。蒼白的藍光映照在他的臉上，他不下第一百遍地看著林園的規畫圖。

一盞接著一盞，村中的電燈紛紛暗了下來。僅存的亮光都集中在柳樹園厚重的醫院百葉窗後，畢竟活著的人是一套作息，奄奄一息的人又有另外一套作息。

第四十五章

艾利吉第一個看到他們。

每天早上，布萊恩．艾利吉都會在六點醒來，走到古柏切斯的車道底部，緩慢但有著目的。一旦通過了牛柵路障而來到主幹道上，他會先左右張望一下，然後再多看兩眼確保真的沒事，最後才轉身緩緩重新爬上車道。任務完成，他會在六點半回到公寓，接著這一整天你都不會再看到他的人影。

別忘了古柏切斯可不是浪得虛名，所以沒有人過問他為什麼要這樣。畢竟都有個女人可以身穿坦尼生大衣出來遛她根本沒有的狗了，他早上出來這麼晃悠一下又有什麼。反正還能讓人想要醒過來的事情，都是好事。

但別忘了伊莉莎白也不是浪得虛名，她曾有一天心血來潮，決定要若無其事地在回程的上坡路上攔截艾利吉。就在她朝著艾利吉接近的時候，清早的晨霧與她結霜的呼吸，再加上身穿大衣的男人拖著沉重的腳步，都讓她憶起了在東德時期的快樂時光。他抬起了頭來，與伊莉莎白四目相交，像是在保證什麼似地搖了搖頭說：「你不用下來了，我已經檢查過沒問題了。」伊莉莎白答了聲：「謝了，艾利吉先生。」她掉頭往回走，兩人便在非常愉快的沉默中一起爬上了坡。

伊博辛說他曾經當過校長，晚年變成蜂農，而伊莉莎白查覺到他言談中埋藏著一絲諾福克的口音，但他們為布萊恩．艾利吉先生歸檔的資訊，也就這麼多了。

他是文瑟姆那台Range Rover的第一發現者，這是早上六點。車子先是駛離了幹道朝他而來，然後開上了通往丘頂普雷菲爾農場的通道。

挖土機在大約早上六點二十分通過了艾利吉的面前，當時他正在走路回家。他正眼都沒瞧一下那些挖土機，顯然挖土機並不是他早起張望確認的交通工具。兩台挖土機面對面，排排站在一台低底盤的拖車上，而拖車則緩緩地在車道上猛爬。

是說拂曉的奇襲不是不好，但那只對抓毒販或火力強大的幫派有效，古柏切斯可不怎麼吃這一套。這類事情如果有紀錄的話，那你會發現六點二十一分就有人撥出第一通電話。喂，挖土機來了，正在爬坡，兩台，我是說我不知道，你呢？警示燈會亮起，消息最晚在六點四十五分就會傳遍整個村子，但不會用上任何手機，全部的訊息都是靠由固網聯繫的家用電話傳遞——伊博辛曾在二月時試過要建立一個WhatsApp的群組，但風潮還是帶不起來。消息傳開後，居民們便慢慢走出門來討論對策。

七點鐘左右，伊恩．文瑟姆從丘頂下來，重新轉進了古柏切斯的車道。此時整個村子都已集結完畢，就少了布萊恩．艾利吉而已，他整天的興奮額度已經到頂。

低底盤拖車仍在繼續緩慢攻頂，此刻正小心翼翼地在通過停車場。波格丹從副駕駛座跳了下來，解開了厚重木門的門栓，以便拖車能繼續向上通過前往永息花園的狹窄路徑。

「慢點慢點，年輕人。」朗恩朝著波格丹而去，跟他握了個手。「這是怎麼回事？」

波格丹聳了聳肩說，「挖土機。」

「它們是挖土機我沒有異議，問題是它們來這裡是幹什麼的？」朗恩說，然後又很快補了一句堵波格丹的貧嘴。「別跟我說它們是來挖土的。」

此時在永息花園門前的居民愈來愈多，並紛紛以朗恩為中心聚成了人群，全都等著要一個答案。

「怎麼樣，年輕人？它們是來幹嘛的？」朗恩重複了一遍問題。

波格丹嘆了口氣。「你不讓我說是來挖土的，我就沒別的答案了。」語畢他瞄了一眼手錶。

「小伙子你剛開了這門，而這門只會通往一個地方。」朗恩看著自己身邊的人氣可用，而這機會他可不會放過。他轉身面對著群眾，並在當中掃描到他的幾個同伴。伊博辛腋下夾著他的晨泳用具；姍姍來遲的喬伊絲手拿著保溫瓶，似乎在尋找某人的身影——就是伯納啦，不用懷疑；伊莉莎白在人群的後方，史提芬很稀罕地也陪在她的身旁。史蒂芬身穿睡袍，但穿睡袍的可不只他一人。朗恩還看到潘妮的老公約翰穿著一如往常的西裝，被擋在了柳樹園外，而這也讓他因為罪惡感而心痛了一下。朗恩已經很久沒去探望潘妮了，他知道他得趁還見得到她時去消除這個遺憾，但想著要去這一趟還是讓他有點怕怕。

朗恩用腳踩上了鐵門下方的第一道橫槓，準備開始對群眾發表演講。但他隨後幾乎是立刻就失去了平衡，於是他多想了一下，決定還是腳踏實地比較理想。無妨，話是在嘴上而不是腳上。

「嗯，這下子熱鬧了，我們這些老人家，兩個波蘭出生的小伙子，再加上兩台挖土機，大家都這麼喜歡早上的清新空氣喔。你們這群文瑟姆的走狗，早上七點就爬進來要把我們的修女挖起來。連聲招呼也不打，更懶得開公聽會跟我們商量一下，就侵門踏戶的跑到我們的村子裡，打擾修女遺骨的安寧。」他轉身看向波格丹。「這就是你打的主意，是吧小伙子？」

「是，這就是我們打的主意。」波格丹坦承不諱。

文瑟姆的Range Rover靠邊停在了拖車的側邊，隨即下車的也正是他本人。他看著一群老人家，然後又看著波格丹，聳了第二次肩頭。

「看看這是誰來了。」朗恩也注意到文瑟姆走了過來。

「李奇先生。」文瑟姆說。

「很抱歉壞了你的一日之計在於晨，文瑟姆先生。」朗恩說。

「一點也不會。繼續啊，你不是要演講嗎？」文瑟姆回嗆。「你要假裝現在還是五〇年代，還是你活躍的任何一個年代都行，但等你講完還勞煩把路讓開，我的挖土機有活要幹。」

「今天就別想了，你這兔崽子，懂了嗎。」朗恩邊說邊轉向群眾。「我們很弱，文瑟姆先生，這你沒瞎應該看得出來吧？你看看我們，每個都是一推就倒的老人家，個個都是風燭殘年。我們弱得跟什麼一樣，就我們這一堆老頭子，誰都可以推我們一把，推一把懂嗎，這應該難不倒你吧。但你要知道，這當中也有人曾驚天動地地闖出過一番事業與名號。我沒胡說吧？」

現場響起一片歡呼。

「這當中有人曾經送走過比你強上許多的英雄豪傑，沒有不敬之意。」朗恩頓了一拍，環視著四周的群眾。「打過仗的士兵，我們這裡該有一兩個吧。我們有老師，有醫生，有人可以把你大卸八塊，也有人可以把你再拼回來。我們有人用爬的爬過沙漠，有人造過火箭，還有人曾把殺人犯抓去關。」

「還有保險經紀人！」來自魯斯金苑的柯林．克萊門斯驚天一語博得了眾人的笑聲與掌聲。

「簡單講，文瑟姆先生。」朗恩揮動著手臂說。「我們有的是戰士，而你帶著挖土機在早上七點來到我們這裡，就是在向我們宣戰。」

伊恩沒有直接接話，而是先等了一會兒，確定了朗恩已然暢所欲言，沒有要繼續慷慨激昂之後，才往前站了一步，訴求起同一群聽眾。

「謝謝你，朗恩。都是些屁話，但還是謝謝你。這不是什麼挑戰，也沒有仗要打。你們已經來參加過公聽會了，你們的反對意見都表達過了，而那些意見也全部都被駁回了。你們這裡頭有律師吧？我是說除了那些在沙漠裡爬過的人以外，你們當中應該也有律師，而且應該是負責出庭或純粹提供法律意見的律師，應有盡有吧？天啊，你們裡頭應該連退休法官都不缺吧！所以你們的仗已經打過了啊，在法庭裡打過了，也輸了，不是嗎？所以如果我想在早上七點把挖土機開到我名下的土地上，進行我計畫好、花了錢，而且——也沒有不敬之意——可以讓村裡的服務費繼續保持目前這種合理水準的工程，那誰也攔不住我。我就是要這麼做。」

服務費這三個字，顯然對群眾裡比較不堅決的那些人產生了作用。他們或許在午餐之前有四個小時不知道該做什麼好，或許有滿心期待要看的節目，但這都不妨礙他們覺得這傢伙的一番話不無道理。

喬伊絲與伯納這一對小倆口趁朗恩在高談闊論時一起溜了出去。如今回來，兩人的腋下各夾了張花園用的折椅。他們穿過了人群，在路中央把折椅打了開來。

輪到對群眾高談闊論的，這下子變成了喬伊絲。「肯特電台說今天整個早上的天氣都好到不行，所以有沒有人想要加入我們啊？誰有不用的野餐桌可以支援一下？我們可以在這消磨一整天。」

朗恩號召起了居民。「誰有興趣來這舒舒服服地坐著喝杯茶？」

大家夥開始動了起來，找桌椅的找桌椅、燒爐子的燒爐子，還有人去翻看家中的櫥櫃裡有什麼能吃能用的東西。現在喝午茶或許還太早，但說不定他們可以一路連下去。這能達到什麼目的不好說，但好玩是肯定的。不過話說回來，那傢伙提到服務費的部分也不是完全沒道理。

伊博辛站在拖車的駕駛艙邊，跟司機聊起了天。他目視這低底盤拖車有十三點五公尺長，而正確答案則是令他滿意的十三點三公尺。不錯喔伊博辛，寶刀未老呢。

伊莉莎白領著完好無缺的史提芬回到了家中，幫他沖了杯咖啡，然後她就又可以重新加入戰局了。

第四十六章

來自伊恩・文瑟姆的電話，打到了費爾黑文警局，時間大約是早上七點半。唐娜一邊暢飲著一公升紙盒裝的蔓越莓果汁，一邊側耳聽見「古柏切斯」等字眼。她主動說要去處理，然後給克里斯・哈德森發了條訊息。他今天早上沒有班，但她知道他不會希望有新的發展而自己被蒙在鼓裡。

馬修・麥基神父在早上七點接到了來自莫琳・蓋德的電話。七點半他已經起床而梳理完畢，端端正正地穿好了神職人員的那俗稱狗項圈的白色羅馬領，等起了要帶他前往車站的計程車。

第四十七章

永息花園大門前椅子的張數已經來到了二十張，其中以做日光浴的躺椅為大宗，但也有一張是因為體貼米利安的背不好而搬來的餐桌椅。

作為路障，這些銀髮族的選擇可以說相當另類，但效果是有的。樹木在路徑的兩側都相當茂密，所以如今想前往永息花園，就非得闖過由一群領退休金的老人所組成的方陣不可，當中不乏有人趁此良機，在清早的陽光下伸展一下腿腳，也有人一不做二不休，閉起眼睛享受起用勇氣換得的小憩。挖土機短時間內哪兒都進不去。

伊恩·文瑟姆回到了車裡，監視著現場的動靜。凱倫·普雷菲爾在外頭，開心地吸著蘋果肉桂口味的電子菸。目前看得到的有野餐餐桌、行動冰箱，外加遮陽的大傘。茶被人用可以放在大腿上的加厚托盤給端了來，金孫的照片則交流得非常活絡。永息花園儼然只是附帶的表演，多數居民認知這只是仲夏一場封街的派對，所以伊恩不用去蹚這渾水，只要警察一來，這些人就會像躺椅一樣能屈能伸，鳥獸散去做他們平日那些有的沒的活動。

伊恩確信眼前的小吵小鬧只是過眼雲煙，他只希望警察趕來的動作能稍快一點。相比於他在理論上付出的那麼多稅金，伊恩做這樣的要求應該算不上刁民。

第四十八章

伊莉莎白不在現場。把史提芬送回家之後，她沿著一條小徑穿越布朗恩茨森林，出了樹林，她便踏上了通往永息花園那條有些寬度的步道。她自此繼續向上，抵達了伯納．卡托的長椅，然後便坐下來開始靜靜地等。

她俯視著古柏切斯，來時路一路蜿蜒到山丘底部，所以實為路障的野餐會場已被山勢阻擋，但溫馨的喧嘩仍自看不見的地方傳來。看不見就以為沒有是大忌，事實上何處看似沒有動靜，往往就存在著真正的事端。惟她內心有點訝異喬伊絲沒有一起上山來，或許她終究還是比伊莉莎白少了分第六感。

伊莉莎白聽得路徑另外一側下方大約二十公尺處，傳來了枝葉被撥動的沙沙聲，而隨那聲音現身的是波格丹的形體，肩頭上赫然是一把鐵鏟。

他走上了步道，並在經過時向伊莉莎白點了個頭。

「女士。」他用隱形的帽緣致了個意。伊莉莎白確信要是真的有頂帽子在頭上，他肯定會周到地脫帽行個大禮。

「波格丹。」她應了句。「我知道你有工作在身，但我有個疑惑，能不能問你一問？」

波格丹暫停了腳步，從肩頭放下了鐵鏟，並讓鏟柄暫時化身為支撐他全身重量的支架。

「請說。」他答道。

「文瑟姆先生有沒有說過他希望東尼．庫蘭死？還是他根本就開了口要你代勞？而你也真的幫了他一把？」

波格丹打量了她一下，絲毫沒有被這話嚇到。

「我知道這其實是三個問題，請包涵歐巴桑的數學不好。」伊莉莎白補了一句。

「嗯，三個問題同一個答案，所以還好。」波格丹說。「不，他沒有說過；不，他沒有開口；不，我沒有幫忙。」

伊莉莎白對此思索了一下。「但不論怎麼說，這就是你們樂見的結果吧？你也得到了一份很有賺頭的新工作。」

「那倒是。」波格丹點頭表示同意。

伊莉莎白聽見步道底有車子加入並停妥的聲音。

「我知道我這樣問有點過分，但若是伊恩・文瑟姆真的要東尼・庫蘭死，他會不會對你開這個口呢？你們之間是不是這樣的主僕關係呢？」

「他信得過我。」波格丹邊說邊想。「所以我想他會對我開這個口，嗯。」

「那你會怎麼回？要是他真的問了？」

「有些工作我會做，像是修保全系統、鋪泳池磁磚；有些工作我不會做，像是殺人。所以他若問了，我會說，聽著，也許你有很好的理由，但我會說要殺自己殺，伊恩。妳懂吧？」

「嗯，我懂。」伊莉莎白說。「你百分百確定自己沒殺東尼・庫蘭嗎？波格丹。」

波格丹笑了，「我百分百確定。殺人這種事我應該會記得。」

「這好像已經變成一堆問題了。對不起喔，波格丹。」伊莉莎白說。

「沒關[46]。」波格丹看了眼手錶。「時間還早，我也愛聊。」

「你出身哪裡？波格丹。」

「波蘭。」

「波蘭哪裡？」

「克拉科夫附近。妳聽說過克拉科夫嗎？」

伊莉莎白當然聽過克拉科夫。「我知道，那是個很美的城市。我很多年前有幸造訪過。」很多年前，精確地說是一九六八年，她以貿易代表團的名義出差去與一名波蘭陸軍上校進行非官方的訪談。上校後來很開心地跑去倫敦的寇斯敦經營簽賭生意，而那枚MBE[47]勳章一直到死，都被他鎖在抽屜裡。

波格丹眺望起肯特郡的山陵，然後伸出了手。「我該幹活了。很榮幸認識妳。」

「榮幸的是我。喔對了，我叫瑪麗娜。」伊莉莎白握起了他那隻大手。

「瑪麗娜？」波格丹複述了一遍。他的臉上再次恢復了笑容，就像嘗試要第一次走路的小鹿。「我母親就叫做瑪麗娜。」

「是喔，真好。」伊莉莎白說。她並不以說謊為榮，但這種小手段不知道何時就會讓人收獲些好處。而且說實在的，人家樂意把這麼多個人名寫進滿身的刺青裡，她還有什麼好客氣。「希望還能再見到你，波格丹。」

46 沒關係，表示波蘭人英文不標準。

47 Member of (the Order of) British Empire，大英帝國勳章共五等裡最低的一等，即「員佐勳章」。

「我也希望再見到妳，瑪麗娜。」

伊莉莎白看著他繼續向上走去，推開了厚實的鐵門，然後連人帶鏟進了永息花園。

挖土機也有分機器或人力的呢，伊莉莎白心想，然後開始朝山下走去。

她想到了另一個她原本應該問的問題。伊恩．文瑟姆的保全系統跟東尼．庫蘭一樣嗎？一樣的話，那他若有需要闖進東尼．庫蘭的家中，就也易如反掌了。而她打賭這樣的需求，文瑟姆是有的。下次見到波格丹，她會拿這問題問他。

回到「永息花園休息站」後，伊莉莎白發現那兒的門已經安上了掛鎖，而且還有三個女性居民在鎖頭邊當起了警衛，其中的莫琳是戴瑞克．亞契的橋牌牌咖，只不過伊莉莎白認為她的牌技相當不高明。

伊莉莎白爬上了門，輕輕一躍跳到了另一側。她還有幾年可以這麼跳？三年還是四年？她盯著伊恩．文瑟姆從車裡爬了出來，而克里斯．哈德森與唐娜．德．費雷塔斯也在接近當中。是時候在這裡頭找點樂子了，她心想，然後點了一下喬伊絲的肩頭。伯納在她身旁的椅子上睡得正香，而這起碼解釋了喬伊絲剛剛為什麼沒有過來刺探。

理論上，如果當事人正好情投意合，她也贊同「女追男，隔層紗」的道理，但喬伊絲這樣難道不覺得累嗎？

第四十九章

喬伊絲

伊莉莎白出現的時候，伯納已經睡著了，我想這是件好事吧，畢竟他受了太多折騰。今早我去敲門找伯納時，他就已經看起來累累的了。我在想他應該是失眠吧。

伊莉莎白跟我去見了唐娜跟她的上司，途中還接了朗恩一道。朗恩的氣色很好，這點著實讓人放心。而趁著記憶猶新，以下是那之後我全部記得的事情。

唐娜在眼影上動了一些花樣，而我一直都很想問問那是怎麼弄出來的，但就是一直沒有問下去。總之，負責說話的是哈德森探長，而他也果然有兩下子。他對伊恩·文瑟姆巴拉巴拉說了一堆，而伊恩·文瑟姆則說他要我們所有人讓開，並且他所有的文件都備齊了。是說他這話說得也不能說不對啦。

哈德森探長說他想要跟居民對話，而朗恩告訴他說有事跟他（朗恩）講就好。朗恩還說伊恩·文瑟姆可以把他各種齊備的文件塞回自己的X眼。你知道，朗恩就是走這樣的路線。唐娜於是建議哈德森探長或許應該以我為溝通的對象。別的不說，至少我腦袋比較講理。

於是哈德森探長向我解釋了法律上的相關細節，並有言在先要是情非得已，他還是會不得不依法行政，把阻擋挖土機的人給抓起來，沒有例外。我說我很篤定他肯定逮捕不下去，而他也承認自己應該狠不下那個心。所以繞了一大圈，大家又回到了原點。

這時朗恩問了哈德森探長一句他是不是覺得自己很了不起，對此哈德森探長說自己是個瘦不下來、五十一歲的失婚男人，所以算總分的話，不，他一點也不覺得自己了不起。這讓唐娜噗哧了出來。她喜歡他，當然不是那種喜歡，但她確實喜歡他。我也喜歡他。關於瘦不下來的說法我原本要安慰他兩句，但老實說他還真的超標了一點，而且身為護理師，粉飾太平其實不是很專業的行為，即便是在妳內心母性大發的瞬間，所以我多想了幾秒，告訴他晚上六點後就要絕對忌口，不然糖尿病遲早找上他，而他也為此謝過了我。

伊博辛也在此時加入了話題，並提議哈德森探長應該試試皮拉提斯，對此唐娜說要是探長真的想不開，她願意花錢買票去看。伊恩．文瑟姆並不想加入這種輕鬆的話題，並告訴唐娜與哈德森探長說他繳了不少稅，而他們可是領納稅人薪水的公僕。唐娜說既然如此，那她想跟文瑟姆談談加薪的事情。文瑟姆一聽這話就開始大呼小叫，東扯西扯地到處牽拖。沒有幽默感的人就是這樣，他們一聽到有人講話好笑就開始崩潰。但那又是題外話了。

總之，對這方面的事情——我是說像衝突、小氣鬼、僵局這一類的東西——很有一套的伊博辛在此時跳了進來，表示說他願意幫忙「把群眾稍微疏散」，好讓大家都有一點可以呼吸的空間。現場都同意如此甚好。

伊博辛走向了如今已然成了「休息站」的路障，告知了誰不想被警察抓就讓一讓。這動搖了幾個見風轉舵的騎牆派，其中跑第一個的叫做柯林．克萊門斯。等伊博辛向其他人保證過只要他們把椅子稍微移動一下，就很歡迎留下來看熱鬧之後，出走的人潮慢慢開始顯現。當然人潮並不是一下子流光，因為你知道上了我們這個年紀，光從椅子上站起來就已經是實戰而非演習。通常椅子一旦坐下去，就是一整天的事情。

最終的場面是這樣的情形：牢牢鎖住的鐵門前方是所謂的路障，也是一個舞台般的存在，而開心回到椅子上的群眾則變成了觀眾。那在舞台上的又是哪些人呢？首先是跟戴瑞克・亞契一起打橋牌的莫琳・蓋德（其實我覺得他們一起打的東西應該不只橋牌，但我在這裡就不八卦了）。再來是曾經抱著一整條鮭魚走出維特羅斯，被抓包就說自己失智，來自魯斯金苑的芭芭拉・凱利（失智個頭啦，但這招還真的有效）。最後是布羅娜什麼的，姓啥忘了，她是新來的，所以我沒太多情報可以提供，不過我看過她們三人在主日去參加天主教彌撒，過了數小時後步履蹣跚地回家。這三人就像人形鎖頭一樣黏在鐵門前，活像在站哨似的。

那在她們三人的面前呢？路障已經人間蒸發，徒留一人還在現場。終於醒過來的這個人正襟危坐，一動不動，一絲不苟地抬著頭，挺著胸——那是伯納。真想讓你也看看他的模樣。最後的戍衛者，就像亨利・方達[48]，或馬丁路德金恩[49]，或邁達斯國王[50]。這讓朗恩實在看不下去，於是他抓起了一張椅子，挨在伯納身邊坐了下來。他們這樣到底是出於相濡以沫的團結之心，還是為了引人矚目才這樣特立獨行，我沒有答案？但我很開心看到他們這麼拚。我深以他們兩個為榮，我認同的男人絕對不低頭。

---

48 Henry Fonda，1905-1982。二十世紀美國電影電視明星，曾在多部經典電影中以帥氣硬漢的銀幕形象登場。
49 Martin Luther King，1929-1968。美國黑人民權領袖，為其主張遭暗殺身亡。
50 King Midas。希臘神話中能點石成金的國王。

（對了，我剛剛要說的不是邁達斯國王，而是克努特國王[51]才對。）

目前，文瑟姆已經回到了車上，唐娜和克里斯也是。

我給伯納與朗恩各倒了杯茶，然後自己也找了個地方坐下，心想這場戲差不多該結束了，生活也該回歸正常。

但計程車就在此時開了進來，好戲現在才要上場。

抱歉，我的門鈴響了，我待會就回來。

第五十章

跟計程車司機閒聊是馬修．麥基神父長年的興趣，而近來的司機常常都是穆斯林，就算在肯特郡也一樣。司機們的海派性格讓他很是享受，而他們對戴著領圈的神職人員也相當親切。但這一天，他像啞巴一樣整路無言。

他鬆了一口氣，是因為看到通往墓園的大門依然深鎖，而且有人顧著，至於挖土機則閒置在拖車上。他之所以把電話號碼留在小教堂的告示板上，就是料想到遲早會有這一天，而這也是莫琳．蓋德今早得以聯絡上他的契機。莫琳在電話裡保證她會「通知全軍」。

麥基將莫琳口中的「全軍」，理解為眼前身穿黑衣、一動不動站在門邊的三個女人。她們面前坐著一女兩男，看起來都不像是「全軍」裡的一員。事實上端詳了一番，他確定其中一個男人就是在文瑟姆找全村開會時，發表了意見的那位先生。至於被夾在中間的那個男子，難道是前幾天早上坐在長椅上的先生嗎？嗯，不論他們究竟是誰，也不論他們坐在這裡幹嘛，這節骨眼上人多都是好事。大門旁有一群大約五十來個居民坐等好戲上演，無妨，他會讓這些人有好戲可看。他想這恐怕是他最後的機會，也是唯一的機會了。

踏出計程車，大手筆給了司機小費之後，麥基神父看見文瑟姆人在一台福特Focus裡跟兩個警察說話，一個是看來明明熱但又死不脫外套的男警察，另一個是穿著警察制服的年輕

---

51 King Canute。傳說十至十一世紀的英王克努特曾命令潮水不准湧來，表現出一種明知不可為而為之的情操。

黑人女警。同樣在車裡的還有另一名他在會議上看過的男性居民。波格丹不知跑哪裡去了，拖車駕駛艙裡也沒有他的人影。但他肯定就在附近，這是肯定的吧？

麥基晃到了大門前，此時他還沒被文瑟姆發現。他稍微跟三名女哨兵寒暄了一下，願三人蒙福。其中一位，那個神祕的莫琳·蓋德，問能不能討杯茶喝，麥基說他會看看自己能做到什麼程度。在前去與文瑟姆攤牌的半途，他停下腳步跟坐著的三人組做了個自我介紹。

第五十一章

喬伊絲

抱歉，剛剛的電鈴是送樓上包裹的，我們都會幫彼此簽收，我剛剛就是去忙這個。有時候，如果我事先知道喬安娜要送花給我，我會假裝不在家，給鄰居代收，讓他們看看我收到了花。這樣真的是挺壞心的，不過我想一定也有人比我還差。

總之，伯納剛才說他不會聽警察的發號施令。伯納鐵了心哪兒都不去，沒有商量的餘地。

朗恩說他曾經被鏈子綁在格拉斯霍頓一個礦坑井道裡，一綁就是四十八小時，大夥兒只得拉屎拉在裝三明治的袋子裡，不過他是沒有直接說出「拉屎」這兩個字啦。這是一個正確的決定，因為麥基神父正好跑來介紹自己。

我在開會時見過他。坐在後頭的他安靜得可以，只是趁人不注意，一股腦把餅乾塞進口袋裡。但沒人知道的是我一直在看著。我想我天生就是一幅不會引人注意的臉吧。

我必須說他很有禮貌，而他也為了保護永息花園一事謝過了我。伯納告訴他說永息花園只是一個開端而已。他說對這種人你必須要寸土不讓，不然他們就會軟土深掘，得寸進尺就是這個道理。朗恩接著也沉不住氣了，便不甘寂寞地對麥基神父說講到墓園這檔事，你們那幫子人（天主教徒）也不是每次手腳都多乾淨，只不過自由總歸是自由，他還是不忍見到自由被奪走。麥基神父說「只要我在一天，就不會坐視那些事情發生」，搞得氣氛有點像在拍西部片，這我當然不反對，因為只要在一個範圍之內，我都喜歡男人味。

文瑟姆的雷達於此時發現了麥基神父，於是他走了過來，身邊還有哈德森探長、唐娜，外加追在後頭的伊博辛。這麼一來，舞台搭好了，所有角色也都到齊了。

第五十二章

波格丹已經挖了好一段時間。為什麼不呢？閒著也是閒著不如幹點正事。他從永息花園的最底端開挖，距今最古的墳墓，如今已永世在牆後樹木的寬闊枝蔭中安身立命。土偏軟，也正是因為那裡終年沒有日曬，而波格丹知道這兒的棺木會完好如初，因為它們都是橡木材質的。橡木的棺材不會腐爛分解也不會龜裂，所以不會有餵飽了蟲而變得空洞的骷髏頭等著饒富興味地跟他大眼瞪小眼。

他聽見山丘下有零星的騷動，但就還是沒聽見拖車開始轟隆隆，所以他只能繼續自立自強。挖土機那怕只要上來一部，掘墳就是一整排只消幾分鐘的事情了，而且愈不講究愈快，而波格丹知道文瑟姆到時會有多粗魯。所以趁著他還能一人一鏟單機作業時，他選擇盡量讓每一鏟挖得精細整齊些。

他接下來選擇下手的墳墓，被緊緊地塞在墓園最上方的一角。而挖著挖著，他想起了瑪麗娜，那個在上山途中認識的女人。他之前在村裡見過她，但村民一般不跟他說話，甚至無視於他，不過這並不會惹到他。他並不覺得自己可以主動上門跟村民接觸，但要是哪天在路上巧遇，他打算也不要太抗拒。某些日子裡他會想念起母親。

波格丹的鏟子終於敲到了硬硬的東西，但那並不是棺材板。現下有不在少數的石頭跟樹根，而這讓波格丹的挖掘工作在更加辛苦之餘，也變得更加有趣。他彎腰伸手，把礙事的厚土從障礙物上撥開。那是一片純白。其實還挺美的，他第一時間心想，然後便隨即意會到了那東西的真實身分。

這並不在波格丹的計畫內。在這兒開挖之所以說得過去，最大的理由就是一般認為這裡不會有腐爛的棺木與人骨。但計畫趕不上變化，不該出現的東西還是出現啦。所以即便是在一百五十年前，偷工減料也不是稀罕的概念？棺材用便宜貨又怎樣，最好是有人會發現，是吧？

這下子可好，他應該默默把墓填回去，假裝什麼事都沒有發生過，等著挖土機上來嗎？詳細是個什麼道理他說不上來，但這想法讓他無法接受。波格丹挖出了一根骨頭，而這也代表守護的責任落上了他的肩頭。但他除了一把鏟子，什麼小一點的工具都沒有，於是他索性雙膝一落，跪在了殷實的土壤上，展開了雙手萬能的人工作業。他使盡渾身解數保持溫柔，調整著跪姿的身體重量來換得更好的角度，藉此把更多的塵土清掉，在這麼做的過程中，他卻意會到自己跪的不是被歲月夯實的土壤，而是另一種更扎實許多的東西。原來他跪上去的，是實心橡木棺材的實心橡木棺蓋。但怎麼會呢？死人怎麼會從棺材裡逃出來呢？波格丹試著壓抑一個駭人聽聞的想法。難道這是生人下葬，而被活埋的這個人雖然設法爬出了棺木，但也就到此為止了，是嗎？

波格丹顧不得禮俗或迷信，開始加快了動作。隨著現身的骨頭愈來愈多，頭骨的位置也呼之欲出，但他選擇不去打擾這一塊。等挖出夠多的棺木後，他便把鏟子的鐵舌往棺蓋下一插，然後費勁地撬開了棺蓋剩下的下三分之一。棺材裡是另外一具白骨。

所以這個墓有兩副骨骸，一副在裡頭，一副在外頭。一小，一大。一灰黃，一雪白。

所以怎麼辦？應該找人來看看，這點無庸置疑。只不過這麼一來就會很花時間。他們會拿迷你鏟來挖，波格丹在電視上看過，而且他們到時候不會只挖這一個墓，他們會把所有的墓都檢查過一遍。而波格丹知道他們到頭來也查不出什麼了不起的原因，頂多就是古早的英國就是喜歡這樣埋死人，或者某年疫病大作，又或者是另外一百萬種不同的緣由。而在無謂的調查當中，開發案就會開始拖，而他就會在一旁乾等而無法工作。所以問題還是沒有解決——這事怎麼辦？

波格丹需要時間思考，只可惜他能思考的時間並不長，因為遠遠地從主幹道上，波格丹已經能聽到警笛聲嗶嗶作響。他等了一會兒，期間警笛聲逐漸逼近。波格丹聽著那像是救護車，但按邏輯他知道那肯定是警車。而這就意味著路障即將排除，鬧劇就要開演。波格丹把自己拖出了墳墓，開始回填泥土。

*伊恩會告訴我該怎麼做，*他想，而警笛聲也於此時來到了山路要開始爬坡的起點。

第五十三章

伊恩・文瑟姆在鑽出警車之際顯得非常冷靜，甚至有點開心。

警方給了他一頓排頭。他明天會再來，畢竟跑得了和尚跑不了廟，墓園總是會在原地。也許他錯就錯在不該一大早把挖土機派來。但這麼做真的很酷，所以總結起來這還是個犯得很值得的錯誤。那是一種宣示，一種表態，而表態是很重要的，話說什麼態度都強過沒有態度。

他並不介意居民揭竿而起，三分鐘熱度很快就會過去。想抱怨事情還怕沒有目標嗎？他大可以用別的東西讓居民的注意力從開發案上轉離。開除某個受他們愛戴的社區員工，拿康跟安全當託辭來禁止金孫陪他們在泳池玩水。到時候他們就會一副「墓園？什麼墓園？」的傻樣。笑才是他現在正確的反應，而他也確實笑了。

但，笑到一半，馬修・麥基神父赫然出現在他眼前。

穿著黑袍而微微露出白領的神父，擺出了一副此花是他栽，此路是他開的氣場。說多招搖就有多招搖。

拜託，這是伊恩的土地好嗎！這是伊恩的財產。他怒氣沖沖地朝路障而去，幾秒鐘內就把手指指到了神父的眼前。

「要不是看在你是神父的份上，我就一拳打下去了。」群眾開始把兩人團團圍住，就像這裡是學校的操場一樣。「這是我的地盤，滾，不然就別怪我不客氣了。」

伊恩瞄準了麥基神父的肩膀就是一推，老人家經不起這樣起手動腳，直往後退。失去平衡的麥基神父開始像溺水的人一樣四處亂抓，結果被他當成浮木抓到的是伊恩的T恤，由此失去平衡的人數從一個變成兩個，最終也導致兩人像連體嬰一樣先後跌到地上。唐娜拉起了伊恩，也將他從神父身上拉開。包括喬伊絲、朗恩與伯納在內的一群居民包圍並制伏了伊恩，而另一群居民則當起保鑣，圍住了還茫然坐在地上的麥基神父。這其實真的只是兒童級的打鬧，但他受到的驚嚇看來著實不小。

「別激動，文瑟姆先生，冷靜一點。」唐娜拉高了嗓門。

「逮捕他！擅入私人產業！」伊恩也不甘示弱，但他其實正被一群年過七旬或八旬甚至包括一名已屆九旬但心意堅定的居民拉離了現場，話說九字頭那位差一天就可以接受徵兵去打二次大戰了，那成了他一輩子的遺憾。

喬伊絲發現自己身處在一場混戰現場。這些人年輕時該能有多強啊，她想。朗恩、伯納、約翰、伊博辛，而他們現在卻這麼老態龍鐘。至少算是精神可嘉啦，只是真的心有餘力也足的唯有克里斯．哈德森了。哈德森把文瑟姆向後拉了開來，至於其他人，只能回味那股稍縱即逝的罣酮作用。

「我在保護聖地，手段和平而且沒違反法律。」麥基神父說。

其實就法論法有點說不過去，手還拉著文瑟姆肩膀的克里斯．哈德森心想，但他也知道現在拿這個吐嘈神父無濟於事。

唐娜扶起了神父，幫他拍掉了他身上的灰，也親身感受到了這老人家在黑色制服下的弱不禁風。

克里斯把伊恩．文瑟姆從男性的混戰中拖了出來。他能看出驟升的腎上腺素在文瑟姆的體內亂竄，這一幕他在不知道多少座鎮上的夜裡、起碼上千名的爛醉酒鬼身上看過。畢露的筋脈，蹦出T恤外的肌肉，類固醇的濫用可說鐵證如山。

「回你家去，文瑟姆先生。」克里斯．哈德森下了最後通牒，「不要逼我抓你。」

「我根本沒怎麼碰他。」伊恩．文瑟姆發出了抗議。

克里斯沒拉高聲音，目的是讓對話繼續只在兩人之間進行。「他摔了一下，文瑟姆先生，我看得很清楚，而且他摔倒在你碰了他之後，所以不論你碰他是大力還是小力，我都有理由逮捕你，而且姑且說是警察的直覺吧，我想我不難找到一兩名目擊者在法庭上挺我。所以你要是不想背上襲擊神父的罪名，就趕緊給我連人帶車開走，否則我認真告訴你，今天這事兒寫在你的宣傳手冊上，不會太好看，懂了嗎？」

伊恩．文瑟姆點了頭，但似乎也不是真心受教，因為他的大腦像是已經飄到了別的地方，做起了另外的盤算。他緩緩地，像在嘔氣似地，對克里斯．哈德森搖起了頭。

「這裡肯定有什麼不對勁，肯定有人在搞事，我看他們狐狸尾巴都露出來了。」

「那就明天再來處理，狐狸肯定還在。」克里斯說。「所以趕緊給我打道回府，讓自己冷靜一下，把眉毛上的汗擦擦。是個男人就別這麼輸不起。」

伊恩轉身走向了愛車。輸？最好是。經過拖車時的他在駕駛座門上捶了兩下，然後用大拇指比了比出口的方向。

但他腳步放得很慢，為了方便思考。波格丹跑哪兒去了？波格丹這人不壞，這波蘭佬，他得叫波格丹幫他把泳池的壁磚貼好，他也夠懶了，波蘭人都很懶。他會跟東尼．庫蘭談談，東尼會知道怎麼做。東尼是不是把手機弄丟了呢？怎麼電話都打不通，東尼是怎麼了。

伊恩來到了Range Rover前，沒想到輪子赫然被上了固定夾！他爸會氣炸，畢竟這車只是老人家借給他的。這下子他得搭從鎮上發車的巴士了，而他爸還在等他，為此伊恩怕到哭了出來。別哭，伊恩，他會明白的。伊恩其實不想回家。

他開始在口袋裡摸索起搭車需要的零錢，然後突然一個踉蹌向後倒去。他舞動著雙手想抓到點什麼，但令他意外的是四周只有空氣。

他沒來得及落地便一命嗚呼。

第二部

這裡每個人，都有個故事

第五十四章

喬伊絲

幾週前我在費爾黑文的人行道上摔倒了。因為有謀殺案、倫敦之旅、伯納等等這些事，我沒在日記裡提到我摔跤，但那跤摔得不輕，我的包包都弄掉了，鑰匙、眼鏡盒、藥丸、手機掉得到處都是。

現在呢，重點是，每個看到我跌倒的人都來幫忙，每個人喔。有個單車騎士扶我站起來，一個交通警察幫我撿東西、把包包拍乾淨，一位推嬰兒車的女士陪我坐在人行道邊，等我緩過一口氣。咖啡館的女店主端著一杯茶跑出來，主動說要載我去給她的家庭醫師看看。

也許他們來幫忙只是因為我一看就是個老人。脆弱又無助。但我不覺得是這樣的。我覺得就算是個身強體壯的年輕人跌了這麼一跤，我也會去幫忙。我想你也會。我想我會陪他坐坐，交通警察會幫他撿起筆電，女店主也一樣會說要載他去看醫生。

我們人類就是如此。我們通常都有著好心腸。

然而，我還記得我跟一個主治醫師在山上的布萊頓綜合醫院共事過。他是個非常粗魯、殘忍、不快樂的男人，讓大家的生活都悲慘到不行。他會大吼大叫，把自己犯的錯怪到我們頭上。

現在，如果那傢伙死在我的眼前，我可能會樂得跳起舞來。

我們不該說死人的壞話，我知道，但是凡是規則必有例外，而伊恩·文瑟姆跟那個主治醫師就是同一種人。回想起來，那個人也叫伊恩呢。

那種人你是知道的。那種覺得世界只屬於他們的人？人家說這種自私的風氣愈來愈普遍，但有些人是自始至終都這麼壞。我得說那種人並不多，但總是有幾個。

總之我要說的是，某種程度上，我對伊恩·文瑟姆之死感到遺憾，但凡事總有另外一面。

每天都有很多人死掉。我不知道確切統計數字，但肯定是成千上萬吧。這麼說，如果昨天就是有人得死，那我寧願死在我面前的是伊恩·文瑟姆，而不是那個單車騎士、交通警察、推嬰兒車的媽媽或咖啡館女店主。

我寧願送醫不治的死者是伊恩·文瑟姆，而不是喬安娜、伊莉莎白、朗恩、伊博辛或伯納。雖然我不想講得太自私，但我寧願是伊恩·文瑟姆被裝進屍袋、推進驗屍官的廂型車，而不是我遭逢如此命運。

昨天，就是伊恩·文瑟姆的大限之日。我們每個人的生命都有終點，而他的就在昨天。伊莉莎白說他是被殺的，如果伊莉莎白這麼說，我想應該就是吧。我想他昨天早上起床時應該想也沒想到會這樣。

希望我的話聽起來不會太冷血，但我已經看過很多人死去，流過很多眼淚。我沒有為伊恩·文瑟姆掉半滴眼淚，我希望你明白背後原因。他死了是很悲劇，但我不覺得悲傷。

現在，恕我失陪，我要去調查他的這樁謀殺案了。

第五十五章

「大新聞來了，」克里斯站在簡報室前頭，他的小組成員則在他面前排成一列。「伊恩・文瑟姆被謀殺了。」

唐娜・德・費雷塔斯環顧了一下專案小組，裡面有幾張新面孔。她覺得自己真的是幸運得不像話。兩個案子，兩條人命，而她竟在這當中躬逢其盛。為此她不得不把功勞歸給伊莉莎白，也不得不在心裡記著自己得請她喝一杯，或是買樣伊莉莎白會喜歡的東西給她當作謝禮，比方說圍巾？但既然是沒人摸得透的伊莉莎白，也許送把手槍更能送到她心坎裡？

克里斯點開了一個檔案夾。「伊恩・文瑟姆的死因是吩坦尼[52]中毒。高劑量的吩坦尼被注射到了上臂肌肉裡，幾乎可以確定就發生在他倒地前的短暫時間內。從時間點來判斷，各位應該知道正式檢驗報告還沒出來。這是我託人情問來的，好嗎？這項情報目前只有我們警方獨家掌握，所以暫時不要向外透露，拜託。不論是對媒體、朋友、家人，都請不要說。」

他若有似無地用目光掃過了唐娜。

---

52 吩坦尼是強效的類鴉片止痛劑，生效快而作用時間短，強度比嗎啡強五十到一百倍。

第五十六章

「所以，我們都是凶案的目擊者。」伊莉莎白說。「而這不用我說，實在是太好了。」

相距九彎十八拐的十五英里外，週四謀殺俱樂部也一樣起了個大早在開會。伊莉莎白把一系列伊恩・文瑟姆的全彩遺體照一字排開，另外還有命案現場的照片，包含各種你想得到跟想不到的角度。她能用手機拍下這些照片，是因為假裝自己在打電話叫救護車。至於她能私下把這些影像洗成照片，是因為羅伯茲布里奇有家藥局欠她一個人情，而那又是因為早在一九七〇年代，那家藥局的犯罪行徑被她成功抓到了把柄。

「當然從某方面來講這也是場悲劇，我是說按照傳統的情緒分類去看的話。」伊博辛補了一句。

「確實是悲劇，對那些愛小題大作而且感情過分豐富的人來說。」伊莉莎白說。

「那第一個問題是，」朗恩說。「妳怎麼知道他是被謀殺的？我看倒像是心臟衰竭。」

「你是醫生嗎，朗恩？」伊莉莎白說。

「跟妳一樣不是，伊莉莎白，」朗恩說。

伊莉莎白打開了一個檔案夾，拿出了一張紙。「好吧，朗恩，這些我已經跟伊博辛講過了，因為有任務要拜託他，不過我就再講一遍，你聽好了。死因是吩坦尼過量，注射時間只比死亡時間早一點點。這項資訊來自一位有管道查閱肯特郡警署鑑識部門內部電郵的人士，還沒有經過唐娜確認，但我已經傳了好幾次簡訊問她了。這樣你高興了吧，朗恩？」

朗恩點點頭，「好啦，我服氣了。吩坦尼又是什麼東西？我沒聽過。」

「那是一種鴉片類藥物，朗恩，就像海洛因，」喬伊絲說。「功用是麻醉、止痛之類的。非常有效，很受病人歡迎。」

「也可以跟古柯鹼混合，」伊博辛說。「如果你有毒癮的話。」

「俄羅斯國安單位也拿它來用在不少地方，」伊莉莎白說。

朗恩滿意地點頭。

伊博拉辛說，「而且，因為藥是在他死前不久注射的，我們全都是嫌疑犯。」

喬伊絲雙手一拍。「說得好。雖然我不知道我們之中怎麼有人能弄到吩坦尼，但這話還是說得好。」她正在把維也納漩渦餅乾排在一個安德魯王子[53]與莎拉．弗格森的婚禮紀念盤上，那是喬安娜許多年前以為她會喜歡而送她的禮物。

朗恩邊點頭，邊繼續瞅著案發現場的環境照。照片裡有居民的臉，有他們為了更清楚地看見伊恩．文瑟姆癱軟屍體而伸得老長的脖子。「所以，這是古柏切斯的某個人做的？這些照片裡的某個人？」

「我們也都在照片裡啊。」喬伊絲說。「當然除了伊莉莎白以外，因為照片是她拍的，但只要調查工作做得像樣點，就不會因此把她排除在嫌疑犯以外。」

「希望如此。」伊莉莎白深有同感。

伊博辛走到了可翻頁的掛圖邊就位。「我做了一些計算，大家想聽聽看嗎？」

伊莉莎白、喬伊絲與朗恩都表示了願聞其詳，然後便各自在拼圖室裡找了椅子坐下。朗恩拿了一塊維也納漩渦餅，而這也讓喬伊絲鬆了口氣，因為她終於也可以放心地跟進。這些漩渦餅是自有品牌，換句話說是雜牌，但葛雷格・華萊士在他的《工廠祕辛錄》節目裡說過它們產自跟正牌餅乾一樣的工廠。

伊博辛開了口。「人群中有人在伊恩・文瑟姆的身上扎了一針，讓他在一分鐘從活人變成死人。他的上臂被發現有一處穿刺傷。我請各位把你記得那天看到的人列成清單出來。而各位也都非常配合，只是有人沒有照我的要求把名字按字母順序排列。」

伊博辛看向朗恩。朗恩聳了個肩。「我招我招，我在F、H跟G附近搞混了，後來就放棄了。」

伊博辛繼續往下講。「把各位的清單整合起來——這對Excel試算表用得熟練的人來說，只是舉手之勞——那麼當天在現場的居民共有六十四位，包括我們在內。這加上哈德森探長跟德・費雷塔斯警員、不知道跑去哪的建商波格丹……」

「他人在山丘上。」伊莉莎白說。

「多謝補充，伊莉莎白。」伊博辛說。「我們還要再加上低底盤拖車的司機瑪莉。不知道有沒有關係，但她也是波蘭人，而且還是瑜珈老師，只是順帶一提。住在丘頂的凱倫・普雷菲爾女士當天也在現場，她昨天原本要教我們電腦。然後當然還有馬修・麥基神父。」

「這樣總共是七十個人，伊博辛。」朗恩正式進入了第二塊餅乾，才不管它什麼糖尿病。

「而伊恩・文瑟姆是第七十一個。」伊博辛意有所指地補了一句。

「所以你覺得他有可能開車上來、大鬧一番，然後跑去想不開？」

53 安德魯王子是英女王伊莉莎白二世的第三子，也是女王與其夫婿愛丁堡公爵菲利浦親王的第二個兒子。

「這跟我怎麼想無關，朗恩，這就是在列清單而已。所以你先別猴急。」

「不猴急就不像我了啊。猴急可是我的超能力耶。你知道我被誰念過要有耐心點嗎？亞瑟．史卡吉爾——亞瑟．史卡吉爾耶！」

「所以殺死伊恩．文瑟姆的凶手就在這七十個人之中。嗯，七十分之一對週四謀殺俱樂部來講算是比平常好了，但我們有沒有辦法把範圍再縮小一點呢？」

「這得是個有門路取得針筒跟藥物的人囉，」喬伊絲提議。

「這裡每個人都有門路，」伊莉莎白說。

「伊莉莎白說得沒錯。」伊博辛選了邊。「容我用一幅景象來比喻，那就不是**大海撈針**，而變成**大海就是針**。」

伊博辛停頓一下，他覺得這個時間點應該要有人鼓掌。但掌聲沒有響起，於是他繼續說。

「話說，對任何熟練肌內注射的人而言，扎這一針也就是一眨眼的事情，而同樣的，村裡沒有人不是肌內注射的高手。問題是，這一針得非常靠近文瑟姆才扎得到。所以再次感謝各位的協助，我刪去了我們確知沒有片刻靠近過伊恩．文瑟姆的人，而這也讓配角一口氣被刷掉了一堆。在場不少人的行動力都相當受限，而這也是對我們很有利的一點，因為我們很清楚他們不可能趁我們同時轉頭的時候，三步併兩步衝上去給人一針。」

「用助行器的都不可能犯案。」朗恩表示同意。

「光考慮助行器，我們就劃掉了八個名字。另外電動代步車也是我們的好朋友，不輸白內障。再來是，包括史提芬在內的不少人——我希望伊莉莎白能夠同意——那天早上自始至終都沒有靠近過伊恩．文瑟姆。他們也從名單中被刪掉了。另外有三位居民像鎖一樣，始終掛在門邊，直到當天稍晚有人想到要去叫消防隊。所以最後我們就剩下了……」

伊博辛把掛圖翻了一頁，新頁上顯示的是刪減過的名單。

「包括我們在內三十個人，裡頭有一個是凶手。」

「所以這就是做為調查起點的名單了。」伊莉莎白說。「動腦的時間要開始了嗎？」

「是，我想我們可以先內部討論一下來縮小範圍。」

「誰想要他死？」朗恩說。「他死了誰有好處？庫蘭跟文瑟姆的案子是同一人所為嗎？」

「想起來還挺有趣的，不是嗎？」喬伊絲拍掉了襯衫前胸的餅乾屑說。「我們有認識的人是殺人犯耶。我是說，我們還不知道他或她到底是誰，但我們的交友圈裡有個殺人凶手無誤。」

「超酷的。」朗恩也這麼想。他為了第三塊餅乾陷入長考，但他也知道這第三塊餅乾一定會讓他付出代價。

「嗯，我們還是趕緊討論案情吧。」伊博辛說。「法文會話社的人十二點就要來了。」

第五十七章

「而這就代表，」克里斯說，「那天早上在場的某人把吩坦尼給注射進了文瑟姆體內。所以不管你從哪個角度去看，我們都已經知道凶手在哪裡了。我們今天的目標是要把當天在場的所有人列冊。這工作雖然不輕鬆，但我們早一秒對人員有所掌握，就能早一秒逮到凶手。而且誰知道呢，說不定我們可以連東尼．庫蘭的部分一案兩破。除非庫蘭就是文瑟姆殺的，而現在這樁命案是報復。」

唐娜試著很快地瞄了簡報室的窗外一眼。她的制服員警同事馬克戴上了自行車用的安全帽，完全沉浸在自己憂鬱小生的氣質中。她喝了一小口茶，刑事組才喝得到的茶，思索著嫌犯。她想到麥基神父。他們真正對這位神父知道多少呢？然後她想到了週四謀殺俱樂部。他們全都在現場，也全曾在某個點上出現於文瑟姆的身旁。她完全可以想像神父或俱樂部或每個人以各自的方式，化身為殺人兇手。至少假設一下是可以的。但要有真憑實據的話呢？她完全沒有頭緒。但俱樂部的大家肯定會有某種觀點的。唐娜多半應該要去找一下他們。

「在此同時，」克里斯打開了面前的檔案夾，「我另外替你們準備了一些有趣的任務。伊恩．文瑟姆生前的人緣不是太好，他的生意往來非常不單純，而且三教九流無所不包。照電話紀錄看來他麻煩事還不少，他應該感覺相當疲於奔命吧。各位，請告訴你們親愛的家人和伴侶，最近相處的時間要減少了。」

親愛的。唐娜想到了她的前男友卡爾，然後發現她已經整整四十八小時沒有想起他，創下了新紀錄。但她現在就想起了他來，有點掃興。不過，她也發現，很快她就可以連續九十六小時不想他，然後維持一個禮拜，然後等她回神一想，卡爾已經變得像書裡的虛構人物一樣遙遠。說真的，她幹嘛離開倫敦？等到這兩宗謀殺案偵破、她回去當制服員警之後，她又該怎麼辦？

「還有你們其他人，別放掉東尼．庫蘭的案子。兩案之間可能有關連，我們不能排除這點。我們還是需要看測速照相。我特別要知道伊恩．文瑟姆的車那天下午有沒有開上路。我要知道巴比．譚納人在哪裡，還要知道那張照片是誰拍的。我也還是需要知道，打給庫蘭的那支手機號碼是怎麼回事。」

這讓唐娜想起了她有個靈感，得去查查。

第五十八章

柳樹園裡，伊莉莎白正在為潘妮更新最近的八卦。

「現場可熱鬧了，潘妮，各個角色都到齊了。要是妳去了，肯定會如魚得水地揮著妳的警棍，把眼前看到的人通通上銬吧，我是這麼想的。」

伊莉莎白望向了以椅子為家的約翰。「我猜你已經把細節都跟潘妮說過了吧，約翰？」

約翰點了頭。「我可能稍微誇大了一點自己的勇敢，但其他的部分我都是有什麼才說什麼。」

伊莉莎白心滿意足地把手伸進包包裡，抽出了筆記本跟原子筆。她用筆點起了筆記本的扉頁，就像一名指揮在示意樂團看過來他這邊。接著她繼續開了口。

「所以我們說到哪裡了，阿潘？東尼．庫蘭死了，伊恩．文瑟姆也掛了。這些都是事實。東尼．庫蘭被身分不明的某人或某群人敲死。題外話，**敲死**這兩個字念起來真的好有感覺喔，真的是百念不厭。我猜妳當警察的時候有很多機會這麼說吧，也太幸運了。話說，文瑟姆是在被注射了大量吩坦尼後幾秒內死亡。你知道吩坦尼嗎，約翰？」

「當然知道，」約翰說。「這東西我們一天到晚用啊。主要是拿來麻醉。」

約翰的獸醫魂上身。伊莉莎白還記得那隻約翰跟朗恩一起照顧到恢復健康的狐狸。朗恩管那隻狐狸叫史卡吉爾，而這兔崽子一恢復健康，就跑去把伊蓮．麥考斯蘭的雞殺個精光。這事兒沒有證據，但不是史卡吉爾還能有誰。朗恩在當時飽受責難，但內心卻為此得意洋洋。

「要拿到那玩意兒會很難嗎？」伊莉莎白問。

「對住在這裡的人來說嗎？」約翰開口。「這個嘛，是不簡單，但也並非不可能。藥局會有，我想是可以闖進去偷，但得非常有毅力或非常走運才能成。還有，在網路上也弄得到。」

「天啊，」伊莉莎白說。「真的嗎？」

「暗網。我是在《刺胳針》裡讀到的，暗網上什麼都買得到。只要你想，連火箭發射器也有。」

伊莉莎白點頭。「那要怎麼連上暗網？」

約翰聳肩。「呃，我只能用猜的，但如果是我，第一步應該是要買電腦吧。也許可以從這開始查？」

「嗯，」伊莉莎白說。「哪些人有電腦，也許值得一查。」

「誰知道呢，」約翰附和。「肯定可以縮小範圍。」

伊莉莎白轉回頭看潘妮，看著她躺在那兒，感覺真不公平。「一個死者被鈍器敲擊，潘妮，另一個死於毒殺。但是誰幹的？如果文瑟姆是當場被殺，那就代表今早在場的某人殺了他。我或約翰。也可能是朗恩或伊博辛？或是……誰知道呢？伊博辛用試算表列了三十個名字，給我們起了個頭。」

伊莉莎白看著她的朋友。她現在真想跟她手挽著手一起走出門，共飲一瓶酒，玩玩解謎遊戲，聽她對著想像中的某個畫面罵髒話，然後帶著酒意開心回家。但這種事再也不會發生了。

「我總是覺得很奇怪，伊博辛怎麼都不來看妳，潘妮。」

「噢，他有來啊，」約翰說。

「伊博辛有來？」伊莉莎白說。「他都沒提過。」

「他總是很準時，伊莉莎白，每天都帶一本雜誌來，跟她一起玩解謎遊戲。他會把題目念出來。解開謎底之後，他就親親她的手，半個小時過後就走了。」

「朗恩呢？」伊莉莎白問。「他也有來嗎？」

「沒來過，」約翰說。「我想不是每個人都適合這場合，伊莉莎白。」

伊莉莎白點頭。她也這麼想。回歸正題吧。「所以說，潘妮，誰會想要伊恩・文瑟姆的命？又為什麼非得選在今天這個挖土機要動工的日子下手？妳會想問的問題應該是：開發案若順利往下推，哪些人會吃哪些虧？對吧？我也想找時間跟妳聊聊伯納・卡托。妳記得他嗎？那個看《每日快訊》、娶了個好太太的傢伙？我覺得有個動機呼之欲出。」

伊莉莎白站起來準備離開。

「哪些人會吃哪些虧？這就是問題之所在，對吧？」

第五十九章

克里斯．哈德森有他自己的辦公室，一個讓他在裡面假裝認真工作的洞窟。他的桌上有個空位，一般人是拿來放全家福照的，而他每次發現那裡空了一塊，心裡就羞愧得隱隱作痛。也許他該放張姪女的照片？她現在幾歲了？十二還是十四？他弟弟總知道吧。

到底是誰殺了伊恩．文瑟姆？事發當時，克里斯就在現場。某種程度上，他是眼睜睜看著他被殺。他看到了誰？週四謀殺俱樂部全體，還有那個神父。一個穿毛衣配運動鞋的正妹。她是哪位？她單身嗎？克里斯，現在時機不對啊，給我專心。

伊恩．文瑟姆和東尼．庫蘭是被同一個人殺掉的嗎？有道理。一個案子破了，另一個也水落石出？

是誰打那三通電話給東尼．庫蘭的？八成只是拉保險的電話，可是誰也無法確定。克里斯肯定東尼．庫蘭的手機裡有不少資料。管他什麼人權，整個費爾黑文任何有點可疑之處的人，克里斯都想監聽他們的電話。就像監獄裡那樣。

他記得有個持槍搶劫的劫匪叫做伯尼．史考里恩，在帕克赫斯特用光了錢，但又想給自己買一台PlayStation遊戲主機，於是伯尼就打了通電話給他的叔叔說他在某個地方埋了五十萬英鎊。警方不到一小時就找到了他的錢跟叔叔，而伯尼想玩新主機可能要等下輩子了。

敲門聲叩叩叩地響起，克里斯這才一瞬間惱人地意會到，自己多希望來吵他的人是唐娜。

「進來。」

門一開，出現的是泰瑞．哈里特。這傢伙有嚇死人的高效率，還有著像從《皇家陸戰隊》影集中走出來、令人無法抵擋的英俊魅力，但認真說他人還真的不壞啦。克里斯這輩子都不可能把一件短T繃到那麼緊。將來有一天，泰瑞會有自己的辦公室，會有四個孩子跟一段美滿的婚姻，然後他的桌上會放滿照片，擠得水洩不通。克里斯覺得自己如果是泰瑞就好了，但誰知道呢？家家有本難念的經，是吧？搞不好泰瑞在家會偷偷哭泣，或許他有什麼不足為外人道的哀戚讓他夜不成眠？當然克里斯也知道自己這樣的阿Q想法很可悲，但起碼這樣的想法給了他一根救命浮木。

「現在不方便，要我等一下再來嗎？」泰瑞說。克里斯這才發現自己剛剛一直瞪著人家。

「方便方便，不好意思。泰瑞，方便到一個不行。」

「您在想伊恩．文瑟姆的事嗎？」

「是啊。」克里斯說了謊，「有什麼發現嗎？」

「抱歉要把話題拉回東尼．庫蘭身上，但有一樣我覺得您看了會開心的發現。」泰瑞說。「我發現有輛車子花了十二分鐘，才走完東尼．庫蘭家頭尾相隔不過半英里的兩支超速攝影機。時間點也搭得上。」

克里斯看了看細節。「所以這車停在了兩支監視器之間的某個地方？十分鐘的休息拿來做很多事情都夠了喔？」

泰瑞．哈里特點了點頭。

「那附近除了東尼．庫蘭的住處，還有別的東西嗎？我是說可以停車的地方？」

「那兒有個簡易的休息站。也許駕駛需要撇尿，但……」

「看樣子這傢伙是憋很久了。」克里斯同意這樣的推測。「我們都有經驗，但這也只是推測。你比對過車牌號碼了嗎？」

泰瑞再次點了點頭，然後微笑了。

「我喜歡你那笑容，泰瑞，結果如何？」

「登記的車主是誰會嚇死你，長官。」

泰瑞把另一張紙滑到了克里斯的辦公桌上。克里斯讀了起來。

「嗯，果然是天大的好消息。這就是我們要找的凶手了。相關的時間線你有把握嗎？」

泰瑞．哈里特點了頭，用手指在克里斯的桌上敲敲。「這肯定就是凶手吧？」

克里斯不得不同意。該去找人聊聊了。

第六十章

波格丹已經觀察到了瑪麗娜的住處，而此時不去更待何時。關於那些骨頭，她肯定會知道該怎麼辦，早先他認識她的時候，就馬上察覺到她不是等閒之輩了。他帶了花，不是店裡買的而是從林子裡摘來的，綁的方式則是按照他母親以前的手法。

來到八號公寓，他按下了門鈴，應門的是一個男人的聲音。這讓波格丹有點吃驚。他盯著她已經有段時間了，但從沒發現她身邊有個男性。

「我想找瑪麗娜？想見瑪麗娜？」公寓對外的門一旋而開，波格丹走了進去，同時間在鋪著地毯的走廊後面，第一道門也慢慢開啟，而他看到後頭有個年長的男性身穿睡衣在梳著自己的頭髮。難道是自己搞錯了嗎？但就算是那樣，這男人也應該會知道瑪麗娜的事情，進而能為他指出一條明路。

「我來找瑪麗娜？」波格丹說。「我想她可能住這裡，但也許她住的是別間公寓？」

「瑪麗娜？喔，是囉，沒錯，進來吧，我們來泡茶喝吧？多早喝茶都不嫌早，是吧？」

男人用一隻手臂搭上波格丹的肩膀，引他進了門。波格丹鬆了一口氣，是因為他在走廊的桌上看到瑪麗娜的照片，上頭是年輕時的她。所以是這一戶沒錯。

「我不清楚她去了哪，老兄，但她應該很快就回來了。」史提芬說。「多半是去店裡買東西，不然就是繞去她母親那兒了。你先坐一下，好好享受一下片刻的寧靜安詳吧，好嗎？你會下棋嗎？」

第六十一章

克里斯．哈德森把大衣披在外套上，離開了局裡。他轉過身，是因為後面有人叫了他一聲：「長官？」

說話的是唐娜．德．費雷塔斯。她三兩步追了上來。

「不管您本來要去哪裡，我可能都要請您改變一下計畫了，」唐娜說。

「我可不這麼想，德．費雷塔斯警員，」克里斯說。在工作場合，他還是稱呼她為德．費雷塔斯警員。「我要去找個人聊一下。」

「只是，我稍早瀏覽了一下通聯記錄，」唐娜說。「而我發現我認得那個號碼。」

「妳是說那個打給東尼．庫蘭的手機號碼嗎？」

唐娜點了點頭。然後拿出了一張小紙片給克里斯看。「記得這個嗎？這值得你改變計畫嗎？」

克里斯舉起了一隻手指要她安靜，然後把泰瑞．哈里特交給他的紙片從口袋裡掏了出來。他將之遞給了唐娜。「車輛紀錄，來自案發當天的。」

唐娜讀了起來，然後抬起頭看了一眼克里斯。

「傑森．李奇的車？」

克里斯點了點頭。

「傑森當天早上打電話給東尼．庫蘭。東尼死掉的時候，傑森的車停在他家外面。所以我們要去見傑森嗎？」

「也許我一個人去就行了，」克里斯說。

「不行，」唐娜說。「首先，我是你的『影子』，我們之間應該要有神聖的信任關係，諸如此類的。再來，我剛破了案呢。」

她拿著傑森的電話號碼朝他揮了揮。

克里斯也拿車輛紀錄向她揮了揮。「是我先破案的，唐娜。所以我只是要單獨去他家匆匆拜訪一下，看他介不介意回答我幾個問題。非常低調的行動。」

唐娜點了頭。「好主意，可惜他不在家，我已經確認過了。」

「那他在哪？」

「你帶我一起去，我就告訴你。」唐娜說。

「如果我命令妳告訴我他在哪呢？」克里斯問。

「這個嘛，你可以試試，」唐娜說。「看看結果會如何？」

克里斯搖搖頭。「那麼來吧，給妳開車。」

第六十二章

克里斯與唐娜並不知道梅德史東有溜冰場。「到底為什麼梅德史東要有溜冰場？」成了他們在前往梅德史東的車程裡，很重要的一個話題。而在這之前，唐娜已經先請克里斯關掉了他親手錄製的綠洲合唱團早期B面歌曲合輯。

一點一點地，唐娜打算把屬於上世紀的克里斯拉回到她成長的二十一世紀。

即便他們已經把車停在冰宮外，但一路以來的謎團依舊無法解開。那兒叫做「冰上奇觀」，就跟那個有名的冰上世界表演一樣——但兩人有志一同地認為這樣攀親帶故不是很有邏輯。怎麼會有人在環狀道路邊上，開一間夾在磁磚倉庫跟地毯大王賣場中間的冰宮，然後還賺得到錢呢？

克里斯常跟朋友分享一件事情：自家附近要是有個店鋪，讓人丈二金剛毫無頭緒，而且也都沒有顧客光臨，那這地方就肯定是用正當商店的幌子在買賣毒品。不用懷疑，也沒有特例，沒有客人沒關係，沒有獲利也沒關係，因為這裡存在的目的就只是洗錢而已。這種地方是每個市鎮都有的標準配備，仔細看，它們就藏身在一小排商店街的中間，鐵路高架橋下的拱門內，或是端坐在地毯大王的隔壁。外觀看上去，它們可能是蜜蠟除毛，可能是租用派對綵燈的地方，也當然可以是二〇一一年之後就不曾再打開霓虹燈招牌的溜冰場。

心想這百分百是幌子，百分百背後是毒販，克里斯闔上了Focus駕駛座的車門。考量到克里斯跟唐娜來此要見的人是誰，這樣的判斷感覺不會冤枉人。

唐娜與克里斯走進前門，穿過了鋪著地毯但走起來有點黏的大廳。這時候場內幾乎是空盪一片，只有個老人拿吸塵器在清塑膠座椅上掉落的爆米花，而冰上有兩個人影。

但凡任何人看過巔峰時期的傑森．李奇，都會異口同聲告訴你同一幅畫面。他有行雲流水的力量，繞著拳台的輕快身形則有如凌波微步。那強有力的雙臂會像電弧一樣切開空氣，也會向上撇出沉重的刺拳。他有精巧的假動作與躲避閃掩，有從不離開對手身上的銳利雙眼，還隨時都準備好獅子搏兔，以全身的動能撲上去對敵人發動攻擊。他不是個只會揮大棒的莽漢，不是一大塊厚重的木頭，更不是見人就咬的喪屍。他是名運動員、強壯而勇敢的運動員，是一台充滿流動性的雄偉機器，全力以赴卻沒有一絲動作顯得多餘。那種優雅、那種沉著，那些動作，讓傑森．李奇流的拳擊看起來美不勝收。

但是看在啜飲著各自的咖啡，在一旁當觀眾的克里斯與唐娜眼裡，傑森．李奇顯然不會溜冰。

練習看似已經結束，因為傑森正小心翼翼地朝著溜冰場的邊邊滑去，而在一旁攙扶著他手肘的嬌小女性則身著紫色的緊身衣。即便如此，在距離安全的冰場側邊只剩一公尺的地方，傑森左腳的冰刀還是突然消失在他的腳底，切進了右腳冰刀的底下，而他失去支撐的身體重量也顯然超過紫色緊身衣女子能夠救得起的極限。這個大男人於是再度倒地。克里斯與唐娜才當了不過幾分鐘的觀眾，就已經數不清他跌倒多少遍了。

克里斯把身體伸出隔板，伸出了援手。而這也是傑森第一次注意到兩名警察的存在，之前他一直非常聚精會神。如今他注視著克里斯的眼睛，接受了對方的好意，最終也回歸到了乾燥的土地。

「能佔用你五分鐘嗎，傑森？」克里斯問。「畢竟我們大老遠跑來。」

「你還好吧，傑森？」著緊身衣的女子問道。

傑森點了頭，然後示意要她先走一步。

「嗯，這兩個是我朋友，我得跟他們聊兩句。」

「嗯，那個，我會把這些都寫好傳給製作人看，你絕對不是過氣的票房毒藥，我保證！」

「親愛的，妳是我的巨星，謝謝妳不嫌棄，還扶我起來。」

「希望可以在節目上再見。」溜冰的女子邊揮著手，邊踩著纖細的冰刀消失在陡峭的上樓階梯中。

傑森跌坐在同一個模子打造出來的塑膠椅子上，椅子被他的體重壓得有些許變形。他開始解開了冰刀的鞋帶。

「我就想說會再見到你們兩個。所以這會兒我殺了誰？」

「嗯，那我們就不拐彎抹角了。」克里斯開了口。「東尼・庫蘭遇害的那天，你去他家幹嘛？」

「這你管得著嗎？」傑森說。他差不多要把一隻冰刀鞋脫下來了，雖然過程很辛苦就是了。

「但你不否認你人在那裡囉？」唐娜說。

「所以我現在是被捕了嗎？」傑森說。

「那倒還沒有。」唐娜說。

「那我人在不在那裡就不干你們的事了。」第一隻鞋終於離開了腳，傑森喘氣的樣子活像是剛打了三個回合。

「讓我幫你恢復一下記憶。」克里斯從口袋中掏出了手機，用手一滑將之喚醒。「監視器拍到你的車在三點二十三分時出現在東尼住處東邊四百碼處，然後下一支監視器在東尼家的另一頭拍到你，時間是三點三十五分，所以要嘛半英里的路你開車要十二分鐘，要嘛你在這當中停下車去做了什麼。」

傑森不慌不忙地看了克里斯一眼，然後聳了聳肩開始脫起第二隻冰刀鞋。

「OK，我這也有一樣。」唐娜說。「東尼．庫蘭被殺的當天，你是不是打過電話給他？」

「我怕我是不記得了。」傑森在跟鞋帶上一處看似無解的死結奮戰。

「這你也能忘？傑森，我看不至於吧。你果然打了電話給東尼．庫蘭吧？他可是你們那群麻吉裡的一員，不是嗎？」

「我從來沒有過什麼麻吉。」傑森終於在與死結的對抗中找到了點頭緒。

克里斯把重點拉回到傑森的手機。

克里斯點了頭。「但你應該能理解我質疑的點吧。一個神祕的手機號碼在他喪命的當天早上打了三通電話給他？一個感謝伏德風[54]跟人權立法讓我們追查不到，但卻跟你親手寫下並交給德．費雷塔斯警員的聯絡方式一模一樣的號碼。所以，那是你的手機號碼吧，傑森？」

傑森終於褪下了第二隻冰刀。他點了點頭，「那樣露餡確實是我不夠專業。」

「而後，那天下午，你開車經過了東尼．庫蘭家外面的道路，並在那期間停下車去辦了某件事情，花了你大概十分鐘。」克里斯眼睜睜等著看傑森要如何回應。

「是。聽起來你是給自己出了一道難題。」傑森說。「現在我鞋子脫好了，我要回去了。」

傑森站了起來。克里斯與唐娜也是。

「我在想你願不願意到局裡提供一下你的指紋跟ＤＮＡ？」克里斯說。「好方便我們排除你的嫌疑？一次還你兩樁命案的清白，很划得來。」

「你是不是該捫心自問為什麼警方還沒有我的指紋跟ＤＮＡ。」傑森說。「難道不是因為我從來沒有犯過法嗎？」

「也許只是你沒被逮到過，傑森。」克里斯說。「沒犯過法跟沒被抓到是兩回事喔。」

「那我倒想聽聽我有什麼殺人動機。」傑森說。

「也許是劫財？」克里斯說。「那種人錢多得到處都是。你現在手頭會緊嗎？」

「我想我們的時間應該到了吧，你不覺得嗎？」傑森說著便開始爬起樓梯要去更衣室。

克里斯與唐娜並沒有跟上。

「還是你參加《名人冰舞秀》只是覺得那樣很光榮，傑森？」唐娜問道。被這麼問起的傑森一個轉身，露出了發自內心的笑容，比出了中指，然後再度轉身朝著更衣室而去。

克里斯和唐娜目送他消失，然後坐回塑膠椅上，看著空無一人的溜冰場。

「妳怎麼想？」克里斯問。

「如果是他幹的，他到底為什麼要把照片放在屍體旁邊？」唐娜說。

克里斯搖頭。「也許有些人就是笨？」

「他看起來可不笨。」唐娜說。

「我同意，」克里斯附和道。

---

54 Vodafone，電信公司名。

第六十三章

伊莉莎白馬上就看出了事有蹊蹺。史提芬書房的窗簾打開了，但簾子平日一定是闔上的。史提芬不喜歡在寫作時面對刺眼的晨光。

她的腦袋在瞬間進行起各種必要的計算。史提芬一個人嗎？他醒來之後沒照著日常的規律進行嗎？他倒在地上了嗎？是活？還是死？

還是有人闖了進去？她第一段人生裡的誰找上門來了嗎？這不是不可能，即便隔了這麼多年，但她仍聽過類似的事情發生。又或者找上門的人來自剪不斷理還亂的現在？

伊莉莎白繞到拉金苑後面的防火逃生門前，想從外面開啟那扇門，需要一點專業知識，外加一支消防隊裡才有的專業器具。伊莉莎白開了門，溜了進去。

她的腳踏在鋪了地毯的走廊上，沒發出一點聲音，但老實說她當年腳踏在東德拘留所的水泥步道上，也一樣沒發出一點聲音。她拿出了鐵鑰匙，用護唇膏在上頭塗了一層，這樣插進鎖孔就不會發出噪音，接著伊莉莎白便盡可能無聲地開了門，而她的盡可能無聲是真的幾乎完全靜音。

如果公寓裡真的有人，那伊莉莎白知道她恐怕會老命不保。將鑰匙圈握於掌心的她把一根根鑰匙滑進了一條條拳頭縫裡。

史提芬並沒有倒在走廊，這是她現在起碼知道的。他的書房門沒關上，晨光流瀉而入。在光束中舞動的明亮灰塵讓她頓時心生愧疚。

「將軍。」客廳裡傳出一道人聲，操的是東歐口音。

「挖咧，我慘了。」史提芬答道。

伊莉莎白把鑰匙滑回了包包裡，打開了客廳的門。史提芬跟波格丹隔著棋盤面對面坐著，兩人同時用笑臉望向了她。

「伊莉莎白，妳瞧瞧是誰來了！」史提芬顯然指的是波格丹。

波格丹一時間顯露出了困惑的表情包。「伊莉莎白？」

「他有時管我叫伊莉莎白。你知道，這人老糊塗了。」伊莉莎白兵分兩路地打起圓場。「親愛的你又忘了，我叫瑪麗娜。」睜著眼說瞎話非她所願，但情勢逼著她不得不為。

「她說了算。」史提芬附和了起來。

波格丹從椅子上站了起來，向伊莉莎白伸出了手。「我買了花給妳。您的先生把花收起來了，我不知道他收到了哪兒。」

史提芬正聚精會神地在研究著棋盤上的終局。「這小兔崽子棋高一著，伊莉莎白，我輸得心服口服。」

「是瑪麗娜，親愛的。」

「我看我也跟著叫妳伊莉莎白吧，沒關係。」波格丹說。

「他還幫我修好了書房的燈。」史提芬說。「我們真是撿到寶了。」

「你人也太好了吧，波格丹，不好意思我們家應該要整理一下，但客人真的很少上門，所以有時候……」

波格丹把手擱在了伊莉莎白的上臂。「妳家很美，老公也很棒。我在想我可不可以跟妳聊一下？」

「當然可以，波格丹。」

「我可以相信妳嗎？」波格丹問，深深望進伊莉莎白的雙眼。

「你可以相信我，」伊莉莎白說，眼神毫不動搖。

波格丹點頭。他相信她。

「我們去散個步好嗎？就妳跟我？今晚？」

「今晚？」伊莉莎白問。

「我有東西要給妳看。最好等到天黑。」

伊莉莎白審視著波格丹。「有東西要給我看？線索嗎？」

「對，是妳會有興趣看的東西，」波格丹說。

「這個嘛，有沒有興趣我自己判斷，」伊莉莎白說。「我們要上哪散步呢，波格丹？」

「墓園，」波格丹說。

「墓園？」伊莉莎白的背脊竄起一陣寒顫。這世界可真奇妙！

「我跟妳在那邊碰頭，」波格丹說。「多添件衣服。我們要待一陣子。」

「一言為定，」伊莉莎白說。

第六十四章

喬伊絲

是，我知道伊恩．文瑟姆翹辮子了，我待會就回頭講這個，但你猜猜還有什麼新鮮事？喬安娜跑來了！

我們坐她的新車下到了費爾黑文（什麼牌子的我等等去檢查一下）並在任何有脈搏的東西店前停了下來。我裝得一派輕鬆，但這絕對是無以名狀的大成功。沒有一句抱怨，沒有什麼「媽，純素主義者早就絕種了啦」，或是「我家轉角黎巴嫩人開的店，做出來的布朗尼都比這個好吃」。綠茶、燕麥酥、馬卡龍。沒想到我有機會親口說出它們的名字。

她來這附近是為了開一場會，好像跟什麼最適化有點關係。回想起那個很能解決炸魚柳條跟馬鈴薯鬆餅，但一遇到豌豆就大喊殺人啊、救命啊的小女生，我壓根沒想到她有一天會為了某樣東西的「最適化」跟人開會——姑且不論那到底是什麼意思。

男朋友不出我們所料，已經成為歷史。你知道這年頭手機可以鎖起來，讓別人沒辦法偷看嗎？甚至還可以用指紋解鎖？總之我想說的是，他有天晚上在沙發上睡著，然後她用他的拇指去打開了手機，瞄了一遍他的訊息，於是等到他睜開眼睛時，他的行李已經都打包好堆在走廊上了。不愧是我的女兒。

讓兩人走不下去的訊息裡究竟寫了什麼東西，喬安娜並沒有明講，但她強烈暗示裡頭牽扯到照片。我聽了那麼久的《女性時間》[55]可不是白聽的，所以一下就掌握了個八九成大意。我也不想爆粗口，但那傢伙真是個屎蛋。

我們拿這話題聊得很帶勁，笑得很用力，所以我想她的心理陰影面積是零。

我聽到喬安娜午睡起來的聲音了，所以先這樣吧。忘了跟你說，我剛剛是非常小聲在打字。

我的心肝寶貝在我的床上睡得正香甜，兩條人命的案子等著破，今天晚上還有陶藝的講座可以聽。人生至此夫復何求？

喬安娜帶了瓶酒過來，是瓶頗有來頭的酒，但我好像把那來頭是什麼給忘了。有朝一日她會明白只要是她帶來的酒，於我都很特別。總之我邀了伊莉莎白今晚過來跟我們小酌，但她說她「另有行程」。

關於這點我跟你一樣，都毫無頭緒。但應該跟命案有關，這一點可以肯定。

（PS.：那是一台奧迪A4。）

第六十五章

在暮色下，通往永息花園的上坡路徑猶如一條蒼白的緞帶。波格丹主動伸出胳膊以供攙扶，而伊莉莎白也接受了他的好意。

「史提芬狀況不是很好。」波格丹說。

「是啊，親愛的，他真的不是很好。」

「妳是不是放了什麼東西到他的咖啡裡？我們出門前。」

「這個年紀，我們每個人都是藥罐子，親愛的。」

波格丹點了個頭，這話他懂。他們行經了一如往常地在長椅上坐著的伯納·卡托，並一起點了個頭，而伯納也向兩人回了個禮。伊莉莎白最近常想到伯納，畢竟在目前的狀況下她很難不想。她老覺得伯納是在看守著墓園，就像是長椅上的哨兵似的。他不會進到墓園裡，但也從來不會離那兒太遠。開發案做下去誰會損失什麼？看來她某個點上得找伯納談心，而那也意味著她得在喬伊絲身邊小心翼翼。

「他已經好久沒下棋了，波格丹，我看著很開心。」

「他蠻厲害的。即便對我，他也不是好應付的對手。」

他們來到了永息花園的鐵門前。波格丹推開了其中一扇，領著伊莉莎白進入了墓園。

55　BBC製作的廣播節目。

「你下起棋來，應該是個高手吧？」

「下棋很容易。」波格丹說著繼續走在了墓園的中間。「只要每次都下出最好的一步就是了。」

「嗯，也是啦。」伊莉莎白說。「我好像從來沒有用那樣的角度去想過。但要是你不知道哪一步才是最好的一步呢？」

「嗯，那就只能等著輸啦。」波格丹領著她又走了幾步，然後停在了一座十字架已經倒在上面的老墳墓旁。

「我可以信任妳，」波格丹開了口，「沒錯吧？」

「當然。」

「即便其實伊莉莎白才是妳的真名嗎？我看到了書房裡的帳單。」

「我道歉。」伊莉莎白說。「但除了那之外的事，你當然可以信任我。」

「行。但如果我跟妳說什麼，妳不會告訴警察，不會跟任何人說吧？」

「絕對不會，我保證。」

波格丹說，「妳坐，我來挖。」

真是個怡人的夜晚，伊莉莎白坐在耶穌像旁，快快樂樂看著波格丹在她左邊就著手電筒燈光開始掘墓。她好奇他會發現什麼。他有什麼祕密要揭露？她在腦中盤點各種可能性。最簡單的答案是錢。可能裝在個行李箱或帆布運動背包裡，波格丹會把它抬出來放在她腳邊。也許是鈔票，也許是黃金，不知道什麼人在什麼時候埋的藏寶堆。一定為數不少，要不然波格丹幹嘛大半夜把她找過來？數目大到足以引起殺機嗎？如果只有幾千塊，波格丹可能就直接拿走了吧？誰找到的就是誰的，沒關係。但如果是裝滿五十鎊鈔票的行李箱，那就——

「好，妳來看看吧，」波格丹說，他站在墓穴裡，把鏟子扛在肩上。

伊莉莎白撐起身子，走到墓邊，看看波格丹在伊恩．文瑟姆被殺的那天早上到底發現的是什麼。她心想，墳墓裡可能有的東西不少，但屍體應該是最不值得大驚小怪的吧。但隨著波格丹把手電筒照在橫陳在棺蓋上的人骨上，她不得不承認自己還不夠見多識廣。

「妳以為會看到錢吧？」波格丹說。「妳是不是以為我挖到英鎊還是什麼值錢的東西，所以才會不知道該怎麼處理？」

伊莉莎白點頭。那確實是她以為的謎底。

「我懂，抱歉，不是錢啦。要是錢就好了。結果不是錢就算了，竟然是一堆死人骨頭。」

「是說，你發現這裡是星期三的事情嗎？波格丹。」伊莉莎白問起。

「就在伊恩被殺的時候，對。我一時間不知道怎麼辦，想說先思考個幾天再說。也許是我想太多？也許這根本沒什麼？」

「我想這恐怕很有點什麼，波格丹。」

「嗯，也有可能。」波格丹附和著。

伊莉莎白坐了下來，往墳墓裡盪起了雙腿，然後踩踏在了棺蓋之上。這時她看出這棺蓋有被撬開過的痕跡。「你開了蓋？」

「我以為那樣比較好。就查看一下。」

「然後棺材裡也有一具屍體嗎？」

波格丹跳進了墳墓，稍微拉開了棺蓋，顯露出當中的骨骸。「是，該有骨頭的地方也有骨頭。」

伊莉莎白點了頭然後思考起來。「所以屍體有兩具。一具在該在的地方，一具顯然新上很多的，則在不該在的地方？」

「是。也許我應該先報警才對，但我實在沒把握。警察那檔子事妳是知道的，對吧？」

「我還真知道，波格丹。你來找我是對的。某個點上我們是可能得跟警察打打交道，但時機還沒到，我想暫且我們還是別跟人提起這事好了。」

「所以我們要怎麼做？」

「不然再挖挖看？你行嗎？我可以溜回家幫你用保溫瓶裝熱茶，要不要？」

「我會一直挖到妳說好，伊莉莎白。」

「我們還真是一個模子刻出來的，波格丹。」伊莉莎白說，心想她得打通電話給奧斯丁，他會知道這一切該怎麼處理。

她俯瞰村裡的燈光，大部分的燈都暗了，但伊博辛那一戶還是燈火通明。好傢伙，他還在努力工作呢。

她看著波格丹蹲在墓地中，通體都是泥巴，還滿身大汗。他一面把破損的棺蓋滑回棺內的遺體之上，一面小心地避免打擾到棺外的死者。她在想自己要是有個兒子的話，絕對就要生這種的。

第六十六章

「他們從來不是什麼好東西。」朗恩說。「一直都是。不論事實如何，天主教會都脫不了干係。」

「話是這麼說沒錯。」伊博辛說。

伊博辛與朗恩在討論誰是殺死伊恩・文瑟姆的凶手。

他們按著一個個名字進行清查，思考各種可能性。朗恩堅持要從一到十分給每個人的嫌疑打分數，而隨著他喝下肚的威士忌愈來愈多，他給出的分數也不斷往上爬。像來自拉金苑的莫琳就剛拿了個七分，主要是她有一回在排晚餐時插了朗恩的隊，而「行為是不會騙人的」。

「麥基神父是我們的第一個十分，老伊，寫下來。他是頭號嫌疑犯。他肯定有什麼不可告人的東西埋在某個墳墓裡。我保證，鐵定的。我猜是黃金、屍體、或色色的東西，任何一樣都會讓他完蛋，他擔心被挖出來就慘了。」

「這不太可能吧，朗恩。」伊博辛說。

「嗯，你知道福爾摩斯說過的，老兄。如果你不知道人是誰殺的，那……就怎樣又怎樣的。」

「確實，果然是名言。」伊博辛說。「那他幹嘛不自己先去挖出來就好了，朗恩？時間又不是沒有？東西搬走就不用擔心啦，不是嗎？」

「誰知道呢，可能他家那把寶貝鏟子不見了吧，反正總有個原因。但記住我說的。」朗恩說這句話的口齒已經緩緩變得模糊不清，而且還十分感性。深夜裡一瓶威士忌，一個待解的謎題，這不正是滿分的人生。「記住那十分是我給的。」

「這並不是《舞動奇蹟》舞蹈比賽的下毒版好嗎？朗恩。」伊博辛對朗恩這種打分數的做法很不以為然，但還是姑且在麥基神父的名字旁邊寫下了一個十。因為認真說來，伊博辛也強烈不認同《舞動奇蹟》的評分系統，主要是他覺得比起專業裁判的評分，節目製作單位把太高的權重給了公眾投票。他曾為此寫信到BBC抗議，但只得到了客氣而沒有正面回應的答覆。

接著他看向了清單上的下一個名字。

「伯納．卡托，朗恩。這題我們怎麼答？」

「我看這又是一個有力的凶手候選人。」朗恩手比劃到哪酒杯就跟到哪，而冰塊則不安地在酒杯裡哐啷作響。「你沒看到他那天早上是什麼模樣嗎？」

「確實，他看起來是愈來愈不對勁，好像為了什麼寢食難安。」

「而且誰不知道他一天到晚在上頭坐著，屁股像黏在長椅上，好似在標註地盤。」朗恩說。「他以前會跟太太一起在那兒坐著，沒錯吧？所以那裡可以給他帶來心理的平靜，是這麼說的吧？不給人這點方便好像說不過去喔，特別是我們這個年紀。改變太多就是讓人感覺彆扭。」

伊博辛點了頭。「沒錯，改變真的太多了，人生總會來到一個坎兒，自此進步只歸別人去煩，與我無關。」

對伊博辛而言，古柏切斯的一項美妙之處就在於這裡充滿了生氣。一票莫名其妙的委員會，莫名其妙的政治鬥爭，外加轉角就能遇到有人吵、有事吵，有八卦四處跑。每個新加入的成員，都會悄悄地讓這裡的動態產生那一點點微妙的位移；每一次有人道別，也都在提醒著你這裡是一條永遠流動不歇的河水。這裡是一個社區，一個依伊博辛的意見可以讓人不用委屈的生活空間。在古柏切斯，緊閉的門後就是你渴望的個人空間，而開啟的門外就是你調整好之後會渴望的社交愉悅。伊博辛不敢說這已經是幸福人生的最佳解，只是更好的做法他還沒有發現。但伯納失去了他親愛的太太，而且看似一直在悲傷的隧道裡走不出來。為此他必須要在費爾黑文碼頭上坐著，必須在山丘的長椅上坐著，他最不需要的就是被質問為什麼。

「你的長椅又在哪兒？朗恩。」伊博辛問。「哪裡是你能找到平靜的地方？」

朗恩抿起了嘴唇，呵呵地笑了。「這問題你要是兩年前問，我的反應應該是笑著走人，你說是吧？」

「是。」伊博辛覺得這話說得對。「我把你改造成功了。」

「我覺得，」朗恩起了個頭，像螢幕被喚醒的臉上瞪著亮起來的雙眼，「我覺得……」伊博辛看著朗恩的臉放鬆了下來，顯然他決定讓真相自然而然地浮現出來，而不要由他去思考出來。「老實說，我剛剛把所有的想法在腦子翻來覆去，那當中有好多我理論上應該要講出來的東西。但聽著，那地方或許就是這張椅子，旁邊有我的朋友喝著他的醇酒，外頭是一片黑夜，房內也有事情讓我們嘴巴不得清閒。」

伊博辛雙手交叉成結，留給朗恩繼續說話的空間。

「就想想有哪些人不在這裡，老伊。每個沒有撐下來的討厭鬼？而我們在這裡，一個少年時來自埃及，一個出身肯特郡，我們經歷一切撐了下來，然後有人在蘇格蘭替我們釀了這瓶威士忌。這也很了不起，是吧？這就是我的碼頭，對吧？老哥，這就是我的長椅。」

伊博辛點頭同意。他的寧靜之所其實是他身後的那堵檔案牆，但他不想破壞此刻的氣氛。朗恩的感性發言已經告一段落，而伊博辛可以看到他思緒飄到了內心的極深處，迷失在記憶中。伊博辛很識相地保持著沉默，好讓朗恩去他想去的地方漫遊，去沉浸在他想沉浸的回憶中。此情此景伊博辛已經看了一年又一年，一遍又一遍，扶手椅上的人則像走馬燈一樣來來去去。於他而言，這就是心理醫師工作最迷人的點——看著人深入自己的內心，觸碰到他們自己都不知道那裡存放著的東西。朗恩仰起頭來，回到了又可以正常說話的人間。伊博辛前傾了身體，算是為這段不是療程的療程畫龍點睛。朗恩，剛才飄去哪兒了呢？

「你覺得伯納是不是喬伊絲的現役炮友？」朗恩說。

伊博辛把身體倒了回去，這又是一個點綴性的肢體語言。「這我沒認真想過耶，朗恩。」

「最好是。堂堂心理醫師的你會這麼沒心眼？我猜他是啦，這王八蛋還真走運，不然你覺得那些蛋糕跟有的沒的是喬伊絲吃飽太閒嗎？對了你現在那方面還行嗎？我是說萬一有必要的話？」朗恩問。

「不行了，好幾年前開始就不行了。」

「嗯嗯，我也是，不過這樣也好啦，不然我根本是性慾的奴隸。總之，我會說他的嫌疑是九分，你說呢？這個老伯納嘛，他人在現場，而你不難理解他不希望墓園被挖。另外就是他退休前有理工背景，是吧？」

「他以前是石化業吧，我想。」

「那就不是無憑無據了。九分。」

伊博辛傾向於同意，主要伯納似乎活得也不是真的那麼乾淨。他在伯納．卡托的名字旁邊寫下了數字九。

「當然如果他們真的是那種關係的話，喬伊絲恐怕會覺得那個九很礙眼。」朗恩說。

「我們知道的事情喬伊絲都知道。她肯定心裡有數，炮友是個九分的。」

「確實她不是個傻子。」朗恩附議。「那住山頂那個女孩子呢？那個農夫地主的女兒，教我們電腦的那個？」

「凱倫．普雷菲爾。」伊博辛說。

「她也在現場，是吧？」朗恩說。「還在最中間。多半對藥物略知一二。長得也挺標緻，紅顏多禍水。」

「是嗎？」

「當然是。」朗恩說。「至少對我來說是啦。」

「她的動機？」伊博辛問。

朗恩聳了聳肩。「情殺？應該與墓園無關，通常都是情殺。」

「所以給她七分？」伊博辛說。「又或者七分加星號，然後用註腳解釋星號代表『需要進一步調查』？」

「加星號的七分，」朗恩表示同意，只是他唸起星號這個單字的發音很有他個人特色。

「剩下還沒打分數的，就是我們四個了喔？清單上其他人都評過了嗎？」

伊博辛低頭看了眼清單，然後點了點頭。

「嗯，那就來吧？」朗恩確認了一下。

「你真心覺得我們當中有人幹得出這種事嗎？」

「嗯，我是沒有啦，這是確定的。他們想開發就盡量開發，多住點人才熱鬧。」

「那你在公聽會上發難反對什麼？更別說你還去對議會遊說，路障也是你起的頭？這些事要怎麼說？這些不都代表你千方百計要阻止開發嗎？」

「那可不。」朗恩話說得好像自個兒的朋友傻了一樣，「我可不許誰把我當成塑膠，想怎麼幹就怎麼幹。而且我們都八十歲了，能惹點事情還不好好把握機會？但，親愛的，想想服務費凍漲的好康，想想有新的設施可以去玩耍。當然這些現在可能都沒戲了。但無論如何我是不可能對文瑟姆起殺意的，那等於是搬石頭砸自己的腳，跟我自己過不去嘛。給我個四分得了。」

伊博辛搖起了頭。「你應該是七分。你個性好鬥，容易衝動，理性常罷工，外加衝突發生時你人就在核心地帶，還有你依賴胰島素。這些都符合凶手的側寫。」

朗恩點頭表示這話他算聽得下去。「好吧，那就當我六分吧。」

伊博辛用筆在本子上敲了七下，然後才抬起了頭。「而且你兒子是東尼．庫蘭的同夥。」

這話讓朗恩退出了他內心的安詳之所，冰塊也在杯中跳起了不一樣的舞步。他或許保持不了冷靜，但仍保持著安靜。「別把傑森扯進來，伊博辛。你格調沒那麼低，而且你知道的也只是一部分的事情。」

有意思，伊博辛心想，但也只是心想。「所以我們到底要不要給自己打分數？朗恩，一句話。」

朗恩瞪著他的朋友看了好一會兒。「要，自然要，你是對的。但如果我是七分，那你也得是七分。」

「如你所願。」伊博辛說，然後在本子裡寫將起來。「有什麼理由嗎？」

理由多了去了，朋友，朗恩心想。反正撕破臉了，他索性笑著撂狠話。「你聰明過了頭，這是其一。再來你看要不要筆記下來。你要嘛是個心理變態，要嘛是個反社會人格，看哪一個比較糟糕你就是那個，所以你一手字寫得很難看，這不意外。你是移民，而移民典型的報導我們都看很多了。外頭某個家中蹲著一名可憐的英國白人精神科醫師找不到工作，而那得算你的鍋。再不然你可能會因為髮量日漸稀薄而動了殺人的念頭，反正要找鼻屎大的殺機，比這更荒唐的都有。」

「我的髮量才沒有變稀薄。」伊博辛說。「你可以拿我的頭髮去街訪，然後把民意調查的結果告訴我。」

「那團混戰當中你人也在場，這點一如往常。而真要講，你恰恰就是電影裡那種會為了證明自己可以全身而退，而去挑戰完美犯罪的傢伙。」

「那倒也是。」伊博辛沒有不同意。

「演員可以找歐瑪．夏里夫[56]。」朗恩給最後的論點下了一個註腳。

「所以結論是，我有頭髮。那好吧，我的嫌疑算七分。再來就是喬伊絲跟伊莉莎白了。」

熬夜聊天是種讓伊博辛一想到就開心的念頭。一旦朗恩走了，剩下能做的就是閱讀、製作更多清單，然後逼著自己躺上床枯等那總是要到天荒地老才願意降臨的睡意。太多聲音在

56 演過《阿拉伯的勞倫斯》、《齊瓦哥醫生》等名片的男演員。

爭搶著他的注意力。太多人還在黑暗裡茫然不知所向，呼喊著要他幫忙。

伊博辛知道他本來就很常是古柏切斯晚上最後一個還醒著的人，而讓他開心的是今晚他有伴，所以也理直氣壯地有了熬夜的正當理由。兩個老人家，在與整個黑夜作戰。

伊博辛再次打開了眼罩，從窗口望向了喬伊絲的公寓。黑暗已經降臨大地，村子則進入了夢鄉。

當然，伊莉莎白這麼專業的人，在下山的途中不可能讓她手電筒的燈光被人看到。

第六十七章

傑森・李奇坐在角落的一張桌子前吃午餐。鮟鱇魚與義式醃肉，兩樣都是在地的特產。他不太確定自己該怎麼做。

黑橋酒館的某些改變讓他嚇了一跳。這地方現在成了一間叫做Le Pont Noir的餐酒館，店名用極簡風的黑色小寫字體印在灰底上。他快二十年前離開時，費爾黑文還有著粗獷的稜角，如今大多已不復見，那些見不得光的角落也都隨著歲月消失了。

彼此彼此，小口喝著氣泡水的傑森想著。

傑森在想那張照片。要是身邊有槍，他會感覺安心一點，但現在的槍可不比十二年前那麼好買。當年他只需要走進黑橋，跟米奇・蘭茲道恩提一下，他就會撥電話給傑夫・高福，由傑夫・高福傳訊給強尼・班恩。接著他一品脫的酒都還不用喝完，一個孩子就會騎著一台ＢＭＸ[57]，送來一個牛皮紙袋包裹到吧檯的雅座，然後領走一包二十支的全新Ｂ＆Ｈ[58]來做為跑腿的代價。

那個時代就是如此樸實無華。

57 競速用的越野腳踏車，ＢＭＸ是比賽的名稱，全稱是Bicycle Motocross。
58 Benson & Hedges，英國的香菸品牌。

如今米奇・蘭茲道恩已經進了旺茲沃思監獄，罪名是縱火還有在後車廂拍賣會[59]上賣假的威而鋼。

傑夫・高福先後曾試圖當上費爾黑文鎮足球俱樂部的球隊老闆，在房市崩盤中傾家蕩產，靠盜賣銅金屬捲土重來，最後在水上摩托車上被一槍打死嗚呼哀哉。

現在的小鬼不知道還騎不騎ＢＭＸ？

照片放在傑森面前的桌上。多年前在黑橋酒館拍的那張照片，那時候這裡還不賣義式醃肉，也沒有酸種麵包。

跟這群兄弟在一起，感覺好像才是昨天的事情。笑得那麼無憂無慮，好像下個轉角沒有麻煩在等著似的。

從稍早坐下開始，傑森就一直在思考東尼是在酒館的什麼地方射殺了那個從倫敦下來的毒販。那是二〇〇〇年的事情了吧？現在想判斷當時的開槍位置非常困難，因為店家移動了一面牆，但他覺得應該那應該是在燒著本地木材的古董壁爐旁。

「要咖啡嗎，先生？」女服務生說。傑森點了一杯馥列白[60]。

傑森記得子彈穿過了那傢伙的大腿，然後直接擊穿了薄如紙張的牆壁，射向外頭的停車場，並在那兒又打進了土耳其佬吉昂尼那輛考斯沃斯RS500的前葉子板。吉昂尼氣到撕心裂肺，但開槍的是東尼，而他又能拿東尼怎麼樣？

土耳其佬吉昂尼。傑森常常想到他。他很肯定，屍體旁邊放的那張照片，就是吉昂尼拍的。那傢伙總是隨身帶著相機。警察知道嗎？吉昂尼回城裡來了嗎？巴比・譚納也回來了嗎？名單上的下一個人是不是傑森？

被東尼開了一槍的少年最終不治身亡。他還只是個孩子。那孩子在海岸邊那家店「橡樹」裡塞了一管捲好的古柯鹼要史蒂夫．喬治歐試試看。史蒂芬從來不想惹上麻煩，但也不想不講義氣，於是他推薦朋友去黑橋店裡碰碰運氣。少年去是去了，但去了不久才發現他在那裡沒那麼走運。

少年血流滿地，傑森記得那幅場景，也記得那一點也不有趣。回想起來，他那時應該是十七歲上下，現在看來很青澀的年紀，但當時他可不這麼想。有人把少年放進了巴比．譚納的老英國電信廂型車裡，由一名東尼喜歡在這種狀況下使用的計程車司機開車，載到了A2102公路上的「歡迎來到費爾黑文」標誌旁棄屍，而那也正是少年隔天早上被發現的地方。他被發現時早已經回天乏術，不過他應該早知道販毒是一條不歸路。計程車司機也挨了一槍，因為東尼行事儘可能小心為上。

對傑森來說，事情就這麼結了，對所有人來說其實都是。他們已經不再是賺賺錢、交交朋友的年輕人，假裝行俠仗義什麼的。現在牽涉到了子彈、屍體、警察和心碎的父母。他真白癡，他太晚發現了。

巴比．譚納很快就閃人了。他弟弟特洛伊死在英法海峽的一艘船上。是走私毒品嗎？傑森一直不曉得。那個司機一中槍，吉昂尼就也跑路了。就這樣，一顆子彈結束了那段時光。

---

59 英國版本的車庫拍賣。

60 Flat white。發源自澳洲的馥列白是在濃縮咖啡上鋪上一層薄薄的牛奶，馥列白是星巴克在二〇一八年將之加入點單時的中文品名。

結束得好。

聽說費爾黑文現在是兩個來自聖倫納茲的兄弟在管事。祝他們好運，傑森心想，在地的事還是由在地人管。

他走向了壁爐邊，蹲了下來。沒錯，這就是當年的第一現場。他用手指滑過了做舊的假骨董壁磚，把它們打下來，繼續往裡刮，你就會看到一個出自米奇·蘭茲道恩手筆，被回填然後重新上過漆的小洞。就是這顆子彈改變了一切。

如今在黑橋，已經什麼都沒留下來了，有的只是看不見的回憶，跟加了人參的綠茶。弟兄們全都散了。米奇、傑夫·高福、強尼·班恩、馬克·克拉克、杜提雙胞胎、眼球哥艾迪。那輛葉子板上有個彈孔的考斯沃斯去哪裡了？在某塊空地上擺著生鏽嗎？還有巴比·譚納在哪裡？吉昂尼在哪裡？他要怎麼在這些人先下手為強之前找到他們？

傑森往後靠坐，啜飲著馥列白。嗯，他心想，他或許知道答案。他一直都知道。

傑森嘆了口氣，拿杏仁義大利脆餅沾沾馥列白，打了通電話給他爸。

第六十八章

「我是星期二早上拿到的照片，」傑森．李奇說。「是有人親手送來，丟到信箱裡的。」父子倆在朗恩的陽台上喝著瓶裝啤酒。

「而你認得那照片？」朗恩問。

「嗯，嚴格講我認得的不是那張照片。我從來沒見過那張照片。但我認得那是在幹嘛，那場景，那地方，諸如此類的。」

「所以你們是在幹嘛？那是在什麼地方？諸如此類的。」做爸爸的朗恩問。

傑森拿出了照片，展示給朗恩看。

「你看，這是東尼．庫蘭、巴比．譚納跟我。我們三個人圍在黑橋酒館的桌邊，我們以前常上那地方一起喝個兩杯。記得嗎？你下來的時候我帶你去過一回。」

朗恩點了頭，然後看回了照片。這一夥人面前的桌上鋪著滿滿的現金，肯定有數千英鎊之譜，粗估一下大概有兩萬五，全部都是紙鈔，就這樣散落在桌上，而照片裡的幾個小夥子都帶著心滿意足的表情。

「那這些錢是哪兒來的呢？」朗恩問。

「那一次嗎？不記得了。類似那樣的晚上太常見了。」

「那毒品呢？」老爸問了。

「毒品喔。那段日子毒品是一定要的啊。」傑森確認了父親的懷疑。「我錢都花在那上面了。」

朗恩點了頭，而傑森則攤開了雙掌，不打算為自己辯解什麼。

「而警察手裡有這張照片囉？」朗恩問。

「是，他們手裡有不少我的東西。」

「你知道這問題我非問不可吧，傑森？東尼．庫蘭是你殺的嗎？」

傑森搖了搖頭。「不是我，爸，是的話我會告訴你，因為你知道，如果我真的殺了他，那我一定有我的苦衷。」

「你有辦法證明自己的清白嗎？」

「如果找得到巴比．譚納或吉昂尼，我猜就可以吧，因為凶手不外乎是他們其中一個。我知道，有人把這照片放在屍體旁邊，當作假線索故意讓警察發現，你懂的。但為什麼要寄給我？除非巴比或吉昂尼要我知道就是他們幹的？」

「這話你怎麼不去跟警方講？」

「你懂我，我覺得我可以自己把那兩個人找到。」

「那你找得還順利嗎？」

「嗯，爸，你覺得我現在為什麼在這裡呢？」

朗恩點了點頭。「我打給伊莉莎白。」

第六十九章

唐娜和克里斯人在費爾黑文警局裡的B偵訊室。

沒多久之前，唐娜也曾坐在這裡，跟一個假裝是修女的人說話。而如今她面前坐著一個假神父，還真是巧。

唐娜在案子上有了些突破。她對馬修．麥基做了一些背景調查。她把他輸入了電腦去看看能跳出什麼東西。這一查就是兩天，因為電腦什麼東西都沒有跳出來，而這一點實在是讓人百思不得其解。所以她花了一點時間抽絲剝繭，然後才把事情去向克里斯報告。於是乎如今，三個人才終於在B偵訊室裡湊在一起。

「麥基先生你一路以來，」克里斯開了口，「一路以來都自稱神父，是嗎？你自我介紹時都會說你是麥基神父吧？」

「是。」馬修．麥基沒有否認。

「即便是此刻，你也沒忘了戴著神父的領圈，沒錯吧？」

「沒錯。」麥基老實地用手摸了摸白色的領圈。

「還有其他的行頭跟配件，全套的喔？」

「這叫法袍，對。」

「但我們對你進行了一些調查，你猜我們發現了什麼？」

唐娜在一旁觀察學習。克里斯至此對老人家都非常客氣，但想到他們已經掌握的東西，她在想他等等會不會爆氣。

「我覺得……嗯，我覺得或許，可能，我們這裡產生了一點小小的誤會。」克里斯放鬆地往後一坐，就讓馬修．麥基暢所欲言，但這人話還是講得斷斷續續，有一搭沒一搭的。

「對此我承認自己也有錯，但如果您覺得我保留了什麼的話，我想在某方面來講，我的用意並不是要誤導誰，只是我也能理解自己的行為會給人什麼樣的觀感，畢竟我沒有交代出全部的，嗯，事實。」

「事實？麥基先生，既然您提到事實，那敢情好，我們就來談談事實吧。你不是什麼馬修．麥基神父，這是一個事實。你不為任何天主教會、或是任何一個教會工作，這又是一個事實。你的身分就我們所知，是麥可．馬修．諾艾爾．麥基，我們可以同意這也是事實嗎？」

「同意。」馬修．麥基坦承不諱。

「你十五年前以私人家庭醫師的身分退休。你住在貝克斯希爾的一處平房，而你連自家附近的天主教堂都不上。」

馬修．麥基的眼神垂到地上。

「都是事實嗎？」

麥基點著頭但不敢抬頭。「都是事實。」

「我在想你要不要先把神父的領圈給我拿下來，麥基先生？」

麥基這時才抬起頭來，還直直盯住了克里斯。「不，你不介意的話我想繼續戴著它。除非你要逮捕我，但我好像還沒聽到有人這麼說。」

克里斯點了點頭，望向了唐娜，然後轉過身用手指在桌上打起了鼓點。「要來了。」唐娜心想。要讓克里斯用手指在桌子上打鼓，可不是那麼容易的事情。

「現在死了個人，麥基先生，而你跟我都是目擊者。而你知道我覺得我看到了什麼嗎？我覺得我看到有人推了一名在保護天主教墓園的天主教神父一把。而身為警察，那會讓我當下形成某種觀感。你懂嗎？」

麥基點頭。

「但其實我真正看到的是什麼呢？我其實看到的是有人推了一個假扮的神父一把，至於推的理由只有他本人知道。為什麼要推一個保護墓園的騙子，我是說你呢？而這人在跟這個其實是個醫生的騙子扭打完沒多久，我就看到他因致命的注射倒地身亡。而這就讓我又形成一種不一樣的觀感，我的感覺啦，但或許我漏看了什麼也說不定？」

麥基一語未發。

「我再問你一回，先生，你到底要不要把狗項圈給我拿下來？」

「我現下確實沒有神父的身分，這點我不否認。」麥基長嘆了一聲說。「但我確實當過神父，而且還當過許多年。我自認沒有功勞也有苦勞，而這領圈就是我的一項特權。如果我選擇繼續這麼戴著它，也選擇以神父自居，那這就是我私領域的事情。」

「麥基醫師，」克里斯娓娓說道，「這是一件凶殺案，我需要你老實一點。要知道我們已經掃過了你的資料，這方面教會比你配合多了，所以不論你跟我們說了什麼，也不管你之前跟郡議會說了什麼、跟伊恩．文瑟姆說了什麼、跟在門口站崗的女士們說了什麼，你都不是個神父，而且是從以前到現在都沒有當過神父。不論何處都找不到相關的紀錄，積灰塵的帳本沒有，老照片也沒有。我不知道你在我面前滿口謊言是何用意，但現在死了一個人，所以我們最好是可以趕緊把這一點給釐清。如果有什麼重要的事情我被蒙在鼓裡，我需要你從實招來。」

麥基看了克里斯一會兒，好像在盤算著什麼，然後搖了搖頭。

「除非你逮捕我。」麥基答說。「否則我現在要回家了。同時我不怪你，我知道你只是在做警察該做的事情。」

馬修．麥基在胸前比了個十字架，站起身來。克里斯也站了起來。

「我要是你，麥基醫師，就哪裡都不會去。」

「只要你控告我個罪名，我就哪都不去。」麥基說。「但既然你還沒有……」

唐娜起身替他開了門，馬修．麥基就這樣從偵訊室揚長而去。

第七十章

要在三溫暖裡抽菸不是那麼容易，但傑森．李奇正在盡力。
「你確定嗎？爸。」他頂著從眉毛滴下的汗，問了一聲。
「我保證這樣對你有好沒壞，把事情都跟他們說了吧。」朗恩回答。「他們會知道怎麼做才好。」
「你覺得他們會找到那兩個人？」
「我是這麼想的，」大剌剌躺在矮長凳上，拿溼法蘭絨毛巾矇著眼睛的伊博辛說。
三溫暖的門被人打開，進來的是穿著泳衣還圍著毛巾的兩人，伊莉莎白跟喬伊絲。傑森把菸擰熄成一堆熱燙的灰。
「嗯，這不挺好的嗎。」喬伊絲說。「尤加利樹呢。」
「好久不見，傑森。」伊莉莎白說著便在半裸拳手的對面，找了個可以坐下的位置。「你爸覺得我們應該能多少幫上你一點忙。而我也是這麼想。」
寒暄客套到此結束。伊莉莎白的眼睛緊盯著傑森。
「所以呢？」
傑森把他告訴老爸的話原原本本跟伊莉莎白和喬伊絲重新講了一遍。照片開始在三溫暖裡傳閱起來，伊博辛已經將之護貝過了。
「我收到了寄來的照片，」傑森確認道，「然後我的反應是，這是在演哪一齣？誰寄來的？是報社嗎？這明天會登在《太陽報》的頭版嗎？我當時是這麼想的。但信裡沒有訊息，沒有隻字片語。記者明明有我的電話卻沒打來，那麼，究竟發生了什麼事？」

「嗯，那麼**究竟發生了什麼事**？」伊莉莎白問。

「這個嘛，我就在想，我是不是該打電話給我的公關呢？也許對方已經跟她說過什麼了。我當時一整個呆掉了，老實講，畢竟那照片是二十多年前的東西了，而且來自一個我不想再想起的世界。所以我已經準備好要否認到底了，隨便編套說詞，就講那是婚前跟哥兒們開的告別單身派對，或是化裝舞會，反正能搪塞過去就好。」

「喔喔，那很好啊。」喬伊絲說。

「所以我就在那兒，繼續盯著照片，然後突然靈光一閃。我想嗯，也許是這是在跟我玩遊戲吧。也許東尼拿到了這張照片，家喻戶曉的拳擊明星跟一堆進去關過的兄弟在那邊紙醉金迷，還囂張地跟一堆現金合照。他寄這種照片給我，可能是想從我這兒多少撈一點吧。**不然隨便給我個兩萬，看你誠意，我就不去找報社爆料**。這我可以接受，真的，所以我就想，也是啦，我應該主動打個電話給他，跟他稍微溝通一下，看看能不能喬出一個雙贏的解決之道。」

「東尼・庫蘭是那種會勒索你的人嗎？」伊莉莎白提問。

「東尼是那種什麼事都做得出來的人。所以，我按事情的輕重緩急先去鎮上辦了一支新手機，便宜的手機。」

「之後你可以跟我說說你去的是哪家嗎？因為我也剛想要辦手機。」伊博辛說。

「當然。阿里夫先生。」傑森說。「所以我試著打了通電話給他，但沒有人接。所以我又打了一次，還是沒人接。最後我隔了二十分鐘再打一遍，他不接就是不接。」

「不知道是誰的電話我一向不接。」喬伊絲說。「這招是我從《無良奸商》[61]節目裡學到的。」

「妳很棒，喬伊絲。」傑森說。「然後我就來這找老爸喝杯酒，沒想到在這兒看到了庫蘭本人，跟文瑟姆在吵架。」

「啊你有事連你爸都瞞成這樣。」朗恩說。而傑森則舉起了手表示他知錯了。

「所以在我跟爸幾杯啤酒下肚後……」

「還有我，」喬伊絲說。

「還有喬伊絲，」傑森贊同。「之後我就直接跑到東尼的住處，很漂亮的地方。是說你們要知道我們彼此一向都防著對方，我是說我跟東尼，畢竟我們可不是什麼掏心掏肺的麻吉，但我不會沒頭沒腦跑去他家門口堵他。他的車在車道上，所以我發現沒人應門後就想說他應該是在監視器上看到了我，但不想跟我講話，而我也不怪他。我只是再按了幾次電鈴，就死心離開了。」

「而這都發生在他死的那天嗎？」喬伊絲問道。

「是他死的那天沒錯。我聽不到裡頭有任何聲響，所以我不知道我去的時候他是還活著或已經死了，還是怎麼來著。總之我回了家，然後過兩個小時我就加入了這個 Whatsapp 的群組，裡面有幾個熟面孔，然後有人說他們發現東尼死在了家裡。我當場就矇了，還全身發

---

61 Rogue Traders。ＢＢＣ的調查實境節目，製作單位會用偷拍或臥底的方式代顧客調查不肖商家的惡質行徑。

冷，你們懂嗎？我那天早上收到了照片，然後東尼下午就死了。這讓我不禁擔心起來。我是說我可以照顧好自己，但東尼就不能顧好他自己嗎？結果你們看看他的下場？所以我緊張了起來，這再自然也不過了。然後警方聽說我去過東尼那兒，又查到通聯記錄說我那天還打過電話給東尼。還有就是他們在屍體旁邊找到一張上面有我的照片。你真的也怪不了他們。他們顯然覺得這一切都非常可疑，而換了我也會是一樣的想法。」

「但你沒有殺死東尼．庫蘭吧？」伊莉莎白問。

「沒有，不是我。」傑森說。「但你不難想像警察會覺得我有。」

「他們的指控非常有力。」伊博辛表達了認同。

「而你來這裡，就是想看看我們能不能幫你找到你的老朋友囉？」伊莉莎白問。

「嗯。」傑森說。「按我爸的說法是不論警方多厲害，各位都更勝一籌。」

眾人紛紛默默點起頭來。

「是很老的朋友了，」傑森說。「當時還有個幫我們拍照的年輕人。」

「那又是誰？」伊莉莎白問。

「土耳其佬吉昂尼。我們那一掛的第四個成員。」

「他是土耳其人？」喬伊絲問。

「不，」傑森說。

伊博辛記了一筆。

「他是土耳其裔賽普勒斯人，好幾年前就逃回國了。」

「我在賽普勒斯有些不錯的幹員朋友。」伊莉莎白說。

「聽著。」傑森說。「你們不欠我什麼。甚至反過來說，我從來沒有為這裡做過什麼，東尼從來沒有為這裡做過什麼。但如果巴比或吉昂尼是殺死東尼的凶手，那他們就還逍遙法外。而如果他們還逍遙法外，那下一個遭殃的很合理就是我，不是嗎？我還是那句話，這件事跟你們無關，這我懂，但爸覺得這可能是你們的專業範圍，而有人願意幫我一把，我絕不會不識相地拒絕。」

「所以……大家怎麼看？」他問了聲。

「嗯。」伊莉莎白說。「大家不一定要同意，但我的想法是這是你自己捅出來的漏子，一個因為貪婪跟毒品所捅出來的漏子。這些是我認為扣分的部分。但你也有得分的地方，那就是你是朗恩的兒子。而我想你說的多半沒錯，我相信我們可以替你把巴比．譚納與土耳其佬吉昂尼找出來。而且可能不用太久。而不論你有怎樣的過去，也不論我們因此怎麼看你，都不影響我想要把殺人凶手逮住，免得他先逮到你的心情。」

「同意。」喬伊絲說。

「同意。」伊博辛說。

「謝謝你們。」傑森說。

「謝謝你們。」朗恩也謝起了搭檔們。

「別放心上。」伊莉莎白說罷站起身來。「那再來我就不打擾你們洗三溫暖了。我有幾通電話得打。朗恩，我今晚十點得跟你約在墓園見面，希望你有空。喬伊絲和伊博辛，你們也來。」

「聽起來很棒。我不會錯過的。」朗恩說，而兒子則對他投以了一道疑惑的眼神。

「那傑森呢？」伊莉莎白說。

「我怎麼了？」

「如果你剛剛瞎扯唬我們，那你就是在玩火。因為我們一定會逮住這個殺人凶手，就算那人是你，我們也不會放過。」

第七十一章

「需不需要有人幫忙把你送進墳墓裡？」伊博辛問。

「嗯，麻煩你了。」奧斯丁說。「你人還真好。」

波格丹借來了一頂弧光燈，對準了他在伊恩・文瑟姆被殺的早上所挖的那個墓地上，那個多了一具屍體躺在棺材上的墓地。一具白骨，葬在了一個其沒有權力入土為安的地方。

奧斯丁握住了伊博辛的手臂，往墳墓裡踏出了一步。他小心避開了散落在棺材邊上的骨頭，然後抬頭看著伊莉莎白，笑了出來。「這真是像是回到了過去，莉茲。記得萊比錫嗎？」

伊莉莎白報以微笑，她自然記得清楚。喬伊絲也笑了，因為這是她頭一回聽到有人暱稱伊莉莎白為莉茲。她在想其他人有沒有聽到。

「所以你有何高見？教授。」開心坐在主耶穌基督腳邊的朗恩問，手裡拿著一罐暢銷英美的比利時時代啤酒在喝。

「這個嘛，我平常可能不會這麼講，」奧斯丁說著舉起了眼鏡，仔細端詳起他如今握在手裡的大腿骨，「但如果我是個長舌婦，當然還得加上身邊圍著一群朋友，那我可能會說這些骨頭已經在此待了好一會兒了。」

「你說好一會兒了是指蠻久了嗎？」伊莉莎白問。

「可以這麼說。」奧斯丁想了一下。「光看色澤就可以下這樣的判斷。」

「那這好一會兒是多好一會兒，你有辦法說得更明確嗎？」伊莉莎白問。

「嗯，挖咧。」奧斯丁說。「要更明確一些，我會說……」他花了點時間梳理思緒。「我會說真的有好長一會兒了。」

「所以這些骨頭有可能跟瑪格麗特修女葬在同一個時期嗎？」喬伊絲問。

「墓碑上是怎麼寫的？」奧斯丁問。

「一八七一。」喬伊絲照唸了出來。

「那太扯了。三四十年有可能、五十年緊繃，看土壤是這樣，但一百五十年就差太多了。」

「所以在某個時間點，」伊博辛說，「某人掘開了這處墓地，埋進了另外一具屍體，然後再把土填回去？」

「顯然是這樣。」奧斯丁同意這看法。「恭喜你發現了一個謎團。」

「也許只是另外一名修女？奧斯丁。」伊莉莎白問。「下頭有發現任何珠寶嗎？還是衣服的碎片？」

「這一具什麼都沒有喔。」奧斯丁說。「被剝了個精光。這還蠻少見的。我打算帶兩根骨頭回去，妳不介意吧？」奧斯丁問。「我早上會稍微再檢查看看，看能不能再幫妳釐清一些背景？」

「當然，奧斯丁，你隨便挑。」伊莉莎白說。

波格丹呼出了鼓在腮幫子的一口氣。「所以我們現在可以報警了嗎？」

「喔，我想我們可以繼續保密到奧斯丁給我們回覆之後。」伊莉莎白回答。「如果大家沒意見的話？」

大家都沒意見。

「誰拉我一把到上頭好嗎？」奧斯丁說。「波格丹老兄？」

波格丹點了點頭，但心裡似乎卡著什麼事情不吐不快。「是說，我有句話想說，可嗎？搞不好是我在發神經，我喜歡你們每一個人，也喜歡跟你們一起像這樣出任務，但這不會有點不正常嗎？是吧？有個老人家在墳墓裡研究某個人的骨頭，而這人可能死於謀殺，但沒有人要把事情告訴警察？」

「波格丹，你第一時間挖出這些骨頭時，不也沒有報警嗎？」喬伊絲說。

「是，但我是我啊。」波格丹說。「我本來就不正常。」

「那我只能說，我們就是我們。」喬伊絲說。「我們也不正常。雖然以前的我還蠻正常的啦。」

「所謂的正常只是一種幻象，波格丹。」伊博辛加入了戰局。

「波格丹，你聽我們的。」伊莉莎白說。「我們只是想要查出這具屍體的身分，還有這人是被誰埋在這裡。而我們非不得已不想讓警察攙和進來，是因為少了警察礙事，會讓我們的工作順利許多。如果直接把這些骨頭交給警察，我保證你這輩子就不會再有它們的消息了，而那樣會讓人感覺很不甘心吧，畢竟我們已經辛苦了這麼久。」

「我聽妳的。」波格丹語畢把臉擠成了一堆，主要是他想到一件事情。「只是說萬一出了什麼差錯，送去被關肯定會是我。」

「我不會讓那種事情發生的，你太好用了。」伊莉莎白說。「那，先幫奧斯丁從墓裡出來吧，還有幫我拿著那些骨頭。我建議大家一起回喬伊絲家喝杯熱茶。」

「太好了。」奧斯丁說著把他精選的骨頭放在了墳墓的邊上，然後才伸手去抓波格丹的臂膀。

「帶路吧，莉茲。」朗恩講，然後把時代啤酒一飲而盡。

第七十二章

喬伊絲

當時的氣氛很歡樂，原因也不難理解：我們每個人都意會到自己身處在一個不足為外人道、像是個幫派的小團體裡，也明白自己躬逢其盛地參與了一件完全談不上日常的案件。我想我們都明白自己在幹的是非法的勾當，但我們也都過了那個會為了合不合法而糾結的年紀。也許你可以說我們是在怒吼，是面對著人生的落日餘暉在負隅頑抗吧，但那是吟詩作對，而我們過的是真實的人生。也許有其他的原因我沒有想到，但在下山走回家的路上我確信我們都瘋瘋癲癲地玩得很開心，就像是一群相約出來夜遊的少年少女。

但當奧斯丁把一堆死人骨頭放在我的餐桌上時，固然我們依舊沒忘了這是一場冒險，但骨頭就是骨頭，它們始終能有一種讓人清醒過來的效果，那力量就連朗恩都無法免疫。

這一切都很好，週四謀殺俱樂部、我們所有未經大腦過濾的勇氣、過了某個年紀所以可以亂來一點的自由心境，還有其他我們信口在內心告訴自己的每一件事情。但這一切都改變不了的事實是：有人死了，不論是在多久之前，但就是有人死了，所以我們現在需要思考，需要冷靜。

但我們遇到了一個繞不過去的難題，那就是我們怎麼也想不出個像樣的原因，可以解釋已經有人占據的墓地裡會出現第二具屍體。在燃燒由奈潔拉蛋糕，也就是柳橙糖霜蛋糕所提供的熱量，進行了進一步的細部觀察之後，奧斯丁相當有把握地說這遺體屬於男性，換句話說這人不是修女。

但他是誰呢？又是誰殺了他呢？要回答這些問題的第一步，就是要判斷出他是何時被殺。三十年前？五十年前？這當中可是有很大的差別。

奧斯丁說他會把骨頭帶去做進一步的檢測。而在所有人都離開之後，我上網搜尋了奧斯丁的背景，才發現他原來是一位爵士。我不能說我有多驚訝，因為他真的對人骨知之甚詳。年過八旬的他對於三更半夜在墓地裡站著，到底是怎麼想的，只有他自己心裡明白，但我想既然是伊莉莎白的朋友，大概對這類事情也不會大驚小怪。他喝茶也是加三顆糖，只是你從外表實在看不出來。

然後當然還有一個最大的問題，你可能已經想到了。那就是這代表我們已經找到了三五十年後的現在，另一樁謀殺案的動機了嗎？是不是有別人也知道這些骨頭埋在這裡呢？伊恩・文瑟姆被殺是因為有人想保護永息花園，也保護這些骨頭的祕密嗎？

我們聊了大概一個小時吧，我想。我們不把警察扯進來是對的嗎？這事兒我們不可能永遠瞞著警方，但你總會覺得這是我們的故事、我們的墓園、我們的家，所以至少暫時在這個當下，我們會想要將之握在自己的手上。當然只要奧斯丁那邊一有結果，我們就得把事情全盤托出。

我知道伊莉莎白急著想追出巴比跟吉昂尼，但暫時我們得把骨頭的分析放在第一。

我在想克里斯跟唐娜那邊會不會有沒有什麼進展？就算有，我們這邊還也沒有聽說。我真的很希望他們有事不要瞞著我們。

第七十三章

克里斯和唐娜爬了三層樓回他的辦公室。唐娜假裝有電梯恐懼症，藉此強迫克里斯用走的。

「所以，是傑森・李奇謀殺了東尼・庫蘭，」克里斯說。「而馬修・麥基殺了伊恩・文瑟姆？」

「除非我們漏掉了什麼線索，」唐娜說。

「我們不能掉以輕心，」克里斯說。「那麼我們來從頭順一遍。我們知道馬修・麥基以前來過這裡，也知道他習慣說謊。他當時是醫生，不是神父。」

「我們還知道他拿得到吩坦尼，他也曉得這東西是拿來幹嘛的。」唐娜說。

「同意。」克里斯說。「我想我們就只差一個動機。」

「嗯，他也不希望墓園搬遷嗎？但這就是足夠的殺人動機嗎？」

「靠這個逮捕他肯定不夠。除非我們查得出他為什麼不希望墓園搬遷。」

「假扮神父犯法嗎？」唐娜問。「我在Tinder上遇過有人謊稱他是機師，還在一間All Bar One[62]外面想吃我豆腐。」

「我想他應該很後悔這麼做吧？」

---

62 英國一家連鎖酒吧品牌。

「我給了他的蛋蛋一拳，然後用電話回傳了他的車牌號碼，讓他在回家路上被攔下來酒測。」

兩人一起笑了，但這笑容稍縱即逝，因為兩人都知道，馬修・麥基可能就要這麼從他們指間溜走。他們沒有證據。

「妳有從週四謀殺俱樂部的朋友們那邊聽說什麼消息嗎？」克里斯問。

「一點也沒，」唐娜說。「讓我有點緊張。」

「我也是，」克里斯說。「而且我真的不想當代表，告訴他們傑森・李奇的事。」

克里斯在爬完樓梯最後一階後停下了腳步，假裝在思考什麼，但其實只是喘不過氣而已。

「也許麥基在墓園裡埋了什麼，」克里斯說。「不想被人挖出來？」

「那的確是個埋東西的好地方，」唐娜表示同意。

第七十四章

喬伊絲

你用過Skype嗎？

嗯，我今天早上第一次嘗試，所以我可以說我用過了。伊博辛幫我裝的，然後我們就都集合到他家了。他把家裡弄得超級乾淨，但我不覺得他有請人到家裡打掃。他家裡到處都是檔案，但全部都鎖了起來，所以你只能知道有這些檔案但沒辦法翻開看看。身為一個心理醫師，那得聽多少人生故事啊？誰對誰做了什麼？或是誰反過來對誰做了什麼？不論是哪一種，我想信他都聽過一輪了。

奧斯丁在十點整打了電話過來，而一如你所預期的，他把他得知的事情告訴了我們。我們可以在螢幕上看到他，然後也輪流在角落的小框框裡說話。這不是那麼容易，因為那個框框很小，但我想用了幾次就會習慣了吧。

一如他所告訴過我們的，那具屍體是個男性，並在大腿骨上有一處槍傷。奧斯丁把槍傷部分舉起給我們確認，然後我們都搶著要在小框框裡對此發表意見。這就是要了他小命的致命傷嗎？也許是，也許不是。奧斯丁看似不太確定，但那麼多半是原本就有的舊傷。

在某個點上他太太行經了背景。她會怎麼想？她老公對著電腦螢幕舉著根骨頭？也許她已經見怪不怪了吧。

話說，對於如何去判斷骨頭有多老，你知道多少呢？我是什麼都不懂，所幸奧斯丁很仔細地給我們上了一課，內容算是很有趣。我學到這需要用上一台機器，需要用上特殊的染劑，還跟碳元素有些關係。我有試著把這些新知記在腦子裡，然後帶回家寫成筆記，但可惜我如今的印象已經所剩無幾。反正很有趣就是了。BBC One的《第一秀》[63]如果缺題材，找他去上節目一定很精采。

他會帶著些土壤上節目，然後做些測試，不過土這東西真的是比較無趣。拜託還是回去弄骨頭好了，我是這麼想的。

總之長話短說，就是奧斯丁做了一些計算，然後無法確定到百分之百，變數多得說不完，沒有人是上帝能知曉所有的答案，他能做的就是盡量猜，然後到了某個點上他惹毛了伊莉莎白。伊莉莎白要他不要再囉哩叭嗦，趕緊把該抖的包袱的抖一抖。伊莉莎白就是有本事，就算面對爵士她也敢有話直說。

於是他把料一口氣爆了出來。這具遺體大約埋葬在一九七〇年代，初期比晚期的可能性更大些。所以距今大概是五十年，加減是這個數字。

我們謝過了奧斯丁，但謝完了竟沒有人知道怎麼掛網路電話。伊博辛試了一會兒，但你看得出他愈試愈窘。最後還是奧斯丁的太太在另外一頭當起了救兵，她看來挺可愛的。

所以答案揭曉，兩件謀殺相隔半世紀。這對在場的每個人都是可以好好咀嚼的材料，也或許代表我們把這一切告訴克里斯與唐娜的時候到了。我希望他們不要覺得我們是故意背著他們亂來。波格丹答應開車去多爾金把在奧斯丁手裡的骨頭拿回來，以便我們可以把東西放回原地，讓警察也能享受第一次發現東西的樂趣。

伊莉莎白接著心血來潮，問我這天要不要跟她去布萊頓的一處火葬場走走。但我已經答應要幫伯納煮午餐了，所以只能跟她說聲對不起。

我知道你隔空什麼都聞不到，但我打算給伯納做一頓牛排佐豬腰布丁[64]。他最近愈來愈消瘦了，所以我想多少幫他補補。

63 The One Show。BBC One頻道每週一到五的雜誌風格直播電視節目，一般每集三十分鐘，週三播出六十分鐘。

64 Steak and kidney pudding。英國的家常菜。

第七十五章

唐娜和克里斯在Ａ２１公路上休息站裡的「野豆子」咖啡廳外面等著拿免費咖啡。只要能出來透氣半個小時，什麼都好，只要能休息一下、不用再看愛爾蘭護照核發機關的大量文件。克里斯拿了一根巧克力棒。

「克里斯，你不需要吃那個，」唐娜說。

克里斯看了她一眼。

「拜託，」唐娜說，「讓我幫忙，我知道這很難。」

克里斯點頭，把巧克力棒放回去。

「所以，麥基是怎麼回事？」唐娜說。「他跟墓園的關係是什麼？為什麼他其實不是神父，還想要保護墓園？」

克里斯聳肩。「也許只是想跟文瑟姆作對？也許他們之間別有牽連。妳檢查過麥基醫師的病人名單沒有？誰知道呢？」

克里斯拿了一根穀麥棒。

「那個比巧克力棒還爛，」唐娜說。「糖分更高。」

克里斯把它放回去。這樣下去，他很快就要被迫去吃水果了。

「他很可疑，」克里斯說。「我們只缺動機。」

唐娜的電話響起，她讀了一則訊息。接著她抿起了雙唇，看向了克里斯。

「是伊莉莎白。她問我們要不要晚上過去一趟？」

「我想那可能得先等等。」克里斯說。「就跟她說我們有兩件殺人案要破，忙得很。」

唐娜繼續把訊息往下拉。「她說她為我們準備了一些東西，還說『在看過我們這邊找到的東西之前，請一個檔案都先別再看了。我們會把雪莉酒準備好等你們。』」唐娜放下了手機，望向了自己的上司。

「所以？」她問。

所以？克里斯緩緩摸著鬍渣，思考週四謀殺俱樂部的事。他得承認，他喜歡他們。他跟他們喝茶、吃蛋糕、聊辦案經驗時開開心心。他喜歡他們那裡連綿的山丘和開闊的天空。他是被利用了嗎？嗯，幾乎可以肯定就是，但目前為止，他得到的回饋也非常豐富。要是這事情曝光，看起來會不會非常糟糕？沒錯，但事情不會曝光。就算真曝了光，他也可以帶伊莉莎白去紀律聽證會施展一下魔法吧？

最後他抬頭看看揚著眉毛等待答案的唐娜。

「有點勉強，但好吧。」

第七十六章

「現在這件事咱們有兩個選擇，」伊莉莎白說。「你要嘛可以大驚小怪，哭天搶地地咒罵我們，然後我們可以一起浪費大半天的時間；要嘛你就接受已經發生的事實，然後我們可以一起暢飲雪莉酒，然後好好讓案情有些進展。我悉聽尊便。」

克里斯一時間有點語塞。他看著謀殺俱樂部的四位成員，然後再看著空氣、看著地板，不知要上哪裡找他該回的話。他向前將手掌舉到身前的空中，好像是想施法讓現實暫停一秒鐘也好。但他失敗了。

「你們，」他用充滿不確定的語氣開了口，「你們……挖到了一具屍體？」

「嗯，技術上來講去挖的不是我們。」伊博辛說。

「但有具屍體被挖了出來，是吧？」克里斯說。

伊莉莎白與喬伊絲點了頭。伊莉莎白品嘗了一小口雪莉酒。

「就結果論而言就是這樣沒錯。」喬伊絲確認無誤。

「然後你們就對骨頭進行了跡證分析？」

「嗯，還是那句話，我們沒有親自動手。而且受測的也只是一部分骨頭。」伊博辛說。

「喔，早說嘛。只驗了幾根是嗎？」克里斯的聲音拉高了起來，而唐娜意會到這是她第一次聽到克里斯做出這樣的音色。「那我就不打擾了，祝大家晚安，這兒沒什麼我需要看的了。」

「你果然是影帝。」伊莉莎白說。「如果你戲演完了的話，我們可已開始辦正事了嗎？」

這時唐娜出手了。

「影帝？」她直接槓上了伊莉莎白。「伊莉莎白，你們剛挖出了一具屍體但卻沒有報警。這跟謊稱自己是包包被人偷了的修女，可不是同一個等級。」

「妳說修女是指什麼？」克里斯問。

「沒什麼。」唐娜趕緊裝起沒事。「這是很嚴重的犯罪，伊莉莎白，弄不好妳要為了這個去坐牢。」

「最好是。」伊莉莎白說。

「不要太鐵齒。」克里斯說。「你們到底都在幹些什麼？接下來的每句話，你們最好一五一十交代，懂了嗎？你們為什麼要把屍體挖出來？我們一步一步來。」

「嗯，如我剛剛所說，我們沒有把屍體挖出來，我們只是對有屍體出土的事情產生了興趣而已。」伊博辛說。

「很顯然這種事我們會感到好奇。」朗恩說。

「我們的注意力被吸過去了。」伊博辛附議。

「因為伊恩．文瑟姆被殺的關係，」喬伊絲說，「所以我們感覺這事情可能不容小覷。」

「你們難道不覺得到了這個份上，唐娜跟敝下我會對這事兒感興趣嗎？」克里斯問。他四下怒視，看有沒有人要把這道質問接下。最後還是伊莉莎白當仁不讓。

「首先，克里斯，謙稱是敝人或在下，『陛下』是指國王。」伊莉莎白說。「再者，一開始誰知道那些骨頭是動物還是人？我們只是想先確認自己遇到的究竟是什麼，免得浪費陛下您寶貴的時間。萬一今天我們先急著把你叫來了，結果這些不是死人骨頭而是牛骨呢？那不是讓自己活到白髮蒼蒼才來出洋相嗎？」

「我們真的很怕浪費你的時間。」伊博辛幫起了腔。「我們知道兩件凶殺案能讓你忙到翻。」

「但經過我們把骨頭送去分析，」伊莉莎白說，「回來的結果確實是人骨無誤。這樣為其驗明正身絕對是百利而無一弊，而且也沒花上納稅人一分錢。男性、死於一九七〇年代、多半死於槍傷，但因為槍傷是在腿上，所以死因無法百分百確定。總之今天我們把克里斯跟唐娜請來過目，就是要讓你們從此開始主導辦案，那句話是怎說的，喔，讓專業的來，所以我真心覺得你們應該謝謝我們才是。」

就在克里斯嘗試拼湊出個像樣的回覆時，唐娜覺得這題應該是屬於她的守備範圍。

「拜託，伊莉莎白，妳先歇會兒，別在我們面前裝了。妳應該一眼就看出那是人骨了吧，畢竟人骨長什麼樣，以妳的眼光不至於分不出來吧。還有喬伊絲，妳幹了四十年的護士，難道連人骨跟牛骨也傻傻分不清楚？」

「嗯，分得清楚。」喬伊絲話說得老實。

「妳知情不報的第一秒鐘，伊莉莎白，還有你們這一幫損友，就有麻煩了，而且是大麻煩。這不是什麼精彩的小把戲，什麼讓人無法討厭的小本領，更不是什麼明知不可為而為之的勇氣，什麼社會治安人人有責，高手在民間的業餘之舉。這是嚴重的犯罪，是嚴重不足以形容的犯罪。而這事絕對不會因為一人發一杯雪莉酒，大家像辦家家酒一樣傻笑兩下就混過去了。這肯定是要上法庭的。你們怎麼會幹出這種蠢事？你們四個加一起都幾歲了？我當你們是朋友，結果你們這樣對我。」

伊莉莎白嘆了口氣。「這就是我為什麼一開始要先消毒，唐娜，我就知道你們倆會大驚小怪。」

「這叫大驚小怪！」唐娜一臉不可置信。

「是，大驚小怪。」伊莉莎白說。「但我懂，畢竟你們有你們的處境。」

「大驚小怪本來就是你們的工作。」朗恩附議。

「可敬可佩，如果你們想聽我意見的話。」朗恩附議。伊博辛也加入了戰局。

「但你們也差不多該鬧夠了。」伊莉莎白說。「想抓人就抓吧，就把我們四個帶到派出所，通宵偵訊個夠，然後通宵都得到我們千篇一律的答案。」

「無可奉告。」朗恩說。

「無可奉告。」伊博辛說。

「就跟《二十四小時警局拘留》[65]演的一樣。」喬伊絲說。

「你們不會知道是誰把屍體挖出來的，也不會從我們任何一個口中得到答案。你們不會知道是誰把骨頭送去分析，也不會從我們口中得到答案。拚了一整晚，你們最後可能會嘗試向皇家檢察署解釋說有四個八十歲的老人家挖到屍體但知情不報，但你們說不出我們這麼做的理由，也拿不出證據，你們手中只會有今晚從我們口中聽到，但不能做為呈堂證供的自白，外加四個樂得去法院參觀一下的嫌犯在那兒笑得陽光燦爛，把年輕的女法官當成孫女兒

65 24 Hours In Police Custody。英國第四頻道（Channel Four）播出的警方辦案紀錄片。

在喊，直問她為什麼不多來給爺奶看看。這整個過程會非常痛苦、非常浪費社會資源、非常花時間，而且建設性是零，達不到任何目的。沒有人會去關、沒有人會被判罰鍰、沒有人會被叫去路邊把垃圾撿完。」

「尤其我的背沒辦法彎。」朗恩說。

「或者，」伊莉莎白還沒講完，「你們可以大人有大量放我們一馬，畢竟我們是真心想要幫忙。你們可以接受我們為雞婆而表達的道歉，因為我們明知道自己的作法不對，但還是這麼做了。我們知道你們過去這二十四小時都被蒙在鼓裡，而我們也知道自己欠你們一份情。而如果兩位願意原諒我們，那麼明天早上，出於一種誇張到不行的福至心靈，你們可以下令去對永息花園進行搜索。你們會挖到一具多出來的屍體，會將之送到你們的鑑識團隊去分析檢驗，然後他們會告訴你們屍體是名幾乎確定葬於一九七〇年代初期的男性，然後我們就可以很開心地宣布大家都已經同步更新到最新進度。」

現場沉默了一陣。

「所以，」克里斯用非常慢的速度問，「你們把骨頭埋回去了？」

「我們覺得這樣做妥當些。」喬伊絲說。「光環還是應該留給你們才對。」

「是你的話，我會等第四或第五個再挖到墳墓最上頭右手邊角落的墳墓，」朗恩說，「免得太過明顯。」

「而在那之前，」伊莉莎白說，「我們可以一起先共此良宵，然後不准有人再大呼小叫。我們可以知無不言言無不盡，這樣你們明天才可以一早就在狀況內，開始衝刺辦案。」

「當然要是你們想要禮尚往來，分享一點情報，我們也絕不會介意。」伊博辛說。

「那要不要我分享一下妨礙警方調查要關多久的情報？」克里斯說。「最重十年，這是不是你們想知道的東西啊？」

「喔，那些我們剛自習過了，克里斯。」伊莉莎白嘆了口氣。「你架子擺夠了吧，是不是該把面子放下了呢。再者我們哪有妨礙調查，我們明明是在協助調查。」

「我沒注意到你們兩個有誰去挖了屍體。」朗恩對著克里斯與唐娜補了一槍。

「我們肯定是在這邊忙掉了半條命。」伊博辛也說。

「所以我的看法是，」伊莉莎白進行了總結，「要嘛逮捕我們，這我們都能理解，甚至喬伊絲會求之不得，我認為啦。」

「無可奉告。」喬伊絲像中了獎地在點著頭。

「要嘛你不逮捕我們，那我們就可以趁今晚還有時間好好腦力激盪一下，想想究竟為什麼有人會在一九七〇年代的某一天把人埋在這裡，埋在這個山腰上。」

克里斯望向唐娜。他臉上寫著他有個問題。

「我們也可以順便討論一下這人是否剛為了保護這個祕密，而殺了伊恩・文瑟姆。」

唐娜看向了克里斯。克里斯臉上寫著他有個問題。

「所以妳認為是凶手是同一個人，只是兩次作案相隔五十年？」

「這是個很有趣的問題，不是嗎？」伊莉莎白反問。

「這是個很有趣，而且我們應該昨天晚上就應該要知道的問題。」克里斯說。

「我們真的很抱歉。」喬伊絲說。「但伊莉莎白很堅持，而你也知道她有倔強起來脾氣有多硬。」

「我們繼續吧，」伊莉莎白說。「過去的就過去了。」

「不然呢，我們有得選嗎，伊莉莎白？」克里斯說。

「選擇這東西根本沒大家說的好；等老了你就知道，」伊莉莎白說。「現在，回到正事。你們怎麼看那位神父？這是我好奇的。麥基神父，他有可能在這地方還是個修道院的時期待在這裡嗎？」

「妳這麼問，該不會你們對麥基神父的事情，一樣都沒查出來吧？」克里斯說。「別跟我說我發現了你們的金鐘罩上的罩門。」

「我們的調查還在進行當中。」伊莉莎白說。

「不用了，伊莉莎白，這一節我們替你們破案了。」唐娜說。「他的真實身分是麥基醫師，不是什麼神父，以前不是，以後也不會是。他是出身愛爾蘭的醫生，九〇年代搬來這裡。」

「這倒挺讓人好奇。」伊莉莎白說。「他沒事幹嘛假扮神父呢？」

「就跟你說他不是個好東西吧。」朗恩對伊博辛說。

「所以，有可能是他殺了伊恩・文瑟姆。」唐娜說。「同時他也一定在打什麼主意。但我懷疑那跟你們找到的骨頭沒啥關係就是了。」

「我還有必要指出這全部是機密嗎？」克里斯說。

「在我們面前不用擔心洩密，這你們應該明白吧？沒有祕密出得了這個房間。」伊莉莎白說。「我們能不能當骨頭的事情從沒發生過，開始把各自的情報彙整一下了呢？」

「我想我們今天彙整得夠多了吧，伊莉莎白。」唐娜說道。

「喔，是嗎？」伊莉莎白說。「但你們連東尼·庫蘭遺體邊有照片的事情都還沒告訴我們耶，害我們還得自己去查出來。」

唐娜跟克里斯雙雙望向了伊莉莎白。克里斯效果十足地嘆了口氣。

「算是聊表我們想好好相處的誠意吧，」伊博辛說，「你會不會剛好想知道是誰拍了那張照片？」

克里斯仰望起天空，或者應該說仰望起喬伊絲家的吸音天花板。「是的，我還真的會想知道拍照的是誰。」

「是個叫土耳其佬吉昂尼的傢伙。」朗說

「雖然他不是真的土耳其人就是了。」喬伊絲補充說。

「你看過照片了嗎，朗恩？」唐娜問。

朗恩點了點頭。

「是傑森幹的好事吧？」

「你想姑且聽聽看我的看法嗎？」朗恩說。「你找到土耳其佬吉昂尼或巴比·譚納，也就找到了殺死東尼·庫蘭的兇手。」

「既然，我們要把牌都攤在桌上的話，」克里斯說，「傑森有沒有解釋清楚他在命案早上打給東尼·庫蘭幹嘛？還有，他有沒有交代為什麼在庫蘭遇害的同一時間，他的車子會剛好出現在附近？」

「有，」伊莉莎白說，「他很配合。」

「那有妳想分享的東西嗎？」唐娜問。

「聽著，我會讓他給你們個電話，把事情解釋清楚，別擔心。」朗恩說。「但我們的正辦，是不是該先找到這個叫土耳其佬吉昂尼的傢伙，還有巴比．譚納？」

「那些交給我們去辦就好了，拜託。」克里斯說。

「我想我們還真的不太可能把那交給你去辦，克里斯。」伊莉莎白說。「我一貫地很抱歉。」

「你想來點雪莉酒嗎？」喬伊絲問。「那只是在平價超市買的，但至少是『貴一點有差』系列的喔。」

克里斯往椅背上一癱，對酒的邀約乖乖就範。

「如果這任何一點案情傳回到費爾黑文警局，我保證我會親自把妳抓起來，押著妳上法院受審。這我拚著這條命不要也會說到做到。」

「克里斯，沒有人會知道的。你知道我以前是幹什麼吃的嗎？」

「嗯，老實說我不清楚。」

「沒錯，你是不清楚。」

隨著房內陷入一片會心的沉默，今晚好似終於可以進入正題了。

「我們這個團隊如此合作無間，真是令我驕傲，」伊博辛說。「乾杯。」

第七十七章

喬伊絲

我很開心我們把骨頭的事情告訴了克里斯跟唐娜。這感覺才是正確的做法。現在情報分享出去了，所有人都可以幫忙注意一下有誰在一九七〇年代待過這裡，現在也還在這裡？這應該會讓大家夥都忙上一陣子。

這麼一來，所有資訊就由大家共享了，這樣感覺還挺公平的。

所以吉昂尼跟巴比去哪了呢？我知道伊莉莎白會負責思考我們要怎麼把這兩人找出來，找人她是專門中的專門，是吧？我會在早上接到一通電話說，喬伊絲，我們要去瑞丁，或是喬伊絲，我們要去印威內斯，或是廷巴克圖，然後她會按部就班，一點一滴地告訴我來龍去脈，然後說時遲那時快，我們就已經跟巴比．譚納喝上茶了。你等著看吧。明天早上，十點之前，我可以拍胸脯保證。

護照於我唯一的用途，只剩下去領包裹，但我剛檢查過它還有三年效期。我記得剛拿到這本護照時想過一件事，這會不會是我人生最後一本護照呢？此刻，我覺得換新護照的機率還是站在我這邊的。總之，我想說的是萬一吉昂尼跟巴比．譚納人在英國以外的某個天涯海角，那麼我不排除伊莉莎白會說走就走地跳上飛機，畢竟這裡開車到蓋特威機場只是一點點的距離。

我可以寄明信片給喬安娜。「誰，我嗎？喔我來賽普勒斯幾天，有犯人潛逃在國外，我們是來找人的。可能有武裝，但妳千萬別太把我的安危放在心上。」不過話說回來，這年頭已經不時興寄明信片了吧，是嗎？喬安娜有教過我怎麼用手機傳照片，但要等我試成功可能要等到天荒地老。

也許我可以叫上伯納一起？「去曬個兩天太陽？就突然有這麼個想法，算是心血來潮吧。」我在想我這麼說，可能會把那可憐的孩子嚇掉半條命吧。我不是那種願意輕言放棄的人，但伯納好像真的跟我漸行漸遠了。午餐的時候他不像是很快活，牛排佐豬腰布丁也剩了很多。

而且別說我不知道其他人在想什麼，或在懷疑什麼。他們會去調查伯納五十年前人在不在這裡。但你聽清楚了，他們愛怎麼查就怎麼查，不用顧忌我。

順道一提，廷巴克圖是真有其地。你知道嗎？這一題曾經在益智猜謎中出現過。伊博辛會記得廷巴克圖在哪，但我是真的覺得這個冷知識挺有趣。

第七十八章

克里斯．哈德森端著手裡的那杯威士忌。他喜歡真正燒柴的爐火，而黑橋酒館這兒就有一個還不錯的。他從來沒有在這裡吃過飯，畢竟吃飯總得有個伴，但他喜歡這裡的酒吧。這裡的爐火圍著一圈骨董瓷磚邊框，品味相當別緻。如果你二十年問他，他會想像自己就該住在這樣的地方。真皮扶手沙發、威士忌不離手，在他對面的妻子則捧著本書在讀。那會是本以他的程度，完全不知道在寫什麼的得獎名著，但她卻會欲罷不能地一頁頁往後翻，讀著讀著還不時露出無可奈何的苦笑——一個以英屬印度作為時代背景的愛情故事。他或許會抱著資料與筆記在研究某宗命案，不疾不徐地解開一段段謎團。

他確信麥基一點也不清白，畢竟他是兇手的話一切都兜得攏，但那些憑空冒出來的骨頭又怎麼說呢？辦案方向應該要為了這些骨頭改變嗎？真的有兩件謀殺案相隔了半世紀，而且第二件的發生是為了不讓第一件曝光嗎？果真如此，那麥基就不是他們要找的人，因為他直到九〇年代以前都沒有離開愛爾蘭。

他的心思飄回到了自己理想中的完美人生。樓上會有孩子在睡著嗎？他們身上穿著的是新買的睡衣，相差兩歲的一男一女，兩個都很能睡。

但不，那些都是鏡花水月的胡思亂想，在現實中壓根不存在，現實裡有的只是一方壁爐存在於一間生意不怎麼樣的酒吧邊，而酒吧又存在於一個沒人可以陪他去吃的館子裡。然後是走一段路回家，半途在一間通宵營業的店裡買條吉百利牛奶巧克力[66]，份量十足的一條巧克力。接著登場的是鑰匙圈上的裝飾物，是整棟公寓建築，是要往上爬的三層樓梯，是有專人打理整潔的公寓，是沒有人開伙的公寓，是空房間永遠空著的公寓。聽海是開窗就能辦到的事情，但那不代表他看得到海。這最後一句話是不是言簡意賅地說明了一切？

有種生活，克里斯沒能牢牢地抓在掌中。家庭、車道、跳跳床、三五好友來過來聚餐，廣告上的美滿人生。這一切已成定局了嗎？寂寞的公寓加上無趣的牆壁跟天空體育台[67]？或許出口還在，但克里斯一時間也看不出來。原地踏步、漸漸發福、笑容愈來愈難看見。克里斯變成了燃料用罄而無法升空的火箭。所幸，克里斯的工作是他的真愛，也是他的才華所在。克里斯早上完全起得來，他只是夜裡睡不下去而已。

先把麥基擱一邊，專注在東尼．庫蘭的案子上吧。巴比．譚納依舊在茫茫人海裡不知所蹤。從阿姆斯特丹之後，正式紀錄上就都看不到巴比．譚納這人了。

但他一定躲在某個地方。也許用假名跑去了布魯塞爾避風頭，畢竟外頭有很多幫派可以給他工作。至於是什麼工作嘛？他可以回歸自己的老本行，走私、鬥毆，各種讓他有價值的事情。他還沒有大尾到需要擔心抓不回來。江湖路混了這麼多年，大風大浪應該已經讓他不會特別提防。某天他們會逮到他從某個做外國人生意的健身房走出來，把手往他的肩膀上一拍，然後引渡他回來，讓他對幾個問題給個交代。

只是有一種可能性自然不能排除，那就是巴比．譚納也已經一命嗚呼。類固醇、在酒館跟人一言不合大打出手、從渡輪上落水，要死還怕沒有辦法嗎，而他死時的身分證明只有一本偽造的護照。但克里斯認為巴比還在外頭某個地方活跳跳，而若他真的還在外頭某個地方活跳跳，那誰能打包票他不曾去東尼·庫蘭的家裡走一遭，把陳年舊仇報一報？也許那和他在整船毒品旁溺死的弟弟有關。誰知道呢？

然後是那個新名字，土耳其佬吉昂尼。克里斯倒是找到了他的很多紀錄。他的真名是吉昂尼·昆杜斯。二〇〇〇年初有密報說他在黑橋酒館槍擊案中殺了幫忙棄屍的計程車司機，之後他就潛逃出境了。所有線索都不斷回到當年的那一夜，這間酒吧裡。

克里斯乾掉了剩下的威士忌，再看了眼磁磚，沒話說，好看。

他還是回家吧。

---

66 Cadbury。巧克力棒品牌。

67 Sky Sports。英國電視上的專業體育頻道。

第七十九章

喬伊絲

今早就簡單交代兩件事情，因為我可能要趕一下時間。

首先，廷巴克圖位於非洲的馬利。我從郵筒走回家，路上遇到了伊博辛，就問了他一聲。我還看到伯納走著走著，緩緩地上了山丘。這已經是他每天的例行公事了，你由著他就沒事了。

嗯，我說了，是馬利。這樣你現在就知道了。

第二，伊莉莎白在九點十七分來電，我們要出發前往福克斯通。照這樣子看來，我們會轉兩趟車，一趟在聖倫納茲，一趟在艾希弗德國際車站，所以我們才會要趕早出門。我沒去過艾希弗德車站，但我實在很難相信一個名稱裡有「國際」二字的火車站，站裡會沒有馬莎百貨進駐，運氣好點甚至會有奧立佛．波納斯[68]的分店。希望我們如願以償。

我保證待會就來回報後續。

第八十章

從很多方面來說，鄰居們都欠彼得．渥德一份情，而老實講，大部分人對這點也心裡有數。

皮爾森街一直都有一點沒落。一家看不到報紙的派報社、一家廉價酒品在櫃檯後面堆成小山的雜貨店、一家貼著褪色陽光海報的旅行社、兩間運彩的簽注處、一家搖搖欲墜的酒館、一家派對飾品專賣店、一家美甲沙龍，還有一家門窗被釘起來的咖啡廳。

就在這危怠的景象中，花風車花坊翩然出現。彼得．渥德的店，繽紛的色彩，像顆小小的彩虹砲彈似的在這條灰暗的街道上炸開。

而那些花可真不是鬧著玩的！彼得．渥德是真的有兩把刷子，而在一個小鎮上，消息口耳相傳是最快的。街坊開始會特意地從鎮中心小小繞路過來逛逛。而他們又會把這個口碑私房景點分享給他們的朋友，然後朋友又會再告訴朋友的朋友，然後就在你還沒能回過神來之前，從倫敦南下的某人就已經注意到那家門窗釘上木板的咖啡店，買下了租約。而這麼一來，皮爾森街值得一遊的賣點就從一個變成了兩個。接著有一名跟彼得訂了鮮花且在咖啡店裡享用拿鐵的新娘意識到這條小街的潛力無窮，納悶起這裡會不會是個開家小五金行的理想地點？這下子皮爾森街的商業區就有了工具櫃五金行開在花風車花坊的旁邊，咖啡屋的對面。

68 Oliver Bonas。英國的文青雜貨店，各種強調生活風格的商品一應俱全。

周邊突然出現的人潮，讓旅行社萌生想要換新海報的念頭，而海報一換，氣象一新，客人也開始走了進來，只不過進來的年輕人大都還不到三十歲，旅行社於他們是一種很新鮮的概念。咖啡屋的倫敦人老闆買下了酒館，賣起了吃食。派報社的泰瑞增加了報紙的進貨量，另外含牛奶在內的各種商品也增加了備貨。美甲沙龍經手了愈來愈多的指甲，派對用品專賣店賣出了更多的氣球，雜貨店開始找了琴酒來給伏特加作伴。原本在阿斯達[69]連鎖超市裡顧肉品櫃台的約翰心一橫，開了自己的店面來做老顧客的生意。一個在地的藝術家團體把空店面租了出去，然後用租金輪流買下彼此的作品。

而這一切都得歸功於彼得·渥德的蘭花、香豌豆花，還有非洲菊。

皮爾森街完全符合你對一條理想購物街的想像。熙來攘往、散發著人情味，有在地特色，所有來此的人都喜形於色。喬伊絲覺得這裡簡直一百分，但這也代表這裡百分之一千會在六個月後有咖世家連鎖門市進駐，然後失去現今所有的一切。果真如此，那會是件令人傷心的事情，但她也得承認自己也是咖世家粉，所以小鎮的沉淪她也推了一把。

喬伊絲跟伊莉莎白坐在咖啡屋裡。彼得·渥德剛給兩人都點了卡布其諾。工具箱五金行的貝琪會幫忙看店，好讓他可以有半小時的休息——守望相助在這條街上不只是口號而已。

頭髮灰白的彼得·渥德笑容可掬，散發著一種他人生中做了很多正確決定才累積出的輕鬆氣質。福克斯通鎮上的一位花藝家，仁心與理性給他的獎賞是一生的善業。對這樣一個人而言，幸福兩個字就是他行善的回饋。

但這種形象，其實是一種誤導。他右眼下的疤痕與鼓起的二頭肌會告訴你一些事情，比如說彼得·渥德其實就是巴比·譚納。

或者應該說巴比．譚納已死，重生的是彼得．渥德。至少那是喬伊絲跟伊莉莎白查到的結果。他的鬥士魂還在嗎？殺手魂還在嗎？他是否曾於最近跑了趟不遠處的費爾黑文，一棒了結了他以前的老闆？伊莉莎白把相片往隔在他們中間的茶几一擺，彼得．渥德將之拿了起來，笑意在臉上漫開。

「黑橋。」彼得說。「我們在那裡泡過幾晚。妳這照片是哪兒來的？」

「這照片不只一張。」伊莉莎白說。「嗯，老實說有兩張。一張被寄給了傑森．李奇，一張被發現放在東尼．庫蘭屍體的旁邊。」

「我有翻到東尼的新聞。」彼得．渥德點頭。「也算老天有眼。」

「這照片你之前沒見過嗎？」伊莉莎白問道。

彼得又看了一眼才回答。「還真沒有。」

「所以沒人寄這照片給你嗎？」喬伊絲問，然後嘗了一小口卡布奇諾。

彼得搖了搖頭。

「那要嘛對你是好消息，要嘛對我們是好消息。」伊莉莎白說。

彼得．渥德揚起了眉毛表示疑惑。

「嗯，對你可能是好消息，因為那代表殺死東尼．庫蘭的凶手不知道你的行蹤；對我們可能是好消息，因為那代表不枉我們跑著一趟到福克斯通，殺死東尼．庫蘭的凶手就是你。」

彼得．渥德露出了似笑非笑的表情，又看了一眼照片。

69 Asda。英國的連鎖超市品牌。

「其實這裡專程來，也不枉費時間啦。」喬伊絲說。「畢竟我們今天玩得很開心。」

「警方認為是傑森殺了東尼·庫蘭，」伊莉莎白重啟話題。「也許真是他。但我們出於一些個人理由，希望凶手不是他。你有什麼看法，巴比？」

彼得·渥德舉起了手。

「在這裡請叫我彼得。」

「你有什麼看法，彼得？」伊莉莎白問。

「我不贊同，」彼得·渥德說。「傑森從不幹那樣的事，他看起來是挺狠，但心軟得跟泰迪熊一樣。」

喬伊絲的目光從筆記上抬起。「一隻會資助販毒集團的泰迪熊。」

彼得對此點了一下頭。

伊莉莎白將照片放回桌上。「所以如果不是傑森，莫非是你？或可能是土耳其佬吉昂尼？」

「土耳其佬吉昂尼？」彼得說。

「照片是他拍的。」

彼得·渥德想了一下。「是嗎？我不記得，但如果是他，也說得通。我猜妳們已經知道那個故事了吧？東尼在黑橋槍殺的那個男孩子？吉昂尼又槍殺了幫忙收屍的計程車司機？」

「對，我們知道，」伊莉莎白給了他確認。「然後吉昂尼就跑回賽普勒斯。」

「嗯，其實沒那麼簡單。」彼得·渥德說。

「我洗耳恭聽，」伊莉莎白說。

「有人跟警察打了吉昂尼的小報告，他們突襲他的公寓，但他已經跑了。」

「是誰出賣他？」伊莉莎白說。

「誰知道？可不是我。」

「沒人喜歡抓耙仔，」喬伊絲說。

「是誰並不重要，」彼得．渥德說。「重點是吉昂尼跑路時，身上帶著東尼的十萬塊現金。」

「是這樣嗎？」

「就是他藏在公寓的錢。東尼的錢。全都沒了。東尼整個發瘋，十萬塊對當時的他來說可是大錢。」

「他有試著去找吉昂尼嗎？」伊莉莎白問。

「當然，去了賽普勒斯兩三次。啥也沒找到。」

「人在外國，辦事不容易，」伊莉莎白說。

「那我猜，妳們也找不到吉昂尼囉？」彼得．渥德問。

伊莉莎白搖頭。

「對了，妳們又是怎麼找到我的？」他繼續說。「不介意我問吧？如果吉昂尼回城裡來了，我可不希望任何人發現我的行蹤，免得他也在我的屍體旁邊放照片。」

伊莉莎白啜了口咖啡。「伍維爾墓園，令弟特洛伊就是葬在那裡吧？」

彼得．渥德點頭。

「我看到了閉路電視，這要感謝那裡的一位禮儀師，之前我在火車上救過人家的叔叔，」

伊莉莎白說。「我就是在那兒發現你的。」

彼得．渥德看著伊莉莎白。

「伊莉莎白，我一年到頭只去那兒兩回。妳不可能在閉路電視裡找到我，那是大海撈針。」

「你是去了兩次，沒錯。」伊莉莎白附和起他。「但是是哪些日子去的？」

彼得．渥德向後一坐，盤起了雙臂，然後點頭微笑。這下子他懂了。

「三月十二日跟九月十七日。」伊莉莎白接著說。「特洛伊的生日與忌日。我原本的計畫，如果兩天都看到同一輛車子，就抄下車牌號碼，然後找個朋友的朋友去某台電腦上查一查。但在三月十二日，我看到一輛來自福克斯通某間花店的白色廂型車，我覺得這車出現在布萊頓一處墓園，實在太妙了。不是說完全不可能，但就是很顯眼，而別說這同一台車還在九月十七日去而復返。這實在太讓人在意了，你懂了吧？」

「受教了。」彼得．渥德點頭。「如此抄車牌的功夫也省下來了。」

「因為你把姓名、地址跟電話號碼，都幫我印好在車側上了。」伊莉莎白說。

彼得情不自禁為伊莉莎白鼓起掌來，而她也微微地鞠躬回禮。

「有妳的，伊莉莎白。」喬伊絲說。

「所以沒有其他人知道我在哪嗎？他們找不到我嗎？」

「找不到，除非我講出去。」伊莉莎白說。

彼得．渥德身體往前一傾。「而妳打算這麼做嗎？」

伊莉莎白也往前一傾。「如果你明天過來見我們一面，把你剛才跟我們說的話告訴傑森和警察，我就不講出去。」

第八十一章

「你要來點核桃嗎？」伊博辛問道。

伯納瞅了眼伊博辛，然後又低頭看了一下伊博辛所遞上那袋打開的胡桃。

「不了，謝謝你。」

伊博辛把袋子收了回來。「核桃這玩意兒，碳水化合物含量很低，不過量的話非常健康。但腰果就不一樣了，腰果是堅果中的例外。我是不是打擾到你了，伯納？」

「不不，沒有沒有。」伯納說。

「在欣賞風景嗎？」伊博辛說。他感覺得到伯納不太習慣有人跟他分享長椅。

「只是在放鬆而已。」伯納說。

「能葬在這裡真好。」伊博辛說。「你不覺得嗎？」

「如果非下葬不可的話。」伯納說。

「嗯，我們不論再怎麼強大，也難逃一死，不是嗎？吃再多的核桃也一樣。」

「我這麼說不是針對你，但我很享受就這樣靜靜坐著。」伯納說。

「你這話說得合情合理。」伊博辛點著頭說。他吃了一顆核桃。

兩個男人就這樣在長椅上比肩，任由風景映入眼簾。伊博辛一轉頭，看見朗恩沿上坡一路走，一路掩飾著自己的腳跛。明明有手杖，但他硬是不用。

「嗯，讚喔。」伊博辛說。「這來的不正是朗恩嗎。」

伯納看了一眼，然後輕到不能再輕地抿了下嘴唇。

朗恩來到長椅前，坐到了伯納的另外一邊。

「午安，兩位。」朗恩說。

「午安，朗恩。」伊博辛說。

「所以，伯納老兄，」朗恩說。「你是在放哨嗎？」

伯納看向朗恩。「放哨？」

「放墓園的哨啊。像地精似地坐在這裡，有著『誰也別想打這過去』的感覺，你是怎麼啦？」

「伯納怕吵啦，他只想在這靜靜。」伊博辛說。「他是這麼跟我說的。」

「有我在還想靜，可能有點難。」朗恩說。「所以來吧兄弟，你在上頭藏著什麼祕密？」

「祕密？」伯納反問。

「不要跟我說你是老伴先走一步，人走不出來，兄弟，我們都很思念老婆，也絕對沒有任何不敬之意。但你在這上頭肯定有其它不對勁。」

「我想每個人面對悲傷的反應都不同，朗恩。」伊博辛說。「伯納的行為也不算多反常。」

「我不確定耶，老伊。」朗恩搖著頭，對著眼前的山丘眺望。「有個老兄幾天前被弄死了，而他死前唯一的心願就是把墓園挖起來。這點讓我看很多事情的角度都不同了。」

「原來是這麼一回事嗎？」伯納話說得平靜無波，但就是拒絕看向朗恩。「你們來找我搭訕，是為了那件兇殺案？」

「就是這麼回事，伯納，你說對了。」朗恩說。「有人在山下給那個人打了一針，要了他的命。我們的手可都碰過他，記得嗎？說不準就是我們其中一個人幹的。」

「我們只是想靠調查排除掉一些人。」伊博辛說。

「也許你有什麼好理由？」朗恩說。

「殺人還會有什麼好理由嗎，朗恩？」伯納反問。

朗恩聳了聳肩。「也許墓園裡藏了什麼屬於你的祕密？你有糖尿病嗎？擅長注射嗎？」

「這裡沒有人不擅長注射，朗恩。」伯納說。

「上世紀七〇年代，兄弟你人在哪兒？你是本地人嗎？」

「你這問題還真特別，朗恩。」伯納說。「我這麼說你不介意吧？」

「一點也不介意，你是嗎？」朗恩說。

「我們只是想每條路都試試。」伊博辛說。「我們一視同仁，每個人都問的。」

伯納轉向伊博辛。「你們是在玩那一套嗎？黑臉白臉？」

伊博辛想了一下。「嗯，就概念而言是。對於人類心理而言，這一套往往是很管用的。」

伯納長長地吐了口氣，轉頭面向朗恩。「朗恩，你見過內人，我是說艾希瑪吧。」

我有本書可以借你，要是你有興趣的話？」

朗恩點頭。

「而且你對她非常好。她喜歡你。」

「嗯，我也喜歡她，伯納。你有位好太太。」

「沒有人不喜歡她，朗恩。」伯納說。「但你卻還是想問我為什麼坐在這裡？我在這坐著跟墓園沒關係，跟針頭也沒關係，更跟我五十年前人在哪裡沒有半毛錢關係。我只是個思念愛妻的老頭。所以饒了我吧。」

伯納站起身來。

「兩位，你們毀掉了我一個早上。你們都該感到羞愧。」

伊博辛抬頭看向伯納。「伯納，我恐怕得說我信不過你。我很想，但我沒辦法。心裡的故事你想說得要死吧。所以任何時候想講了，你知道哪裡找得到我。」

伯納微笑著，搖了搖頭。「講？跟你？」

伊博辛點頭。「正是，跟我講，伯納。或跟朗恩。不論曾經發生過什麼，你的下下策都是保持沉默。」

伯納把報紙塞到一邊腋下。「沒有不敬之意，但伊博辛、朗恩，你們並不清楚我做過多麼不智的選擇。」

這麼說完，伯納便開始緩緩朝山下走去。

第八十二章

喬伊絲

嗯，那真是相當之好玩。首先，福克斯通我是第一回去。巴比·譚納現在叫彼得·渥德，但我們都發了誓要保密。他現在是花店老闆了。現在，我想我有兩件事可以用這支筆談談。首先是為什麼彼得·渥德會選擇開店賣花？再者，不管開店賣花還是賣什麼？東尼·庫蘭是不是彼得·渥德所殺？

我想我也會談談伯納，但這一點就留到最後吧，因為我想邊寫其他的部分邊思考這壓軸要怎麼寫。

彼得·渥德——我就叫他彼得吧——在他弟弟死後不久離開了費爾黑文，理由不難想像。他給自己弄了本新護照。假護照這檔事兒在伊莉莎白與彼得的嘴裡，好像一點也不需要大驚小怪，但我是完全沒概念啦，你應該也是吧？他最後落腳在阿姆斯特丹，打打零工度日。不過他的零工不是我們正常人想的那種清水溝或油漆籬笆，而是搭渡輪挾帶古柯鹼度過英吉利海峽。或者，我猜啦，偶爾去暴力威脅一下某些不聽話的傢伙吧。你可以看得出他是那種人，即便他現在一副花店老闆的模樣。

他在一個來自利物浦的幫派裡面混，名字他不肯告訴我們，但倒也不是說我知道了就能怎麼樣，我在那種世界裡可吃不開。他們的勾當是用載花的大卡車內裡來走私毒品，你知道，就是那些會從荷蘭與比利時開過來的卡車。那就是他們的「切入角度」。

一開始彼得負責的是上貨。被收買了的卡車駕駛會在比利時的某處避車彎停車，彼得跟幾名黨羽就會趁機跳上車尾，然後找地方藏多少算多少。上完貨之後卡車會繼續往前走，然後在肯特再停一遍，一切就大功告成了。這些卡車會一天到晚開過來又開回去，每天都得來上一趟，是吧？不這樣不行，畢竟鮮花就是鮮花，所以這是個完美的計畫。

於是乎他們一會兒這兒、一會兒那兒地找想賺外快的駕駛來配合，他們一開始就是用這樣的模式去運作。但有天他們忽然恍然大悟，買下了一座苗圃。這之後他們的生意照常經營，差別只在於彼得可以很順手地從旁「檢查」每一批要出的貨，並隨手添一些「特別的」東西。他們現在一天有三班卡車穿梭於比利時的澤布呂赫，任由他們運用。能想到這一招真的是別出心裁。

彼得會整天泡在苗圃裡，至於負責管理苗圃的年輕人則因為收了錢而睜一隻眼閉一隻眼。他們會邊打撲克牌邊聊天，或是做些人在比利時會做一整天的事情。

（有件事稍微離題，但前兩天有張要去布魯日[70]玩的告示貼了出來，而我有想要報名。喬安娜幾年前去過，而她的評價是「那兒有點萌過頭了，媽，但妳應該會喜歡」，所以我有可能會衝一波。伊莉莎白會喜歡那兒嗎？）

這只是順帶一提，因為接著真正發生的事情如下。事情出了一點差錯，沒有人知道這錯誤的來龍去脈或發生的原因，至少彼得不知道，但總之結果是英國肯特吉林漢姆的一家小花店在收到送來的秋海棠時，還意外發現裡頭多出了兩公斤的古柯鹼，於是他們就趕緊報了警。

偶爾也會靈光一閃的警察並沒有一股腦去逮捕卡車駕駛，而是跟蹤起他，看他會開往何處，藉此把案情摸透。最終有一整隊的警察負責起這個案子，而他們也一個個釐清了這夥人各自的分工，然後盡可能逮捕了每個人。

按照彼得的敘述，他跟管理苗圃的年輕人大老遠就看見警察殺過來（彼得說比利時就跟荷蘭一樣，地不只三里平）。最終警察把苗圃抄了個底朝天，而他們則在向日葵田裡躲了六個小時。沒過多久在阿姆斯特丹，一個利物浦人被一名塞爾維亞人所殺，然後事情就這樣算了。

我相信你應該看得出我說這些，是想表達什麼吧。彼得從沒有真正在組織裡冒出頭來過，他不是那一型，但他算是賺到了點錢，也一整個對花卉變得非常了解，畢竟花兒最美麗的瞬間都展現了在他眼前。他形容起花兒的五顏六色，有的沒有的，一整個詩情畫意了起來。最終伊莉莎白不得不催促他趕緊往下講。

所以，如今日復一日，一輛大卡車會在皮爾森街靠邊，然後彼得會爬上車屁股，跟以往的他一模一樣，不同的是他現在只會把他的花卸下來，搬進自個兒店裡。這裡完事後卡車繼續跑行程，最終掉頭回比利時，回到如今由少年經營的苗圃——那個陪他躲過向日葵田的牌搭子少年。

所以這是個很美麗的故事。我猜八九不離十，利物浦跟塞爾維亞兩幫人如今仍在阿姆斯特丹的大街小巷跟東南西北拿手槍互噴，但彼得已經有了間標緻的小店開在那宜人的街邊。

---

70 比利時城市名，澤布呂赫為其外港。

他的大名在那兒的街坊間無人不知無人不曉，或者應該說在那兒的街坊間**無人知曉**，這麼說你懂吧。而改邪歸正的好處是沒有人再來找他算帳，沒有人再來逮捕過，也沒有人會對著他的那本護照猛瞧。換句話說，彼得．渥德放下了過往，找著了一些安詳，而這難度超乎你所想。

為了滿足伊莉莎白的好奇心，彼得帶她去了花風車店裡，把東尼被殺那天以來的監視錄影都秀給她看。影片中的彼得顯而易見，就在收銀機後方，所以我想這應該可以排除他的嫌疑了吧。他確信土耳其吉昂尼是我們要找的人。東尼把他出賣給了警方，而吉昂尼捲走了東尼的錢。這樣的樑子應該夠不共載天了吧，我想。

伊莉莎白跟我在火車上討論了案情。接著我們有半小時待在了艾希弗德國際車站，但神了吧，那裡竟然一家店都沒有。也許通完關就會有店可以逛了吧？肯定的吧，是吧？

所以巴比．譚納的故事就是這樣了。時間差不多該睡了，喬伊絲。不知道朗恩跟伊博辛今天在忙些什麼？

我知道我說要講點伯納的事情，但我想說的東西現時還不夠具體，所以今天就免了吧。我從彼得．渥德的店裡給他買了些小蒼蘭。我當時是想買點東西但又不知道要買給誰，然後我想說或許伯納會喜歡這些花吧。女生沒事會送花給男生嗎？我老家的人是不會啦，但我已經不在老家了。所以那些花現在躺在水槽裡，我明天一早會給他帶過去。

伯納一定會喜歡布魯日的。你覺得呢？

第八十三章

小徑路面凹凸不平，但靠著手電筒照在地上的光，他還是能掩人耳目地往上頭的農場爬去。時間已經很晚了，大家夥應該都差不多睡了，但幹嘛冒這個險呢？他來到了小木棚。木棚上有個掛鎖，但是很廉價的那種，他三兩下就打開了，用來撬鎖的還是妻子的髮夾。

這棚屋是不只一位居民的共有財產，但凡你在古柏切斯有一小塊田地，你就有這小棚子的一分權利，但這些人是天選的一群。這裡的兩張摺椅，是給好天時用的。至於那只熱水壺，則是給冷天預備的。沿著一面牆放著一袋袋的肥料與覆土。這些東西是用大家繳公費湊成的公款買來的，卡爾利托正好開著小巴從花市回來，就會順便把東西搬上來。釘在肥料上面的是古柏切斯開心農場使用者協會那又臭又長、但很被當成一回事在執行的規章。這兒很冷，就連夏天晚上也一樣。手電筒繼續提供著唯一的光源，棚屋內沒有對外窗，而這也讓找東西變得容易一些。

鏟子靜靜靠在棚屋內的後牆上。

只看一眼，他就得知了他所有需要知道的事情。但其實如果誠實一點的話，那些根本就是他在來時路上就已經知道了的事情。重點是下一步該怎麼辦？不簡單，但你必須要試試看。

他從握把處將鏟子提了起來，但隨即就敗給了這傢伙的重量。他什麼時候變得這麼弱了？他的這副身體是怎麼了？當然他向來不是以壯漢形象聞名在鄉親父老之間，但難道他現在連把鏟子都快提不起來了嗎？那挖土怎麼辦？應該是毫無懸念，不可能了。

所以現在怎麼辦？誰能幫忙？誰能諒解？感覺有點絕望。

伯納・卡托坐在一張摺椅上，為自己的所作所為哭了起來。

第八十四章

克里斯和唐娜坐在拼圖室裡，端著用馬克杯裝的茶。對面坐的是傑森．李奇和巴比．譚納。巴比．譚納，就是那八個轄區的警探聯手都找不到的人物。伊莉莎白一再拒絕透露她是如何找到他的。

伊莉莎白和喬伊絲都看過東尼．庫蘭被殺時巴比的不在場證明。克里斯也想看看證據，伊莉莎白說當然可以，只要他拿搜索令來。巴比的條件是，他願意說出一切，只要事後讓他重新隱身人群、不再出現。

「十萬塊，可能再多一點，」巴比．譚納說。「吉昂尼把錢放在他公寓。他幫東尼保管。」

「他的公寓環境好嗎？」喬伊絲問。

「呃，就是海邊那種大間的？」巴比說。

「喔對，有景窗的那種，」喬伊絲說。「很美。」

「然後東尼去賽普勒斯找他？」克里斯說。

「對，去了幾次。啥也沒找到。那之後一切都不同了。傑森，你慢慢淡出，對吧？開始上電視什麼的。」

傑森點頭。「那種生活再也不適合我了，巴比。」

巴比點頭。「過幾個月我也走了，那時候我弟弟過世。我沒什麼好留戀了。」

「但肯定有人看過吉昂尼吧？」唐娜問。「如果他最近回來城裡過？會有人看到他，有人會露點口風？」

巴比想了想。「那時候的熟面孔現在剩的不多。」

「如果吉昂尼要找地方躲，很難判斷他會找誰，」傑森說。

巴比看向傑森。「除非，阿傑……？」

傑森回望巴比，思考了片刻，然後點頭。「當然當然，除非……」

傑森開始寫簡訊。

「你們要不要跟大家分享一下？」伊莉莎白問。

「只是有個人，我跟巴比要去找他談談，」傑森說。「一定會知情的人。交給我們吧。都靠妳辦案太不公平了，伊莉莎白。」

「也許你們該跟警方分享資訊？」唐娜提議。

「噢拜託，饒了我吧。」巴比笑著說。

「總得問問，」唐娜說。

傑森的手機響了一聲。他低頭看看然後轉向巴比。

「他兩點可以跟我們見面。你ＯＫ吧？」

巴比點頭，傑森又開始傳簡訊。

「只能約在老地方囉？」

第八十五章

黑橋酒館的午餐時光，跟往日似乎是一模一樣，但當然，一切早已不同。

「太空人？」傑森．李奇瞎猜起來。

巴比．譚納笑著搖了搖頭。

「司機？」傑森又試了試運氣。

巴比．譚納還是搖頭。「你不管怎麼猜，我都不會說的。」隨便，隨便。

「重點是你快樂嗎？巴比。」傑森問起。

巴比點起頭來。

「那就好。」傑森說。「你是該過兩天好日子。」

「我們都該過上好日子。」巴比．譚納附和著。「不論用上什麼辦法。」

「這個嘛，對，但也不對，」傑森說。

巴比．譚納點點頭，也許吧。

他們吃著點心，黑橋酒館最上等的梅貝克紅酒也被解決了了幾瓶。

「我們真能確定是吉昂尼下的手嗎？」巴比．譚納問。「我一直以為他死在什麼地方了。」

「我一直以為是你死在什麼地方了。」傑森說。「但當然你沒死我很開心。」

「謝了，阿傑。」巴比說。

傑森看著手錶。「我們很快就會知道答案了。」

「你覺得他會知道嗎？」巴比問。

「如果吉昂尼人有去，他就會知道。那裡就是他會躲的地方。」

「我中午實在是沒辦法再喝了，你呢？」巴比問。

「我們都老了，巴比，」傑森說。「但我們再來一瓶吧？」

一瓶的話，他們都同意時間絕對夠。這時，史蒂夫·喬治歐走了進來。

第八十六章

唐娜連夜查看出入賽普勒斯的班機乘客名單。雖然吉昂尼・昆杜斯應該不會還用本名搭機，但誰曉得呢？

雖然乘客名單很有意思，但唐娜這會兒又看起了ＩＧ。

豐田小姐已成往事，但卡爾總不甘寂寞。他現在又跟誰約會？唐娜是個天生的偵探。他會跟工作上認識的那個女生波碧在一起嗎？那個他在臉書上按過讚的波碧？喔不光是按讚，而是他還用眨眼表情符號回覆了的那個女人，一個不從左邊取景跟不嘟嘴就不會拍照的女人。沒錯，她很顯然可以滿足卡爾。唐娜查出了她的名字，然後姑且在內政部的電腦系統裡查了一下，但一無所獲。

唐娜知道睡覺時間到了，但她還是在想著潘妮。

週四謀殺俱樂部聚會完後，伊莉莎白說要帶她去見某個人，領著她走進柳樹園，也就是古柏切斯附設的養護醫院。

她們走在安靜的卡其色走廊上，牆上是黯淡的燈管和海邊風景的水彩畫。這一切都很沉重，廉價美耐板邊桌上放的鮮花也無力承受。是誰每天都帶花來呢？這場仗必輸無疑，但除了這麼做之外，還有什麼選擇？唐娜一度有點喘不過氣。柳樹園是一座無路可逃的監獄。想要出獄只有唯一的辦法。

她們走進病房，伊莉莎白說，「德・費雷塔斯警員，我向妳介紹潘妮・葛雷警探。」

潘妮躺在床上，一條薄被蓋到頸部，下面另一有條摺起的毯子。她的鼻子和手腕都接了管線。唐娜有一次校外教學去了勞埃德大廈，那裡的建築原則完完全全裡外相反，她還是喜歡整齊乾淨的風格。

唐娜敬了個禮，「長官。」

「請坐，唐娜，我覺得妳們如果能認識一下就太好了。妳們一定很談得來。」

伊莉莎白帶唐娜回顧了潘妮的職業生涯。潘妮聰明、堅毅、有主見、不屈不撓，既是因為性別的緣故，也是職業的影響——或者該說是因為她的職業加上性別的組合曾經如此不見容於世。

「她像破壞球，」伊莉莎白說。「我則像一把薄刃。妳懂的。潘妮就是有股衝勁，我不知道妳現在還看不看得出來。」

唐娜看著潘妮，想像她看得出那股衝勁。

「衝勁這種特質在警界很流行，」伊莉莎白繼續說。「如果你是男人的話，潘妮的衝勁就從來沒幫上她的忙，她最高也就只升到警探。如果妳認識她就會覺得這很荒謬。我說的沒錯吧，約翰，太荒謬了，對不對？」

約翰抬起目光，點點頭。「真是糟蹋。」

「她愛找麻煩，唐娜，」伊莉莎白說。「這是我能想到最好的讚美。潘妮就是因為這樣才喜歡研究舊案子。那種時候她終於可以作主，可以毫無保留橫衝直撞，不用裝出禮貌的樣子陪笑端茶。」

唐娜看著伊莉莎白握住潘妮的手。

伊莉莎白看著她點點頭。「我們老是吵架，對吧？潘妮咬牙忍耐，就像俗話說的逆來順受，就這樣日復一日，毫無怨言。」

「她的怨言是挺多的，」約翰出了聲。「我無意冒犯，伊莉莎白。」

「啊，是的，她想發脾氣的時候可嚇人了。」

「她很有目標，」約翰附和。

兩個世代不同、但比肩齊步而行的女子一起離開。伊莉莎白在途中轉頭向唐娜說，「妳見的世面不如我多，唐娜，但我想這世界上有些仗我們還是沒打贏，對吧？」

「恐怕是吧，我想，」唐娜表示同意。她們繼續在沉默中同行，走出柳樹園大門，呼吸到外界的空氣讓她們感恩不已。

回到家（她不知那裡算不算真的家），唐娜不再全心專注於ＩＧ。拜訪潘妮讓她覺得又驕傲又感傷。她很想認識她，真正認識她。唐娜有許多想要偵破這一連串謀殺案的理由，現在她在清單上再添一筆：為了讓潘妮．葛雷警探引以為豪。

吉昂尼殺了東尼．庫蘭？馬修．麥基殺了文瑟姆？伊莉莎白叫她調查另一個住戶。一個叫伯納．卡托的。她用紙筆記下了那個名字。

還有那些骸骨？究竟重不重要？

潘妮．葛雷，妳怎麼看？

如果能順利結案就太好了，當作向前人的致意。她該回頭看看乘客名單。

唐娜滑過最後幾張照片。波碧剛為了做公益，響應了癌症研究中心的高空彈跳挑戰。當然囉，波碧就是這種人。

第八十七章

喬伊絲

我不常在早上寫日記，我知道，但我今天就是這麼做了，我就是覺得應該寫，所以就這樣了。

嗯，昨天真的很精采，你說是吧？那幫兄弟，還有那些又是殺人、又是勒索，又是一堆亂七八糟的，我想他們續攤時應該有很多東西聊吧。

我知道我剛寫過這些，但嗯，說實在的，這些東西對我這類人而言實在非常有趣。有趣極了。吉昂尼聽來真的很有大的嫌疑。

我在想會不會……。喔快住手，喬伊絲，快給我住手。妳給我緩緩，寫出來妳會後悔的。好吧。所以我手上有令人心碎的消息，那就是：

我今早打了「報平安」的電話給伯納。

很多人都有講好用這套來「報平安」。你跟某個朋友要好起來，然後早上八點你會打給他們，讓電話響兩聲後掛掉。接著他們也會重複一樣的過程。這麼一來，你們彼此就能知道對方沒事，但又一毛錢電話費都不用花。而當然，你們也一個字都不用講。

所以我今早打給了伯納，讓電話響了兩聲，讓他知道我平安無事，沒有摔跤或什麼的。但他那邊卻沒有給我回應。我一向不會太過大驚小怪，畢竟他偶爾會貴人多忘事。平常這時我會親自晃過去按他的門鈴，然後睡袍還在身上的他就會拖著腳步跑到窗邊，很不好意思地豎起大拇指。我都會想說「噢，你這隻老呆頭鵝，還不快開門讓我進去，我們一起吃點早餐還是什麼，最好是我會介意你穿著睡袍啦。」但那人要是真開門讓我進去，他就不是我認識的伯納了。

所以我小跑步了過去。我心裡有沒有數？我想應該有吧，但又好像沒有，因為這麼大的事情我怎麼會先知道呢。但我想我又確實是知道的，因為瑪尤里・華特斯看著我走了過去，還說我都沒看到她對我招手。她說我很反常地陷入了自己的小世界裡，對外界毫無反應。所以沒錯，我想我心裡有數。

我按了門鈴，抬起頭望向窗戶。窗簾被拉了下來。或許他還在睡？也許小感冒讓他決定賴在床上。我前幾天在獨立電視網的《今晨秀》上聽到一種有趣的說法叫「男流感」，大意是男生感冒會小題大作，但我跟喬安娜說了之後，她卻說這用法已經存在好幾年了，妳真的是第一次聽到嗎？我當場覺得超丟臉的。

但我只是在拖時間而已，我知道。快上吧。

我用備用鑰匙進了伯納那棟公寓。走上了階梯，然後看到一個信封以膠帶貼在伯納的門上，信封上寫著「喬伊絲」。

其中字母O裡還畫了一個笑臉。「伯納這傢伙，真是讓人猜不透啊。」

第八十八章

喬伊絲打開了信封，滑出了手寫的信紙，粗估有三到四頁吧。她很感激朋友們到她的公寓來。她今天是不想再出門了。

「所以我就讀了。不會全部讀，只讀有趣的部分。信裡回答了我們有的一些問題。我知道你們有人對他有成見。覺得他搞不好……總之就是伊恩．文瑟姆的事，你們懂的。」

「妳慢慢來。」朗恩說，然後稍稍把手擱在了喬伊絲的手上。

喬伊絲試著微笑。「我想坐著念，大家不介意吧？我擔心自己會站不住。」

「妳舒服都行。」伊莉莎白說。

喬伊絲讀將起來，帶著一種平時少見的不安。

「親愛的喬伊絲，我很抱歉給妳添麻煩了。別想著要進門了。我已經把門栓上了。這還是我搬來這麼久，第一次用上這裡的門栓。妳會知道我都做了什麼的，何況我在想，這些個事情妳也都看過不下千次了吧。我會躺在床上，所有東西看來都很正常，或許我的面容還會相當祥和，也可能不會。我實在不想賭這麼大，所以我會讓救護車上的先生判斷我的模樣適不適合讓妳見我最後一面，當然前提是妳想見我最後一面。」

喬伊絲暫停了下來。伊莉莎白、朗恩、伊博辛都保持著徹底的靜默。她抬起頭看著三人。「他們沒有讓我見他最後一面，但我想那是他們的標準作業程序，畢竟我不是伯納的親人。所以他這點如意算盤打錯了，是吧？而且救護車上的兩人都是小姐。」

喬伊絲弱弱地笑了一下，她的三名夥伴也望著她笑了。她於是接著往下念。

「我身邊有安眠藥，還有我存起來以備不時之需的拉佛格[71]。我看著身邊的燈光慢慢熄滅，馬上就要輪到我了。我的床邊有妳送給我的美麗花朵。它們插在牛奶瓶裡，因為妳知道我跟花瓶不太對盤。但在我上路之前，我想我應該把全部的真相告訴你。」

「全部的真相？」伊莉莎白說。

喬伊絲把手指擱在嘴唇上，伊莉莎白便聽話地安靜了下來，而喬伊絲則把伯納的遺書繼續往下念。

「你們知道艾希瑪——就是伯納的亡妻——在我們搬來古柏切斯後，就丟下我走了，那讓我整個人都失魂了。我知道妳不太常談起妳的傑瑞，喬伊絲，但我知道妳懂。那就像有人伸手把我的心、我的肺都拔出了身體，然後要我活下去，要我繼續每天醒來，要我繼續一日三餐，要我繼續左腳右腳左腳右腳地向前走。為了什麼？我每天都在想這個問題而沒有結果。妳知道我常常會爬上山，一個人坐在艾希瑪跟我剛搬來時會坐的那張長椅上，妳知道我在那兒會比較能感覺到她。但我爬上山去還有另外一個理由，一個讓我羞愧到難以啟齒，更難以承擔的理由。」

喬伊絲停了下來。「我可以來點水嗎？」

朗恩替她倒了杯水，遞給了她。喬伊絲喝完又把注意力放回信上。

「妳應該知道有許多印度教徒會把死後的骨灰撒進恆河。時至今日，這種做法已經不限

71 Laphroaig，一種蘇格蘭單一純麥威士忌。

於恆河，但對特定世代而且不缺錢的人來說，恆河還是首選。很多年前這曾經也是艾希瑪的願望，至少索菲是從小聽到大。艾希瑪的葬禮不是我想拿出來重想或書寫的事情，但葬禮後過了兩天，索菲跟馬吉德——這是伯納的女兒跟女婿——飛去了印度的瓦拉那西，把艾希瑪的骨灰撒進了恆河。問題是喬伊絲——所以我說我需要藥丸跟威士忌——他們恐怕撒錯了東西，那些不是艾希瑪的骨灰。」

她先是暫停然後抬起了頭。

「這個，天啊。」伊博辛說著往前一坐，喬伊絲繼續往下念。

「我不是個有宗教信仰的人，喬伊絲，這妳清楚。但晚年的艾希瑪也同樣沒什麼宗教信仰。她緩緩放棄了信仰，就像樹葉慢慢落下，直到枝幹上只是光禿禿的一片。我全心全意愛著那個女人，她也愛我。一想到她被放進手提行李中離去，然後載浮載沉地愈飄愈遠，嗯，那是我在道別短短兩天後無法理解的事情。這些都不能合理化我的所作所為，但我希望這能起碼說明我的動機。葬禮後，愛妻的骨灰在我家度過了第一夜，那天索菲跟馬吉德並未在我家的客房過夜，他們不管說什麼都寧願去住飯店。

「許多年前，艾希瑪跟我曾逛過一間老骨董店，而她在店裡拿起了一個老虎形狀的茶葉盒。我說那是妳耶！然後我們都笑了。私底下我暱稱她小虎，她管我叫大虎，所以接下來的事情妳應該猜得到。沒錯，隔週我跑回去買下了那個茶葉盒，想趁聖誕節給她一個驚喜，但我晚了一步，東西已經給人買走了。結果聖誕節一到，我打開了她送的禮物，裡頭赫然是那個老虎盒子。很顯然她第一時間就回頭去為我買下了這寶貝，而它從那年聖誕節起，也確實一直是我的寶貝。所以說，我拿起了骨灰罈，把骨灰倒進了我的寶貝老虎茶盒，然後把盒子放在了碗櫥靠裡。我在重新封上骨灰罈前，先放進了鋸木屑跟平日被當成飼料的動物骨粉，沒想到偽裝效果出奇的好。索菲帶到瓦拉那西的，就是這些木屑跟骨粉，她撒進恆河水裡的，也是這些木屑跟骨粉。別忘了我當時理智並不清楚，喪妻之痛讓我有如行屍走肉。只要能阻止我的艾希瑪飛走然後流走，我什麼事都幹得出來。很顯然我忘記了艾希瑪不只是我的妻子，也是索菲的母親。隔天天一黑，膽子一大，我就在開心農場的棚屋裡取了支鏟子，走上了山去。我切開了長椅下的草皮，挖了個洞，埋進了錫製的茶盒。雖然我明白這只是困獸之鬥，但我還是沒辦法狠心放手讓她走。草皮回填之後，誰也沒看出任何異狀，畢竟誰會沒事往長椅下看呢。那之後每一天我都會去那兒坐著，有人經過時說聲哈囉，沒人經過時跟艾希瑪聊天。我知道自己很荒唐，我知道我背叛了親生女兒，而且永遠也不可能補償她。但我當時就是痛苦到什麼都顧不上了。」

「有些人愛孩子勝過愛另一半。」伊博辛說。「有些人愛另一半勝過愛孩子。兩樣都是讓人怎麼都說不出口的事情。」

喬伊絲漫不經心地點了頭，然後念起了新的一頁。

「第一時間的撕心裂肺不論你多麼希望它持續下去，都一定會慢慢消散，而冷靜下來的我也隨即意識到自己的行為有多麼過分、多麼自私、多麼自以為是。我開始思考有沒有什麼計畫或妙招可以扭轉這一切。也許我可以把茶盒挖出來，搭下山的巴士去費爾黑文，在那兒讓一部分的她離我而去，一部分的她留在我身邊。也許我做不到把真相告訴索菲，但起碼我能默默滿足她的夙願，讓她的母親回歸波浪，或回歸任何她想像中人百年後會前往的地方。我知道這遠遠不夠彌補我的過錯，但我能做的也就這麼多了。沒想到有天早上我爬上山去，只見工人在給長椅鋪設水泥基底。他們往下挖到還不足以發現茶盒的地方，然後在洞裡填入了水泥。他們短短半小時就做完了工程，而我心想自己幹的蠢事——回頭看真的很蠢——也只能認了，畢竟這下子要再把茶盒挖出來，談何容易。所以那之後我才會繼續每天爬上山去，繼續在沒有人的時候跟艾希瑪說話，告訴她我的近況，告訴她我多愛她，告訴她我對不起她。」

喬伊絲讀完了信，多瞪了手中的信紙一會兒，並用手指撫過上頭的墨跡。她看著自己的朋友想要擠出笑容，但一瞬間流下的是淚，淚又變成了發抖與啜泣。朗恩離開了座位，單膝跪在了她的面前，將她湧入了懷裡。這種事朗恩最會了。喬伊絲把頭埋進朗恩的肩膀，雙臂環抱了上去。她開始為了傑瑞哭泣、為了伯納與艾希瑪哭泣，也為了去看了《紐澤西男孩》後，在回家路上喝著易開罐琴通寧的姊妹淘而哭泣。

第八十九章

這種時間還待在費爾黑文警局裡，真的是有點晚，但唐娜和克里斯實在是無處可去。

克里斯單膝跪地在處理著卡紙的影印機。他最近發現自己只要一跪就抽筋。他不確定問題出在哪兒。是鹽分攝取太多？還是鹽分攝取不足？反正跟鹽脫不了干係就是了。

「搞定了，」他告訴唐娜。

唐娜按下列印鍵，印出一連串來自賽普勒斯警署的報告影本。

「我會把這些報告裝訂好給你，」唐娜說。「會花點時間，但這樣比較方便。」

「妳真好心，唐娜，」克里斯說。「但妳還是不能跟我一起去賽普勒斯。」

唐娜吐了吐舌頭。

有場應該會非常精采的偵訊在等著克里斯。這場偵訊後，他應該就能一口氣知道吉昂尼・昆杜斯在哪。

吉昂尼的大名並沒有出現在克里斯團隊辛苦過濾的乘客清單上。他的名字在班機上沒有、船上沒有、火車上沒有，而且是出入境英國雙向都一無所獲。但克里斯盤算著這傢伙也不太可能還在用本名四處趴趴走，他不可能明知道警察在為了年輕計程車司機之死通緝他，還行事這麼誇張，更別說東尼之前也在為了那十萬英鎊找他。

但世間沒有人間蒸發這種事情。凡走過必留下痕跡。

克里斯關上了電腦。他確信土耳其佬吉昂尼就是他們要找的人，在警界打滾了這麼久，他只靠第六感就知道哪一塊是正確的拼圖。但證據是另外一回事，他希望尼克西亞之行能幫他補足這一塊。

「今晚就這樣囉？」

「要喝一杯嗎？」唐娜說。「去黑橋酒館？」

「明早六點五十要趕飛機耶，」克里斯說。

「別一直叨念這個好不好，」唐娜說。

克里斯站起來，拉下辦公室的百葉窗。吉昂尼是一回事，但伊恩・文瑟姆呢？這個就比較棘手了。真的和五十年前的謀殺案有關係嗎？不會吧？符合這條件的人能有多少？克里斯甚至讓兩名警探去查了修女這條線，肯定有很多修女沒能堅持下去，不再覺得侍奉上帝是天職，回到俗世間生活了吧？她們現在多大年紀呢？八十幾？這方面的資料不太齊全，所以他也不抱太大希望。還是說他們全都把事情想得太複雜了？

「不要趁我不在就自己把案子破了，拜託。」

「我可不敢保證，」唐娜說。

克里斯拿起公事包。是時候回家了，而他最討厭的就是回家。克里斯距離他的完美生活只有一英石之遙，但他的公事包裡有一包海鹽油醋口味麥可伊洋芋片、一條維斯帕巧克力棒，還有一罐健怡可樂，所以一切就都等到下週一再說吧。下週一肯定是新的開始。健怡可樂？克里斯想騙誰啊？

有時候，克里斯覺得他還是應該去找個相親網站參加看看。在克里斯的理想中，他的理想對象是個離過婚的女老師，她養了一隻小狗，參加唱詩班。但他其實不介意自己的想像被現實打臉，他的對象只要是個善良風趣的人就好。

克里斯幫唐娜扶住門，跟在她後面走出去。

什麼樣的女人會喜歡克里斯？這年頭女人真的在意男人胖那一點點嗎？嗯，應該還是在意吧，但那又怎樣？他可是個準備偵破謀殺案的人呢，他確信偌大的肯特郡裡，一定會有人覺得這樣很性感吧？

第九十章

喬伊絲

天啊，我怎麼睡都睡不著，當然我滿腦子都是伯納、伯納、伯納。我已經開始在想葬禮會怎麼樣了。會辦在這裡嗎？能是最好啦。我知道我認識他並不算久，但我實在不希望他埋骨在溫哥華。

於是我在半夜兩點回來跟你爆一些新料。別擔心，這回沒有誰掛掉。

伊恩死後，我們都納悶過在古柏切斯的我們得面對什麼樣的未來。誰要接手經營？我是不覺得有誰真的非常擔心，畢竟這裡看起來還蠻賺錢的，而賺錢的生意不會沒人做，問題只是誰來做？

我想你多半可以猜到是誰找到了這問題的答案。

在新開在羅伯茲布里奇的熟食店裡，伊莉莎白「意外」撞見了嘉瑪．文瑟姆，也就是伊恩．文瑟姆的遺孀。這裡原本是克萊兒的美容院，直到克萊兒被「喀擦」掉了。把「喀擦」用在美容師身上，不會太刻意吧？總之重點是，地方上的醫生娘被克萊兒剪掉了耳朵的上面，所以事情就沒有什麼好說的了。他們說克萊兒跑去了布萊頓，而這樣也好啦。

嘉瑪並不是一個人出現，而伊莉莎白會形容她身邊那位是個「網球教練型」的男子，只不過這年頭，伊莉莎白也承認他也可能是個「皮拉提斯教練型」的男人。嘉瑪很顯然只是個寡婦而不是怨婦，而我想我們都會同意她因為死了老公而得到了一點幸福，所以我為她高興。

除了幸福，她似乎也同時得到了一大筆錢，至少那是伊莉莎白從她那兒打聽到出來的。我不知道伊莉莎白是怎麼辦到的，但我知道在某個點上她曾經假裝昏倒，因為她真的在努力的過程中擦傷了手肘。真是個鬼靈精，這傢伙。

總之，嘉瑪．文瑟姆把「古柏切斯控股」賣給了一家名叫「布蘭姆里控股」的公司。當然我們很努力查了一下這家公司的來歷，但其背景至今依舊成謎。我們甚至找了喬安娜跟柯尼利爾斯，但這兩人也繳了白卷。他們答應會繼續注意，只不過你可以聽出柯尼利爾斯有點愈來愈沒耐性。

但有另一樣東西讓我保持著清醒。公司的**名字**。

布蘭姆里控股？聽來總覺得有點耳熟，但又想不出來。伊莉莎白說他們這種名字都是隨機亂取的，也許吧，但我的腦子裡依舊警鈴大作，關都關不了。

布蘭姆里？我是在哪裡聽到過？而我知道我是個老女人，但不要告訴我布蘭姆里是一種蘋果的品種。這名字肯定有別的意義，比水果品種更重要的意義。

《切入正題》的編輯安妮今天來看了我。大家總是會在你死了朋友的時候來看你。久而久之我們都研究出了話要怎麼說才對。這也是一種熟能生巧。

我不覺得她只是禮貌性地這麼做，但安妮今天問了我要不要在《切入正題》裡寫一篇專欄。她知道我喜歡寫東西，也知道我對什麼都有興趣，所以她問我：想不想寫篇文章來講講古柏切斯的來龍去脈？我自然答應了下來，而且還敲定了標題會叫作「喬伊絲精選」，我覺得很棒。我原本提議「喬伊絲之聲」，但安妮覺得那聽起來會有點心靈雞湯的感覺。她跟我要了照片，為此我明天會把手邊的照片掃一遍，挑張好的給她。

我說什麼也得多少睡一點。

第九十一章

「韻味？」戈登·普雷菲爾笑著重複了一遍。「這個狗窩？你跟我都知道這是間老房子，快要散掉了的老房子，住著一個老骨頭快要散掉的老人。」

「嗯，我們都一樣快散了，戈登。」伊莉莎白說。

走到普雷菲爾的農場來，比想像中要更花時間，因為永息花園周圍被拉起了封鎖線。據說兩輛警車與一輛咸認屬於鑑識單位的白色廂型車，於上午十點小心翼翼停好在此，然後若干名全身白色工作服的警官拿著鏟子走上了山。在拉金苑有一間頂樓公寓的馬丁·賽吉用雙筒望遠鏡對準了現場，但暫且還沒有什麼新發現。「只是有人在挖挖東西。」是他最新的回報。

「這間房跟我算是白頭偕老，屋頂都快掉光了。」戈登說著揉了揉他僅存的幾撮頭髮。「以前不會咿咿歪歪的地方，現在都會了。水管管線也搖搖欲墜。我跟這樣的房子算是相當登對。」

「我們不會太過打擾您吧？我是說村子？」伊莉莎白問。

「我連個鳥叫聲都沒聽到過。」戈登說。「簡直跟以前下面住著修女沒有兩樣。」

「您有空應該過來走走。」伊莉莎白說。「我們有餐廳、有游泳池、有尊巴課可以上。」

「我古早時很常下去，總是會需要些有的沒有的小東西，找人抬個槓。她們不禱告的時候算是挺活潑的一群。而且要是你拇指插了根釘子或腳踝踩進了兔子洞裡，她們也可以幫你包紮。」戈登說。

伊莉莎白點了頭，覺得這話她可以接受。「伊恩・文瑟姆被殺的那天早上，你們見過面吧？」

「很遺憾，沒錯，但不是我約他見面的。」

「那是誰約的？」

「凱倫，我小女兒。她叫我無論如何聽他把話講完。她希望我把這裡賣了。她想賣地是很正常的，對吧？」

「那你們都說了什麼？」伊莉莎白問。

「同一套廢話，同一個價碼、同一副態度。說得客氣點，我從來沒有喜歡過伊恩・文瑟姆。妳不介意我講話直接點吧？」

「你不打算改變心意？」

「他們倆試著說服我。凱倫看得出機會不大，但文瑟姆又多撐了一會兒。他想看我會不會覺得不賣對不起孩子。」

「但你不為所動？」

「我很少被說動。」

「嗯，這點跟我很像。」伊莉莎白說。「所以最後的結論是？」

「他說他早晚會拿到我的土地，辦法多得是。」

「那你怎麼說？」喬伊絲說。

「我說『除非我死』。」

「嗯，真夠直接，」伊莉莎白說。

「總之，」戈登．普雷菲爾說。「又有人另外出了個價。現在既然文瑟姆死了，我也就接受了。」

「是件好事，」伊莉莎白說。

「現在容我一問，這是單純禮貌性的拜訪嗎？」戈登．普雷菲爾說。「還是有什麼事需要我效勞？」

「您既然問了，」伊莉莎白點著頭說。「我們是在想，您對這地方一定有許多回憶吧？比如說，七十年代的回憶？」

「回憶當然不少，」戈登．普雷菲爾說。「可能還有幾本相簿，幫得上妳們的忙嗎？」

「我們當然樂意看看，總是有益無害，」伊莉莎白說。

「我先警告一下，我的照片幾乎都是在拍羊。妳們到底要找什麼呢？」

第九十二章

喬伊絲

我們告訴了戈登．普雷菲爾關於屍體的事。我們閒話家常，聊起了屍體，聊起了誰會在那麼多年前埋屍在那裡。那麼多年前，古柏切斯的現址還是個修道院，年輕時的戈登．普雷菲爾就坐在這棟房子裡面，跟他成立不久的家庭住在這座山丘上。

順道一提，還記得買地的出價嗎？戈登．普雷菲爾已經接受了出價，把土地賣給了我們在布蘭姆里控股的神祕朋友。這個名字簡直要把我逼瘋了，但真相遲早會大白的。他原本並沒有不想賣土地，只是因為他實在太討厭這個叫文瑟姆的傢伙，所以才寧可搬石頭砸自己的腳，說什麼也不賣。由此文瑟姆不涉及此事的一瞬間，交易就成立了。

我問戈登要怎麼用這筆錢，結果我想你應該不會意外，因為他說大部分會分給孩子們。他有三個小孩，其中一個就是住在隔壁那片地上一間小屋裡的凱倫，那個原本要來教我們電腦，但被命案打斷了一切的凱倫。

她沒結婚，就像喬安娜也沒結婚，然後想想我也是孤家寡人。

所以這些小孩真是好狗運，但戈登說剩下的錢會夠他去買個漂亮的小房子安享晚年，而你應該可以猜到合理的下一步會是什麼了吧。沒錯，我們過幾天會帶他去古柏切斯好好參觀一下，看看有沒有他喜歡的物件。這樣不是很好玩嗎？戈登有點骨瘦嶙峋，不符合傳統定義上的英俊，但他有農夫特有的寬闊肩膀。

總之，回歸正題。戈登此時明白了我們為什麼想聽他說一九七〇年代的回憶，還有為什麼我們會如此專心地研究他的相簿。我們就是想看看當年他下山去拍的那些照片，有沒有哪些剛好拍到誰，能讓我們產生什麼靈感。

最後，答案出現在我們看的第二本相簿裡。這本相簿是以婚禮破題，首先是戈登與珊卓拉（還是蘇珊，我承認我後來精神有點恍惚，你知道看別人的婚禮相片是怎麼回事）的照片，然後是疑似隔不到十個月就有了的嬰兒照片，那是他們的老大。然後，我沒騙你，是一頁又一頁的綿羊照片，而按照戈登的說法，他完全認得出哪隻是哪隻。再來，就在葡萄酒與壁爐與綿羊畫面搞得眾人昏昏欲睡時，我們翻到了這本相簿的最後六張黑白照片，六張都是在修道院的聖誕派對上拍的。好吧，說派對可能有點怪，但是時間是聖誕節無誤。

那第五張照片，是張團體照。一開始你其實看不太出來。我們都在半世紀間改變了很多。我想相隔五十年的照片，我會認不出伊莉莎白，伊莉莎白也會認不出我。但我們都看了第一眼，然後第二眼，然後大家都彼此確認了共識。

於是，我們有了證據，也有了計畫。嗯，應該說是伊莉莎白有了計畫。

還有，說到照片，我找到一張不錯的，可以登在我《切入正題》的專欄上。是張老照片，雖然這樣講滿虛榮的，但你看了還是認得出那是我喔。傑瑞也在照片裡，但安妮跟我說她可以用電腦把他裁掉。抱歉啦，親愛的。

第九十三章

古柏切斯中心的小教堂還留有一座告解的包廂，只不過如今被用來當成清潔工人放器材的儲藏室了。朗恩幫忙伊莉莎白將之清了出來，一箱箱地板亮光劑被堆到了讀經台上，整整齊齊塞在耶穌身後。伊莉莎白把整個地方弄得煥然一新，甚至連隔網都拋了光。算是畫龍點睛，她在硬木座位上放了一組奧拉·凱利[72]的設計款座墊。

伊莉莎白在她活躍的時代訪談過不少人，也讓不少人因此接受了某種形式的法律制裁。那些訪談就算留有錄音帶，應該也早就都被埋得不見天日、抹消或燒毀了。至少那是伊莉莎白衷心的希望。

律師？沒有。程序正義？絕對沒有。當年就是怎麼有效怎麼來。

伊莉莎白從來不動粗，那不是她的風格。她知道刑求這種事層出不窮，但那效果從來不會好。人的心理才是關鍵。一定要出奇不意，一定要從某個角度切入，一定要好整以暇地靠在椅背上，好像妳有無限的時間跟他耗，然後等著他們自己招供一切，就好像今天約談話的是他們自己一樣。而要達到這個目標，妳永遠需要一個角度，永遠需要讓對方意想不到，永遠要為對方量身訂做一套做法。

比方說邀請神父來告解。

伊莉莎白知道自己非常喜歡唐娜跟克里斯。週四謀殺俱樂部算是走運能遇到他倆。想像一下他們原本可能遇到的警察有多無聊。她知道即便是唐娜與克里斯也有他們的極限，而今天的做法可能就已經超越了他們能接受的範圍。但她也知道只要自己能寶刀未老地把馬修・麥基搞定，那他們倆一定會選擇原諒她。

但要是她寶刀已老呢？要是她的寶刀已經是明日黃花了呢？

她一開始不就誤以為是伊恩・文瑟姆殺了東尼・庫蘭嗎？

但馬修・麥基不一樣。這人跟文瑟姆扭打過，這人原本似乎不存在，但又出現在攝於這間小教堂的照片裡。這人知道要把自己的足跡擦乾淨。

直到有人決定把墓園挖起來。難道那是他的墓園？

此時此刻，這人正在來路上。但明明他就待在家裡比較輕鬆。所以他是要來全盤托出的嗎？他是要來探探她虛實的嗎？又或者他會有備而來地帶著一支裝滿了吩坦尼的針筒？

伊莉莎白從來都做得到視死如歸，但此時她還是難免會想起史提芬。

在小教堂那跨越時空的黑暗中，寒意讓伊莉莎白瑟瑟發抖。她扣上了自己的羊毛衫，看了看手錶。她很快就會知道真相是怎麼回事，不論在前方等著她的是福是禍。

---

72 Orla Kiely。活躍於倫敦的愛爾蘭時裝與精品設計師。

第九十四章

克里斯・哈德森人在一間窄室裡，跟一個彪形大漢面對面。這間窄室是尼克西亞中央監獄的審訊室，而彪形大漢是柯斯塔・昆杜斯。

克里斯坐的是水泥椅子，而且椅身還用螺栓鎖死在地板。椅背直到不能再直。照講這應該要是克里斯此生坐過最不舒服的椅子，但好死不死他剛搭了瑞安航空[73]飛抵尼克西亞。

克里斯出差是久久才一次的事情。多年前他曾經去西班牙把比利・吉爾這個出身英格蘭霍夫的七十歲骨董商人帶回來。比利・吉爾曾經在離海岸不遠的一間車庫裡搞過一英鎊偽幣的「事業」。那是個小而美的勾當，幾近隱形了很多年，直到英國推出了二英鎊的銅板。看到新銅板，比利貪心了。他的兩英鎊作品看似精美，但中間的小圓[74]會一直掉出來。於是經過在波茨萊爾[75]的自助洗衣店外一段漫長的盯梢後，比利的偽幣廠被破獲，而口袋裡匡噹作響的比利也逃往了陽光燦爛的西班牙。

想到那趟出差，克里斯的印象是從肖漢姆機場搭上超狹窄的包機，降落在西班牙一個A開頭的地方，被帶往一輛廂型車，被放進那輛廂型車，在炙熱中坐了四十五分鐘的車，廂型車門開啟，帶著手銬的比利・吉爾被推到他身邊，簽了份寫著西班牙文的移交紀錄，廂型車門闔上，又坐了四十五分鐘的車，走路把比利・吉爾帶到窗戶跟空調都沒有的一間機場拘留室，等了七小時，也聽了七小時比利・吉爾抱怨在西班牙買不到馬麥醬[76]。

然後相隔幾年，上頭強制他們要去懷特島上進修資訊課程。以上，就是他僅有的出國經驗了。

但賽普勒斯就比較像樣了。顯然還是太熱，但總歸是像樣多了。他在拉納卡機場認識了來接機的喬．基普里亞努，也就是現時坐在他身邊的賽普勒斯警探。這座監獄舒適而涼爽，克里斯發現人只要坐在水泥椅子上，就一滴汗也流不出來。所以打從審訊室的門一關上，他就保持著很好的心情。

按照克里斯的推測，小名柯斯塔的昆杜斯大概七十來歲，但比起比利．吉爾，他的話少得多了。

「你上次見到吉昂尼是什麼時候？」克里斯問。

柯斯塔直望著他聳了聳肩頭。

「上禮拜？去年？他有來探監過嗎？」

柯斯塔看著自己的指甲。克里斯注意到對一個坐牢的男人來講，他的指甲真的是無懈可擊。

「重點是，昆杜斯先生，我們有資料顯示您公子在二〇〇〇年五月十七日返抵了賽普勒

73 Ryan Air。一家廉價航空。
74 英國的兩英鎊硬幣是雙色設計。中間有個小圓。
75 霍夫市郊地名。
76 Marmite。馬麥醬的原料是啤酒釀造過程中最後沉積出的酵母，盛產於英國及紐西蘭，富含維生素B，外觀為濃棕色帶黏性而氣味獨特，主要的食用方法有塗抹麵包跟溶入湯中。

斯。他的班機在下午兩點左右降落在拉納卡機場。而從那之後到現在是一片空白，他就像人間蒸發了一樣。您覺得這是為什麼呢？」

柯斯塔想了一下。「你們找吉昂尼幹嘛？都過這麼久了？」

「我有件英國的案子想跟他談談，好排除他的嫌疑。」

「你會大老遠飛來，這案子可不小啊，是吧？」

「確實，昆杜斯先生，是個大案子。」

柯斯塔．昆杜斯緩緩點了個頭。「而你找不到吉昂尼？」

「我知道他二〇〇〇年五月十七日下午兩點在哪兒，但之後就有點摸不清頭腦了。」克里斯說。「你知道他可能去哪兒了嗎？他會去找誰呢？」

「嗯，」柯斯塔在椅子上坐挺了起來，「他應該會來見我才對。」

「那他有嗎？」

柯斯塔向前靠了一點，對克里斯笑了笑，然後又聳了個肩。「我想時間差不多了。祝你好運，在賽普勒斯玩得開心。」

喬．基普里亞努往前一靠，看著柯斯塔．昆杜斯。

「柯斯塔跟安德利亞這對兄弟檔，他們有一段時間在尼克西亞本地竊車，把偷來的摩托車『出口』到土耳其。只要在各港口有人脈，這事辦起來其實輕而易舉。他們有間小工廠，可以在裡面把引擎序號磨掉，車牌號碼也一起換掉。對吧，柯斯塔？」

「好久以前的事了，」柯斯塔說。

「然後他們慢慢開始穿插一些四輪的贓車，但這些車也可以上同一批船，由同一批貪官包庇，所以柯斯塔跟安德利亞還是可以高枕無憂。」

克里斯點著頭，試著硬喝下更多咖啡。

「就這樣日子一年年過去，二輪接著四輪，四輪又接著二輪。不過做起四輪生意代表他們需要一間大一點的工坊，一輛大一點的卡車，還有大不只一點的木箱。」

「柯斯塔賺的利潤也更大？」克里斯看著柯斯塔問。

「利潤更大，當然。一切風平浪靜，大家都開心，柯斯塔跟安德利亞更是賺飽了。然後，一九七四年，土耳其人入侵了賽普勒斯。你知道那段歷史嗎？」

「嗯。」克里斯說。他哪知道那段歷史，但他真的很想在上飛機前吃到頓飯，而他很肯定那段故事一時半刻講不完。要是哪天真的非得知道不可，他自個兒去維基百科上查查便是。

「所以土耳其人跑來侵略，他們佔領了北賽普勒斯。簡單講就是這樣。自此住在北邊的希臘裔賽普勒斯人開始往南遷，住在南邊的土耳其裔賽普勒斯人則開始北遷，像柯斯塔與安德利亞就屬於後者。」

「所以他們搬到了北部？」

喬．基普里亞努笑了。「他們是往北搬了啦，搬了大概三條街。尼克西亞一分為二，土耳其人在北，希臘裔在南。所以他們只是搬到了綠線[77]以北，然後就發現自己來到一個新世界。」

記得去查什麼是「綠線」，克里斯心想。

77　聯合國調停的緩衝區。

「然後他們在新世界察覺到了商機，你知道的吧？開始了新的生意。」

「毒品生意？」克里斯問。「柯斯塔還真大膽。」

柯斯塔聳聳肩。

「就是毒品。」喬・基普里亞努證實了這點。「他們用錢打通了正確的關節。來自土耳其的毒品開始流入北賽普勒斯，然後再從北賽普勒斯流竄到東西南北一堆人的手中。這短短時間內就變成一門大生意，而且整個被保護得像銅牆鐵壁。邊疆是怎麼回事你懂吧？就這樣花了十年的時間，兩兄弟的業務範疇變得包山包海，他們名符其實地成為了北境之王。沒有人動得了他們，也動不了他們整個家族。他們拿錢行善辦學，你想得到的好事他們都做絕了。昆杜斯。你在那兒只要報上這個姓氏，就可以親眼見證我說的一切了。」

克里斯點頭，他懂。「吉昂尼在二〇〇〇年跑回了這裡，然後就消失無蹤，再也沒人見過他。當時法院開出了逮捕令，我們也派了警官飛過來，賽普勒斯警方也搜查了半天，但都一無所獲。」

喬點了點頭。「這很簡單，克里斯，真的。吉昂尼要是想逃離英國，他只消預先打個電話給他老爸。飛機一降落，柯斯塔就派人去接他，燒了舊護照，馬上換一本新的。搖身一變、換了個新名字，回到北賽普勒斯重新開工。他隔天就可以上工了，相信我。就是這樣對吧，柯斯塔？」

「啥事都沒發生，」柯斯塔說。

「那警方的搜查呢？」克里斯問。「我們的人呢？你們的人呢？」

「別提了，根本毫無勝算，」喬說。「難聽的話我不想講，克里斯，你清楚那是怎麼回事。他們肯定根本沒去找人，沒去對的地方找。去翻翻看你的人有沒有寫進報告，北賽普勒斯恐怕不是他們進得了的地方。二〇〇〇年那時候，柯斯塔的權力大到讓你不敢相信。你看得到的東西全都是他的，人也都是他的。對吧，老兄？」

喬看了柯斯塔一眼。柯斯塔點點頭。

「即使現在他進了監獄也一樣。所以，不管你是多優秀的警察，沒用的事情幹嘛去試呢？吉昂尼可能在這裡、可能在土耳其、或美國、或回到了英國。你看得出柯斯塔知道他在哪裡，但他絕不會幫你這個忙。」

柯斯塔兩手一攤。

「所以他有可能飛回英國？」克里斯說。「他可以飛到英國殺了東尼・庫蘭，再飛回來，然後我們半點也不曉得？」

喬點了點頭。「絕對可以。不過他要是真的飛去英國，總還是需要些地頭蛇幫他。你那邊有賽普勒斯人可以接應他嗎？讓他有地方住之類的？有沒有人會害怕柯斯塔在這邊仍然掌握的勢力？」

克里斯聳了聳肩，但內心記下了這點。

柯斯塔聽夠了，站了起來。「兩位先生，我們可以結束了嗎？」

克里斯已經無計可施了。是不是專家，克里斯一問話便知。克里斯拿出名片，放在了柯斯塔面前的桌上。

「我的名片，要是你想起什麼，可以聯絡一下。」

柯斯塔看了眼名片，看了眼克里斯，然後又看回名片，最後爆笑了出來。他望向基普里亞努，說了些克里斯聽不清楚的話。喬．基普里亞努也笑了。柯斯塔最後看了克里斯一眼，搖了搖頭，動作堅定但不帶惡意。

克里斯也對柯斯塔聳了聳肩，他也是專家來著。

克里斯上網估狗過，拉納卡機場裡有一家星巴克跟一家漢堡王。漢堡王的分店這年頭真的是愈來與難遇到。該走了，他站起身來。

「他們最後是用什麼罪名把你抓起來的，柯斯塔？」克里斯問。

柯斯塔微笑一下。「我買了一輛哈雷機車，從美國直送的水貨，但忘了要完稅。」

「你是在開玩笑吧？然後他們這樣就判他無期徒刑？」

柯斯塔．昆杜斯搖頭。「判拘役兩週，但我在拘役期間殺了一個獄卒。」

克里斯點頭。「這一家子還真是不簡單。」

第九十五章

馬修．麥基有點驚訝會接到伊莉莎白的電話。她問他有沒有空聽個告解。他一直在種花跟思考。警方的審訊動搖了他，讓他有點失去平衡。幾個月前的生活曾經如此簡單。他的人生始終談不上快樂，他不快樂已經很多個年頭了，但或許他起碼找到了一點平靜？一種滿足？一種打了些折扣的夫復何求。

他有自己的房子、自己的花園，自己的退休金。他有會來看看他還好嗎的好鄰居，一戶年輕夫婦最近才搬到對面，他們的孩子會在人行道上騎腳踏車玩。窗戶開著，他就能持續聽到鈴聲跟笑聲。他可以在五分鐘內走到海邊。他可以坐下來欣賞海鷗，風不大時可以讀讀報紙。大家認識他，也會笑著來問他一切還好嗎，請他要是不忙的話，能不能告訴他們流鼻血怎麼辦？屁股痛怎麼辦？晚上睡不著怎麼辦？這稱得上是一種人生，而這人生有種節奏與規律，可以讓往日的鬼魂不得其門而入。老實說，他還能有什麼不知足？

但如今呢？鬥毆、警方的審訊、踩不住煞車的焦慮。他還能找回往日的平靜嗎？這一切紛紛擾擾會隨風而逝嗎？雖然很多人說時間會治癒一切，但人生有些事情絕不可能破鏡重圓。暫時，馬修．麥基會把窗戶關著。他的生活中會暫時聽不到腳踏車的鈴聲與孩子的笑語。以他的年紀，他知道那樣的生活他可能再也回不去。

過去一個月，他接到的好像只有壞消息。所以他該怎麼解讀這通電話呢？這通電話於他是福是禍呢？

伊莉莎白問他知不知道聖邁可教堂的告解廂？他也同樣捫心自問：他知道嗎？他至今都還會夢到那地方，夢到那種黑暗，那沉悶的回聲，那四面牆是如何朝著他步步進逼。他的人生就是在那裡從中斷裂，再也無法破鏡重圓。

他真的應該舊地重遊嗎？但這問題其實很弔詭，因為他根本從來沒有離開過那裡。他知道自己的人生遲早會帶著自己回到那地方。上帝的幽默感。你不得不佩服祂老人家。他見過伊莉莎白，這點他很確定。在公聽會上，還有凶案發生的那一天，她都讓人眼睛為之一亮。

所以伊莉莎白在打什麼主意呢？她有什麼再也藏不下去的罪孽呢？為什麼指名要他呢？為什麼選在那裡呢？他想她肯定在兇案那天看到了他。她一定看見了領圈，而那通常都會在人心中留下深刻印象。神父的領圈就是有股力量會讓人想自頭到尾從實招來。他解鎖了她心中的什麼，會讓她想拿起電話撥給他？還有，說到電話，她怎麼會有他的號碼？他的電話沒有公開登記。也許網路上查得到？總之她肯定有她的辦法。

總之就是這樣了。回到聖邁可教堂，進到那告解廂，跟伊莉莎白一起。回到那一切的起點，也是一切的終點。那恐怖的巧合。她知道的話肯定也會這麼想。

馬修．麥基已經來到貝克斯希爾站的月台上，才意會到伊莉莎白並沒有提到他們兩個是誰要對誰告解。她究竟知道多少？

他閃過了一個掉頭回家的念頭，但車票都買好了。

她應該不會知道吧？有可能嗎？

第九十六章

所以，克里斯心想，就是這樣了。吉昂尼・昆杜斯搞了個人間蒸發，然後浪子回鄉，接受家族的保護。現在得查明的，就是吉昂尼近期是否有搭機回到英國，來趟回憶之旅。但他會用什麼名字搭機？換上一張怎麼樣的面容？吉昂尼根本是來去自如。

克里斯抵達機場之後還有不少時間要打發，他享用著一個星巴克的三層巧克力馬芬蛋糕。他當然不該吃的，這東西別的沒有，只有熱量最高，但就等他吃完再來擔心吧。此時他聽見一個來自英國的聲音。

「這位置有人坐嗎？」

克里斯頭也沒抬，用手勢表示座位空著，然後他的腦子才辨認出那個熟悉的聲音。當然囉，當然。克里斯往上一看，點了點頭。

「午安啊，朗恩。」

「午安，克里斯，」朗恩說著坐了下來。「一個馬芬蛋糕的熱量有四百五十大卡，你知道吧。」

「你在跟蹤我嗎，朗恩？」克里斯說。「跟來看看有什麼好玩的？」

「不，我們是昨天到的，老傢伙，」朗恩說。

「我們？」

伊博辛端著托盤出現了。他朝克里斯點點頭。「遇見你真開心，探長！我們聽說你在這兒。朗恩，我不知道只點即溶咖啡的話該怎麼說才好，所以我買了焦糖星冰樂。」

「謝了，老伊，」朗恩說，並拿了他的飲料。

「如果問你們兩個在這幹嘛，我不知道我會不會白費唇舌，」克里斯說。「只有你們兩個？還是喬伊絲也在免稅店裡大爆買？」

「只有我們倆，」朗恩說。「到賽普勒斯開心一遊。」

「其實這很能促進感情，」伊博辛說。「我以前從來沒有過多少男性密友。女性密友也沒有。也沒來過賽普勒斯。」

「伊莉莎白指示我們來的，」朗恩說。「她知道這裡有人認識某人認識的某人，所以我們就在這兒了。我們發現的事可能也跟你一樣。」

「一個大權在握的家族，」伊博辛說。「要安排吉昂尼消失、改變身分，是易如反掌。到處都找不到蛛絲馬跡。」

「像個幽靈，」朗恩說。

「還是個心懷怨恨的幽靈，」克里斯贊同道。他放棄那個馬芬蛋糕了，他吃到一半，所以這樣算多少？兩百二十大卡？如果登機門離星巴克有一段路，他可以消耗掉一點熱量。坐上飛機之後就啥也沒得吃了。

「我們聽說你去見了吉昂尼他爹，」朗恩說。「有什麼收穫嗎？」

「你們從哪聽說的？」克里斯問。

「這重要嗎？」朗恩說。

克里斯覺得大概不重要吧。「他知道吉昂尼在哪裡。但就連伊莉莎白也沒法逼他說出來。」

兩名男子點了點頭。

「喬伊絲也許可以吧，」克里斯補了一句，而他們倆再度點頭，這次還帶著微笑。

「你實在不太常有笑容，探長，」伊博辛說。「希望你別介意我這麼說啊？只是一點觀察。」

「那我可以發表我自己的一點觀察嗎？」克里斯說，他同時意識到伊博辛說得沒錯，但他不願在此時此地想這件事。「如果伊莉莎白知道有人認識某人認識的某人，那她為什麼不在這裡？警花拍檔[78]辦得成的事，何必交給警網雙雄[79]呢？」

「警網雙雄，比喻得真好，」伊博辛說。「我應該是那個哈奇，他比較有條理。」

登機廣播響起，三人收拾了隨身行李。克里斯看到朗恩帶了根拐杖。

「我第一次看到你拄拐杖呢，朗恩。」

朗恩聳肩道，「如果帶了拐杖，他們就會讓你優先登機。」

「那伊莉莎白和喬伊絲跑到哪去了？」克里斯說。「還是說，這個答案我別知道比較好？」

「你不會想知道的，」伊博辛說。

「太讚囉，」克里斯說。

---

78 Cagney and Lacey，指一九八〇年代同名電視影集中搭檔辦案的一對女性警探主角。

79 Starsky and Hutch，指一九七〇年代警匪動作影集中的兩名男警探主角史達奇與哈奇。

第九十七章

燭火在教堂裡閃爍搖曳。在告解廂裡，伊莉莎白與馬修．麥基相距只有數英寸。

「我想我沒必要粉飾太平，也不想得到什麼原諒，您的或上帝的都一樣。我只想留下一個紀錄。我只希望在我大限來臨、歸於塵土之前，有人能為我作證。我知道即便在告解廂裡也是有規則的，所以您知道這些情報之後，該做什麼事就去做吧。我殺了個人，那感覺像上輩子的事情了，而且認真追究起來，我只是為了不被他攻擊而採取了自我防衛。但我確實殺死了他。」

「接著說。」

「我當時在費爾黑文，住在租來的廉價雅房裡。我不知道您會不會評判我，但總之是我邀請了他跟我回家。可能有點笨吧，但那時候的您恐怕也不會聰明到哪裡去。他就在我租屋處攻擊了我，細部的過程很恐怖，但那不是理由。我反擊了，然後殺死了他。我很害怕，我知道不知情的人會怎麼想。沒有人目擊事發經過，所以誰會相信我？那時候可不比現在，您應該也還記得吧？」

「我記得。」

「我用窗簾包起他的屍體，拖到了車上，然後開始思考下一步。這全都發生得很快，您得了解。那天早上我醒來時，一切都再平凡不過，後來卻變成這樣。那感覺說多荒謬就有多荒謬。」

「您是怎麼殺死他的？我可以問嗎？」

「我對他開了槍，射在腿上。我沒想到他會死，但他一直流血、一直流血、一直流血，流得又多又快。也許他稍微出點聲，情況會不一樣吧？但他只是悄悄嗚咽著，我想可能是休克了吧。然後我就看著他沒了氣息，就像我跟您現在這樣的距離。」

告解廂裡一片沉默，教堂裡也悄然無聲。伊莉莎白已經用門栓鎖上了門。沒有人進得來，當然也沒有人會出去。也許事情就會這樣走到終局。

「然後……嗯，然後我坐著哭了起來，不然我還能怎麼辦？我等待著有人能把手放在我的肩膀上，等著有人帶我離開。那壓力之大，簡直要把我壓垮。但我只是在那兒一直坐著，一直坐呀坐，什麼事都沒有發生。沒有人敲門，沒有人尖叫，沒有天打雷劈。於是我給自己泡了杯茶。茶壺一邊沸騰，蒸氣一邊冒了起來。而我的後車廂依舊放了一具包在窗簾布裡的屍體。那時是個夏夜，所以我打開了收音機。然後我等到天黑，開車到了這裡。」

「這裡？」

「聖邁可教堂，沒錯。我在這裡工作過一段時間，不知道您知不知道？」

「我不知道。」

「所以我開車通過了鐵門，關掉車燈，然後繼續開上山。修女們都很早睡。我繼續開著車，經過了聖邁可教堂，經過了醫院，然後一路去到了永息花園。您知道那地方嗎？」

「我知道。」

「當然。然後我拿起了鏟子。我不希望您覺得天崩地裂，但我選了一個墳墓，某位修女的墳墓。那座墓的位置最靠近上方，土比較軟，於是我開始挖了起來。我挖啊挖，直到我敲到硬硬的棺木。然後我走回到車上。我把屍體推出了後車廂，從窗簾布中攤了開來。我不需要脫掉什麼衣服，因為他攻擊我的時候已經一絲不掛，這你懂的。於是我拖著屍體走上了小徑，穿過了一塊塊墓碑。拖著屍體前進並不輕鬆，我記得某個時間點我還罵出了髒話，然後又為了罵髒話而向上帝道歉。最終我拖著屍體到了我挖的洞，然後將屍體推入了墓穴，落在棺木上。然後我再度拿起了鏟子，回填了墓地，然後小小地禱告了一下。接著我走回到停車處，把鏟子放回到後車廂，然後開車回了家。簡短地說，就是這樣。」

「原來如此。」

「那之後始終沒人來敲我的門，否則我想我現在也不會在這兒跟您說這些話了。沒人來敲我的門，但照理講應該要有的吧？至少在我的夢裡，他們每晚都來敲門。人都要為自己的行為付出代價，不是嗎？您是怎麼想的？拜託，請老實告訴我吧。」

「老實告訴妳？」馬修．麥基緩緩長嘆了一聲。「我老實告訴妳，我覺得妳說的每個字都是鬼扯，伊莉莎白。」

「每個字都是嗎？」伊莉莎白追問。「我可是講出了很多細節，麥基神父。日期、腿上的槍傷，還有特定的墳墓。我要編這一大段也太不尋常了吧？」

「伊莉莎白，一九七〇年妳沒在這裡工作過。」

「那倒是，但你有。」

「我有，確實。我之前就坐在這裡頭過，而且還是坐在妳的位子上。」

伊莉莎白決定開始施壓。

「你聽起來像是有話想說？我說了什麼事情勾起了你的回憶嗎？你該相信我是有備而來

的了吧？」

馬修．麥基哀傷地笑了一聲。伊莉莎白繼續打鐵趁熱。

「希望你別介意我這麼說，麥基神父，你在我提到永息花園的時候震了一下，還蠻明顯的。」

「我是有點介意，伊莉莎白，但我想我是有話要說。我一直想說。而既然我們都來到這裡了，妳何不把真正的王牌打出來，看看結果如何？」

「你確定嗎？」

「我在這裡就像在自己家，伊莉莎白。這是上帝的聖所。我們就來聊聊吧，好嗎？就我們兩個老糊塗聊聊？妳隨時開始，我視情況加入。」

「那我們就先從伊恩．文瑟姆開始嗎？我們就先來聊聊他吧？」

「伊恩．文瑟姆？」

「嗯，就從這裡開始吧。我們隨時可以往回推。我想從一個問題問起，麥基神父，要是你不介意的話？」

「盡量問。還有叫我馬修就好，不用客氣。」

「多謝，那我就恭敬不如從命。首先，馬修，你為什麼要殺死伊恩．文瑟姆？」

第九十八章

喬伊絲

我收到的指示非常明確，而伊莉莎白也早該回來了。要是朗恩和伊博辛也在就好了。我一邊寫，一邊等唐娜出現。希望她快點來。

我開始感覺這不盡然是個玩笑，不是什麼會船到橋頭自然直的冒險，不是我們下星期同一時間還會回來再過一回癮的東西。伊莉莎白說她要去兩個小時，而她也已經去了兩個小時。我是哪根筋不對勁，怎麼會同意讓她置身這種險境？我們有事瞞著唐娜也不是一次兩次了，但這是我印象裡第一次對她睜眼說瞎話。我可沒有什麼說謊的天分。我可以把祕密放在心裡，但只要有人問起，我的保密期限就結束了。

於是我打了電話給唐娜，告訴她伊莉莎白去了哪，還告訴她伊莉莎白到現在還沒回來。唐娜氣得要命，而我並不怪她。我很抱歉地說我不該騙她，而她說騙她的是伊莉莎白，我只不過是個膽小鬼跟幫兇而已。這之後她罵了我一句我不想在此重複的話，而我必須承認她罵得一點都不為過。

我太希望別人喜歡我，太在意別人的感受，以至於我選擇了在那個當下說我一直很喜歡她的眼影，還問她是在哪裡買的。但她早已掛上了電話。

唐娜正在趕過來的路上。我知道她很擔心，我也一樣。我一直以為伊莉莎白這個人堅不可摧、所向無敵。希望我想得沒錯。

第九十九章

伊莉莎白沿著蜿蜒小徑，穿過夾道的樹木，上坡前往永息花園，這條她已經走過了許多趟。她感覺到馬修．麥基扶著她的下背，正在引領她往前。

這裡一直都很安靜，但她不記得有何時曾像現在**這麼**安靜過。就連鳥兒都靜悄悄的，牠們知道些什麼呢？天色看起來要下雨了，陽光使盡全力要突破雲層，但她還是瑟瑟發抖。直到幾天前，這邊都還圍著警方的犯罪現場封鎖線。一株樹苗上還綁著一小段封鎖線膠帶，藍白兩色的尾端在風中翻飛。

他們經過了伯納的長椅。椅子看起來空蕩得一點也不合理。

伯納一定會想知道伊莉莎白和神父他們是在做什麼，幹嘛板著臉慢慢往山上爬。伯納會從報紙後面抬起視線，祝他們有個愉快的一天，然後目送他們走完整段路。但伯納已經不在了，就像過去其他許多人一樣。大限已至，就這樣有去無回，只留下安靜的山丘上一張空空的長椅。

他們到了大門前，馬修．麥基把門推開。他護送伊莉莎白進去，手仍然扶在她背上。她聽見大門的鉸鏈在他們背後嘎吱作響，關了起來。

馬修．麥基沒有直接走到永息花園最上方的右手邊角落，而是踏出了步道，走在比較白淨、比較新的墓碑之間。他一向都是這種走法。伊莉莎白跟著他，最終兩人停在了一塊碑石之前。伊莉莎白看向了碑文。

瑪格麗特・安妮修女

瑪格麗特・法瑞爾，一九四八—一九七一

伊莉莎白握起了麥基的手，與他十指交扣。

「這是個很美的地方，伊莉莎白。」他說。

伊莉莎白遠眺牆外，看著連綿起伏的原野、丘陵、草木與鳥兒。這真的是個很美的地方。山下傳來的騷動打破了此刻的平靜，那是有人在跑動的腳步聲。伊莉莎白看了看手錶。

「是我的搜救隊來了。」她說。「我跟他們說我兩小時沒回去，他們就可以破門而入，衝進去掃射了。」

「兩小時？」麥基問。「我們真的耗了兩小時？」

伊莉莎白點了點頭。「我們要說的話很多，馬修。」

他也點起了頭。

「等那些傢伙上得山來後，同樣的解釋你可能得再來一遍。」

伊莉莎白已經看得見在全力奔跑的克里斯・哈德森了。她對這名忘年之交揮了揮手，並看見克里斯臉上露出鬆了口氣的笑容。克里斯感到慶幸的是她還活著，還有自己可以不用再跑了。

第一〇〇章

神祕填字遊戲社鬧起了內鬨。柯林．克萊門斯的每周解題挑戰已經連著三週都由艾琳．多爾提獲勝。法蘭克．卡本特指控這當中有人行為不當，而這說法也慢慢累積了一定的聲量。隔天一個措辭相當粗魯的填字遊戲提示被貼在了柯林．克萊門斯的家門上，而他一解開這則提示，雙方衝突也開始一發不可收拾。

事情鬧成這樣，神祕填字遊戲社只好停辦一週來讓雙方各自冷靜一下，於是拼圖室便意外地空了出來。週四謀殺俱樂部按平日的習慣各就各位，另外唐娜從交誼廳搬來了兩張摺疊椅。馬修．麥基坐在角落的一張扶手椅上。他是眾人目光的焦點。

「我當時從愛爾蘭過來還沒有太久，我真的只是過來想冒險的。那個年頭他們什麼地方都可以派你去，非洲啊、祕魯啊，但那真的不適合我，去那邊叫人改信基督什麼的，而就在這時，我的選項裡跳出了這個地方，於是一九六七年我便不假思索地搭船出發。當時的這裡就跟你們現在看到的沒兩樣，真的。非常漂亮，非常靜謐。當時這兒有上百名修女，但她們都好安靜，讓你意識不到人有這麼多，連走起路來都靜悄悄。修道院裡寧靜歸寧靜，但也是個工作的場所，像這兒的醫院就從來沒閒下來過。我會在這裡四處散步、做佈道、聽人告解。我看到大家開心會笑，看到他們難過會哭，那就是我的工作。二十五歲的我腦子裡沒有太多東西，骨子裡也談不上有什麼智慧。但我是個有血有肉的人，而那似乎也就是唯一重要的事了。」

「你當時住在這裡嗎？」克里斯問。伊莉莎白稍早提議由克里斯跟唐娜來主導發問，因為她知道等這天告一段落後，自己會用得上一些英文裡叫做「布朗尼點數」[80]的印象加分。

「當時這裡有一棟門樓，而那裡頭有給我住的房間。那些房間不差，肯定比修女們的好。入住的規定是不能有訪客，那是最基本的。」

「你有乖乖遵守嗎？」唐娜問。

「一開始當然有。我希望力求表現，給人好的印象。我可不想剛來就被退貨。大概是這樣。」

「但情況……後來有變？」克里斯問。

「嗯，事情後來變了。天下沒有不變的事情。我來沒多久就認識了瑪姬，負責打掃教堂的瑪姬。負責打掃的有四個人。」

「但瑪姬只有一個？」唐娜說。

「瑪姬只有一個。」馬修．麥基笑了。「剛開始我們只會『早安，瑪格麗特修女』跟『早安，神父』一下，兩人就各忙各的去了。這聽起來沒什麼，但我會對她微笑，她也會還我以微笑，然後過沒多久，我們的對話就變成了『今早天氣真好，瑪格麗特修女，這樣的陽光真是主的賜福』跟『您說得不錯，神父，我們真的很蒙福』。在之後的第三階段是『妳用來清地板的那是什麼，瑪格麗特修女？』跟『這是地板亮光劑，神父』。當然這不是一開始就這

---

80 Brownie point。「布朗尼點數」是一種假想中的社會貨幣，通常是指透過言行來取得他人（尤其是上司的歡心），可能的典故是，女童軍成員會因為表現良好而獲得獎章或點數，而女童軍因為身著棕色制服常被暱稱為布朗尼。

樣，而是我來了幾星期後的事情。」

朗恩靠前想說點什麼，但伊莉莎白瞪住了他。

「總之，在我到任的一個月之後，瑪姬來找我告了解。我們在告解廂裡坐著，誰也沒有多說什麼。我們只是在那兒坐著，然後繼續坐著，相距僅幾英吋的兩人之間只隔著一塊木板。我不難聽見她的呼吸，還有我自己的心悸，我的心臟就像隨時會從胸腔裡跳出來一樣。不要問我們在裡頭坐了多久，我一點概念都沒有。但總之最後我會說：『妳應該還有工作要做吧，瑪格麗特修女』。而她會說：『謝謝你，神父。』然後就沒有然後了。但我們都知道彼此的心意，那是我們的默契。我們都明白這樣的告解本身就是罪，而且一定還會有下一回。」

「您要不要再來點？」喬伊絲作勢把保溫瓶口靠了過去。麥基舉起手指表示婉謝。

「我想不用我說，我們會私下見面。我每天早上都會見到她，但很顯然我們不方便在其他人在場的時候談話。所以我會接受她的告解，趁那時候互訴衷腸。就這樣，我們的愛萌芽在告解廂的座位上。瑪姬跟馬修，馬修跟瑪姬，只能隔著告解廂的網格說話，你能想像有比這更令人絕望的愛情嗎？」

「那個，不好意思，但我想確認一下，你說的瑪姬就是瑪格麗特・安妮修女吧？」克里斯問。

「是。」

「生於一九四八年，卒於一九七一年？」

馬修・麥基點了點頭。「我知道我們得離開這裡。那其實難度並不高。我可去找份工作，我已經是考試合格的醫師。瑪姬可以當護士。我們可以在海邊買塊地。我們都是在海邊長大的小孩。」

「你打算辭去神職？」

「當然。我問你，哈德森探長，你為什麼要當警察？」

克里斯想了一下。「老實說嗎？考完A級考試[81]後，我媽說我得去找份工作，然後那天晚上我們剛好在看《茱麗葉．布拉沃》[82]。」

「嗯，那不就是同樣的道理？」馬修．麥基說。「今天換一個城鎮、換一個國家，我可能就會成為機師或農夫，是我的出身與際遇讓我成為了一名神父，除此之外沒有太多的道理可言。事實上我連信仰都從不曾十分堅定。神父於我只是一份工作、一個飯碗，一張可以離開家的機票。」

「那瑪姬呢？」唐娜問。「她也想辭嗎？」

「她比較掙扎一點，因為她是還有信仰的人。但她應該是會辭的，我覺得她會，總有一天。我覺得她會跟我在貝克斯希爾白頭偕老，綠色的眼睛燃燒著愛意。但那對她畢竟並不容易。我是年輕男人，她是年輕女人，那個年頭誰冒的風險比較大，不用我說吧？」

喬伊絲伸手握住了他的手。「你的瑪姬後來怎麼了？馬修？」

「她會來找我。趁夜裡到門樓來，你們應該不難想像。熄燈之後要溜進來並不困難。瑪姬不是傻瓜，要是她還活著，她絕對有資格成為加入我們今天的討論。週二跟週五是她固定

81 A-level。英國高中生畢業時前考的會考。
82 Juliet Bravo。英國的警察劇。

來找我的日子，因為這兩天最安全。我會在樓上的房間幫她點好蠟燭。看不到蠟燭，就代表我被叫出去了，或是有客人來，那她就知道不要上來。但只要我點了蠟燭，她就一定會上來。有時候是立刻上樓，有時候我得在踱步中等待，但她一定會來。」

麥基清了清喉嚨，皺起了眉頭。喬伊絲捏了捏他的手。

「這故事我五十年沒說過了，結果今天一說就是兩遍。」他擠出了一個孱弱的笑容，然後繼續往下說。「那天是星期二，三月十七日，點上蠟燭的我開始踱步等待。我的起居室裡有片木地板會在有人踩到時咿歪作響，所以那天我在上頭走來走去走來走去，地板也一直咿歪、咿歪響個沒完。我會聽到外頭一點點風吹草動，就心想『她來了』。我會停下腳步仔細聆聽，但最後都只聽到一片死寂。一直等不到人讓我擔心起來。她是不是就寢後外出被抓到了？瑪麗修女可是很兇的。但我知道那也不會是什麼天大的事情，畢竟我們都還在什麼事都可以原諒的年紀。於是我上樓吹熄了蠟燭，下得樓來套上了靴子，然後朝著修道院而去。我要去看看是怎麼回事情。」

馬修．麥基望向地板。一個老人家訴說著年輕人的故事。伊莉莎白對上了朗恩的眼神，拍了拍自己胸口的口袋。朗恩點點頭，從外套內裡的口袋中掏出了適合屁股口袋的隨身酒壺。

「我要來點威士忌，陪陪我好嗎，馬修？」

沒等馬修回答，朗恩就把威士忌倒進了他的馬克杯裡。麥基點頭表示謝意，視線依舊黏在地板上。

「那你看到了什麼，麥基神父？」唐娜問。

「嗯，修道院一片漆黑，這點是好事。如果她真被逮到偷跑出去，那修道院不可能一點光線都沒有。起碼瑪麗修女的辦公室就應該亮著。又或者教堂應該三更半夜會有人被罰在刷東西。但唯一看得到亮光的地方，竟是醫院。我當時只想很快繞一圈，確定瑪姬平安無事就好。要猜她那晚為什麼沒有赴約，我隨便也能想出一百種理由，但我就是想要確認一下讓自己放下心來。我想到要去自己位於教堂後面的小辦公室裡拿點文件，你知道，萬一被人看見我也好有點理由可以敷衍。我可以說自己睡不著來加點班，然後也許四處晃一晃。但當然可以的話，我會想去修女的宿舍偷看一眼，看著瑪姬安穩地睡在床上。

「就是這間拼圖室。」喬伊絲說。「這曾經是修女的其中一間宿舍。」

馬修．麥基環顧了四周，點起了頭。他用左手輕拍了一下座椅的扶手，然後又開了口。

「我有教堂的鑰匙。你知道那扇門，非常之重，鎖頭轉起來又非常吵。但我還是盡可能小聲地打開了鎖，關上了門。教堂裡也是一片漆黑，但我當然是熟門熟路。我在讀經台邊撞上了一張不應該在那兒的老木椅，椅子敲擊地板發出了巨大的聲響。我想著要把讀經台邊的一盞燈點起來，一方面讓自己冷靜一點，一方面也讓自己不要那麼像個賊。我點亮了燈，但那是盞非常黯淡的燈，暗到我想外頭可能根本看不見，嗯，應該沒辦法，因為那亮度真的太低了。我想我這麼說應該不過分。」

馬修．麥基拿起馬克杯喝了一口，然後將杯子放回原位。

「所以我點起的就是這麼一盞燈。你能看見的只有讀經台、只有陰影，但就是夠看了，夠看了。」

馬修．麥基用手背擦了擦嘴。

「然後我看到了瑪姬。讀經台上方有一根橫梁，至少當時曾經有一根橫梁，可以懸掛薰香或神賜福的話語。我想那應該是建築的支撐結構吧，但我們還是照用不誤。總之瑪姬繞了一圈繩子在梁上，吊死了自己，而且就是在我到場之前不久的事情，也許她就是在我綁鞋帶時斷的氣吧。又或許她是在我吹滅蠟燭時沒了呼吸？但總之她是死了，我看得一清二楚。她死了，當然無法來找我。」

拼圖室一陣安靜。馬修．麥基又拿著馬克杯喝了一口。

「朗恩，謝謝你的酒。」

朗恩比了個「別放心上」的手勢。

「現場有遺書嗎？麥基神父。」克里斯問。

「沒有。我報了警，但當然我沒有大張旗鼓，畢竟這一幕不適合讓人圍觀。我叫醒了瑪麗修女，而她也把背後的故事告訴了我。」

「故事？」唐娜問。

馬修．麥基自顧自點了個頭，而伊莉莎白暫時接過了方向盤。

「瑪姬懷孕了。」

「不會吧。」朗恩說。馬修抬起頭，繼續把故事往下說。

「她曾經把這事跟另外一個年輕的護士吐露過。我一直沒查出那人是誰，但瑪姬肯定很信任她。但信任歸信任，這話說出去卻是錯誤一場，因為那名護士把事情告訴了瑪麗修女，然後大概晚禱後的六點前後，瑪麗修女把瑪姬叫去了她的房間。瑪麗修女沒告訴我她說了什麼，但我大概可以猜到是要她捲鋪蓋走人。她原本應該要再待上最後一晚，然後隔天早上直接被接回愛爾蘭。我點上蠟燭大概是七點，我想。瑪姬回到宿舍，也許就是我們現在坐著的這裡。她當然知道怎麼溜出去，於是她溜了出去。但那天晚上她沒有來找我，而是去了教堂，把繩結套在脖子上，了結了自己，也帶走了我們的孩子。」

馬修．麥基抬頭看向了在場的其他六個人。

「這就是我的故事。所以你們看，這結局一點都不好，是不是？那之後事情就再也沒好過。」

「那她怎麼會被埋在山上？」朗恩問。

「那是我跟他們談成的條件。」麥基說。「交換條件是，我得離開那裡，不准跟任何人提起任何一個字。後來我也確實離開了這裡，回到了愛爾蘭。他們幫我在基爾戴爾的某間教學醫院找了一份差事。他們銷毀了舊紀錄，新的紀錄取而代之。那年頭的教會真的可以一手遮天。他們希望我乖乖退下，不要惹麻煩，也不要鬧出醜事。從頭到尾只有我跟瑪麗修女親眼看到了吊死的屍體。他們最後是怎麼跟外頭交代的，我不得而知，但肯定不是神父把修女肚子搞大、弄到修女去自殺的故事。我答應他們守口如瓶，但條件是讓她葬在永息花園裡。她不會想要回老家的，而不回家的話，她唯一的歸宿就只剩下聖邁可教堂。」

「瑪麗修女同意了？」唐娜問。

「這樣她面子也比較掛得住。不然一定會有人問一堆問題。我突然離開，瑪姬被送到修道院外安葬，大家又不傻，難道會看不出這當中的關連。我們決定各取所需，於是事發隔天早上，原本要來把瑪姬遺體載走的車子，載走了我，然後馬不停蹄地把我送到了霍利希德[83]。

---

83 Holyhead，從威爾斯搭船回愛爾蘭的港都。

我就此回到了故鄉愛爾蘭，直到我聽說瑪麗修女去世。她也葬在上頭的永息花園裡，墓碑上有智天使的那個就是她。我得到消息的那一天，就拋下了工作、打包了行李，回到了這裡定居。我想盡可能靠近我的瑪姬。」

「所以你才會拚了命也要阻止永息花園被搬遷？」

「那是我能唯一能為她做的事了。幫她覓得一點最後的安息。你們都去過上面，應該可以理解。這是我人生僅剩的意義了：對她說聲抱歉，也對她說聲『我愛你』。一個這麼美的地方，才配得上我一生僅有的摯愛，還有我們的小兒子，或小女兒。我心裡一直想著那是個男孩，我還幫他起了個名字叫派翠克，這樣很傻，我知道。」

「神父，我不想失禮，」克里斯說，「但我會說這讓你有很強的動機去殺掉文瑟姆。」

「無妨，今天本來就不用講什麼禮數了吧。你能想像瑪姬會原諒我殺死文瑟姆嗎？你或許不認識她，但她脾氣也是很大的。我走每一步都想著瑪姬要的是什麼，都想著怎樣能讓派翠克為我感到驕傲。我殫精竭慮，就是為了不讓自己走偏，因為總有一天我會與瑪姬重聚，也和我們的小兒子重聚，我希望自己見到他們母子倆的時候，能懷著一顆純淨的心。」

第一〇一章

「你喜歡皮拉提斯嗎？」伊博辛問。

「這個嘛，」戈登・普雷菲爾說。「那是什麼玩意兒？」

結束了他的古柏切斯導覽後，戈登・普雷菲爾跟伊博辛、伊莉莎白、喬伊絲一起坐在伊博辛的陽台上。伊博辛喝白蘭地、伊莉莎白喝琴通寧、戈登喝啤酒。伊博辛把這些選項都給朗恩冰在了冰箱裡，只不過朗恩最近好像是以葡萄酒為主力。

克里斯跟唐娜回費爾黑文去了。克里斯跟他們說了一點賽普勒斯的事，也提到了吉昂尼的背景。他確信自己找對了人。唐娜很顯然還在氣他們，但她總會想通的。夕陽西下，日落而息的時刻又到了。

馬修・麥基已經回了他貝克斯希爾的家，也回到了他那兩支永遠點著的燭火身邊。

「皮拉提斯就是一門控制人體動作的藝術。」伊博辛說。

「嗯嗯。」戈登・普雷菲爾尋思著。「這裡有飛鏢嗎？」

「我們有斯諾克撞球。」伊博辛說。

戈登點頭。「那就行了。」

他們望著眼前的古柏切斯。前景是拉金苑，拉金苑裡有伊莉莎白的公寓跟她拉起了窗簾的窗戶。再遠一點是魯斯金苑、柳樹園，還有修道院。然後是就是美不勝收的丘陵，高低起伏朝著地平線而去。

「風景不錯。」戈登說。「而且喝酒的機會應該也少不了吧。」

「那自然是不在話下。」伊博辛說。

電話響起，伊博辛起身去接。但途中仍不忘轉頭跟戈登．普雷菲爾聊天。

「我覺得皮拉提斯好像被我黑了。它其實並沒有聽起來那麼無聊，而且對核心肌群跟柔軟度都非常有幫助。總之，課程是每個星期二。」

戈登看著一些居民從底下經過，喝了口啤酒。「那個，我不是開玩笑，但我真不確定這些修女當時人在不在這裡。這誰能說得準呢？畢竟當初有那麼多人。我不可能全部都熟悉，是吧，像妳搞不好也是當時的一個修女啊，喬伊絲。」

喬伊絲笑了。「我感覺我這兩年過的也就是修女的日子吧。雖說我不是沒努力脫單。」

伊莉莎白的想法跟戈登．普雷菲爾如出一轍。那些修女。也許這就是他們得嘗試的下一條路？明天就有週四謀殺俱樂部的例行聚會，也許他們就該從這討論起。她開始感覺到琴酒對自己產生了作用。講完電話的伊博辛重新加入了大家。

「是朗恩。他找我們去跟他喝一杯，好像是傑森為我們準備了禮物。」

第一〇二章

「上次大家散了之後，我跟巴比在黑橋酒館開了個小小的同學會。當然黑橋酒館四字已經改成法文就是了。」

傑森．李奇灌了一大口啤酒。朗恩也點了啤酒，傑森在的時候他都點啤酒，這是他堅持的身教。

「你應該看得出我們曾多少信任過彼此，你懂吧？我感覺大家這些年都有不少長進啊。巴比還是堅持不說他現在都在做些什麼，但他看起來是開心的，所以我想是改邪歸正了吧。我想在場的各位，沒有人要告訴我他現在是做哪一行吧？」

傑森帶著點期望，看向伊莉莎白與喬伊絲，兩人都回應以搖頭。

「很好。」傑森說。「沒人喜歡抓耙仔。但我們還是不能確定吧，你們懂我意思？我們還是不能確定凶手不在我們當中，不能確定這整件事是不是生龍活虎的吉昂尼回來尋仇。所以我打了通電話。」

「喔？打給誰？」喬伊絲問。

傑森笑了。「沒人喜歡什麼，這麼快就忘了啊，喬伊絲？」

喬伊絲點頭認輸。「沒人喜歡抓耙仔。傑森。」

「就說我打給了個朋友吧，一個我們都曾經很信任；而吉昂尼出於不同理由也曾信任過的傢伙。而他南下來找我們，畢竟我們兩個一起打給他，他基本上不可能拒絕。我們單刀直入問他說，吉昂尼有沒有來這裡？你見過他了嗎？如果我保密，可以老實告訴我嗎？」

「所以他有來嗎？」伊莉莎白問。

「有。」傑森說。「吉昂尼在東尼被殺的三天前來過，然後在案發當天離開。他很不諒解東尼多年前把他供出來，凡事遇到吉昂尼都說不準。」

喬伊絲點頭，一副了然於心的模樣。傑森繼續說。

「他大概覺得時機到了，該討回公道了。有些人就是這麼能記仇。」

「而你相信這人說的？彼得也信得過這人？」伊莉莎白問。

「彼得？」傑森問。

「抱歉，我是說巴比，」伊莉莎白說。「我老年癡呆了。你跟巴比都信得過他嗎？」

「命交給他也成。」傑森說。「你找不到比他更掏心掏肺的人了。」

「吉昂尼為什麼要寄照片給你？傑森。」伊博辛問。

傑森聳了聳肩。「我想他只是想讓我們知道是他幹的吧。愛現，吉昂尼一直都很愛現。他要查我的住址也不難，這裡誰不認識我。吉昂尼不論做什麼，都會讓你知道是他。」

「他的模樣有變嗎？他取了什麼新名字？」伊莉莎白問。

傑森搖了搖頭。「那我們管不著。我們只問自己要問的，我們只想確定真相。那樣就夠了。」

「可惜了。」伊莉莎白說。

「嗯，如果警方不把他追出來，我相信你們四位會的。」傑森說。「還有，是這樣的，我跟巴比想對你們說聲謝謝。謝謝你們讓我們兄弟聚首，還幫我們找出了真相。這一切真都多虧了你們。說句大實話，要不是你們幾位路見不平，我早就被抓去揹鍋了。所以我準備了一點小小的心意給你們四位，希望你們不要跟我客氣，好嗎？」那當然好。傑森拉開了腳邊運動袋的拉鍊，抽出了他說的禮物。他首先把一方木盒交給了伊博辛。

「伊博辛，雪茄。當然是古巴的。」

「真是高端品味。傑森，謝了。」伊博辛說。

再來是朗恩的禮物。

「爸，這酒給您品嚐，上等貨。您不用再勉強在我面前假裝愛喝啤酒了。」

朗恩收下了禮物。「喔喔，是白酒！謝啦，阿傑。」

傑森遞出一個信封給喬伊絲。「喬伊絲，這兩張票給妳，下個月上來倫敦看《名人冰舞秀》錄影吧。」

喬伊絲露出了燦笑。

「貴賓席，什麼都有。我想說多一張票，妳可以找喬安娜陪你」。

「喬安娜就免了。」喬伊絲說。「這是獨立電視台的節目，她才不看。」

「還有伊莉莎白。」傑森手裡空空如也，只拿著手機。「我給妳的禮物，是這個。」

傑森拿起他的手機，然後非常刻意地用手指滑過了螢幕，然後把手機放回了口袋裡。他看向伊莉莎白，但伊莉莎白有點不知道該如何回應。

「嗯，謝謝你，傑森，但我本來是比較期待拿到可可香奈兒啦。」伊莉莎白說。

「但我想比起香水，妳應該會更想要這個耶。」傑森說。「抓到殺死伊恩．文瑟姆的凶手。」

「凶手就在你的禮物裡嗎？」伊莉莎白問。

「我想有。爸跟我一起研究出來的。是不是，爸？」

朗恩點頭說，「正是。」

「而且，不是我要臭屁，」傑森說，「但我想只要輕輕滑一下Tinder，就能確認我的推理是對的。」

第一〇三章

喬伊絲

不知道你曉不曉得 Tinder 這東西？

我是在廣播裡聽到的，聽到人家拿它來開玩笑，但從沒親眼見過，直到傑森拿來示範給我看。

如果你已經曉得這東西了，就請跳過這段吧。

Tinder 是拿來約會交友的，讓你在這個APP上貼自己的照片。APP嘛，就像網站一樣，但只有在手機上用。傑森給我看了上面的一些照片，男人的照片通常是拍他們在登山或伐木，有時候還裁切掉前任伴侶出現的部分。多虧我那張刊在《切入正題》上的照片，我現在知道這是怎麼處理的了。

女人的照片通常是在船上拍的，或是好幾個女孩子一起合照，讓人無法確定該看的是哪個人，大概只能碰運氣吧。

我問他說，大家是不是都用這東西來約「一夜情」，而他說那就是主要用途沒錯。嗯，算是挺好玩的，但這整件事都給我一種不開心的感覺。看到越多照片上的笑臉，我就越不開心。

也許只是我不適應吧。我是在一場舞會上遇到傑瑞，我為了氣我媽才在最後一刻決定去參加那場舞會。如果我沒去，我們就不會相遇了。我知道用這種方式尋找真愛不太有效率，但在我們倆身上是行得通的。我的目光一落到他身上，他就無力招架了。真是個幸運的傢伙。

你可以在Tinder上瀏覽附近單身人士的照片（有時候也會有已婚人士）。伊恩．文瑟姆在Tinder上就有一張穿著空手道服的照片，雖然他已經死了。

如果你喜歡某個人的長相，就把對方的照片往右滑（或是往左，我記不得了）。同時，附近的某個人也在瀏覽照片，如果對方喜歡你的長相、也把照片往右（或左）滑，那你們兩個就湊成了一對。

老實說，瀏覽那些照片真令人心碎，讓我想起街燈柱上貼的那種走失貓咪照片。我想可能是因為其中隱含的希望吧。

總之，傑森左左右右滑了一陣，很有信心能湊到配對。他也很有信心，認為配對的對象就是凶手本人。對於前者，我贊同他的信心；至於後者我就比較懷疑了。

還有另一個約會APP叫Grindr，是給男同志用的。也許女同志也會用？我不曉得，也沒問。他們會用同一個APP嗎？我覺得那樣的話也不錯。

傑森覺得他已經把案子破了，也許真是如此，但我挺懷疑的。他說謎底很明顯，但在這種事情上，答案常常無法明顯看出。

至少，我發現了線上約會這回事並不適合我。你在這世界上有太多選擇，當每個人都有太多選擇的時候，要被別人選中就變得困難許多。偏偏我們全都希望有人能選中自己。

大家晚安。伯納晚安。還有傑瑞，我的愛，晚安。

第一〇四章

凱倫．普雷菲爾度過一個非常快樂的上午，忙著準備出門、挑衣服、跟朋友傳簡訊，現在她有了片刻的獨處時光，坐在一張她不熟悉的扶手椅上。她搖著頭，想著她那天早上心中懷抱的樂觀，還有她剛剛吃完的那頓午飯代表的現實。

凱倫不是沒有在Tinder上遇過些爛桃花，但玩約會軟體玩到被說是殺人凶手，這還是頭一遭。

昨晚，配對成功的訊息響了一聲出現在她手機上。傑森．李奇。她心想，那我就不客氣了，這可比滿街都是的男人高上一個檔次。他傳了訊息過來。她傳了訊息回去，然後一陣天雷勾動地火，兩人就已經來到了新橋酒館，點好了紫萵苣螯蝦沙拉。浪漫的風暴蓄勢待發。

凱倫在扶手椅裡扭動了一下，慵懶地從茶几上的一疊雜誌中拿起了一本。說是雜誌，那其實更像是某種會員通訊，名為《切入正題》。

再講回約會。兩人稍微閒聊了一下，但也就是稍微而已。凱倫對拳擊了解甚少，而傑森對ＩＴ產業一竅不通。微氣泡水送了上來，而傑森也於此時提起了伊恩．文瑟姆。凱倫立刻意識到這不是約會。但這還不是最壞的消息。

她此時已經可以聽到朗恩．李奇在他的廚房裡開著一瓶酒。傑森跑去上廁所了。她開始隨意翻閱起《切入正題》，但她的心思還是一直繞回黑橋酒館。

傑森對她劈頭就提了一堆問題。她在文瑟姆被殺的早上見過他嗎？是的，她有。她爸有拒絕賣土地給伊恩．文瑟姆嗎？嗯，有，但等等，我們的鳌蝦來了。她不希望老爸把土地賣掉，讓她有錢拿嗎？那是她的建議，是，但決定權還是在老爸手裡。當然如果他把地賣了，那一部分錢會變成她的錢？嗯，你當然可以這樣假設，傑森，但你幹嘛要這麼拐彎抹角的呢？有話就直說吧。

他還真的說了。現在回想那一幕還有幾分搞笑，凱倫心想。她聽到了馬桶沖水聲。他是怎麼說的？

傑森身體往前靠，態度篤定——可以說是確信不疑。看嘛，警方一直鎖定的目標是七〇年代待過這裡、五十年後又回到這裡的人，而這麼想其實也不能算是錯。他們發現了人骨，也因此發現了五十年前的一場凶殺案，但他們卻忘記了最基本的殺人動機：貪欲。文瑟姆妨礙了凱倫將幾百萬英鎊賺進口袋，她父親又怎樣都說不通，所以文瑟姆非死不可。傑森提到某些藥物只有暗網上才買得到，而凱倫不就是做科技業的嗎？有沒有這麼剛好？傑森自以為是破案高手，自信滿滿地認為他可以讓凱倫招供。拜託，有些男人真讓人翻白眼。

他沒想到凱倫會笑著打臉他的說法。凱倫解釋說自己只是一所中學的資料庫管理人員，若說她能連進暗網，就跟說她可以登上月球沒有兩樣。她說傑森提到吩坦尼的時候，她誤聽成「芬達林」，所以她完全不懂傑森接下來嘰哩呱啦講的是什麼東西。她說她住在英格蘭風景數一數二優美的地方，雖說你拿個幾百萬鎊來她還是願意搬，但如果是要在「在老家看著老爸開開心心」跟「在霍夫的高級新成屋裡看老爸愁眉苦臉」，她會秒選前者。傑森看起來想找一句冰雪聰明的話來回應，但他什麼反駁都說不出來。

傑森從洗手間走了回來，而凱倫還記得他稍早是多麼的垂頭喪氣。他知道她說的話句句屬實，也知道自己那點小理論站不住腳。他於是道了歉，無地自容地準備告辭，但凱倫想說他們何不將錯就錯，別糟蹋了才吃到一半的午餐？正所謂不打不相識，要是他們就這樣在一起了，將來有人問起「你們是怎麼認識的」，他們的回答不就會超經典？這話逗得讓兩人都笑了，也讓他們都打開了話匣子，也讓這頓飯局逆轉成一場美好、不急不徐的微醺午餐約會。

這就是為什麼傑森會開口請她到家裡續攤，順便把事情跟他爸解釋一下。時機抓得不偏不倚，朗恩．李奇帶著一瓶上好的白酒跟三個酒杯走了進來。傑森在她身邊坐下，並從父親手中接過了酒杯。指控完她是殺人凶手之後，他的表現就一直風度翩翩、魅力無窮。

凱倫．普雷菲爾作勢要把手上那份《切入正題》放回書報堆，但放到一半，在版面的下方，她看到了那張照片。她重新把通訊刊物取了回來，仔細端詳了一番，她希望自己沒有看錯。

「妳還好吧，凱倫？」傑森問了句，朗恩則在一旁倒酒。

「警方想找一九七〇年代待過這裡、現在也在這裡的人？」凱倫問得既慢又小心。

「他們是這麼個想法。」傑森說。「很顯然我覺得他們錯了，但我的自以為是落得了什麼下場，大家都看到了。」

自嘲完的傑森笑了，但凱倫笑不出來。她看著朗恩，指向了照片上的那張臉。「七〇年代待過這裡，現在也在這裡的人。」

朗恩看了一眼，但大腦有點無法吸收。

「妳確定嗎？」他擠出了這麼一句。

「是蠻久以前的事了，但我確定。」

朗恩的心思飛快運轉。這不可能吧。他開始在大腦裡搜尋各種原因，想證明這應該是搞錯了，但他一無所獲。他把酒放回茶几，拿起了《切入正題》。

「我得去找伊莉莎白談談。」

第一〇五章

「史蒂夫健身房」真的跟它的主人很像。矮胖的磚造建築，一眼看上去有點嚇人，但那兒的門從來不關，誰來都歡迎。

昨天在墓園熱鬧過之後，克里斯已經返回了費爾黑文，並確認過了喬．基普里亞努對於初始調查的直覺。薩塞克斯警方不曾派人勇闖過北賽普勒斯，關於吉昂尼的家族背景也在紀錄裡隻字未提。事實上任何談得上有意義的調查，都不曾發生過。克里斯看了那兩個被派去尼克西亞的同仁姓名。該說不意外嗎？他們帶回來的只有黝黑跟宿醉，調查的成果則空空如也。

他接著把那些乘客清單又掃了一遍。案發的前一週，從尼克西亞到希斯洛與蓋特威機場的人流將近三千個名字，男性為主，大部分是賽普勒斯籍。他知道自己這樣做是大海撈針，但不試試誰知道呢？再說現時電視上也沒什麼好看的。

穿梭在一張又一張的名單當中，克里斯想起了喬．基普里亞努說過的另外一件事情。如果吉昂尼果真來到英國，他肯定需要接應，而且這人想當然耳，最好也是塞普勒斯裔。克里斯知道這樣的人嗎？

隨著名字一個個閃過他的視線，他意會到自己還真認識這樣的人選。

克里斯於是又重新翻開了東尼．庫蘭案的原始檔案。毫無疑問地，史蒂夫．喬治歐早期曾在東尼．庫蘭那一幫人身邊進進出出。公文裡總會提到他，但總是沒有真憑實據能把他叫來問話。而且不論他替東尼幹了些什麼，時間都不太久。他在很久以前開了「史蒂夫健身房」，然後業績蒸蒸日上。克里斯認識一些去那兒健身的警官。優秀的警官，不是笨蛋。那地方的口碑不錯，而口碑好的健身房並沒有想像中多。

即便時至今日，史蒂夫健身房還是人滿為患。星期三的午後，那兒的光景是大家都在靜靜地咬牙鍛鍊，沒有人在搔首弄姿或裝模作樣。克里斯一直也想要加入健身房，但當時他還在等自己的膝蓋不痛，沒道理為了健身而讓傷好不了。等一切都安定下來後，他就會去報名。該面對的時候他一定會勇敢面對。昨天為了奔赴墓園跑了那段上坡，讓他手臂感到劇烈的刺痛。九成九不會怎樣，但就是小心為上。

史蒂夫料到他會來，在門口用輾壓的握手力道跟燦爛的笑容迎接了他。他們到辦公室裡坐定，史蒂夫坐上瑜珈球，開心地聊起天來。

「聽著，你知道我知道，大家都知道，我們這裡不招惹麻煩，也不製造麻煩。」史蒂夫．喬治歐說。

「那倒是。」克里斯同意了這話。

「而且還反過來，是不是？你知道的，我們會讓人進來，讓他們由黑轉白。我這沒有祕密，你有事儘管問，ＯＫ？」

「我最近去了趟賽普勒斯，史蒂夫。」

史蒂夫收起笑意，抖動了一下。「ＯＫ。」

「我沒做什麼功課就去了，想說就去度個假，你知道的。」

「那裡很美。」史蒂夫．喬治歐說。「我們現在是在談正事還是閒聊？」

「你是哪一邊的賽普勒斯人？希臘裔還是土耳其裔？」

對話的節奏此時漏了一拍，非常短的一拍，但對優秀的條子來講足矣。史蒂夫搖起頭。

「戰南北的事情別找我喔，我沒興趣。人就是人嘛。」

「人就是人沒錯，但話說回來，史蒂夫。你是哪一邊的呢？其實我自己也查得出來，但反正人都來了。」

「土耳其。」史蒂夫．喬治歐說。「土耳其裔賽普勒斯人。」他聳聳肩，顯得並不在意。

克里斯點頭然後用筆記下了什麼，並因此讓史蒂芬等了一會兒。「所以跟吉昂尼．昆杜斯一樣囉？」

史蒂夫．喬治歐把頭偏向一邊，重新看向了克里斯。「這名字可真讓人懷念啊。」

「是不是？」克里斯說。「總之，我就是為了他去賽普勒斯，我想找到他。」

史蒂夫．喬治歐笑了。「他離開好久了。吉昂尼是個瘋子。祝他好運啦，但應該早就有人把他幹掉了吧，我敢賭。」

「嗯，那就難怪我找不到他了。但你知道的，史蒂夫，我好歹是幹警察的，有時候有些事感覺就是怪。」

「警察的工作不就是覺得哪裡怪嗎？」史蒂夫．喬治歐說。

「我想說個故事。」克里斯說。「也就是我一直在想的一件事情。你聽就好，不用說什麼，也不用有反應，成嗎？」

「我得老實跟你說，我有健身房生意要做，而且我到現在也不知道你來幹嘛。」

克里斯舉起一隻手，順著喬治歐的話說。「你說的沒錯，但就幫我聽聽看，兩分鐘，聽完我就放你去忙。」

「兩分鐘。」史蒂夫認了。

「你算是好人，史蒂夫，這我不會不知道。沒聽人說過你壞話。」

「你這話中聽，謝了。」史蒂夫說。

「但有種可能性讓我有些擔心。」克里斯接著說。「我在想幾個禮拜前，你是不是收到了一封訊息，又或者是有人直接來敲了門。這我不會曉得。總之，對方是吉昂尼．昆杜斯。」

「沒這回事。」史蒂夫．喬治歐搖起了頭。

「吉昂尼要你幫他。他回鎮上來辦點事。什麼事他可能沒講，也可能講了。他要你看在老朋友的份上幫他點小忙，像是幫他找個可以落腳的地方？也許就這樣。他不希望自己的新名字——不論他現在叫什麼——在鎮上留下紀錄，而且他來的事不要讓任何人知道。」

「我跟吉昂尼．昆杜斯二十年沒見了。他要嘛死了，要嘛在牢裡，再不然就在土耳其。」史蒂夫．喬治歐說。

「嗯，是嗎？你不配合他，吉昂尼會給你好看吧。我在想他想一把火燒了這地方，也不是難事吧？他這人是沒有在心軟的，所以你也沒有第二條路吧？何況就幾天的事情，忍一忍就過去了。他只是來處理些事情，把過去做個收尾。然後他就會閃人了。你覺得這故事怎樣，史蒂夫？」

史蒂夫．喬治歐聳了聳肩。「聽起來挺危險的。」

「你健身房上頭有層公寓是吧？」

史蒂夫點了頭。

「誰在住？」

「誰需要誰住。不是每個來這兒的人都有安定的背景。孩子來跟我說他不能回家，我不會多問什麼。我只會把鑰匙給他。那是個安全的地方。」

「那六月十七號是誰待在這個安全的地方？」

「不清楚。我這兒可不是希爾頓大飯店。可能是哪個小毛頭吧，也可能是我。」

「也許那天是空著的？」

史蒂夫．喬治歐聳了聳肩。

「但你覺得有人？」

「也許。」

「吉昂尼的人面很廣的，史蒂夫。還記得賽普勒斯嗎？」

「那已經不是我的世界了。」

「但你還有家人在那邊吧？」

「有。」史蒂夫．喬治歐說。「很多家人。」

「史蒂夫，假設吉昂尼．昆杜斯真的跑來借住，真的對你施壓，或許他付了你錢，而你也同意了讓他在六月十七日的樓上過了一夜。你無論如何都不能告訴我嗎？」

「無論如何。」

「因為後果會很嚴重嗎？因為你在賽普勒斯還有很多家人嗎？」

「我想這不只兩分鐘了吧，說真的。」

「確實。」克里斯說。「謝了，史蒂夫。」

「不客氣。你來隨時歡迎。真心話。我保證可以三兩下幫你把肚子消掉。」

克里斯笑了。「你別提肚子，我還真考慮過來運動，史蒂夫。所以最後不能讓我上樓看看喔？看吉昂尼有沒有留下什麼線索？」

史蒂夫．喬治歐搖了頭。「但你倒是可以幫我個忙。」

「你說。」克里斯說。

「你可以順路幫我把這送去失物招領嗎？有人幾星期前掉在這裡，我問了半天都問不到是誰丟的。」史蒂夫從抽屜裡抽出一個透明的活頁套，然後將之連同裡頭滿滿的現金，遞給了克里斯。「五千歐元。一定有哪個觀光客掉了錢急瘋了。」

克里斯看了看那些現金，看看唐娜，然後看了眼史蒂夫。這上頭採得到指紋嗎？好像不可能，但起碼史蒂夫讓他知道了自己是對的。「你不想留下這些錢嗎？」

史蒂夫．喬治歐搖頭。「不了，我知道這些錢是怎麼來的。」

克里斯把裝錢的活頁套放進了證物袋。他知道史蒂夫．喬治歐剛做了一件非常勇敢的事情，欽佩之情油然而生。他起身握了史蒂夫的手。

「我知道東尼．庫蘭是個王八蛋。」史蒂夫．喬治歐說。「但也不該被人這樣殺死。」

「同意。」克里斯說。「一個程度內同意。過陣子我跟我的肚子都會回來找你的。」

「那敢情好。」

第一〇六章

伊莉莎白讓史提芬繼續睡。波格丹下班會過來跟他下盤棋。她希望她回來是可以同時看到他們倆，她需要他們的陪伴。

臥房衣櫃的門把脫落了。伊莉莎白隨意將之放在了廚房桌上。她賭波格丹會忍不住想把東西修好。

朗恩帶凱倫．普雷菲爾看到的照片跑來找過她了。凱倫當時肯定年紀還很小吧，但她非常確定。伊莉莎白試著在腦子裡拼湊起一切。一開始她覺得這好像不可能。但她愈是思考，就慢慢愈覺得這真實得令人害怕。她把當中的步驟一一分析了出來。伊博辛一小時前回來，帶來了謎團最後一片拼圖，所以是時候了。案子破了，剩下就是看正義如何伸張。

伊莉莎白走進了夜晚屋外冷冽的空氣中，這次她打算勇往直前。天色黑得愈來愈早，衣櫥裡的圍巾也紛紛出籠。夏天勉強還能壓得住秋涼，但也撐不了太久了。伊莉莎白還剩下多少個秋天？她還有多少年可以換上舒適的靴子，踏在厚厚的樹葉上？有朝一日，春天來臨的時候將不會帶上她。湖畔的水仙永遠會謝了再開，但旁邊不會永遠有你在看。所以說，還有得看的時候就多看兩眼吧。

但此刻因為手上未完的案件，伊莉莎白感覺心情與暮夏更接近一些。幾片葉子還英勇地撐在樹上，為暑氣發出最後一聲歡呼，為夏季表演最後幾次零星的招數。

她看到朗恩正在走過來，一臉嚴肅但準備似乎相當充足。他掩蓋著自己的跛腳，不讓人看得出他的痛楚。怎麼會有朗恩這麼好的朋友，她心想，怎麼會有人像他心地這麼善良。希望這顆心可以長長久久地跳動下去。

彎過轉角，她看見伊博辛手握檔案夾在門邊等著，謎團的最後一片拼圖。他怎麼能帥成這樣，得體的打扮顯示他已經準備好全力以赴。伊博辛有一天也會壽終正寢，於伊莉莎白是難以想像的事情。他肯定會是他們當中撐到最後的那個，就像森林裡總有些橡樹能屹立不搖，任飛機在它們頭頂呼嘯而過。

怎麼開始呢，伊莉莎白心想，到底要怎麼開始呢？

第一〇七章

克里斯得到了首肯。一道針對吉昂尼・昆杜斯的國際逮捕令發了出來，讓警方可以就東尼・庫蘭的命案將他帶回偵訊。一整天的忙碌算是畫下一個不錯的句點。史蒂夫・喬治歐交給他的歐元上沒有指紋，但經確認是東尼・庫蘭命案前三天被帶出北賽普勒斯。他把匯兌處的地址給了喬・基普里亞努，想碰運氣看看有沒有閉路電視，但喬一看地址就笑了。門都沒有。

賽普勒斯政府會有找到他的一天嗎？天曉得？你會想說當然找得到，但在三分鐘熱度過後，你覺得還會有多少人認真找？克里斯搞不好得再親自跑一趟賽普勒斯？不過那樣好像也不錯就是了。總之，能盡的人事他都盡了，現在就只能看賽普勒斯那邊有沒有膽子好好處理。但不論結局如何，克里斯在面子上已經立於不敗之地。

這當然是值得慶祝的一天，問題是這些年下來，克里斯已經在酒館裡跟太多警察混過太多個夜晚。他內心真正渴望的，是回家準備好咖哩、把唐娜叫來、隨便看點電視、喝瓶酒、然後十點一到就趕她回去。也許聊一下文瑟姆的案情，討論一下他們究竟漏掉了什麼？

克里斯稍早曾經擔心過一件事情，其實是件很蠢的事情。只不過，許多年前的修道院不曾是間醫院嗎？喬伊絲退休之前不就是護士？何不把「喬伊絲・米德寇弗」這名字輸入電腦搜尋看看？他可以跟唐娜聊聊這件事嗎？

但唐娜今晚有場神祕的約會，她從史蒂芬的體育館回來的路上偶然提起。所以今晚就只有他跟咖哩了？克里斯知道今天的走向大概就這樣了，天空體育台今天播飛鏢比賽。

克里斯納悶這計畫究竟是真的悲哀，或者只是在他人眼中看起來悲哀？他究竟是個單獨享受興趣嗜好的幸福男人，還是個孤單寂寞的傢伙在苦中作樂？他是獨來獨往，還是寂寞無依？這個問題最近實在很常浮上心頭，而克里斯也對自己的答案愈來愈心虛。如果這是在賭錢，他會押寶在寂寞那一邊。

他的約會對象呢？

現在下班，也只是去湊塞車的熱鬧而已。所以克里斯闔上了東尼・庫蘭的檔案，打開了文瑟姆的檔案。他既然能破一起命案，多破兩起又有什麼難？他到底看走眼了什麼？從他眼皮底下溜掉的究竟是誰？

第一〇八章

伊莉莎白跟伊博辛沿著走廊前進，而朗恩則多帶了兩把椅子。工欲善其事，必先利其器。

在他們身後，雙開門旋了開來，喬伊絲緊跟在她三個朋友後頭。

「對不起我遲到了。我那烤箱的蜂鳴器叫了起來，搞了我好久。」

「有時候是因為非常短的停電，然後機器的時鐘會想自我重設。」伊博辛說。

喬伊絲點了點頭。她不假思索握起了伊博辛的手，同時在他們前面的伊莉莎白也握住了朗恩的手。然後他們就在沉默中走著，一路走到門口。

即便是現在這種情況，伊莉莎白也還是敲了門，這是她的習慣。

她開了門，而他就在門後，那個凱倫．普雷菲爾在多年後指認出來的男人。朗恩的身旁有張他的照片，上頭的他正抱著他救下來的狐狸。

同一本舊書，翻開在同樣的那一頁。他抬起頭來，對四人的出現似乎並不意外。

「啊，這不都到齊了嗎。」

「都到齊了，約翰。」伊莉莎白回應了他。「我們可以坐著講嗎？」

約翰於是招呼著他們坐下。他放下了書，捏了捏鼻梁。朗恩看了一眼在床上昏迷不醒的潘妮。她的靈魂已經不在了，他想。離開了。他為什麼一直不來看她呢？為什麼要等到今天這樣才來呢？

「這，我們要怎麼進行呢？」伊莉莎白問。

「看妳囉，伊莉莎白。」約翰說。「我從下手起的第一秒鐘，就在等妳來敲門找我。妳一天沒來都算我賺到。我確實希望妳能再晚一點來。所以妳是怎麼發現的？」

「凱倫．普雷菲爾認出了你。」伊博辛說。

約翰點了點頭，笑了。「她還記得我？小凱倫，天啊。」

「她六歲的時候，你幫她的狗狗施行了安樂死，約翰。」喬伊絲說。「她說她永遠忘不了你溫柔的眼睛。」

伊莉莎白坐在潘妮床邊的老位子。「你要起頭嗎？還是我們來？」

「我來吧。」約翰說著閉起了眼睛。「我已經在腦子裡預演了好多遍。」眼睛繼續閉著的約翰望向了天際，呼出一口承載著許多歲月的嘆息，然後開始從頭講起。

「那應該是在一九七〇年代初，離這裡大概十英里的地方拍的，有一座叫做葛雷史考特的綿羊牧場。這一代原本聚集了不少綿羊牧場，你知道嗎？現在回想起來已是陳年往事了，我想我是從一九六七年開始執業的吧，潘妮會記得比較清楚，但反正就大概那個時候。葛雷史考特牧場的農夫是個叫馬瑟森的老兄，我當時跟他已經算得上熟。我會時不時去他那兒出診。你知道，總是會有事情發生。那一次，他有一頭母馬剛生產。小馬一出生就夭折，而母馬情況也很危急。牠在痛苦中嘶叫著，而馬瑟森並不想開槍打牠。這我懂，所以我給牠打了一針，牠就過去了。那當然不是我的第一次，也遠遠不是我的最後一次。有些農場主人會直接用槍打，有些獸醫也會，但馬瑟森跟我都不是這個路線。總之，他給我泡了茶，我們聊了起來。我其實一直都很忙，但我覺得他實在非常孤單。他沒有家人，農場上沒有幫手，錢也燒得很兇，所以我想我起碼能陪陪他。山上的環境很淒涼，至少那天我有這樣的感覺。後來我真的得告辭，但他又不希望我走。不知道你們會不會責備我，但總之我當時突然恍然大悟：他處在痛苦中，劇烈的痛苦中。如果馬瑟森是隻動物，他應該也會嘶叫起來吧。你必須要這樣相信。於是我伸手到袋子裡，拿東西幫他打了一針流感疫苗，你知道，免得他冬天感冒了不好。他欣然接受了這樣的提議，捲起了袖子，讓我給他打了針，跟我給母馬打的針一樣。打了就不叫了，也不痛了。」

「你讓他從痛苦中解脫了是嗎，約翰？」喬伊絲問。

「我是那麼想的沒錯，當時跟現在都是。若有時間深思熟慮，我應該會精心調製一款藥劑，在驗屍時不留一點痕跡，然後把他留在那裡，讓郵差、牛奶貨車、或下一個來敲門的誰來發現。但我那天是一時衝動，所以他身體裡全是戊巴比妥，而我不能冒有人會去調查的風險。」

「所以你非把他埋了不可？這位馬瑟森。」伊莉莎白問。

「就是這樣。我原本可以把他就地埋了，但你應該還記得那年頭，他們是怎麼翻箱倒櫃到處收購農地，到處蓋房子，而我想他如果一個月後被哪個建商給挖出來，那也就是我的命吧，但就在這時，我想到了。」

「墓園。」朗恩說。

「沒有比那兒更好的地方了。我會知道那地方，是因為去拜訪過戈登．普雷菲爾。那裡不在農地上，也沒有人會夭壽到去收購修道院。我知道那地方有多僻靜，沒有人會去。所以幾天後的某晚我開車過去，關掉了車燈，然後拿起鏟子埋了屍體，事情這就算完了，直到四十年後的一天，我看見關於此地的一則廣告。」

「於是我們就都來了這裡。」伊莉莎白說。

「於是我們就都來了這裡。我說服了潘妮這裡是個退休的好地方，而這點我也沒有說錯。我只是想要就近看著。你會想說即便蓋了養老院，也不會有人去挖墓園，但這年頭什麼事都有，我想說要是有個萬一，我想待在離現場近一點的地方。」

「結果還真的有了個萬一，約翰。」喬伊絲說。

「我沒法把屍體挖出來，我老了，身體不行了。但我畢竟不能眼睜睜看著墓地被挖起來，屍體被發現。所以，趁那天早上大家一片驚慌、亂成一團拚命想攔住文瑟姆，我就在他的手臂上插了一針，幾秒鐘後他就成了個死人。這怎麼說都是不可原諒的事。不可原諒。而從那一刻起我就一直在等妳，等著為自己的行為付出代價。」

「你怎麼會那麼剛好，有管裝滿吩坦尼的針筒在手裡，約翰？」伊莉莎白問。

約翰笑了。「我準備好那玩意兒很久了。我想說遲早用得上，萬一他們哪天想把潘妮搬去哪裡。」

約翰看著伊莉莎白，眼神是那麼清澈。

「我很欣慰起碼逮到我的是妳，不是警察。我很高興破案的是妳，我知道妳行的。」

「我也很高興，約翰。」伊莉莎白說。「也謝謝你把事情都說出來。但你也知道我們得把這些事情都告訴警方吧。」

「我知道。」

「但也不急於現在就是了。趁現在還只有我們知道，我可以釐清一下兩個小問題嗎？」

「當然。事情有點久了，但能幫的忙我一定幫。」

「我想你跟我都會同意一點，約翰，那就是潘妮聽不到我們在這裡所說的任何一個字，是吧？不管我們說了什麼傻話給她聽，我們都只是在自欺欺人而已，是吧？」

約翰點了頭。

「但我想我們也會同意，也許她聽得見？只是個假設？也許她全部都聽進去了？」

「也許。」約翰同意。

「要是那樣，約翰，說不定她現在也聽得見我們說話？」

「說不定。」

「即便機率微乎其微，約翰，潘妮有微乎其微的機率能聽到你剛剛的自白。我想知道你為什麼要這樣對她？你為什麼要讓她經歷這樣的事情？」

「這，我……」

「你不會這樣做的，約翰。你說的不是事實。如果是的話，那就太折磨了，」伊莉莎白說。

伊博辛往前坐了一點。「約翰，你說殺了文瑟姆一事不可原諒。這我相信是你的真心話。那是種讓人匪夷所思的行為，對吧？但你卻要我們相信你犯下這種罪刑，只是為了自保嗎？我怕是這聽起來不太像真的吧？你犯下了一個你知道不可原諒的行為，我想我們恐怕只能想到一種理由你會這樣做。」

「愛，約翰。」喬伊絲說。「只能是愛。」

約翰看著他們四個，每一個都拿定了主意。

「我今天早上讓伊博辛去調閱了潘妮的一份檔案。」伊莉莎白說。「伊博辛？」

伊博辛從購物袋中取出了一個不大的馬尼拉紙檔案夾，交給了伊莉莎白。她將檔案夾放在腿上攤開。

「我們要來迎接真相了嗎？」

第一〇九章

克里斯形單影隻，面前擺著剩下的外帶咖哩。凡・葛溫輕鬆解決了彼得・萊特，盤數比是六比零，飛鏢比賽就這樣草草結束了，所以現在電視也沒得看了，不過反正本來也就沒人陪他看。他在想自己該不該去一趟二十四小時營業的加油站商店買點洋芋片，放鬆一下。

手機響了起來。好吧，聊勝於無啦。傳訊過來的是唐娜。

「可能會在網路上看傑森・李奇的《知名家譜巡禮》限時重播[84]，你有興趣嗎？」

克里斯看了看手錶，還不到十點。也成。手機又震了一下。

「穿你的深藍色襯衫，拜託。有鈕子的那一件。」

此時的克里斯已經習慣了唐娜這個人，所以他乖乖地照辦了。一如以往，他換衣服的時候刻意不看鏡子裡的自己，畢竟那副模樣誰會想看呢？他回覆了簡訊。

「遵命，為了看傑森・李奇那麼一下，我赴湯蹈火，在所不辭。這就上路。」

唐娜的約會顯然算不上大成功。

84 英國電視的一種服務，剛播出的節目會在網路上限時免費重播。

第一一〇章

「她把檔案放在儲藏室裡，約翰。」拿著馬尼拉紙檔案夾的伊莉莎白說。「我不知道你有沒去過那裡？裡頭全都是她以前舊案子的檔案。理論上這些東西是不能私自保留，但你知道潘妮的個性，她不管什麼東西都要備份，以防萬一。」

「以防萬一在多年之後，有人會想要把殺人凶手逮捕歸案。」喬伊絲說。

「總之，約翰，在凱倫．普雷菲爾認出你之後，我就開始思考，只需要找某份檔案出來確認最後一件事就成了。」

「你要喝點水嗎，約翰？」喬伊絲問。

約翰搖了搖頭，眼神完全聚焦在準備念出檔案內容的伊莉莎白身上。

「萊伊那地方出過一個案子，一九七三年的事情。潘妮當時肯定還很菜。我實在很難想像潘妮也曾經是菜鳥，但你應該記得清清楚楚吧，也許感覺就像昨天的事一樣。這個案子牽涉到一個叫做安妮．馬德利的女孩。妳記得安妮．馬德利嗎，潘妮？」

伊莉莎白望向了她好友躺著的地方，她在聽嗎？還是沒在聽？

「她在一樁竊案中被刀刺中，失血過多死在男朋友的懷裡。警察來到現場，當中也包括潘妮，這在檔案裡有記錄。他們在竊賊闖入處的地板上發現了碎玻璃，但失竊的物品數是零。他肯定是被安妮．馬德利嚇了一跳，慌了，然後拿起廚刀刺了人就跑，至少官方的描述是這樣，如果你想讀讀看的話。但第一個嗅出不對勁的是朗恩。他一點也不欣賞這樣的一份報告。」

「這爛透了，約翰。」朗恩說。「光天化日在人來人往的社區裡出現一個小偷？闖空門闖到有兩個人在的家裡？星期日上午闖空門沒問題，因為大家都去做禮拜了；但星期日下午闖空門可就說不過去了。」

伊莉莎白看向她的好友。「妳一定也是那麼想的吧，潘妮？妳一定也知道是男朋友拿刀捅了她，等她死了，然後才打電話報警的吧。」

她用水沾了沾潘妮乾燥的唇瓣。

「我們週四謀殺俱樂部幾個月前開始研究這個案子，約翰。雖然少了潘妮，但我們還是繼續前進。我有點訝異我們之前沒調查過，訝異於潘妮一直就放著這案子不讓俱樂部去碰。我們開始仔細觀察，約翰，看警方多年前的調查是不是出了錯。我看了刀傷的報告，而報告內容讓我覺得不太對勁，於是我找喬伊絲問了。事實上，那有可能是我開口問妳的第一件事，是嗎，喬伊絲？」

「是。」喬伊絲也記得。

「我描述了傷口的狀況，問她這樣的傷勢要多久才會致人於死。她說大概四十五分鐘吧，但這就跟男朋友的說詞完全兜不攏了。他說他追著竊賊——這點沒人目擊，約翰——再衝回廚房，抱著懷裡的安妮．馬德利，然後立刻打了電話報警。我接著又問喬伊絲，受過點醫療訓練的人救不救得了她？而妳是怎麼說的，喬伊絲？」

「我很確定救得了，而且不難。當然這你也知道，約翰，你受過醫療訓練。」

「話說這男朋友是軍人出身，約翰，幾年前才退役。所以他絕對救得了她，這點無庸置疑。但調查的走向並不是這樣。我很想說這類案子在當年的處理不如今日先進，但事實是即便搬到今天，男朋友一樣可以全身而退。他們搜索了那個所謂的竊賊，但一無所獲。可憐的安妮．馬德利被埋進了土裡，地球繼續轉動。男友不久後因為欠房租而連夜跑路，檔案內容就這樣無疾而終。」

「所以我們調查起了這個案子，但當然後來發生了很多事。」伊博辛說。「庫蘭先生、文瑟姆先生、墓園裡的無名氏，搞得我們只好把這案子擱在一邊，畢竟我們突然有了貨真價實的凶殺案在眼前。」

「但我們都知道故事不會這樣完結，是吧，約翰？」朗恩說。

伊莉莎白敲了敲馬尼拉紙檔案夾。

「於是我派伊博辛去看看檔案，主要是要確認一個問題，你猜得到是什麼問題嗎？約翰。」

約翰瞪著她。伊莉莎白看向潘妮。

「潘妮，要是妳聽得見，我賭妳一定知道。彼得．莫瑟，那個男朋友，他叫彼得．莫瑟。我請伊博辛去查為什麼彼得．莫瑟從軍中退役。而要是你能猜到問題，我想答案也就呼之欲出了。來，試試，反正一切都已經太遲了。」

約翰把頭埋進雙手，用手從臉上抹過，然後抬起了頭。「我想，伊莉莎白，應該是小腿受了槍傷吧。」

「完全沒錯，約翰。」

伊莉莎白把坐的椅子拉近了潘妮，握起她的手，然後靜靜地與她直接說起話來。「將近五十年前，彼得．莫瑟殺害了自己的女友，然後就此人間蒸發。所有人都以為他逍遙法外了，但其實殺人犯想逍遙法外並沒那麼容易，是吧，潘妮？有時候正義就在轉角等著，就像妳某天深夜去造訪了彼得．莫瑟；有時候正義會一等就是半世紀，然後在醫院床邊握著朋友的手。妳是否看了太多這樣的案子？心生厭倦，受夠了沒有人願意傾聽？」

「她是何時告訴你的，約翰？」喬伊絲說。

約翰哭了起來。

「她剛病倒的時候嗎？」

約翰緩緩點了頭。「她並不是真的想告訴我。妳還記得她的狀況吧，伊莉莎白？那好幾次小中風？」

「記得。」伊莉莎白回想著。那幾次發作乍看並不很嚴重，也不太嚇人，除非你知道那就是所謂的中風，像可憐的約翰就一眼看了出來。

「她開始胡言亂語，開始出現各種幻覺，各式各樣的幻想紛紛出籠，然後現實開始慢慢消失，她的認知開始不斷往回退，不斷往回退，直到想起什麼熟悉的事物才會停下來，大概是這樣。她大概就是不斷在記憶裡找感覺合理的東西，因為她身邊的世界已經不再合理。這樣的她，開始對我說起以前的故事，包括她兒時的故事，我們剛認識時的故事。」

「還有她還是菜鳥警察時的故事？」伊莉莎白順著話說。

「剛開始她說的，都是我聽過的事情，還記得的事情，像是前上司那些小兒科的詐欺手法，他們如何謊報費用，又是如何翹掉出庭而跑去了酒館喝酒，諸如此類的。我會一件件跟她笑談這些事情。我知道她在愈飄愈遠，而我想盡可能抓住她，直到最後一刻。妳懂嗎？」

「我們都懂，約翰。」朗恩說。他們是真的懂。

「所以我會讓她講個不停。有時同樣的故事會開始重複。一則故事讓她想起另一則故事，再一則故事，最後又接回第一個故事。就是這樣的一個無限循環，直到有一天……」

約翰停下來看了妻子一眼。

「你不是說你不覺得潘妮聽得到你說話，約翰？」伊莉莎白說。

約翰緩緩搖了頭。「是不覺得。」

「但你還是天天來這裡報到，來她身邊坐著，來跟她說話？」

「不然我還能幹嘛？伊莉莎白。」

伊莉莎白明白。「所以她跟你說起故事，你知道的老故事，直到有一天……？」

「嗯，直到有一天她說了我不知道的故事。」

「也就是祕密。」朗恩說。

「祕密。不是什麼很糟糕的事情，就是些小祕密而已。她收過一次錢。賄賂。因為其他人都收過錢，她覺得自己好像也得收一下。她告訴我這件事的時候，一副好像她已經跟我說過了很多次似的，但其實那是我第一次知道這件事。誰沒有祕密，是吧？」

「是，約翰。」伊莉莎白說。

「她此時已經分不清什麼是趣聞，什麼是祕密了。但她腦中肯定還有些部分在正常運作著，最後一扇大門的最後一道鎖。還沒有撤守的最後一道防線。」

「最黑暗的祕密？」

約翰點頭。「老天在上，她進了這裡之後，還是守著這個祕密。妳記得他們讓她搬進這裡的時候嗎？」

伊莉莎白記得。那時的潘妮已經神智不清，說起話來片片斷斷、前言不對後語，而且還很容易生氣。史提芬何時也會搬進來呢？她得回去找他。趕快把這兒處理完然後回家親親她的帥老公。

「她那時已經連我都認不得了。嗯，好吧，她認得出我，但她不知道我屬於記憶中哪一個位置。我有天早上進得門來，大概兩個月之前吧，妳知道，當時她坐了起來。那是我最後一次有印象她坐起來，看見我，知道我是誰。她問了句我們要怎麼辦？我不懂她的意思，所以反問了她『什麼怎麼辦』？」

伊莉莎白點頭。

「然後她就把事情說出來了，一本正經地說出來了，就像閣樓有樣東西她需要我幫她拿下來似的，僅此而已，僅此而已。我不能讓別人知道她做過的事，妳懂嗎，伊莉莎白？妳懂嗎？我得想想辦法。」

伊莉莎白點頭。

「我們曾經有幾次去山丘上野餐，」約翰說。「那兒真的是好美啊。我總在想我們為什麼後來不去了。」

眾人陷入了沉默，只剩潘妮床邊的電子設備在發出嗶嗶聲。潘妮最後剩下的也就是這些聲響，就像對著一片汪洋在閃爍的燈塔。

伊莉莎白溫柔地打破了沉默。「我想這麼著，約翰。我會請其他人帶你回家。時候不早了，在自個兒的床上睡一覺吧。如果你有信想要寫，今晚寫一寫吧。我明早會跟警方一起上門。我相信你會在的。我們出去一下讓你跟潘妮道別。」

四名好友走了出去，透過潘妮門上那結霜窗戶的清透邊緣，伊莉莎白看著約翰將愛妻擁入懷中。她撇開了目光。

「你們可以把約翰安全送回家嗎？我想再陪潘妮一下。」她問其他三人，他們點頭作為回應。她重新打開門，約翰正在把大衣穿上。

「該走了，約翰。」

第一一一章

唐娜公寓的燈光不很亮，史提夫．汪達的歌聲從音響中散發著魔力。開心而放鬆的克里斯脫掉了鞋子，翹起了雙腳。唐娜給他倒了杯酒。

「謝了，唐娜。」

「不會。襯衫挺帥的，倒是。」

「是喔，妳不嫌棄。我只是隨便找了件套上。」

克里斯對唐娜笑了笑，唐娜也報以微笑。唐娜可以察覺到事態的走向，她為此喜不自勝。

「媽？」唐娜邊問邊把酒瓶伸向了母親。

「謝謝妳，親愛的，我來點。」

唐娜於是也倒了杯酒給跟克里斯同坐一張沙發的母親。

「老實說妳簡直像她姊姊，派翠絲，」克里斯說。「而且我不是因為唐娜未老先衰才這麼說。」

唐娜作勢嘔吐了起來，逗笑了派翠絲。

「瑪丹娜跟我說過你很帥。」

克里斯放下了酒杯，臉上慢慢浮現出一種見獵心喜的表情。「不好意思，誰跟妳說我帥？」

「瑪丹娜。」她朝女兒點了一下頭。

克里斯看了眼唐娜。「所以唐娜是暱稱，全名是瑪丹娜？」

「你敢這樣叫，我電擊你喔。」唐娜說。

「划算。」克里斯說。「派翠絲，我覺得我愛上妳了。」

唐娜翻了個白眼，拿起了遙控器。「要看傑森．李奇嗎？」

「當然，當然。」克里斯心不在焉地說。「所以派翠絲妳是做什麼的？」

「我在小學教書。」派翠絲說。

「不會吧？」克里斯說。老師、愛狗人士、唱詩班成員，每項都符合他的幻想。

唐娜雙眼直視著克里斯。「而且她主日還在教堂唱詩班唱歌。」

不打算接受唐娜目光攻擊的克里斯把頭轉回派翠絲的方向。

「接著的問題可能聽來有點荒謬，派翠絲，但妳喜歡狗嗎？」

派翠絲喝了一小口酒。「我過敏，不好意思。」

克里斯點了頭，也喝了點酒，然後用小到幾乎看不出來的動作朝唐娜的方向敬了一下。三項裡面中了兩項，不算差了。他覺得自己這件藍色帶鈕扣的襯衫，真的是穿對了。

「妳的約會怎麼樣了？」克里斯問起唐娜。

「我只是說我有個約會，我沒說那是我的約會。」唐娜說。

唐娜的手機響起。她用目光掃過了螢幕。

「是伊莉莎白。她問我們明天早上有沒有空？說是不用急。」

「肯定是破案了。」

唐娜笑了。她希望她的朋友一切平安。

第一一二章

潘妮床邊的燈調得暗到不能再暗，只勉強夠兩個好朋友看見彼此熟悉的臉。伊莉莎白用手包住了潘妮的手。

「所以親愛的，有誰真的犯了罪之後逍遙法外了嗎？東尼．庫蘭沒有，是吧？但有人殺了他而逍遙法外。無疑就是這個叫吉昂尼的傢伙，大家都是這樣認為，可是我想到了個理論，得跟喬伊絲討論一下。反正這些人死不足惜。而文瑟姆呢？嗯，妳知道約翰得為這條命付出代價。我早上會帶警察過去，而他們看到的會是他的遺體，這我們都明白。他一回到家，來杯睡前的紅酒，事情就結束了。以他的專業，起碼走的時候不會痛苦，是吧？」

伊莉莎白摸了摸潘妮的頭髮。

「那妳呢，親愛的？妳這聰明的女孩。妳逍遙法外了嗎？我知道妳為什麼那麼做，潘妮，我理解妳的抉擇，這就叫私刑正義吧。我不認同，但是我懂。我人不在當年的現場，我不曾面對妳面對的狀況，但妳逍遙法外了嗎？」

伊莉莎白把潘妮的手放回了床上，站起了身。

「嗯，這都要看情況，看妳聽不聽得見對吧？如果你聽得見，潘妮，那妳就會曉得妳愛的男人剛走進了黑夜中，準備邁向死亡，而那都是因為他愛妳，想保護妳，也都是因為妳當年所做的那個決定。我想這樣的懲罰於妳也算夠嚴厲了，潘妮。」

伊莉莎白開始把大衣穿起。

「而如果妳聽不見我，那恭喜妳，妳逃掉了。厲害。」

伊莉莎白穿好了大衣，把手放在了朋友的臉頰上。

「我知道約翰剛剛抱妳的時候做了什麼，潘妮，我看到針筒了。所以我知道妳也已經準備上路，而這就是我們的訣別了。親愛的，我最近都沒怎麼聊到史提芬。他的狀況一點都不好，我盡量努力了，但還是一點一點在失去他。所以我也有我的祕密喔。」

她在潘妮的臉頰上親了一下。

「親愛的，天啊，我會想妳的，妳這個傻瓜。祝妳好夢。妳努力過了。」

伊莉莎白離開了柳樹園，走到了黑暗的外頭。這是個安靜而萬里無雲的夜晚。一個漆黑到讓人懷疑天會不會再亮的夜晚。

第一一三章

克里斯搭了計程車回家，然後走了老半天才爬到自己的公寓。他這是喝醉了，還是心情有一點飄飄然？

他打開了前門，檢視了眼前的光景。東西顯然得整理整理才行，資源回收要拿出去，然後也許他應該去添購一些抱枕，順便點根蠟燭？浴室門還是一打開就會卡住，但那只是用砂紙跟臂力就能處理掉的小事。跑一趟特易購，買些水果放在餐桌上的碗裡。當然那就代表還得多買個水果碗。床單要換。牙刷要換。毛巾要不要買？

這樣應該差不多了。應該夠讓派翠絲相信他是個普通的人類男性，沒有在自暴自棄？好像也沒有很難。接下來他就可以傳訊看她什麼時候人在費爾黑文，邀她晚上來家裡吃個便飯。

花？好啊？要玩就玩大一點。

克里斯打開了電腦，看看有沒有電郵進來，這是他睡前的壞習慣，經常一個不小心就讓他睡得比計畫中更晚。新信有三封，但看來都不像是會拖住他的那種。第一封是他手下的一個警佐發來的求救信，他要參加一場他理論上要贊助的鐵人三項；第二封是邀請他出席肯特警察社群獎之夜，還要他攜伴。這是能當作約會的場合嗎？好像不行，但結論等他去問過唐娜再說。第三封信寄自克里斯沒印象的一個帳號。他不常收到陌生的來信，因為這年頭克里斯很少讓私人信箱流出去。寄信者是「奇普里歐斯—法務通知」，主旨是「高度私人且機密」。

賽普勒斯寄來的？他們找到吉昂尼了？律師現在是要警告警察滾遠點嗎？問題是這種信怎麼會寄到他的個人信箱呢？賽普勒斯應該沒人知道這個帳戶啊。

克里斯點開了電郵。

敬啟者：

本事務所的當事人客戶柯斯塔．昆杜斯先生委託我們將此信轉寄給您。請注意本信件中的資訊盡皆屬於機密，任何回應請直接以本事務所做為窗口。

謹啟

葛瑞哥里．埃歐安尼迪斯

齊普里歐斯律師事務所

柯斯塔．昆杜斯？那個在他遞上名片時不知道在笑什麼的柯斯塔嗎？嗯，看來這個夜晚要有趣起來了？克里斯點開了附件。

哈德森先生：

你說我兒子在二〇〇一年回到賽普勒斯。你說你有證據。我必須告訴您我當年沒有見到他，這些年來也沒有見過他。一次都沒有。我既沒有當面見到我兒子，也沒有收到過他的來信或電話。

哈德森先生，我老了，這你應該看得出來。在你找尋吉昂尼的同時，請記得我也一樣在尋找他的下落。

我跟警察從來都是話不投機半句多，但今天我要懇請您幫忙。萬一你找到吉昂尼斯，或是取得了任何類型的資訊，我給您準備了重中之重的重賞。我怕是吉昂尼斯已經死了。

他是我兒子，有生之年我希望生能見人，死能見屍，要嘛再見最後一面，要嘛知道他死了，我也好安了心去哀悼。我希望你能大發慈悲接受我的請求。我求你了，拜託。

敬啟

柯斯塔・昆杜斯

克里斯連著讀了幾回。很賊嘛，柯斯塔。他以為克里斯會把這信轉給賽普勒斯警方嗎？轉給喬・基普里亞努嗎？他肯定是這麼想的。這代表賽普勒斯警方快要找到吉昂尼了嗎？他這是孤注一擲地想要誤導賽普勒斯警方的追查，讓警方以為自己找錯方向了嗎？

抑或這封信沒那麼多心機？或許這就單純是一個老人家在思念失蹤的兒子而已？年輕時的克里斯可能會上當，但人會為了保護自己而做到什麼程度，把謊說到什麼程度，他看多了，也聽多了。這些人沒有什麼話說不出來的。何況他知道吉昂尼・昆杜斯六月十七日人在哪裡。

吉昂尼沒死。吉昂尼回家了，帶著東尼・庫蘭的錢回家了。他改名易姓、整了鼻形，拿老爸的錢打點好了可以打點的一切，然後就一路逍遙至今。吉昂尼正在賽普勒斯的一隅一邊感佩自己的幸運，一邊做著日光浴。世上再沒人於他為敵，畢竟東尼・庫蘭已經被處理完畢。

柯斯塔・昆杜斯不會收到回信。

克里斯把電腦關機。他真的很希望大家不要再玩什麼鐵人三項了。

第一一四章

這個時間了伊莉莎白人還在外頭，但波格丹跟史提芬都沒有注意。

波格丹的嘴唇歪著嘟向一邊，代表他在思考。他點著桌面，思索著該下一步該怎麼走才對。他瞧了一眼對面的史提芬，然後又看回了棋面。這人怎麼能下出這種棋？波格丹只要稍微，稍微一個不小心，可是會輸的，而上一次輸棋是什麼時候，波格丹已經想不起來了。把棋走對就是了，他心想。

「波格丹，我可以問你一個問題嗎？」史提芬說。

「你儘管問。」波格丹說。「我們是朋友嘛。」

「你不會因為這樣討厭我吧？我好像把你弄得不會下棋了，你會不會想要專心一點不要聊天呢？」

「史提芬，我們下棋，也要聊天。下棋跟聊天都是我的榮幸。」波格丹移動了他的主教。他抬起頭看著史提芬，這步棋不能不說讓人有點意外，但史提芬看來還沒有開始擔心。

「謝謝你，波格丹。這兩樣也是我的榮幸。」

「所以，好好問我個問題吧。」

「其實也沒什麼啦。嗯，首先，那個傢伙叫什麼名字啊？沒錯，我知道，因為伊莉莎白都會跟我說。」史提芬攻擊了波格丹的主教，但馬上就察覺自己好像有點中了圈套。

「哪個傢伙啊，史提芬？」低頭看著棋盤的波格丹似乎很感激方才一閃而過的希望之光。

「第一個被殺的人啊？那個建商？」

「東尼。」波格丹說。「東尼．庫蘭。」

「啊，對，就是他。」史提芬說。他揉了揉下巴，看著波格丹保護起自己的主教，並同時打開了盤面。

「所以你的問題是？」波格丹問。

「嗯，是這樣，喔對了，要是我話太多了請原諒我，但從我聽到的一樣樣事情看來，人是你殺的吧。」史提芬移動了一枚士兵，但他看得出這麼做的意義不大。

波格丹環顧了一下房內，然後又把目光轉回史提芬身上。

「嗯嗯，是我殺了他。但這可是個祕密，外頭只有一個人知道。」

「喔，老兄，我絕對守口如瓶，不會跟任何人說的。但我納悶的是為什麼。不是財殺，那一點也不是你的風格，是吧？」

「嗯，跟錢無關。人面對錢要非常小心，不要變成錢的奴隸。」波格丹前進了一枚騎士。史提芬終於看出他想幹什麼了。開心地看出來了。

「所以是為了什麼？」

「其實沒什麼複雜的。我有個朋友，我初來乍到時最好的英國朋友，他是開計程車的。有天他看到東尼做了件不應該做的事情。」

「他看到了什麼？」史提芬出乎波格丹意料地移動了城堡。波格丹笑了笑。他喜歡這個狡猾的老人家。

「他看到東尼對一名少年開了槍，一個來自倫敦的孩子。他們有什麼糾紛我不清楚，也沒去查過。但跟毒品有關。」

「所以東尼殺了你的朋友？」

「嗯，計程車公司是一個叫吉昂尼的人開的。他們管他叫土耳其佬吉昂尼，但他其實是賽普勒斯人。吉昂尼跟東尼有生意往來，但東尼是老闆。」波格丹低頭盯著棋局，看來不疾不徐。

「所以吉昂尼殺了你的朋友。」

「吉昂尼殺了我的朋友，但下命令的是東尼。我不管這麼多，動口跟動手是一樣的。」

「確實，英雄所見略同。那吉昂尼後來怎麼了呢？」

波格丹感覺有必要把騎士抽回來。這樣會浪費一步，但無所謂啦，這種事難免。

「我也殺了他。很乾脆地，可以說。」

史提芬點頭。他一語未發地瞪了棋盤一會兒。波格丹以為自己已經擺脫了這個話題，但

他也明白跟史提芬對話，有時候你得有耐心一點。果不其然。

「你朋友叫什麼來著？」史提芬繼續看著棋盤，希望靈感能在下一刻跳出來。

「卡茲。卡茲米爾。」波格丹說。「吉昂尼，他叫卡茲載他去林子裡，他有東西要埋在那

裡，而且一個人不行，得有人幫他。他們走進到林裡，他們挖啊挖，為的就是吉昂尼要埋的

那樣不知道什麼東西。他工作起來很努力，卡茲，你肯定會喜歡他的。然後吉昂尼就斃了卡

茲，砰的一槍，然後就用剛剛挖好的洞把他埋了。」

史提芬繼續把士兵往前移動。波格丹往上看了他一眼，微笑向他微微致意。他緊皺了一

下鼻頭，然後把眼神看回了棋盤。

「我本來以為卡茲跑路了，也許回老家去避風頭了，好嗎？但跟東尼不一樣的是，吉昂尼是個蠢貨，他到處跟朋友說他用槍在林子裡打死了一個傢伙，而埋屍的洞還是那個傢伙自己挖的，笑說這就叫自掘墳墓。這事傳到了我耳裡。」

「所以你採取了行動？」史提芬問。

波格丹點頭，然後思索起了他的主教，他在想自己是否有什麼妙招可用。「我告訴吉昂尼說我有話跟他講，請他不要告訴東尼，也不要告訴東尼以外的其他人。我說我有個朋友在紐黑文工作，在港口上班，並說可能有錢可以給他賺，問他有沒有興趣？他說有，於是我們就在港口見了面，大約凌晨兩點。」

「港口沒有保全嗎？」

「有保全，但那個保全是我朋友的親戚，而我朋友是史蒂夫·喬治歐。好人一個，他真的在港口工作，而摻雜了實話的謊比較好，所以史蒂夫也一起來了。史蒂夫認識卡茲，也跟我一樣喜歡卡茲。所以我們步行橫越到了港口的台階處，上了一條小船，而吉昂尼，他真的很蠢，他滿腦子只想著賺錢，而我們就嘰哩呱拉，東拉西扯地告訴了他我們的計畫，說我們用這艘船走私人口，而史蒂夫的親戚會睜隻眼閉隻眼，最後錢就會滾滾進來。然後我掏出了把槍，叫他跪下，而吉昂尼還以為我在開玩笑。而我說卡茲米爾是你殺的吧，他就知道自己為什麼被找來了，也知道了這不是開玩笑，然後我就對他開了槍。」

波格丹終於移動了他的主教，然後把鼻頭擠成一團的就換成了史提芬。

「我拿走了他的鑰匙跟名片。我們在他身上綁了重物，把他扔進了海裡，讓他永遠從世上消失。然後我們回到紐黑文，跟史蒂夫的親戚說了謝謝，請他不要把這事說出去。接著我跟史蒂夫，我們就開車到吉昂尼家，拿鑰匙開了門進去，拿走了他的護照，裝滿了衣服到行李箱，另外還發現了一堆現金，你知道，販毒的錢。我們拿了錢，還搜刮了所有值錢的東西。有些錢是東尼的，或者應該說那些錢大部分是東尼的，所以我拿得很高興。」

「你說很多是多少？」史提芬問。

「大概十萬鎊吧。我寄了五萬給卡茲米爾的家人。」

「好孩子。」

「剩下的我給了史蒂夫。他想要開健身房，而我想那是筆不錯的投資。他是個好人，不會幹話一堆。然後我開車載史蒂夫去了蓋特威機場。他用吉昂尼的護照搭機去了賽普勒斯，沒有人仔細看。他很容易就闖關成功。然後史蒂夫一下機就用自己的護照，直接飛回了英國。我報了警，匿名報的，但我提供的內幕讓他們不得不相信我。我告訴他們吉昂尼殺了卡茲，他們於是臨檢了他的住處。」

「然後他們就發現吉昂尼的護照跟衣服都不見了？」

「就是那樣。」

「所以他們調查了港口跟機場，然後發現『他』潛逃到了賽普勒斯？」史提芬用士兵攻擊了波格丹的主教。這正中了波格丹下懷。

「然後他們就在賽普勒斯找呀找了一陣子，但吉昂尼好像消失了。於是他們最後也只能把爛攤子留給賽普勒斯警方。沒有證據吉昂尼殺了誰，他家也沒有發現販毒的黑錢，所以最後大家都把這事兒忘掉，繼續過日子去了。」

「但你對殺庫蘭的事情，倒是很能從長計議喔？」

「嗯，我一直在等最佳的時機，利用時間計劃，我可不想被抓，你懂吧？」

「我想被抓真的是你最不希望發生的事情，沒錯。」史提芬說。

「總之，幾個月前我替他安裝了保全系統，監視器、警報器什麼的，一應俱全。而我故意把東西亂裝一通，什麼都不會錄下來。」

「原來如此。」

「而我想這就代表機會來了。我可以進到屋裡，弄鑰匙的備份，都不會被人發現。」波格丹攻擊了史提芬的士兵，突破了史提芬不想被突破的陣線。

史提芬點頭說，「聰明。」

「我剛殺掉他的時候，門口響起了電鈴，有人在門口**鈴鈴鈴**。但我沒有慌掉，所以不用擔心。」

史提芬又點了頭，然後有點不知所措地移動了另一隻士兵。「佩服，但要是他們抓到你怎麼辦？」

波格丹聳了聳肩。「我不知道，我是覺得不至於啦。」

「伊莉莎白會搞清楚這一切的，老兄。搞不好她已經全都知道了。」

「這我懂，但我想她會諒解的。」

「我也能諒解。」史提芬表示同意。「但警方又是另一回事情了。你對伊莉莎白施展的魔法，可沒辦法也用在他們身上。」

波格丹點了點頭。「如果他們抓得到我，就來抓吧。我是覺得自己的障眼法弄得還不錯啦。」

「障眼法？怎麼說？」

「嗯，去吉昂尼家的那天晚上，我們拿走的其中一樣東西是台相機，所以我……」

波格丹沒有把話說完，是因為他聽到門鎖轉動。這麼晚不知道跑出去忙什麼的伊莉莎白，終於回來了。波格丹用手指擋在嘴唇上，史提芬也用相同的手勢回應了他。她走進了屋裡。

「哈囉，兩位帥哥。」她親了波格丹的臉頰，然後緊緊把史提芬擁入懷中。趁她放閃，波格丹移動了皇后，在棋盤上完成了圈套。

「將軍。」

伊莉莎白鬆開了史提芬，而他對著棋盤跟波格丹笑了。他主動跟波格丹握了手。

「真的很難纏，這傢伙，伊莉莎白。第一流的。」

伊莉莎白低頭看了眼棋局。「下得好，波格丹。」

「謝謝。」波格丹重新排起棋盤。

「嗯，我有個精彩的故事要說給你們倆聽。」伊莉莎白說。「我可以幫你泡杯茶嗎，波格丹？」

「當然，謝謝。」波格丹說。「加牛奶，六顆糖。」

「我要一杯咖啡，親愛的。」史提芬說。「如果不會太麻煩的話？」

伊莉莎白走進廚房。他想起了潘妮，她現在應該已經不在人世間了吧？愛人為她做的最後一件事情，就是這樣的結局。然後她想到了約翰，今晚就寢後的他就將長眠。他顧全了潘妮，但付出的代價是什麼？他找到內心的平靜了嗎？他從苦海中解脫了嗎？她想起了安妮．

馬德利，還有她錯過的一整段人生。人生是一場大家終究要登出的遊戲，從你進場的第一天，唯一的出口就開始在等你。她伸手拿出了史提芬的替馬西泮，頓了一拍，然後將之放回了碗櫥。

伊莉莎白走回到丈夫身邊。她牽起他的手，親吻了他的嘴唇。「我在想咖啡少喝點吧，史提芬。咖啡因什麼的，喝多對身體不好。」

「也是。」史提芬說。「妳說什麼都好。」

史提芬跟波格丹開始了一盤新局。伊莉莎白轉身朝廚房而去，兩個男人都沒有看到她的淚滴。

第一一五章

喬伊絲

很抱歉我一陣子沒有寫信了，我這裡最近忙得不可開交。但我現在有個鵝莓奶酥蛋糕正在烤，而我想有幾件事應該讓你知道。

他們在上上個星期二安葬了潘妮與約翰。那是場相當低調的葬禮，天還下了雨，哀戚又應景。潘妮來了幾個老同事。事實上，考慮到曝光的真相，來弔唁的人要比預期中多。事情都登在了報紙上。潘妮跟約翰的所作所為。報上寫的不是百分之百準確，但雖不中亦不遠矣。媒體得知了潘妮是朗恩的一個朋友，於是他接受了《今日肯特》的訪問。他們後來甚至在常規的新聞中也播出了這段訪問。《太陽報》派了人下來想跟他接觸，但朗恩完全不想理他們。他指示他們把車停在拉金苑外頭，好讓他們的車子被固定夾夾住。

伊莉莎白沒有出席喪禮。我們還沒有討論過這件事，所以她怎麼想我恐怕也沒有什麼可多說的了。我在想她是不是已經跟他們道別過了？肯定是已經道別過了，是吧？

我甚至不曉得伊莉莎白是不是原諒了潘妮。我承認我的觀念受到舊約聖經的影響，認為潘妮做得沒錯。但這只是我個人看法，而且我也不敢對此大聲嚷嚷，但我很欣慰潘妮願意這麼做。我希望彼得・莫瑟當年沒有馬上死，我希望他有時間知道自己遭到了報應。

伊莉莎白腦筋比我好不只一點，她一定早就想過這些了。但我真不覺得她能真心責怪潘妮這麼做。伊莉莎白難道不會做一樣的事情嗎？我覺得會耶。唯一的差別是我覺得伊莉莎白不會被發現。

但我確實覺得伊莉莎白會為這個祕密感到哀傷。這兒有兩個女孩，伊莉莎白跟潘妮，兩個謎團一般的女孩，而從頭到尾都是潘妮的謎團更大一些。這一定會讓伊莉莎白很不服氣，很受傷吧。也許有朝一日我可以跟她討論一下這點。

潘妮殺了彼得．莫瑟，然後瞞了約翰一輩子。要不是失智症的關係，她還會一直瞞下去。但約翰一旦知道，他就得保護她。那就是愛，是吧？那就是傑瑞會為我做的事情吧。因為彼得．莫瑟殺害了安妮．馬德利，於是潘妮要了彼得．莫瑟的命。因為潘妮要了彼得．莫瑟的命，約翰除掉了伊恩．文瑟姆。大概就是這麼回事吧，我想。起碼現在事情都告一段落了。我希望潘妮跟約翰可以安息，也希望苦命的安妮．馬德利可以安息。至於彼得．莫瑟，還有他造的所有孽，我希望他能在某個地方受永世之苦。

另外警方還沒有找到土耳其佬吉昂尼，但他們有在動作了。克里斯跟唐娜來過這裡幾次。克里斯交了個新的女朋友，但很小氣地還不想多說什麼，事實上就連跟唐娜我們都問不出半點風聲。克里斯說他們遲早會抓到吉昂尼，但波格丹前幾天來幫我修理電動蓮蓬頭，而他說聰明如吉昂尼恐怕很難落網。

如果你真要問我，吉昂尼這個嫌犯人選也太方便了。吉昂尼跑來為了多年前告密的事把東尼給殺了？為什麼東尼要告他的密？他不是還在東尼下手殺人之後幫忙清理現場嗎？我覺得這沒道理。

不，真的聰明到恐怕很難落網的人，是波格丹。

你覺得是他殺了東尼．庫蘭嗎？我覺得是。我確定他有個很好的理由，我也期待有機會問他。但得等他幫我換完窗戶之後，不然要是他覺得被我冒犯了怎麼辦？我真好奇伊莉莎白有沒有也懷疑他？可以確定的是，她最近都沒提起追蹤吉昂尼的事了，所以可能有吧。

我得去看看奶酥蛋糕烤得怎麼樣了。等下我們來說說好消息好嗎？

「丘頂」已經開始動工了，山上看得到起重機、挖土機。戈登．普雷菲爾賣掉了土地（有人說價金是四百二十萬鎊，而我說的「有人」，指的是伊莉莎白，所以你完全不用懷疑）。他告別了自己住了七十年的房子，把打包好的身家塞進Land Rover跟拖車裡面。然後他開了四百多碼的距離到山丘下，把大包小包搬進拉金苑裡一間怡人的三房公寓裡拆開。

沒錯，作為交易的一環，布蘭姆里控股送了他一間公寓，而這也帶我們進入到另外一則新聞。

布蘭姆里控股？所以跟蘋果無關囉。但我跟妳說過我覺得在哪兒聽過這名字是吧？嗯，事情是這樣的。

小時候的喬安娜有一隻小玩具象，身體是粉紅色，耳朵是白色，而她從來不肯讓我洗它。我想到上頭會有多少細菌就頭皮發麻，但我總覺得那對小朋友來講不見得是件壞事。至於小象的名字？就叫布蘭姆里，我差一點忘了。她的玩具有夠多，而我是個很糟糕的母親。

你是不是看出我想講什麼了？或許？

你沒忘記我們把文瑟姆的帳戶資料帶去給喬安娜看吧，當時是伊莉莎白懷疑伊恩．文瑟姆是不是殺了東尼．庫蘭，記得吧？

總之，喬安娜跟柯尼利爾斯替我們詳查了帳戶資料，回報給我們，然後那件事就算是告一段落了。

但對喬安娜而言事情並沒有就此告一段落。一點都沒有。

喬安娜跟柯利尼爾斯都很滿意他們看到的帳戶資料，也很滿意「丘頂」的開發企劃案。於是喬安娜向其它董事會成員做了簡報——那個場面，在我的想像中，發生在飛機翼形狀的會議桌邊——然後他們就買下了那家公司。她原本打算跟伊恩．文瑟姆買，但當然最後只能跟嘉瑪．文瑟姆買。這稱得上是一種柳暗花明的轉機，誰想得到呢？

整個地方都落入了喬安娜手裡，或嚴格說是落入了喬安娜的公司手裡。但這兩者有差別嗎？

而這，就讓我要講到伯納了，你且聽我說來。

喬安娜跟我從來沒有聊過伯納，但她喪禮時有下來陪我，所以也許是伊莉莎白跟她講的吧？又或者是她原本就知道？我想她恐怕原本就知道，否則她怎麼會下來，握著我的手，讓我在脆弱的時候有個可以把頭靠上去的肩膀，那真的讓我很受用。喪禮後她跟我說了「布蘭姆里控股」的事情。我假裝我一直都知道，因為忘記她心愛小象叫什麼的話我實在說不出口，但我的心虛一下子就被喬安娜看穿。

但這並不妨礙我們談話，而我告訴她說我以為她公司平常不買這種企業標的的，對此她也沒有否認，只說「我們一直也積極想切進這個產業」，但她的心虛也一下子就被我看穿，她只好承認這不是實話。她說這筆投資確實很好賺，但她這麼做有別的理由。也就是我接下來要告訴你的緣由。

她坐在她買給我的懶人躺椅（價格是同款ＩＫＥＡ產品的十倍）上，旁邊就是一台她買給我的筆電（但我永遠也不會帶出門去），然後她說了以下的事情。

「記得妳剛搬進這裡的時候，我跟妳說過這是一個錯誤嗎？我跟妳說妳會完蛋在這裡，記得嗎？坐在椅子上，身邊圍著一群等著把人生垃圾時間耗完的老傢伙？我要說我錯了。這裡不是妳的終點，而是妳的起點。媽。我以為爸死後我再也看不到妳開心了。」

（我們從來不談這件事。我們兩個都有錯。）

「妳的眼睛活了過來，也又會笑了，而這都要歸功於古柏切斯，要歸功於伊莉莎白、朗恩跟伊博辛，還有伯納，願他安息主懷。所以我買下了一切，公司、土地、整個開發案。這是我買給妳的謝禮，媽。雖然我知道妳會說什麼，但我保證我會因為這筆投資賺到很多錢，所以妳不用緊張兮兮。」

嗯，首先我沒有緊張兮兮，但我確實打算說她以為我要說的事情。

所以還有幾件事你應該會想知道。永息花園不會搬了。喬安娜說「丘頂」就可以讓他們賺飽飽了，所以「林園」的計畫已經悄悄被擱置了。即便將來古柏切斯再被轉賣，永息花園也可以高枕無憂（喬安娜說他們總有一天得將之轉賣出去，他們做的就是賺差價的生意）。但不論是什麼樣的買家找上門來，他們都會發現合約裡有大大小小的附屬規定，永息花園他們是動不了的。

對了，我說剛剛我們從來不談傑瑞的事，兩個人都有錯，是吧？其實當然不是兩個人都有錯，因為那完全是我一個人的錯，對不起，喬安娜。

我們前幾天辦了一場典禮。伊莉莎白邀請了馬修．麥基來吃午餐，而他也來了，這次沒綁神父的領圈。我們把最新發展告訴了他，跟他說瑪姬很安全，而我以為他會哭，但他沒有，他只是提出了想去墓園走走的請求。我們陪他爬上了山丘，然後坐在伯納跟艾希瑪的長椅上，讓他去推開鐵門，跪在墓前。這時他的眼淚才滴了下來，我們早知道他不可能見到墓碑還無動於衷。

我幾天前看到波格丹花了大半個早上，都在溫柔地清理著「瑪格麗特．安妮修女之墓，一九四八—一九七一」的銘文，最後還在下頭補刻上了「派翠克，一九七一」的字樣。波格丹真的是十八般武藝，樣樣俱全。

看到麥基神父崩潰痛哭，我們派了朗恩過去抱住他，然後這兩人在那兒待了好一會兒。伊莉莎白、伊博辛跟我留在長椅上欣賞那一幕。我喜歡看男人哭，當然不要太誇張，但今天這樣算是恰到好處。

現在那兒隨時都看得到花，每個月一號我都會去錦上添花獻上我的心意。而你猜我的花是跟哪裡訂的？

你也會想知道長椅的後續吧。嗯，忙翻了的波格丹帶著氣動鑽頭，挖出了埋在水泥底下的老虎茶盒，然後把東西交給了我。

在伯納的遺書中，他在信尾寫了一段相當感人的補述，當中他希望自己的骨灰能被撒進費爾黑文碼頭外的海上。而他的骨灰就在我的手上。

「一部分的我，跟一部分的艾希瑪會永遠廝守，在這裡。但她自由飄浮在神聖的水域上，所以就讓我在潮汐中沉浮，直到有一天我能與她重逢。」他說。寫得非常有詩意，伯納，真的。

詩意過頭了點。

你跟我都認識伯納，所以都不會誤以為他真的詩興大發。這是他給我的訊息，而且這還不是恩尼格瑪加持過的密碼。我不確定伯納是不是覺得我有點笨，但他想說大白話是確定的，他應該是怕太隱晦會讓人看不懂。總之，我知道伯納給了我他的指示。

喪禮後的索菲跟馬吉德在機場飯店過了夜，那是他們的風格，而我主動表示願意在他們要前往費爾黑文之前，替他們保管好伯納的骨灰。這兩隻兔崽子要什麼時候才能學聰明點？

我把艾希瑪的骨灰留在茶盒裡，而把伯納的骨灰放在一個簡單的木甕中。我取出了我的秤。真正的秤，因為我不相信電子秤。

我非常小心地倒出了骨灰，因為我雖然喜歡伯納，但我可不希望把他在我的工作桌上撒得到處都是。幾分鐘後，在兩款中型特百惠收納盒的中繼幫助下（這我真的有點抱歉，但把事做好比較重要），事情終於大功告成。

在他們相互想買給對方當聖誕禮物的老虎茶盒中，是一半的伯納跟一半的艾希瑪。隔天我們把茶盒埋回了屬於他們的長椅下面。我們請馬修．麥基為這個地點賜福，而我想他應該相當感動於受到我們的邀請，因為他主持得堪稱盡善盡美。

而在木甕中另一半的艾希瑪跟伯納，由索菲跟馬吉德在隔天帶去了費爾黑文，所以艾希瑪終於可以在大海中自由飄蕩，但又能同時被心愛的男人擁抱。我們沒有跑去插花，因為我們真的不想打擾人家。

我認真不知道如何處理當過「中繼站」的特百惠保鮮盒。在瞞著他們的孩子、用兩個特百惠產品混合了摯友與摯友愛妻的骨灰之後，這些盒子是留用比較不尊重？還是扔掉比較不尊重呢？我在搬來古柏切斯之前還真的不需要煩惱這種問題。這種問題可能還是要去問伊莉莎白。

說起伊莉莎白。她稍早打電話說有人塞了張非常有趣的紙條到她的門縫下。她沒說內容是什麼，只說她要去小小拜訪一下某個人，然後就可以告訴我了。真會吊人胃口啊！

今天是星期四，所以我得出門了。我本來怕說潘妮這一走，我們會停止聚會，或是會照開但感覺回不去了。但我們這裡似乎不來這一套，日子有得過就要過，沒得過那再說。週四謀殺俱樂部還是會繼續聚會，神祕紙條繼續在門縫底下傳來傳去，殺人犯繼續忙著幫人換窗戶。但願這樣的日子長長久久。

例會之後，我會去串個門子，看看戈登．普雷菲爾適應得如何。只是想敦親睦鄰一下，你別想太多。

啊，我的蛋糕烤好了。後續一切怎麼樣，我會再跟你說。

致謝

衷心感謝您讀完了這本《週四謀殺俱樂部》，除非你內容還沒讀，就直接跳到致謝這部分，這我也能接受是一種可能。人要怎麼活當然是自己決定。

我萌生寫《週四謀殺俱樂部》的念頭，是在幾年前，當時我有幸造訪了一處退休人士社區，裡面可以說臥虎藏龍，個個年輕時都大有來頭，此外甚至連「現代風高檔餐廳」都有。養老村的居民自然知道我說的是他們，而我要謝謝他們的支持。但就是希望他們別動起歪腦筋，開始謀害彼此的老命，拜託。

寫小說很辛苦。我想這句話應該對所有人都適用，但誰曉得呢？或許魯西迪[85]寫起來就輕鬆寫意？總之，一路上很多人有意無意幫助了我。能夠在此公開向他們致謝，是件值得開心的事情。

我第一個想感謝的，是馬克．畢林漢（Mark Billingham）。我想寫本小說已經很久了，而有次在倫敦巴尼特區的串燒土耳其餐廳，一頓非常享受的午餐過程中（東西好吃、物超所值、雞翅必試），馬克在最剛好的時機，給了我最需要的鼓勵。他還先告訴我說寫犯罪小說沒有什規定，然後再跟我分享了兩條我在創作本書時謹記在心的金科玉律。總之，馬克，我會一輩子感激你。

我為了寫《週四謀殺俱樂部》，讓自己像松鼠藏松果一樣宅了很長一段時間，而我想感謝好幾位朋友在這段時間給我的鼓勵，是他們要我不能放棄。我要感謝拉蜜塔．納瓦伊

（Ramita Navai）當我無可挑剔的朋友，要感謝莎拉・平柏羅（Sarah Pinborough）告訴我沒錯，這麼難是正常的，要感謝露西・普雷伯（Lucy Prebble）不斷提醒我「把東西做出來，然後把東西做漂亮」，要感謝布魯斯・洛伊德（Bruce Lloyd）讓我的火車沒有脫軌，要感謝瑪麗安・凱斯（Marian Keyes）給我的溫暖與蠟燭。

還有，一句特別的感謝要獻給蘇穆杜・賈亞蒂拉克（Sumudu Jayatilaka），謝謝她當我的第一個讀者。我永遠不會忘記那有何等重大的意義。

在某個點上，書會來到一個雛型有了或只有雛形的階段，這時候你就需要身邊的智者或才子才女來讓稿子有所突破。少數看過本書初稿且發誓會守口如瓶的幾位，包括我聰明絕頂的哥哥麥特・奧斯曼（Mat Osman，他創作的精彩作品《廢墟（暫譯）》〔The Ruins〕也已經出版），還有吾友安娜貝爾・瓊斯（Annabel Jones），須知她是從忙到犯規的《黑鏡》（Black Mirror）製作行程中抽空讀了書，然後正確地點出了許多我沒有注意到的地方。真的很感謝，安娜貝爾；妳不靠這個吃飯真是太可惜了。

我要感謝維京出版（Viking）的優秀團隊，特別是我的責任編輯凱蒂・洛夫特斯（Katy Loftus），是她以後盾的身分支持著我，也是她絞盡腦汁不停地換句話說，就是想不讓我傷心地告訴我「我不確定這部分是否行得通」。當然每個偉大的編輯背後，都有一位偉大的助理編輯，所以我要跟編輯一同說一句：謝謝你薇琪・莫伊納斯（Vikki Moynes）。

我還要感謝維京出版的其他團隊成員：編輯部經理娜塔莉・沃爾（Natalie Wall）、公關

85 Salman Rushdie，英國文學名家，著有多本小說，曾獲布克獎。

團隊的喬治亞・泰勒（Georgia Taylor）、艾莉・哈德森（Ellie Hudson）、艾蜜莉亞・費爾尼（Amelia Fairney）與奧莉薇亞・米德（Olivia Mead），謝謝妳們重複聽我說了那麼多次「嗯，也許吧」。我要感謝讓人讚嘆的銷售團隊——珊姆・法納肯（Sam Fanaken）、坦妮卡・莫勒曼斯（Tineke Mollemans）、茹絲・強史東（Ruth Johnstone）、凱拉・狄恩（Kyra Dean）、瑞秋・邁爾斯（Rachel Myers）與娜塔莎・藍根（Natasha Langan）——還有「死好」（DeadGood）線上團隊，與來自企鵝出版英國網站的英迪拉・伯尼（Indira Birnie）。一本書的誕生只能是團隊合作的結果，而我們是最棒的團隊。

我還想感謝的是我的美國編輯潘蜜拉・多爾曼（Pamela Dorman），還有她超強的助理編輯潔拉米・歐爾頓（Jeramie Orton），並且我要再次向妳道歉，讓妳不得不去google什麼是萊曼文具店，什麼是荷柏瑞，什麼又是森寶利超市（Sainsbury's）的「貴一點有差」系列，是我不好。我還欠一份情的是我的文字編輯崔佛・霍爾伍德（Trevor Horwood），他做事除了滴水不漏，還有鑑識人員等級的創意，少了他我永遠不會知道一九七一年特定的日子是周幾。或是崔佛應該會立刻指出來，應該是週幾。

寫書本身就是一種報償，所以我在寄出初稿給我的經紀人茱麗葉・慕慎思（Juliet Mushens）之前，就已經準備好要將這整次寫書工作歸檔到經驗庫裡了。但從她的第一筆回覆開始，事情就出現了變化，而也因為茱麗葉，我意識到《週四謀殺俱樂部》將是一本真正的書，會有真正的人去讀。茱麗葉從一開始就宛如一股無人能擋的純粹力量——冰雪聰明、有創意、風趣，令人耳目一新地不囿於傳統。我沒有什麼是不靠她辦到的。衷心感謝妳，茱麗葉。她的得力助手是令人激賞的麗莎・狄布拉克（Liza DeBlock），且由於麗莎必須經手非常多重要的合約，因此她可以說是令人耳目一新地，稍微比較囿於傳統。

最後請容我用一些大咖來壓軸。

我要感謝我母親，布蘭妲．歐斯曼（Brenda Osman）。在我對《週四謀殺俱樂部》的許多期望中，有一樣是我希望當中能流淌著一種溫暖與正義的感覺，而那種溫暖與正義正是來自於妳。而妳的溫暖與正義又是來自於妳的雙親，我的外公外婆，弗來德與潔希．萊特（Fred and Jessie Wright），兩位令人深深懷念老人家雖已離開我們，但我希望這本書每一頁裡都能看到他們的身影。謝謝妳，我可愛的阿姨，珍．萊特（Jan Wright）。算人數我們家族不大，但我覺得我們威力很大。

還有最後要謝謝你們，我的孩子，露比（Ruby）與桑尼（Sonny）。我無意把你們搞得太尷尬，所以我就只簡單說：我好愛好愛你們。

臉譜小說選 FR6575Y

週四謀殺俱樂部

The Thursday Murder Club

原著作者	理察・歐斯曼 Richard Osman
譯者	鄭煥昇
書封設計	蕭旭芳
責任編輯	廖培穎
行銷企畫	陳彩玉、林詩玟
業務	李再星、李振東、林佩瑜
出版	臉譜出版
副總編輯	陳雨柔
編輯總監	劉麗真
事業群總經理	謝至平
發行人	何飛鵬
	城邦文化事業股份有限公司 115台北市南港區昆陽街16號4樓 電話：886-2-25007696　傳真：886-2-25001952
發行	英屬蓋曼群島商家庭傳媒股份有限公司城邦分公司 115台北市南港區昆陽街16號8樓 客服專線：02-25007718；25007719 24小時傳真專線：02-25001990；25001991 服務時間：週一至週五上午09:30-12:00；下午13:30-17:00 劃撥帳號：19863813　戶名：書虫股份有限公司 讀者服務信箱：service@readingclub.com.tw 城邦網址：http://www.cite.com.tw
香港發行所	城邦（香港）出版集團有限公司 香港九龍土瓜灣土瓜灣道86號順聯工業大廈6樓A室 電話：852-25086231　傳真：852-25789337
馬新發行所	城邦（馬新）出版集團 Cite（M）Sdn. Bhd.（458372U） 41, Jalan Radin Anum, Bandar Baru Sri Petaling, 57000 Kuala Lumpur, Malaysia. 電話：603-90563833　傳真：603-90576622 電子信箱：services@cite.my
一版一刷	2021年6月
二版三刷	2024年6月
ISBN	978-626-315-457-5

城邦讀書花園
www.cite.com.tw

版權所有・翻印必究（Printed in Taiwan）

售價：420元
（本書如有缺頁、破損、倒裝，請寄回更換）

國家圖書館出版品預行編目資料

週四謀殺俱樂部／理察・歐斯曼（Richard Osman）著；鄭煥昇譯. -- 二版. -- 臺北市：臉譜出版：英屬蓋曼群島商家庭傳媒股份有限公司城邦分公司發行, 2024.03
面；　公分. --（臉譜小說選；FR6575Y）
譯自：The Thursday murder club
ISBN 978-626-315-457-5（平裝）
873.57　　112022729

Copyright © 2020 by Richard Osman
Published in agreement with Caskie Mushens Ltd.,
through The Grayhawk Agency.
Complex Chinese edition copyright © 2024 by Faces Publications,
a division of Cité Publishing Ltd. ALL RIGHTS RESERVED.